D1849540

Geena Dare

Stars von morgen

CASTING KICK

Geena Dare

Stars von morgen

CASTING KICK

Drei Romane in einem Band

Aus dem Englischen
von Sabine Tandetzke

Arena

Die Originalausgaben erschienen 1988 unter den Titeln
»Abbi – Make or brake«, »Abbi – Blind Ambition« und
»Jenna – Dancing with Dreams« bei
Watts Publishing Group, London
© 1988 Geena Dare

In neuer Rechtschreibung

© 2004 by Arena Verlag GmbH, Würzburg
Alle Rechte vorbehalten
Aus dem Englischen von Sabine Tandetzke
Einbandgestaltung: Georg Behringer
Einbandfoto: Maurizius Bildagentur
Gesamtherstellung: Westermann Druck Zwickau GmbH
ISBN 3-401-05532-1

DIE AUFNAHMEPRÜFUNG

★ Kapitel 1 ★

Bloß nicht zu spät kommen!

»Ich bin hier. Ich bin wirklich hier. Ich glaub's einfach nicht!« Abbi Reilly starrte das alte Backsteingebäude durch das Wagenfenster an und seufzte glücklich. »Die William-S.-Holly-Schauspielschule. Sieht sie nicht wundervoll aus?«
»Wundervoll!« Abbis Mutter lachte. Ihre Tochter würde auch eine Scheune als wundervoll bezeichnen, wenn sie etwas mit dem Theater zu tun hatte. »Ich denke, du springst jetzt besser aus diesem Auto, wenn du nicht zu spät zum Vorsprechen kommen willst.«
»Dieses Mal werde ich garantiert nicht zu spät kommen«, erwiderte Abbi grinsend.
Sie hatte ein breites Lächeln, das zwei umwerfende Grübchen auf ihre Wangen zauberte. Mit einer blitzschnellen Handbewegung löste sie ihre Haarspange und ließ ihre feuerroten Locken locker um die Schultern schwingen. Dann beugte sie sich zu ihrer Mutter hinüber und gab ihr ein Küsschen auf die Wange. »Vielen Dank, Mum. Ich glaube, du machst dich jetzt besser auch auf die Socken, sonst kommst du noch zu

spät zu deinem Besichtigungstermin.« Abbis Mutter war Immobilienmaklerin.

»Hast du auch alles?«, fragte sie, während Abbi hektisch ihre Tasche, die Box mit ihrem Mittagessen, ihren Schirm und den Umschlag mit den Anmeldeformularen für die Schule zusammensuchte.

»Natürlich, Mum. Als ob ich heute etwas vergessen würde!«, antwortete Abbi atemlos. Beladen mit all ihren Sachen, schlängelte sie sich aus dem Vordersitz des kleinen roten Wagens. »Wir sehen uns dann um vier«, rief sie über die Schulter zurück und stürmte davon, ihre Habseligkeiten mit beiden Armen umklammernd. Ihr Haar hüpfte leuchtend im Sonnenschein.

Mrs Reilly sah ihrer Tochter liebevoll hinterher und schüttelte den Kopf. Abbi ging niemals langsam, wenn sie auch rennen konnte. Und sie sprach niemals leise, wenn sie auch schreien konnte. Im zarten Alter von sechs Jahren hatte sie verkündet, dass sie die Schule hassen würde, weil man dort die ganze Zeit still sitzen und immer ruhig sein müsse! Inzwischen war sie dreizehn und hatte ihre Meinung nicht geändert. Kein Wunder, dass sie in der Schule ständig Ärger hatte. Vielleicht lenkt eine Schauspielschule Abbis übersprudelnde Energie ja in etwas geordnetere Bahnen, dachte ihre Mutter und drückte im Stillen die Daumen.

Während sie die Eingangstreppe der Schule hochras-

te, spürte Abbi, wie ein aufgeregtes Kribbeln durch ihren ganzen Körper lief. Sie konnte es kaum noch erwarten, durch diese Türen zu treten. Schließlich ging Blair Michaels hier zur Schule. Blair war der Star einer wöchentlich ausgestrahlten Fernsehserie und Abbis großes Vorbild. Blair Michaels stieg diese Stufen jeden Tag empor – wenn sie nicht gerade neue Folgen von *Mein Leben* drehte. Heute würde sie natürlich nicht da sein, weil Sommerferien waren und die Schule nur für die Aufnahmeprüfungen geöffnet war, aber im nächsten Schuljahr könnte sie Blair dann jeden Tag sehen!
Kaum hatte Abbi die Schule betreten, stürmte sie in Richtung Büro. Wo sind denn bloß die anderen?, fragte sie sich verwundert, denn die Flure kamen ihr ungewöhnlich still vor. Wahrscheinlich bin ich einfach zu früh dran. Schlitternd und ganz außer Atem, kam Abbi vor einem großen Empfangstresen zum Stehen.
»Entschuldigen Sie bitte«, rief sie einer Frau zu, die an einem Computer arbeitete. »Wo geht's denn hier zum Vorsprechen?«
»Vorsprechen?« Die Frau sah mit einem erstaunten Stirnrunzeln auf und betrachtete Abbis erwartungsvolles Gesicht und ihre neugierigen blauen Augen.
»Na ja, Sie wissen schon, die Aufnahmeprüfungen für die Schauspielschule – Vorsprechen, Vorsingen, Vortanzen . . .« Abbi vollführte eine schwungvolle

Drehung vor dem Tresen, bei der ihre Tasche und ihre Haare um sie herumwirbelten.
»Hier finden keine Aufnahmeprüfungen statt«, begann die Frau zu erklären. »Die Schule ist den Sommer über geschlossen . . .«
»Ja, ich weiß, aber *heute* sind doch die Aufnahmeprüfungen für das nächste Schuljahr!«, erklärte Abbi mit erhobener Stimme und schob den Umschlag mit den Anmeldeformularen der William-Holly-Schauspielschule über den Empfangstresen.
Die Frau zog ihre Brille ein Stück nach unten und warf einen Blick darauf. Als sie sprach, klang ihre Stimme abweisend. »Hier bist du völlig falsch«, meinte sie, während sie den Namen auf dem Umschlag betrachtete. »Die Schauspielschule ist am Ende des nächsten Blocks.« Sie stand auf und zeigte zur Tür. »Da lang!«
»Oh, nein!«, jammerte Abbi und spürte, wie ihr alles Blut aus dem Gesicht wich. Sie schwankte leicht und umklammerte Halt suchend den Empfangstresen.
Die Frau warf einen Blick auf ihr bleiches Gesicht. »Es sind doch nur zwei Blocks«, sagte sie etwas freundlicher. »Davon wird die Welt schon nicht untergehen.«
»Sie verstehen das nicht.« Abbi zeigte auf die Uhr an der Wand. »Es ist drei Minuten vor neun. Ich werde es niemals rechtzeitig schaffen.«
»Wenn du noch länger hier herumstehst und quasselst, bestimmt nicht.« Die Frau wandte sich wieder

ihrem Computerbildschirm zu. »Also wirklich, ihr Schauspielschüler seid doch alle gleich – immer so dramatisch!«

Abbi nickte stumm, schnappte sich ihren Umschlag und rannte durch den breiten, hallenden Flur zurück zur Eingangstür.

Aber etwas, das die Frau gesagt hatte, wärmte ihr das Herz. *Ihr Schauspielschüler seid doch alle gleich.* Ihr ganzes Leben war Abbi als merkwürdig, irgendwie anders und sogar verrückt bezeichnet worden. Doch hier gab es offenbar eine ganze Schule voller Leute wie sie. Und sie waren nicht merkwürdig. Sie waren »dramatisch«.

Abbi rannte, wie sie noch nie vorher gerannt war – mit wehenden Haaren und weit ausholenden Armbewegungen. Ihre Tasche hüpfte im Takt ihrer schnellen Schritte auf und ab. Wie lange würde sie wohl brauchen? Der Zeitplan sah vor, dass sich alle Schüler um Punkt neun Uhr im Zuschauerraum der Schule versammeln sollten. Irgendwo schlug eine Uhr. Abbi ignorierte ihr Läuten und rannte weiter. Sie musste rechtzeitig zu den Aufnahmeprüfungen kommen. Sie musste unbedingt an dieser Schule aufgenommen werden!

★ Kapitel 2 ★

»Hollywood«

Während Abbi auf dem Weg zur Schule die Straße entlangraste, saß Jenna James bereits völlig gelassen in der ersten Reihe des Zuschauerraums. Sie sah auf die Uhr. Es war genau neun. Jenna war als eine der Ersten angekommen. Ihre Ballettstrumpfhosen saßen wie angegossen, ihr geripptes Top fiel perfekt und ihre Muskeln unter der haselnussbraunen Haut waren straff gespannt – bereit, alles zu tun, was Jenna von ihnen verlangte. Sie war in jeder Hinsicht bestens gerüstet für das Vortanzen.

Jenna dachte daran, dass sie sich fast ihr ganzes Leben auf diesen Moment vorbereitet hatte. Genauer gesagt, seitdem sie fünf Jahre alt gewesen war und gesehen hatte, wie Karen Kain die Giselle tanzte. Von diesem Moment an war es ihr glühendster Wunsch gewesen, Tänzerin zu werden. Bei jeder Geburtstagskerze, die sie ausblies, bei jeder fallenden Sternschnuppe, bei jeder Münze, die sie in einen Brunnen warf, wünschte sie sich nur das eine. *Ich möchte Tänzerin werden* war unauslöschlich in ihr Herz eingeprägt.

Links und rechts von Jenna waren noch viele Sitze

frei, doch hinter ihr füllte sich der Zuschauerraum zusehends. Es kam Jenna sehr gelegen, dass kaum jemand in der ersten Reihe sitzen wollte. Das würde nur ihre absolute Konzentration auf die Bühne direkt vor ihr stören. Sie wollte jedes einzelne Wort hören, das gesprochen wurde, und jede noch so kleine Schwingung der Atmosphäre dieser Schule aufnehmen, bevor sie tanzen musste.

»Jenna!«, rief plötzlich eine erfreute Stimme, und ein Junge glitt auf den Sitz neben ihr. »Ich wusste ja gar nicht, dass du am Holly vortanzt! Echt cool!«

Jenna wandte ihren zarten Kopf, der auf einem schlanken Hals thronte, und blickte in die braunen Augen von Matt Caruso. Ihr Gesicht blieb völlig ausdruckslos, obwohl sie innerlich vor Wut schäumte. Bloß nicht Matt! Sie hatte ihn letztes Jahr während der Sommerferien bei einem Kurs der Tanzakademie kennen gelernt, als sie beide noch zwölf waren. Er war zwar ein talentierter Tänzer, schien das Tanzen jedoch nicht so richtig ernst zu nehmen. Und zu allem Überfluss hatte er sich auch noch furchtbar in Jenna verknallt und sie mit seiner Anhänglichkeit beinahe zum Wahnsinn getrieben.

Warum musste ausgerechnet *er* hier auftauchen?, fragte sich Jenna und stöhnte innerlich.

★

Ganz hinten im Zuschauerraum strich sich Lauren Graham eine blonde Strähne hinter die Ohren und schob ihre Freundin Martha vorwärts. »Na, komm schon!«, drängte sie. »Wenn wir uns nicht bald einen Platz suchen, werden wir noch in der ersten Reihe landen.«
»Ich kann mich nicht bewegen«, flüsterte Martha verzweifelt. »Ich bin so schrecklich nervös.«
»Stell dich nicht so an! Du musst doch jetzt noch gar nicht singen. Sie werden uns erst mal nur erzählen, wie das heute alles abläuft und lauter so'n Kram.« Lauren schob Martha weiter.
Was tue ich hier eigentlich?, fragte sich Lauren. Sie hatte überhaupt nicht die Absicht, auf die William Holly – oder »Hollywood«, wie ihr Vater die Schule ironisch nannte – zu gehen, selbst wenn sie die Aufnahmeprüfungen bestehen sollte. Keiner in ihrer hochmusikalischen, klassisch ausgebildeten Familie konnte sich vorstellen, dass sie ein Stück aus *Cats* trällerte. Sie würden sich totlachen, wenn sie Lauren jetzt sehen könnten. Und ihr Vater würde furchtbar wütend sein, wenn er wüsste, dass sie hier vorsang.
»Ich bin wegen Martha hier«, rief Lauren sich wieder ins Gedächtnis und straffte entschlossen ihre schmalen Schultern. Ihre Freundin war hoffnungslos der Glitzerwelt der Musicalstars verfallen. Sie träumte davon, auf einer großen Bühne in einem Megahit wie *Die Schöne und das Biest* zu singen, war aber zu ängst-

lich, um alleine zu den Aufnahmeprüfungen zu gehen. Martha hatte so lange gebettelt und gefleht, bis Lauren versprochen hatte, sie zu begleiten

Inzwischen hatten sich Marthas Locken in krause Büschel verwandelt, weil sie vor lauter Nervosität völlig durchgeschwitzt war. Ihr Gesicht leuchtete hochrot, und ihre Augen wirkten, als würden sie ihr gleich aus dem Kopf springen. Verzweifelt umklammerte sie die Hand ihrer Freundin. »Oh, Lauren!«, flüsterte sie. »Du hattest Recht. Es sieht so aus, als müssten wir uns ganz vorne hinsetzen. Ich glaube, ich sterbe!«

»Ich hab's dir doch gesagt«, erwiderte Lauren. »Aber eigentlich ist das gar nicht so schlecht. Wenn wir erst mal sitzen, sehen die anderen nur noch deinen Hinterkopf.«

Sie zog Martha den leicht abfallenden Gang hinunter bis zur ersten Reihe und ließ sich neben einem großen Jungen nieder, der sich gerade mit dem Mädchen zu seiner Linken ihm unterhielt. Als Lauren versehentlich gegen seinen Arm stieß, drehte er sich um und grinste sie an.

»Ja? Oh, hallo!«, sagte er.

Lauren blieb beinahe das Herz stehen. Der Junge hatte traumhafte braune Augen, und das dichte, dunkle Haar fiel ihm lässig in die Stirn. Ein schelmisches Grinsen ließ sein Gesicht förmlich aufleuchten. Als Lauren merkte, dass sie ihn hingerissen anstarrte,

versuchte sie, ihren Blick von ihm loszureißen. »Hallo«, murmelte sie.
Der Junge nahm ihre Hand und schüttelte sie. »Ich bin Matt, und das ist Jenna«, stellte er sie vor. »Wir tanzen.«
Lauren schaffte es, noch einmal zu ihm aufzublicken. »Ich bin L-Lauren«, stotterte sie, »und das ist meine Freundin Martha. Wir . . . äh . . . wir singen.«
»Sängerinnen! Toll!« Matt lächelte sie wieder an.
»Halt die Klappe!«, zischte Jenna ihm zu. »Es geht los!«
Als die Lichter im Zuschauerraum langsam ausgingen, flammten die Scheinwerfer auf der Bühne auf. Das aufgeregte Getuschel und Gelächter erstarben, und eine gespannte, erwartungsvolle Stille senkte sich herab.

★

Abbi raste die Steintreppe empor und stieß die mächtige hölzerne Tür auf. Gehetzt ließ sie ihren Blick in beide Richtungen den Flur entlangwandern. Zu ihrer Rechten schloss gerade ein Lehrer vorsichtig die großen Doppeltüren des Zuschauerraums, damit sie nicht mit lautem Knall zuschlugen.
Abbi stürzte auf ihn zu. »Meine Mutter!«, stieß sie keuchend hervor und versuchte verzweifelt, sich eine Entschuldigung einfallen zu lassen. »Das Auto . . . der Verkehr . . .«

Der Lehrer schüttelte ungehalten den Kopf und legte einen Finger auf die Lippen. »Okay, ausnahmsweise«, ermahnte er sie. »Sie haben nämlich schon angefangen.« Dann hielt er die eine Seite der Doppeltür ein Stückchen auf, sodass Abbi hindurchschlüpfen konnte. Nun stand sie ganz hinten im dunklen Zuschauerraum und blickte auf die beleuchtete Bühne. Es schien keine freien Plätze mehr zu geben. Doch dann entdeckte sie noch einen in der ersten Reihe. Sie eilte den Gang hinunter und ließ sich genau in dem Moment auf den Sitz fallen, als ein zierliches Mädchen mit hellen Haaren ans Mikrofon trat. Sie trug ausgeblichene Jeans und ein T-Shirt mit abgeschnittenen Ärmeln. Irgendetwas an ihr kam Abbi bekannt vor. Das Mädchen lächelte und begann zu sprechen.

Ungläubig schlug Abbi die Hand vor den Mund. »Oh, mein Gott!« Sie stieß einen unterdrückten Schrei aus. »Es ist Blair Michaels!« In Wirklichkeit sah sie viel kleiner aus als im Fernsehen.

Auf dem Sitz neben ihr rutschte Jenna unruhig hin und her. Wie sollte sie sich bloß auf Blair Michaels' Worte konzentrieren, wenn Matt sich an ihre Schulter lehnte und dieser Wirbelwind von einem Mädchen neben ihr lautstark nach Luft schnappte. Jenna spürte, wie sich ihre ruhige Zuversicht langsam in Luft auflöste.

Jetzt begann Blair zu sprechen: »Ich erinnere mich noch

genau daran, wie ich vor drei Jahren zum ersten Mal vorgesprochen habe.« Sie lächelte. »Ich weiß, wie ihr euch jetzt fühlt. Dies ist der aufregendste Moment eures ganzen Lebens . . . und ihr könnt kaum verstehen, was ich sage. Denn euch gehen ständig eure Begleitmusik, eure Tanzschritte oder euer Text durch den Kopf . . .«

Plötzlich stieß Abbi einen Schrei aus, der wie ein unterdrücktes Husten klang. Mein Text!, schoss es ihr entsetzt durch den Kopf. Ich habe ihn im Auto vergessen!

Blair machte eine Pause, warf einen Blick in die erste Reihe und fuhr dann fort. »Einigen von euch ist vor lauter Aufregung offenbar ganz schlecht«, sagte sie, und eine Lachsalve ertönte aus dem Zuschauerraum. »Denkt einfach daran, dass es heute nur um ein einziges Vorsprechen geht! Wenn ihr im Bereich der darstellenden Kunst bleibt, werdet ihr noch viele, viele weitere hinter euch bringen müssen. Manche Vorsprechen werden gut laufen, und manche werden die reinste Katastrophe sein. Aber was auch immer geschieht – solange ihr euer Bestes gebt, werdet ihr auf jeden Fall etwas lernen, das euch beim nächsten Vorsprechen nützlich ist.«

Abbi verspürte einen brennenden Schmerz in ihrem Magen.

Wie soll ich denn mein Bestes geben, wenn mein Text, mein Skript, auf dem Rücksitz von Mums Auto liegt?, fragte sie sich verzweifelt.

★ Kapitel 3 ★

Die A1-Gruppe

Abbis Herz hämmerte inzwischen so laut, dass sie kaum verstehen konnte, was ihr großes Idol, Blair Michaels, dort oben auf der Bühne sagte. Verzweifelt zerbrach sie sich den Kopf darüber, wie sie an ihr Skript kommen sollte.

Sie erinnerte sich genau, dass sie die Mappe mit ihrem Text für das Vorsprechen ordentlich auf den Rücksitz des Wagens gelegt hatte – nur für den Fall, dass sie auf dem Weg zur Schule genug Zeit gehabt hätte, ihn noch einmal durchzugehen. Warum, verdammt noch mal, hatte sie ihn bloß nicht mitgenommen, als sie ausgestiegen war?

»Diesen Samstag wollen wir euch vor allem die Schule vorstellen«, drang plötzlich Blairs Stimme durch den Nebel in Abbis Kopf. »Außerdem werdet ihr alle eine kurze Aufnahmeprüfung machen. Diejenigen, die in die engere Auswahl kommen, werden nächsten Samstag wieder eingeladen. Die Liste mit den Namen wird am Ende des Tages in der Kantine ausgehängt.«

Blair hat mich direkt angelächelt, dachte Abbi unglücklich. Wahrscheinlich glaubt sie, dass ich nur ein bisschen nervös bin. Woher soll sie auch wissen, dass ich mich am liebsten in den Orchestergraben stürzen würde?

»Am nächsten Samstag wird die zweite Runde der Aufnahmeprüfungen stattfinden – und es werden wiederum mehrere Bewerber ausscheiden. Aber wenn ihr es bis zum abschließenden Vorsprechen schafft, das in zwei Wochen stattfindet, habt ihr die Chance, einer der vierzig neuen Schüler zu werden, die dieses Jahr an der William-Holly-Schauspielschule aufgenommen werden. Wenn ihr es nicht schafft, müsst ihr euch deswegen nicht schämen. Ihr habt es immerhin versucht.«

Blair ließ ihren Blick über den voll besetzten Zuschauerraum schweifen. »Ihr seid zweihundert Leute, die heute an den Aufnahmeprüfungen teilnehmen«, erinnerte sie ihre Zuhörer. »Ihr könnt euch also denken, dass es einen harten Ausleseprozess geben wird, um diese Zahl auf vierzig zu reduzieren. Und jetzt werft bitte einen Blick auf den Klebezettel unter eurem Sitz!«

Im Saal erhob sich ein lautes Geraschel und Gemurmel, als hundertneunundneunzig Hände nach den kleinen gelben Zetteln tasteten. Nur Abbi war zu betäubt, um sich zu bewegen. Sie war in Gedanken immer noch bei der Mappe mit ihrem Skript, die auf dem Rücksitz des Wagens lag, mit dem ihre Mutter

gerade auf dem Weg zu einem Termin am anderen Ende der Stadt war.
Eine der Lehrerinnen trat ans Mikrofon und nahm Blairs Platz ein, um weitere Anweisungen zu geben. Sie war eine kräftige Frau in einem wallenden Kleid und hatte eine tiefe, gebieterische Stimme. »Der Buchstabe und die Zahl auf dem Zettel sind eure Gruppennummer«, erklärte sie. »Alle anderen, die die gleiche Nummer haben wie ihr, bilden für die Dauer der Aufnahmeprüfungen eure Gruppe – dies ist sozusagen eure Rettungsleine für die nächsten drei Samstage. Ihr werdet euch nach dem Vorsprechen treffen, eure Freude und eure Sorgen teilen, fest zusammenhalten und euch gegenseitig unterstützen.«
Abbi spürte, wie Jenna, die Tänzerin, sie vom Nachbarsitz aus anstarrte. Als sie sich ruckartig vorbeugte, um nach dem Klebezettel unter ihrem Sitz zu tasten, fielen all ihre Sachen geräuschvoll zu Boden. Hektisch versuchte sie, alles wieder aufzuheben.
Währenddessen blickte Jenna auf den kleinen Zettel mit dem Aufdruck A1. Zu ihrem großen Schrecken stellte sie fest, dass offenbar alle in ihrem Abschnitt der ersten Reihe dieselbe Nummer hatten – Matt, das zierliche Mädchen und ihre verschwitzte Freundin, die neben ihm saßen, der menschliche Hurrikan zu ihrer Linken und noch ein paar andere Leute. Jenna strich ihr Top glatt und stieß einen tiefen Seufzer aus.

Wenn *das* ihre Rettungsleine sein sollte, würde sie wahrscheinlich untergehen.

★

»Und nun«, Blair Michaels hatte das Mikrofon wieder übernommen, »bevor ihr zu eurer Führung durch die William-S.-Holly aufbrecht, möchte ich euch daran erinnern, mit den anderen Leuten aus eurer Gruppe ins Gespräch zu kommen. Es wird euch bestimmt helfen.«

»Hey, Jenna, red mit mir! Wir sind in derselben Gruppe«, witzelte Matt, als sie über den leicht ansteigenden Boden des Zuschauerraums zurückgingen, und vollführte dabei einen kleinen Tanzschritt in der Luft. Jenna grunzte abfällig. Matts Neckereien machten sie wahnsinnig. Sie würde noch all ihre Schritte vergessen, wenn das so weiterging. Als er einen Arm um ihre Schulter legte, schüttelte sie ihn wütend ab. »Verschwinde!«, fauchte sie ihn an. Wenn er bloß nicht in meiner Gruppe wäre!, dachte Jenna. Meinetwegen jeder andere, aber nicht Matt.

Lauren, die hinter den beiden ging, spürte, wie sie errötete. Sie war auch in Matts Gruppe, aber das schien er gar nicht zu bemerken. Für einen Moment war sie furchtbar neidisch auf die große, gertenschlanke Jenna mit ihrer coolen, distanzierten Art.

Abbi befand sich an der Spitze der Gruppe. Ich muss

hier raus!, dachte sie verzweifelt, während die Menge sich nur langsam vorwärts schob. Ich muss Mum anrufen und mein Skript wiederbekommen! Sie drehte sich ohne Vorwarnung um, und Matt konnte nur durch ein geschicktes Ausweichmanöver verhindern, dass er von ihrer herumwirbelnden Tasche getroffen wurde.

»Hey! Pass lieber auf!« Er griff nach Laurens Arm, um sie zu stützen. »Dieser Wirbelwind rennt so 'ne Kleine wie dich glatt über den Haufen!«

»Sorry, tut mir wirklich Leid«, entschuldigte sich Abbi. Sie hätte vor Ungeduld am liebsten losgeschrien. Die Leute aus der ersten Reihe waren natürlich ganz am Ende der Schlange, die nach draußen drängte.

In diesem Moment drängelte sich ein großes blondes Mädchen an ihnen vorbei. »Tschuldigung«, murmelte sie, während sie sich mit den Ellbogen energisch einen Weg bahnte.

So geht das also, dachte Abbi und folgte dem blonden Mädchen mit gesenktem Kopf durch die Menge und hinaus in die frische Luft der Eingangshalle.

Das Mädchen lief eilig auf die Toiletten zu.

Abbi folgte ihr. Sie fühlte sich ganz zitterig und hatte ein komisches Gefühl in der Magengrube. Wenn sie sich ein bisschen Geld leihen konnte, um ihre Mum anzurufen, würde die Zeit vielleicht noch reichen, um ihr Skript wieder zu bekommen, bevor das Vorsprechen begann.

Das Mädchen ließ gerade Wasser ins Waschbecken laufen, als Abbi hinter ihr durch die Tür stürmte.
»Entschuldigung«, sagte Abbi. »Bist du nicht auch in unserer Gruppe? A1? Ich wollte dich nämlich fragen . . .«
Sie verstummte mitten im Satz. Das Mädchen hatte einige Pillen in der Hand, die sie mit einer verzweifelten Geste hinunterschluckte und dann eine Hand voll Wasser hinterhertrank.
»Was?« Das blonde Mädchen wandte sich mit herausforderndem Ton an Abbis erschrockenes Bild im Spiegel. Sie hatte kalte, eisblaue Augen. »Warum starrst du mich so an? Was willst du von mir?«
»Ich . . . äh . . .«, stammelte Abbi. »Ich wollte dich nur fragen, ob . . . ob du vielleicht ein bisschen Kleingeld für mich hast, damit ich meine Mutter anrufen kann. Ich habe meinen Text für das Vorsprechen im Auto vergessen und . . .«
»Das ist ja 'ne tolle Entschuldigung, warum du mir hierher gefolgt bist.« Das Mädchen schaute sie immer noch unverwandt an. »Kümmer dich gefälligst um deinen eigenen Kram!«
Abbi erwiderte den Blick ihrer kalten blauen Augen. »Ich bin dir nicht gefolgt«, verteidigte sie sich. Sie war überzeugt, dass das Mädchen irgendwelche Drogen genommen hatte – warum hatte sie sich sonst so beeilt, vor allen anderen auf die Toilette zu kommen? Der Raum füllte sich jetzt mit lachenden,

schnatternden Mädchen. Die unfreundliche Blonde richtete sich auf, sah durch Abbi hindurch und ging in eine der Toilettenkabinen. Die Tür schlug mit einem lauten Knall hinter ihr zu.
Geschockt drehte Abbi sich um und bahnte sich einen Weg nach draußen. Sie würde sich etwas Neues überlegen müssen, um ihre Mum anzurufen. Vielleicht war ja ein anderer aus ihrer Gruppe bereit, ihr etwas Geld zu leihen.

★ Kapitel 4 ★

Die Schulführung

Die Führung durch die Schule sollte in den einzelnen Gruppen durchgeführt werden. Rund um einen Tisch, auf den ein Blatt mit der Aufschrift A1 geklebt war, saßen die Tänzer Jenna und Matt, die Sängerinnen Martha und Lauren und ein magerer Junge namens Dan und warteten darauf, abgeholt zu werden.
»Ich bin nur mitgekommen, um meiner Freundin Martha zu helfen.« Lauren zuckte mit den Achseln. »Es ist mir egal, ob ich bestehe oder nicht.« Der erstaunte Ausdruck auf Matts und Jennas Gesichtern schien sie nicht zu überraschen.
»Es ist nett von dir, deiner Freundin zu helfen«, sagte Matt schließlich, »aber ich glaube, du hast keine Ahnung, worauf du dich einlässt. Die Aufnahmeprüfungen sind verdammt hart, jedenfalls gilt das fürs Vortanzen.«
»Die müssen mich hier aufnehmen«, verkündete der merkwürdig aussehende Junge mit Namen Dan lachend. »Ich bin nämlich schon von jeder anderen Schule geflogen, weil ich überall der Klassenclown war.« Er verzog sein Gesicht zu einer komischen

Fratze. »Ich glaube, die haben sich gedacht, dass ich es dann auch gleich richtig lernen kann.«

»In welchen Bereich willst du denn«, fragte Matt begriffsstutzig. »Auf jeden Fall bist du kein Tänzer ...«

»Ach, nein? Dann schau dir das mal an!« Dan drehte eine ulkige Pirouette. »Aber eigentlich möchte ich Schauspieler werden. Mein heutiger Text für das Vorsprechen ist aus *Hamlet.* »›Sie spricht . . .‹« Er brach ab.

Ungeduldig und mit gerötetem Gesicht drängelte sich Abbi durch die überfüllte Kantine zu ihnen durch. »Hat irgendjemand von euch ein bisschen Kleingeld?«, platzte sie heraus. »Ich habe meinen Monolog im Wagen meiner Mutter vergessen. Ich muss sie anrufen und versuchen, ihn zurückzubekommen!«

Jenna stöhnte im Stillen. Was für ein Haufen von Versagern! Klassenclowns, Leute, die eigentlich gar nicht aufgenommen werden wollten, und dann . . . dieses Mädchen!

Dan griff in seine Tasche. »Hier«, sagte er. »Heute ist wohl nicht dein Tag, was?« Er schnippte die Münze in die Luft, fing sie auf und warf sie Abbi zu.

»Danke.« Abbi schüttelte den Kopf. »Schlechter Anfang, gutes Ende – das sagt mein Dad immer.« Dann rannte sie hinüber zum Münztelefon am anderen Ende der Kantine. Wieso hatte sie gerade jetzt an ihren Vater denken müssen? Seine Ehe mit ihrer Mutter hatte jedenfalls kein gutes Ende genommen. Und nun war er in Australien, während Mum Häuser verkaufte und versuchte, irgendwie zurechtzukommen.

Das Handy ihrer Mutter war besetzt. Abbi versuchte es bestimmt zehnmal hintereinander, aber es ertönte immer nur das nervtötende Piepen des Besetztzeichens. Sie wagte nicht, noch länger zu warten – sonst würde sie vielleicht die Führung verpassen. Und dann würde sie nie herauskriegen, wo das Vorsprechen stattfand.

Als sie zur Gruppe zurückkehrte, hatte sich inzwischen auch das große blonde Mädchen aus der Toilette eingefunden. Sie hielt ihren gelben Klebezettel in die Höhe. »Ich nehme an, ich gehöre zu euch«, sagte sie. »Ich heiße Chloe.«

»Damit wären wir dann sieben«, bemerkte Matt. »Immerhin ist die Sieben eine Glückszahl.«

★

Die A1-Gruppe wurde von einem traumhaft aussehenden Schauspiellehrer namens Mr Steel durch die Schule geführt. Abbi war so hingerissen von seinen dunkelblauen Augen und den breiten Schultern, dass sie kaum auf ihre Umgebung achtete, während sie durch das Labyrinth der Treppen und Flure der William Holly liefen.

»Dies ist eines der Tanzstudios«, erklärte er gerade.

»Es wird hauptsächlich für klassisches Ballett genutzt.«

Jenna hatte Mühe, ihre Füße still zu halten. Der Boden war perfekt gefedert, und die Spiegelwand und die Ballettstange an der einen Seite des Raums schimmerten glänzend und neu. Am liebsten wäre sie der Gruppe davongewirbelt – hinein in eine Welt voller Musik und kraftvoller, wunderbar kontrollierter Ballettschritte.

»Seht mal, wir haben Jenna verloren«, lachte Matt. »Sie hat das Paradies gefunden . . .«

Jenna fuhr wütend herum. »Warum hältst du nicht einfach die Klappe?«, stieß sie hervor. »Nur weil du dir keine große Mühe gibst . . .«

»Wer sagt denn, dass ich das nicht tue?« Matts Grinsen war wie weggewischt, und er starrte sie angriffslustig an.

»Jungen müssen sich nicht besonders anstrengen, um an der William Holly aufgenommen zu werden, weil es nie genug männliche Tänzer gibt. Aber *ich* muss trainieren wie verrückt. Also mach dich nicht über mich lustig«, versetzte Jenna.

»Ähem!« Mr Steel hüstelte nachdrücklich. »Könnten wir jetzt vielleicht in den Musikraum gehen, wenn ihr zwei euren kleinen Streit beendet habt?«

Während sie durch die Flure marschierten, hielt Abbi Ausschau nach einem Telefon. Sie musste unbedingt mit ihrer Mutter sprechen.

Der Musiksaal war mit schalldämmendem Material ausgekleidet. Er hatte eine niedrige Decke, und in einer Ecke stand ein Flügel.

»Dieser Raum wird hauptsächlich für Vokalmusik genutzt«, erläuterte Mr Steel. »Martha und Lauren, ihr seid doch Sängerinnen, nicht wahr?«

Lauren wurde ganz verlegen und spürte, dass Jenna sie anstarrte. Ich habe hier überhaupt nichts zu suchen, dachte sie. Was für eine blöde Situation! Mr Steel wartete offenbar auf eine Antwort von ihr. »Ja, ich . . . äh . . . singe«, stammelte sie. Was würde er wohl sagen, wenn er die Wahrheit wüsste – dass sie Gesangsstunden nahm, seit sie sechs war, und dass sie von einer der berühmtesten Lehrerinnen der ganzen Stadt unterrichtet wurde. Ihre Eltern erwarteten von ihr, dass sie ein Opernstar wurde. Die beiden wären entsetzt, wenn sie sie hier sehen könnten. Sie musste jetzt wirklich gehen, am besten sofort.

»Ist das Vorsingen auch so hart?«, wandte Martha sich mit weinerlicher Stimme an die Gruppe. »Ich schaff das bestimmt nicht, ich weiß es genau.« Sie klammerte sich immer noch an Laurens Arm.

»Ich nehme an, das hängt davon ab, wie wichtig es für dich ist, an der Schauspielschule aufgenommen zu werden«, sagte Jenna kühl und warf Lauren einen viel sagenden Blick zu. Es schien sie zu ärgern, dass Lauren die ganze Sache anscheinend auf die leichte Schulter nahm.

Wie konnte sie es wagen, so zu tun, als wäre das alles nicht wichtig!
Mr Steel betrachtete die beiden neugierig. »Nun gut«, verkündete er schließlich, »auf zum Theater! Das ist unser letzter Halt.«

★

Im Schauspielstudio führten mehrere Reihen mit Teppich bezogener Bänke wie riesige Stufen von der Bühne aus steil nach oben. Unter der Decke war eine Beleuchtungsanlage installiert, und der gesamte Raum war schwarz gestrichen. »So«, sagte Mr Steel, »wo sind denn unsere Schauspieler? Kommt doch bitte mal zur Mitte der Bühne!«
Dan, Chloe und Abbi traten auf die Bühne.
»Seid ihr alle so weit?« Mr Steel lächelte. »Habt ihr eure Monologe vorbereitet?«
»Allzeit bereit«, witzelte Dan. Chloe nickte nur stumm. Abbi verspürte plötzlich das dringende Bedürfnis, Mr Steel von ihrem entsetzlichen Problem zu erzählen, aber er hatte sich schon abgewandt.
»Okay, das war unsere Tour. Wir gehen jetzt zurück in die Kantine, und dort wartet ihr, bis ihr aufgerufen werdet. Vor drei Uhr heute Nachmittag werdet ihr nicht wieder als ganze Gruppe zusammenkommen. Aber wir erwarten von euch, dass ihr denjenigen aus eurer Gruppe helft, die im gleichen Bereich wie ihr

die Aufnahmeprüfung machen. Ihr werdet alle Freunde brauchen.«

Abbi lächelte Dan an, und er schnitt eine lustige Grimasse. Chloe ignorierte die beiden einfach.

»Wo wir gerade von Hilfe sprechen, hast du deine Mutter eigentlich vorhin ans Telefon bekommen?«, fragte Dan, während sie die Treppen zur Kantine hochstapften.

»Nein, aber ich werd's jetzt noch mal versuchen.« Abbi hielt die Münze hoch, die er ihr geliehen hatte.

»Ich warte in der Kantine auf dich«, versprach Dan. »Nur für den Fall, dass sie uns aufrufen, während du noch am Telefon hängst.«

»Ich möchte nicht, dass du wegen mir zu spät kommst . . .«, setzte Abbi an.

»Keine Bange«, winkte er ab. »Notfalls kann unsere Eisprinzessin dort drüben den Schauspiellehrern Bescheid sagen.« Er verbeugte sich in Chloes Richtung. Abbi stellte fest, dass sie Dan mochte. Er erinnerte sie irgendwie an die alten Marx-Brothers-Filme – mit seinen Gummibeinen und den witzigen Grimassen.

Sie versuchte das Zittern ihrer Hand zu unterdrücken, als sie die Nummer ihrer Mutter wählte. »Bitte lass es nicht besetzt sein, bitte, bitte!«, murmelte Abbi beschwörend vor sich hin.

Zu ihrer riesigen Erleichterung war die Leitung frei. Abbi hinterließ eine Nachricht auf der Mailbox:

»Mum, ich habe mein Skript auf dem Rücksitz vergessen. Ich bin geliefert, wenn du es mir nicht zur Schule bringst. Bitte, bitte, Mum – gib die Mappe so schnell wie möglich im Büro ab! Ich hab dich lieb ... Tschüss!«

★ Kapitel 5 ★

Die ersten Aufnahmeprüfungen

»Hast du deine Mutter diesmal erwischt?«, erkundigte sich Dan, als sie zu ihren Sitzen hinaufstiegen, die einen guten Blick auf die Bühne boten.
Abbi nickte eifrig. »Ich habe ihr eine Nachricht hinterlassen. Ich hoffe nur, dass sie bald kommt.« Schließlich war sie in wenigen Minuten mit ihrem Monolog dran. In dem kleinen Theater hatten sich vier Gruppen von Schauspielschülern versammelt, die gleich zum ersten Mal vorsprechen sollten.
Es war nett von Dan nachzufragen, dachte Abbi. Nur schade, dass er so komisch aussieht. Wie ihr erst jetzt auffiel, trug er einen schwarzen, eng anliegenden Pullover, schwarze Jeans und schwarze Schuhe. Sein Outfit passte bestens zu der Decke und den Wänden des Schauspielstudios. »Warum bist du eigentlich ganz in Schwarz?«, fragte sie und deutete auf seine Kleidung.
»Es wirkt theatralischer.« Dan nahm eine dramatische Pose ein. »Mein Monolog ist nämlich aus *Hamlet* – das ist eine düstere und schreckliche Tragödie. ›Sein . . . oder Nichtsein . . .‹«

Abbi sank seufzend in sich zusammen. »Du hast dich sogar passend für deinen Monolog angezogen, und ich kann mich nicht mal erinnern, worum es in meinem geht. Und ich habe kein Skript!«

»Ach, lass mal!«, meinte Dan beruhigend. »Wenn du erst auf der Bühne stehst, wird dir alles wieder einfallen. Das Skript ist doch sowieso nur als Krücke gedacht. Schließlich musst du deinen Text kennen . . .«

Abbi fixierte ihn mit ihren blauen Augen. »Was meinst du mit *den Text kennen?«*, japste sie.

»Ihn sich einprägen . . . na, du weißt schon – auswendig lernen eben.«

»Oh, nein!« Abbis Herz machte einen entsetzten Hüpfer. »Wir sollten uns den Text *merken?* Ich wusste nicht, dass wir ihn auswendig lernen sollten. In den Unterlagen stand nur ›Bereite einen Monolog vor‹.« Verzweifelt ließ sie sich in ihren Sitz zurückfallen.

Dan warf ihr sein lustiges, schiefes Grinsen zu. »Ich schätze, du hattest bis jetzt noch nicht so viel mit dem Theater zu tun . . .«

»Nein! Ich möchte ja auch ein Fernsehstar werden wie Blair Michaels.«

»Sie lernt ihren Text.«

»Ach, wirklich? Und ich dachte, sie liest ihn vom Teleprompter ab.«

»Oh, du Ärmste.« Dan verbarg sein ulkiges Gesicht in den Händen. »Ich glaube, du bist hier falsch.«

»Nein!«, rief Abbi und richtete sich auf. »Ich bin hier

genau richtig. Auswendig lernen ist für mich kein Problem. Ich brauche nur mein Skript, dann schaff ich das schon. Glaubst du, sie lassen mich noch mal zum Büro gehen?« Sie sprang auf die Füße.
Jetzt grinste Dan wieder. »Frag doch einfach!«, meinte er achselzuckend. »Aber die Show muss weitergehen.«
Abbi warf ihm ein strahlendes Lächeln zu. »Ich hab schon eine Idee. Ich sage einfach, ich hätte Lampenfieber und glaube, dass ich mich übergeben muss. Halt mir den Platz frei, ich bin gleich zurück . . .« Und schon stürmte sie die schwarz bezogenen Bankreihen hinunter.

★

In der Zwischenzeit machten Jenna und Matt im Tanzstudio ihr Aufwärmtraining. Eine nervöse junge Lehrerin, Miss Adaman, überprüfte die Reihenfolge, in der sie vortanzen sollten.
»Du bist als Erste dran«, sagte Miss Adaman zu Jenna. »Matt, du tanzt nach ihr.«
»Gut siehst du aus, Kleine.« Matt grinste Jenna zu, die an der Stange ihre Streckübungen machte.
Und ich wünschte, du wärst in Sibirien, dachte Jenna. Matt hatte ein echtes Talent, sie auf die Palme zu bringen und ihre Konzentration zu stören. Dummerweise wusste er das ganz genau. »Verzieh dich!«, murmelte sie.

Jenna spürte das vertraute Prickeln der Nervosität – es fühlte sich an wie ein Eiswürfel, der ihr Rückgrat hinunterkullerte. Es war wichtig, jetzt ganz entspannt und konzentriert zu bleiben. Sie kannte ihren Tanz in- und auswendig. Es war ein langsames, fließendes Stück, bei dem sie ihre perfekte Körperbeherrschung und ihr Gespür für Bewegung unter Beweis stellen konnte. In Vorbereitung auf diesen Augenblick hatte sie unzählige Stunden trainiert.

Jenna nahm ihre Position am anderen Ende des Studios ein und wartete darauf, dass die Musik – ein langsames, romantisches Adagio – einsetzte. Für einen Moment schwebten die Finger der Pianistin über den Tasten, dann wurden die ersten Noten angeschlagen.

Aber das war ja falsch – völlig falsch! Ein elektrischer Schlag fuhr durch Jennas Körper. Die Musik war viel zu schnell! Hals über Kopf begann sie zu tanzen und versuchte verzweifelt, mit der Musik Schritt zu halten. Die kontrollierten, langsamen Schritte, die sie geübt hatte, verwandelten sich in die eckigen Bewegungen eines aufgezogenen Roboters.

Jenna bekam kein Gefühl für die Musik; es gelang ihr einfach nicht, sich auf das veränderte Tempo einzustellen. Sie wirbelte hektisch herum und stolperte bei dem Versuch, schneller zu tanzen, beinahe über ihre eigenen Füße.

Der Tanz endete mit einem unbeholfenen Schluss.

Jenna spürte, wie ihr Tränen der Wut und Enttäuschung in die Augen stiegen.
Matt war als Nächster dran. Er schritt in die Mitte des Studios, breitete die Arme aus und wartete auf das Einsetzen der Musik. Natürlich war sie perfekt – genauso wie sein Tanz.
Jenna musste sich zwingen zuzuschauen. Matts Art, zu tanzen, drückte zwar nicht sehr viel Gefühl aus, war jedoch technisch brillant. Ein Blick auf Miss Adamans Gesicht verriet Jenna, wie beeindruckt sie war. Matt hatte das Vortanzen offenbar bestanden – als hätte es daran niemals einen Zweifel gegeben.
Als er fertig war, kam er zu Jenna hinüber. »Na, wie fandest du's?«, stieß er schwer atmend hervor und fuhr sich mit einem Handtuch über die schweißnasse Stirn.
»Ziemlich angeberisch wie üblich. Aber das scheint auch der Stil der Musik hier zu sein.«
»Es tut mir Leid, dass sie dir deine Begleitmusik verpfuscht hat.« Matt ließ sein Handtuch in Richtung der Pianistin schnellen. »So was passiert eben manchmal«, meinte er achselzuckend.
»Aber dir nie, was?«, brauste Jenna auf. »Ich habe mich gefühlt wie ein überdrehtes Blechspielzeug.
»Nimm die Sache doch nicht so ernst!« Matts braune Augen glitzerten belustigt. Sein Haar hing ihm feucht über die Ohren. In diesem Moment hasste Jenna ihn von ganzem Herzen.

»Du nimmst überhaupt nichts ernst!«, warf sie ihm mit hoch erhobenem Kopf vor. Matt und sie hatten fast die gleiche Größe, sodass sie ihm direkt in seine spöttisch blitzenden Augen schauen konnte. »Für mich ist das hier mehr als nur ein Spiel!«
»Ein Spiel?« Matt schüttelte den Kopf. »Für mich ist es auch kein Spiel. Wenn ich das wollte, wäre ich jetzt da draußen und würde mit meinen Freunden Football oder Basketball spielen. Stattdessen hocke ich hier drin mit Miss Hochnäsig, der neunmalklugen Jennifer James!«
»Es zwingt dich ja niemand, hier zu bleiben«, fauchte Jenna. »Es wäre mir sowieso viel lieber, wenn du mich einfach in Ruhe lassen würdest.«
»Okay«, sagte Matt, drehte sich um und ging davon. Wieder spürte Jenna, wie ihr die Tränen in die Augen stiegen. Wie schaffte Matt es bloß *jedes Mal,* dass sie sich so mies fühlte?

★ Kapitel 6 ★

Ich kann das nicht!

Die Ausrede mit der Übelkeit wirkte wie eine Zauberformel, die Abbi in Windeseile aus dem Schauspielstudio brachte. Mr Steel hatte sie nur mitfühlend angeschaut und ihr hastig die Tür geöffnet.

Nun raste Abbi zum Büro und stürzte sich auf den Anmeldetresen. »Mein Name ist Abigail Reilly«, stieß sie nach Luft schnappend hervor. »Meine Mutter wollte hier etwas für mich abgeben.« Die Sekretärin war offenbar an Schauspielschüler gewöhnt. Sie sah nicht einmal auf, sondern schüttelte nur den Kopf.

»Tut mir Leid, hier ist nichts abgegeben worden«, brummelte sie.

Abbi hatte sich schon zum Gehen gewandt, als ihr plötzlich eine Idee kam. »Dürfte ich vielleicht mal Ihr Telefon benutzen?«, fragte sie. »Es ist sehr wichtig.«

»Die Schüler sind angehalten, das Münztelefon in der Kantine zu benutzen«, erwiderte die Sekretärin kurz angebunden und blickte immer noch nicht auf.

»Ich weiß, aber ich habe kein Geld und muss unbedingt . . . bitte! Ich glaube, mir wird schon wieder schlecht. Ich muss meine Mutter anrufen!«

Nun schaute die Sekretärin sie mitleidig an. »Die Aufnahmeprüfungen sind ganz schön hart, was?« Sie schob Abbi das Telefon hinüber. »Hier. Nur zu, erledige deinen Anruf!«

»Vielen, vielen Dank!«, sprudelte Abbi hervor und schirmte mit der Hand den Hörer ab, damit die Sekretärin nicht mithören konnte.

»Hallo Mum«, flüsterte sie, als sich die Mailbox meldete. »Es geht um Leben und Tod. Mein Script ist noch im Auto. Ich brauche es *jetzt!*«

»Noch mal vielen Dank«, sagte sie zu der Sekretärin. »Meine Mum wird mir gleich etwas . . . für meinen Magen bringen. Ich warte draußen auf sie.«

★

Im Musiksaal, wo das Vorsingen stattfand, drückte Lauren gerade Martha die Daumen. Ihre Freundin würde gleich das Lied »Somewhere over the rainbow« aus dem *Zauberer von Oz* singen. Der Musiklehrer war ein großer, rotgesichtiger Mann mit wehenden grauen Haaren und einer dröhnenden Stimme. Sein Name war Mr O'Brien.

»In Ordnung . . . die Nächste!«, bellte er und Martha marschierte stocksteif nach vorne. Sie sieht ja aus wie eine Wachsfigur, dachte Lauren alarmiert. Sie scheint nicht mal mehr zu wissen, wo sie ist.

Während die Pianistin einige einleitende Takte spiel-

te, blickte Martha starr geradeaus. Die großen Augen schienen ihr beinahe aus dem Kopf zu treten, aber sie machte keine Anstalten zu singen.
Die Pianistin brach ab und spielte noch einmal den Anfang des Liedes.
Dieses Mal gelang es Martha, wenigstens die erste Zeile herauszubringen. »›Some-where, over the rain-bow . . .‹«. Ihre Stimmte quietschte fürchterlich, aber immerhin sang sie.
»›And the . . . and the . . .‹« Martha hatte den Text vergessen. »Dah-dah dada dah-dah-dah«, improvisierte sie, während die Pianistin mit energischem Anschlag weiterspielte.
Verzweifelt versuchte Laura, ihr mit lautlosen Lippenbewegungen den Text vorzusprechen. Sie hoffte, dass ihre Freundin zu ihr hinuntersehen und es bemerken würde, aber Martha blickte weiter starr geradeaus. Ihr Gesicht wurde immer röter, während sie ab und zu ein Wort einstreute, das ihr wieder eingefallen war. Schließlich brach sie ab.
»Ich kann dieses blöde Lied nicht singen«, verkündete sie mit ärgerlicher Stimme.
»Na, komm schon!«, brüllte Mr O'Brien. »Du kannst das bestimmt.«
»Kann ich nicht«, erklärte Martha entschieden, verließ die Bühne und setzte sich neben Lauren.
Lauren spürte, wie sich eine unbehagliche Stille im Musikraum ausbreitete. »Keine Sorge, Leute«, dröhn-

te Mr O'Brien aufmunternd, »Martha wird noch eine zweite Chance bekommen. Hören wir uns doch solange die nächste Sängerin an. Ich glaube, es ist Lauren Graham.«

Lauren hatte beschlossen, ein Lied aus *The Sound of Music* zu singen. Es unterschied sich völlig von den klassischen deutschen und italienischen Stücken, die sie sonst sang, und sie hatte es kaum geübt. Ihr war klar, dass sie nicht besonders gut singen würde, aber was machte das schon – sie wollte die ganze Sache einfach nur so schnell wie möglich hinter sich bringen.

Lauren ging nach vorne und wartete auf die einleitenden Takte des Klaviers. »›Raindrops on roses . . .‹«, setzte sie mit ihrem hellen Sopran ein.

»Stopp!«, donnerte Mr O'Brien von hinten. »Ich kann dich kaum verstehen. Lauter, Kleine! Gib dem Lied ein bisschen mehr Schwung!«

Lauren war wütend. Dieses einfache kleine Liedchen brauchte keinen Schwung – es war leicht und verspielt. Und außerdem hatte sie nicht vor, ihre Stimme zu überanstrengen, indem sie zu laut sang. Ihre Gesangslehrerin würde sonst einen Anfall bekommen. Nach einer kleinen Pause setzte sie noch einmal an, ein wenig lauter diesmal, und richtete ihre Stimme in den hinteren Teil des Raumes.

Mr O'Brien sah nun schon etwas glücklicher aus, aber noch längst nicht zufrieden. Von Zeit zu Zeit legte er die Hand ans Ohr, als ob er sie auffordern wollte, lauter zu singen.

Nachdem Lauren sich durch das Lied gequält hatte, ging sie zurück zu ihrem Platz und setzte sich hin. Sie traute sich nicht zu Martha hinüberzusehen. Je eher sie hier wieder rauskamen, desto besser.

Aber nach ihnen waren noch sechs Sänger dran. Nach Mr O'Briens gebieterischer Aufforderung »Schmettert es aus euch heraus!« sangen alle, so laut sie konnten. Lauren schauderte es, als sie an den Schaden dachte, den sie ihren Stimmbändern damit zufügten. Jemand wie Mr O'Brien sollte auf keinen Fall Gesang unterrichten dürfen, dachte sie verärgert.

Ganz zum Schluss bekam Martha die Gelegenheit zu einem zweiten Versuch. Sie stand leicht schwankend, mit fast geschlossenen Augen auf der Bühne und schaffte es, sich durch das ganze »Somewhere over the rainbow« zu arbeiten.

»Ich bin ja so stolz auf dich«, sagte Lauren und drückte Marthas Hand, als ihre Freundin erschöpft auf dem Stuhl neben ihr zusammengesunken war. »Du hast kein einziges Wort ausgelassen!«

★

Abbi marschierte ungeduldig vor dem Büro auf und ab und beschwor in Gedanken ihre Mutter, endlich aufzutauchen. Aber selbst wenn sie ihr Skript jetzt sofort bekam, wie sollte sie das ganze Ding noch rechtzeitig auswendig lernen? Es war aussichtslos. Sie ging zur Eingangstür, um einen Blick auf die Straße zu werfen und nach dem Wagen ihrer Mutter Ausschau zu halten.

Die Straße lag leer und verlassen da und döste in der Hitze vor sich hin. Plötzlich hatte Abbi genug von der Schauspielschule und den Aufnahmeprüfungen. Am liebsten wäre sie nach draußen in die Sonne gerannt – so weit weg wie möglich von der William-S.-Holly. Alle anderen wussten viel mehr über die Schauspielerei als sie – es war eine absolute Schnapsidee gewesen, sich zu bewerben. Dan hatte Recht – sie gehörte einfach nicht hierher.

Wie war sie bloß auf den Gedanken gekommen, Schauspielerin zu werden? Sie würde vor Scham in den Boden versinken, wenn man sie zum Vorsprechen aufrief und sie nichts, absolut nichts, vorzutragen hatte! Das würde sie nicht überleben!

★ Kapitel 7 ★

Drinnen oder draußen?

Abbi war schon halbwegs die Eingangsstufen hinunter, als ihr plötzlich einfiel, dass die Tasche mit all ihren Sachen noch im Schauspielstudio war. Sie zögerte. Und wenn ich sie einfach dalasse? Wen interessiert es schon, ob ich sie jemals wieder sehe?, ging es Abbi durch den Kopf.

Ihre Mutter würde es bestimmt brennend interessieren, denn die neue Brieftasche, die Mum ihr zum Geburtstag geschenkt hatte, war in der Tasche und all ihre Papiere. Außerdem hatte Abbi erst vor drei Monaten einen Rucksack verloren, und ihre Mutter rieb es ihr beinahe jeden Tag unter die Nase.

Mit einem tiefen Seufzer schleppte sich Abbi die Eingangsstufen wieder hinauf und trottete durch den langen Flur zum Theaterraum. Als sie die Türen aufstieß, fiel ihr Blick auf Dan, der in seinen schwarzen Klamotten mitten auf der Bühne stand. Er hielt seinen Kopf gesenkt und wartete offenbar darauf anzufangen.

Abbi konnte sich unmöglich durch die Bankreihen bis zu ihrem Platz vordrängeln, ohne sein Vorsprechen zu stören. Also glitt sie leise auf einen Sitz gleich neben dem Gang.

Ein einzelner Scheinwerfer war auf Dan gerichtet – dadurch schien er die einzige Person im Raum zu sein.

»Sein ... oder Nichtsein dann ...« Dan hob den Kopf und streckte einen Finger aus. An der Art, wie er den Kopf hielt und seinen Finger in die Luft pikste, war etwas so unwiderstehlich Komisches, dass im abgedunkelten Studio unterdrücktes Kichern ertönte.

Dan unterbrach sich, warf dem Publikum einen strafenden Blick zu, der ihm ein erneutes Kichern eintrug, und fuhr dann fort: »... das ist die Frage: Was ist das Edlere, im Geist zu dulden, Schleuder und Pfeil des rasenden Geschicks ...« Als er sich bei diesen Worten überschwänglich die Hand aufs Herz presste, wurde aus dem mühsam unterdrückten Kichern lautes Gelächter.

Es ist aussichtslos, dachte Abbi. Je mehr Mühe sich der arme Dan gibt, seine tragische Rolle zu spielen, desto komischer wirkt er. Im Verlauf von Hamlets Monolog steigerte sich die Heiterkeit im Saal immer mehr, und zum Schluss fielen die Zuschauer vor Lachen beinahe von den Bänken.

Abbi wäre an seiner Stelle am liebsten im Erdboden versunken, aber gleichzeitig hielt auch sie sich die Seiten vor Lachen. Dan war zweifellos der witzigste Mensch, den sie jemals erlebt hatte.

Schließlich stürmte er mit hochrotem Gesicht von der Bühne, während ihm die Lachsalven die Sitzreihen hinauffolgten.

Mr Steel ging zur Mitte der Bühne. »Ich denke, wir sollten eine kurze Pause einlegen«, meinte er. »Wir haben alle schon einen langen Tag hinter uns. Abigail Reilly – du bist als Nächste dran. Halte dich in fünf Minuten zum Vorsprechen bereit.«

Abbi blieb noch einen Moment sitzen und versuchte, wieder zu Atem zu kommen. Vorsprechen war furchtbar, sogar wenn man seinen Text konnte. Als ihr das klar wurde, riss Abbi sich zusammen, setzte sich gerade hin und reckte trotzig ihr Kinn vor. Ich kann es wenigstens versuchen, beschloss sie. Egal, was passiert – schlimmer als Dan kann es mir auch nicht ergehen.

Sie kämpfte sich durch die Menge der lachenden, tuschelnden Schüler bis zu ihrem alten Platz vor. Glücklicherweise war ihre Tasche noch da. Dan saß vornübergebeugt auf der Bank und hatte das Gesicht in den Händen vergraben.

»Hallo«, sagte Abbi leise.

»Oh, mein Gott«, murmelte Dan hinter seinen bleichen Fingern hervor. »Hast du das gesehen?«

»Ja«, antwortete Abbi und musste bei der Erinnerung daran ein Kichern unterdrücken. »Es war . . . äh . . . erstaunlich.«

Dan nahm die Hände von den Augen. Sein Blick war

düster. »Einmal ein Clown, immer ein Clown«, meinte er achselzuckend. »Sieht ganz so aus, als könnte ich meinem Schicksal nicht entkommen.«

»Ich wollte vorhin alles hinschmeißen und einfach verschwinden«, gestand Abbi. »Eigentlich bin ich nur zurückgekommen, um meine Tasche zu holen. Ich dachte, alle anderen wären perfekt und ich wäre die einzige Versagerin, aber jetzt ...«

Dan setzte ein schiefes Grinsen auf. »Für irgendwas müssen Clowns ja gut sein ...«

»Nein, ich finde, du hast uns gezeigt, wie dumm es von Hamlet ist, alles so ernst zu nehmen.« Abbi packte Dan bei den Schultern und schüttelte ihn. »Wir haben über Hamlet gelacht, nicht über dich.«

»Eine interessante Interpretation«, meinte Dan und verzog skeptisch das Gesicht. »Und? Ist dein Skript inzwischen aufgetaucht?«

»Nein ...« Abbi schüttelte mutlos den Kopf. »Und ich bin die Nächste.«

»Chloe, unsere Eisprinzessin, ist als Letzte dran«, sagte Dan. »Warum fragst du sie nicht, ob sie mit dir tauscht? Dann hättest du noch ein paar Minuten länger ...«

»Meinst du, das würde sie tun?«, unterbrach ihn Abbi aufgeregt.

»Warum denn nicht?« Dan zuckte mit den schmalen Schultern. »Immerhin ist sie in unserer Gruppe, und wir sollen uns doch gegenseitig helfen, oder?«

»Du bist genial!«, rief Abbi mit glänzenden Augen. »Da ist sie ja.«
Chloe saß ganz alleine in der ersten Reihe. Abbi flog förmlich die Bankreihen hinunter. »Chloe«, bat sie, »können wir vielleicht tauschen? Ich komme als Nächste dran, aber ich bin noch nicht so weit, und weil du die Letzte bist, hätte ich noch ein bisschen Zeit ...«
»Nein«, unterbrach Chloe sie kühl. »Ich möchte nicht mit dir tauschen. Es ist gut, als Letzte vorzusprechen. Dann erinnern sich die Prüfer besser an einen.«
Abbi starrte sie schockiert an. »Du willst also nicht tauschen?«
Chloe schüttelte nur den Kopf und beugte sich wieder über ihr Skript. Dabei fiel ihr glattes blondes Haar nach vorne und verbarg ihren Gesichtsausdruck.
Abbi drängelte sich zu Dan durch. »Es ist hoffnungslos«, murmelte sie. »Sie macht's nicht.«
»Was ist eigentlich mit der los?« Dan machte ein finsteres Gesicht.
Abbi hatte da so eine Vermutung, aber das war im Moment nicht wichtig. Die fünf Minuten waren beinahe um. »Was soll ich denn jetzt machen?« Verzweifelt warf sie die Arme hoch.
»Ich werd noch mal im Büro nachfragen«, sagte Dan zu ihr. »Und du stellst dich inzwischen darauf ein, auf die Bühne zu gehen. Sobald dein Skript da ist, komme ich nach vorne und geb's dir. Den Text vorzulesen ist immer noch besser als gar nichts.«

Abbi nickte. Dan hüpfte mit seinen komischen, spinnenartigen Bewegungen über die Bankreihen davon, während sie langsam nach unten zur Bühne ging. Dort wartete schon Mr Steel mit seinem atemberaubenden Lächeln auf sie. »Na, bist du so weit?«, erkundigte er sich.

Abbi brachte ein schwaches Grinsen zu Stande. »Fast . . .«, krächzte sie mühsam.

»Mach dir keine Sorgen!«, sagte Mr Steel. »Wir wollen heute nur einen persönlichen Eindruck von dir bekommen und sehen, wie du auf der Bühne wirkst. Niemand erwartet, dass du schon alles kannst.«

Langsam gingen die Lichter aus. Die anderen nahmen bereits geräuschvoll ihre Plätze wieder ein, und immer noch keine Spur von Dan. Aber etwas, das Mr Steel gesagt hatte, begann sich in Abbis Hinterkopf zu regen. Sie wollten einen persönlichen Eindruck von ihr bekommen . . .

★ Kapitel 8 ★

Ein rettender Einfall

Das Theater war schon fast dunkel. Es herrschte eine gespannte, erwartungsvolle Stille. Abbi hielt die Luft an. Dan, dachte sie, du hast noch genau zwei Sekunden, um aufzutauchen!

In diesem Moment öffnete sich die Tür im Hintergrund des Studios. Vor dem Rechteck aus Licht zeichnete sich Dans dünner schwarzer Schatten ab. Leere Hände und ein bedauerndes Schulterzucken. Das Skript war nicht abgegeben worden.

Langsam nahm eine Idee in Abbis Kopf Gestalt an. Sie atmete tief durch und begann zu sprechen:

»Dad, ich musste heute an dich denken. Daran, wie du immer sagtest: ›Schlechter Anfang, gutes Ende‹, wenn irgendetwas schief ging. Ich wünschte, du wärst jetzt hier, weil es im Moment auch nicht so großartig läuft. Und Mum, na ja, sie hat nichts dagegen, dass ich Schauspielerin werden will. Solange ich gute Noten bekomme und keine Dummheiten mache, ist es okay für sie. Aber du, du würdest verstehen, was für ein Abenteuer es für mich ist . . . und du würdest mich anfeuern.

Weißt du noch, wie du mir aus *Der kleine Hobbit* vorgelesen hast, wo sie alle zu einem Abenteuer ausziehen, um den Drachen zu besiegen? Seit damals habe ich auf einen Zauberer wie Gandalf gewartet, der an meine Tür klopfen und sagen würde: ›Abbi, heute ist der große Tag, an dem du alles hinter dir lassen und ein neues Leben beginnen wirst. Es wird furchtbar riskant werden, und vielleicht ist dir kein Erfolg beschieden, aber auf deinem Weg wirst du so vieles sehen, so vieles fühlen und so vieles verändern, dass du einfach gehen musst.‹

Genauso fühle ich mich bei dem Gedanken daran, auf der Bühne zu stehen. Ich muss es tun, auch wenn mich niemand versteht. Ich habe schon so viel gelernt, nur indem ich die ersten Schritte auf dieses neue Leben zugegangen bin. Ich habe gelernt, dass es nicht nur aus Glanz und Ruhm besteht. Es ist harte Arbeit. Und weil ich noch niemals hart für etwas gearbeitet habe, wird das ziemlich schwer für mich werden.

Aber ich habe auch gelernt, dass die Schauspielerei wie ein besonderer Klub ist, zu dem nur eine ganz bestimmte Art von Menschen Zutritt hat. Es ist eine geheime Gemeinschaft, und man braucht das richtige Losungswort, um die Tür zu passieren und in den Klub aufgenommen zu werden. Doch ich weiß schon jetzt, dass das Leben auf der anderen Seite dieser Tür das ist, was ich will – mehr als alles andere auf der Welt.

Und, Dad, wenn du nicht so weit weg in Australien wärst, könntest du mir bestimmt helfen, dieses Losungswort zu finden. Alleine das Wissen, dass du zu diesen Menschen gehörst, hilft mir zu verstehen, warum du fortgehen und uns verlassen musstest, zumindest für eine Weile. Das war mir bis heute nie klar. Wenn du zurückkommst, werden wir viel zu bereden haben. Doch bis es so weit ist, werde ich einfach so tun, als wärst du hier. Ich werde mir vorstellen, du seist der Zauberer, der mich in dieser neuen Welt willkommen heißt. Und ich werde darüber nachdenken, was du sagen und tun würdest, um mich in dieser Situation zu unterstützen. Danke, Dad.«

Abbi neigte den Kopf, als stürmischer Beifall über sie hereinbrach und die Lichter langsam wieder angingen. Sie entdeckte Dan, der in der letzten Reihe wie ein Verrückter klatschte, und Chloe, die kreidebleich und benommen ganz vorne saß.

»Das war ein sehr interessanter Text, den du dir da zum Vorsprechen ausgesucht hast.« Mr Steel lächelte sie wohlwollend an. »Wo hast du ihn gefunden?«

»Och, er lag so rum«, nuschelte Abbi und spürte, wie ihr das Blut in die Wangen schoss. Sie sauste zurück und ließ sich mit gerötetem Gesicht auf den Sitz neben Dan fallen.

»Das hast du dir ausgedacht, nicht wahr?«, flüsterte er ihr grinsend zu.

Abbi war immer noch ganz überwältigt von dem Gefühl der Verbundenheit mit ihrem Vater. Sie nickte. »War es . . . war es in Ordnung?«
»Oh, ja!« Dan strahlte sie mit seinem schiefen Lächeln an. »Das kann man wohl sagen!«

★

Es war eine ruhige, sehr ernste Gruppe, die sich in der Kantine versammelt hatte, nachdem alle Aufnahmeprüfungen vorbei waren. Sie alle warteten – warteten auf die Liste mit den Namen derer, die am nächsten Samstag wieder kommen durften.
»Na, glückliche Sieben«, durchbrach Matt schließlich die angespannte Stille. »Wie lief's denn bei euch?«
»Sei bloß nicht so selbstgefällig!« Jennas dunkle Augen blitzten. »Du bist wahrscheinlich der Einzige hier, der genau weiß, dass er noch im Rennen ist.«
Lauren fragte sich, warum Jenna so gemein zu Matt war. Er versuchte doch nur, alle ein bisschen aufzuheitern. Sie konnte ihren Blick kaum von ihm losreißen – sie war fasziniert von der Art, wie sich seine Haare im Nacken kräuselten und wie er sich bewegte. Am liebsten hätte sie gesungen und getanzt – ausgerechnet sie! Die kleine, stille Lauren, die so schrecklich schüchtern war.
Wenn sie nicht mehr zur Schauspielschule kam, wür-

de sie ihn nie wieder sehen. Diese Erkenntnis traf Lauren wie ein Schwall eiskaltes Wasser.

»Ich hasse dieses Warten!« Abbi tigerte unruhig auf und ab. »Es ist die reinste Quälerei! Ich wünschte, sie würden endlich die Liste aufhängen und uns von unserem Elend erlösen.«

»Dein Wunsch geht in Erfüllung«, murmelte Jenna. »Da kommt sie schon.«

Die stattliche Dame im geblümten Kleid kam gerade in die Kantine marschiert; in ihrer Hand flatterte ein großer Bogen Papier. »Eure Namen sind in alphabetischer Reihenfolge aufgeführt«, verkündete sie mit dröhnender Stimme. »Bitte trampelt euch nicht gegenseitig nieder, wenn ihr alle gleichzeitig versucht sie zu lesen.«

Es herrschte absolute Stille, als sie die Liste an das schwarze Brett pinnte und wieder hinausmarschierte.

Im nächsten Moment brach ein unglaublicher Tumult aus, als zweihundert Paar Füße auf das schwarze Brett losstürmten. Wer hatte es geschafft und wer nicht?

★ Kapitel 9 ★

Die erste Liste

»Ich halt's nicht aus, nachzuschauen.« Dan vergrub sein Gesicht in den Händen. »Bitte, Abbi, geh du hin und sieh nach, ob unsere Namen auf der Liste stehen!«

»Ich weiß doch nicht mal, wie du mit Nachnamen heißt.« Abbi tänzelte vor Ungeduld von einem Fuß auf den anderen.

»Reeve. Dan Reeve«, murmelte er.

Inzwischen hatte Matt es erstaunlicherweise geschafft, sich irgendwie nach vorne durchzuarbeiten. »Du bist drin!«, rief er Jenna zu. »Lauren auch, und Chloe und ich, und Martha und Dan . . . und Abbi! Wir haben es alle geschafft!«, verkündete er lautstark, während er sich einen Weg zurück zur Gruppe bahnte. Sie warfen ihre Taschen in die Luft und kreischten und tanzten vor Glück. Alle bis auf Chloe, die mit einem seltsamen Gesichtsausdruck abseits stand.

»Die glücklichen Sieben!«, juchzte Matt. »Ich hab euch doch gesagt, dass wir alle durchkommen würden.«

»Ich kann's nicht glauben. Ich kann's nicht glauben.

Ich kann's einfach nicht glauben!«, quietschte Abbi immer wieder. »Wir haben's geschafft!«
»Die haben bestimmt Mitleid mit mir gehabt . . .« Dans schiefes Grinsen reichte von einem Ohr zum anderen.
»Mit mir anscheinend auch!« Überschwänglich umarmte Martha ihre Freundin. »Ich hab's tatsächlich geschafft!«
Jennas Gesicht leuchtete förmlich. Sie schien vor lauter Freude zu glühen.
»Wir sollten unsere Telefonnummern austauschen, damit wir uns während der Woche treffen können«, schlug Dan vor. »Wie wär's, wenn wir uns gegenseitig bei den Proben für nächsten Samstag helfen?«
»Ich werde bestimmt jede Menge Hilfe brauchen«, stimmte Abbi zu. »Hört mal – meine Mutter ist den ganzen Tag außer Haus –, wir könnten uns bei mir treffen.« Sie wollte jetzt lieber noch nicht damit herausrücken, dass sie auf ihren neunjährigen Bruder Joe aufpassen musste.
Während sie Telefonnummern auf Umschläge und Notizblöcke kritzelten, bemerkte Abbi, dass Chloe wortlos davonging. Sie stieß Dan mit dem Ellbogen an.
Er blickte auf und schüttelte den Kopf. »Irgendetwas an diesem Mädchen ist verdammt seltsam.«
»Wie ist denn ihr Vorsprechen gelaufen?«, erkundigte sich Abbi. Sie war während Chloes Auftritt noch so

benebelt gewesen, dass sie kein einziges Wort davon mitbekommen hatte.
»Prima.« Dan zuckte mit den Achseln. »Sie hat sich eine Szene ausgesucht, in der sie ein Mädchen spielt, das unbedingt ihren großen Bruder auf der Hochzeitsreise begleiten will. Sie war richtig gut.«
Abbi konnte einfach nicht vergessen, wie sie Chloe in der Mädchentoilette dabei überrascht hatte, als sie hastig die Pillen herunterschluckte. Und wenn sie nun Drogen nahm? Abbi schüttelte das unbehagliche Gefühl ab. Es passte einfach nicht zu diesem glücklichen Augenblick und dieser erstaunlichen neuen Welt.
Sie verließ die Schule wie auf Wolken. Draußen parkte der kleine rote Wagen ihrer Mutter – ihr besorgtes Gesicht blickte Abbi aus dem heruntergekurbelten Fenster entgegen. »Ich habe deine verzweifelten Botschaften bekommen«, sagte sie, »aber um was für ein Skript geht es denn eigentlich?«
»Um meinen Text für das Vorsprechen«, erwiderte Abbi. »Ich hab ihn auf dem Rücksitz liegen lassen.«
»Oh, Abbi, erinnerst du dich denn nicht? Ich habe dir das Skript doch in den Umschlag gesteckt. Mir war klar, dass du es sonst vergessen würdest.«
»In den Umschlag?« Wie betäubt blieb Abbi mitten auf der Straße stehen.
»Ja, Liebes, sieh doch mal nach! Es müsste bei deinen Anmeldeformularen sein.«

Abbi zog den großen zerknitterten Umschlag aus ihrer Tasche. Die eine Seite war inzwischen mit Namen und Telefonnummern voll gekritzelt. Sie griff hinein, nahm den Stapel Papiere heraus und dort, ganz unten, war ihr Skript.
»Sei vorsichtig, da kommen doch Autos!« Ihre Mutter winkte ihr näher zu treten. »Du solltest wirklich versuchen nicht immer so schusselig zu sein!« Sie schüttelte den Kopf. »Es hat eine halbe Stunde gedauert, bis ich dich gefunden hatte, weil ich dich heute Morgen an der falschen Schule abgesetzt habe. Bist du eigentlich zu spät gekommen?«
Abbi hörte ihr gar nicht zu. Plötzlich prustete sie los. »Ich hatte mein Skript die ganze Zeit dabei!«, japste sie. »Es war die ganze Zeit hier drin! Aber das macht nichts, Mum. Ich habe die erste Runde der Aufnahmeprüfungen bestanden.« Sie wusste, dass ihre Mutter niemals verstehen würde, was das bedeutete – was sie heute geschafft hatte.
»Das heißt dann wohl, dass wir das Ganze nächsten Samstag noch mal machen«, sagte ihre Mutter und schluckte. »Tja, also . . . äh . . . toll!«

★

»Ich kann einfach nicht glauben, dass die anderen zum Proben nicht zu mir kommen dürfen!«, kreischte Abbi. Es war Sonntagabend und Abbi und ihre Mut-

ter lieferten sich gerade eines ihrer lautstarken Wortgefechte, bei denen jede Recht behalten wollte.
»Du kennst die Regeln. Keine Freunde in der Wohnung, während ich zur Arbeit bin!«
»Das sind nicht meine Freunde«, widersprach Abbi. »Ich kenne sie ja kaum. Es sind die Leute aus meiner Gruppe an der Schauspielschule. Wir müssen uns treffen! Verstehst du das denn nicht?«
»Wenn du sie kaum kennst, ist das noch ein Grund mehr, sie nicht in die Wohnung zu lassen.« Abbis Mutter hatte jetzt auf ihre »grässlich vernünftige« Stimme umgeschaltet.
»Dann muss ich eben zum Proben zu einem der anderen gehen, und dabei kann ich Joe auf keinen Fall mitschleppen!«
Abbis Bruder Joe saß mit ihnen am Tisch und stopfte sich durch den Mundschlitz seines intergalaktischen Weltraumkriegerhelms mit Erdnussbutter-Sandwiches voll.
»Du wirst dir wohl einen anderen Babysitter suchen müssen.« Abbis Gesicht war feuerrot, und ihre blauen Augen stachen in ihrem wütenden Gesicht besonders hervor.
»Einige Leute aus deiner Gruppe sind Jungen«, rief ihre Mutter aus. »Du weißt doch, dass ich keine Jungen in die Wohnung lassen kann, wenn ich nicht hier bin.«
»Dann eben nur die Mädchen!« Abbi stürzte sich so-

fort auf den zögernden Unterton, den sie in der Stimme ihrer Mutter bemerkt hatte. »Es ist so wichtig, Mum! Wir müssen unbedingt zusammen proben. Wenn ich die Leute aus meiner Gruppe bis Samstag nicht sehe, muss ich praktisch wieder von vorne anfangen.«

»Was sagen denn die Eltern der anderen Mädchen dazu?«

Abbi drückte ihrer Mutter den Umschlag mit den draufgekritzelten Telefonnummern in die Hand. »Ruf sie doch an und frag sie!«, schlug sie vor. Bestimmt würden die Eltern der anderen nicht so unvernünftig sein!

★ Kapitel 10 ★

Das Treffen

»Ich find's unglaublich, dass deine Mutter einfach meine Eltern angerufen hat«, stöhnte Lauren. »Ist dir eigentlich klar, was du mir damit für einen Ärger eingebrockt hast?«

Es war Montagnachmittag und Abbi, Jenna, Lauren und ihre Freundin Martha saßen zusammen in Abbis Wohnzimmer.

»Lauren hat ihren Eltern nämlich nicht erzählt, dass sie zum Vorsingen geht«, erklärte Martha. »Es war ein ziemlicher Schock für sie.«

»Und wie hast du dich rausgeredet?«, wollte Jenna wissen.

»Ich hab das Ganze runtergespielt und ihnen erzählt, dass ich nur mitgegangen bin, um Martha zu helfen«, antwortete Lauren mit blassem Gesicht.

»Und was wirst du jetzt tun?«, fragte Jenna. Ihre hoch gewachsene, biegsame Gestalt lehnte graziös in einem der wuchtigen Ohrensessel. Mit ihren großen, dunklen Augen schaute sie Lauren unverwandt an. »Nimmst du an der zweiten Runde der Aufnahmeprüfungen teil?«

»Ich weiß es noch nicht.« Lauren blickte auf ihre Hände, die sie im Schoß gefaltet hatte.
»Da bist du nicht die Einzige«, meinte Jenna achselzuckend. »Meine Mutter will auch nicht, dass ich Tänzerin werde.«
»Aber du *musst* mitkommen!«, rief Martha erschrocken. »Ich kann ohne dich nicht vorsingen.«
Abbi setzte sich mit gekreuzten Beinen auf den Fußboden. »Ich verstehe eure Eltern nicht. Was haben sie denn dagegen, dass ihr singt und tanzt?«
»Oh, meine Eltern – wenigstens mein Dad – wollen durchaus, dass ich Sängerin werde.« Lauren schüttelte den Kopf. »Aber er erwartet, dass ich Opern singe und nicht Unterhaltungsmusik.«
»Und meine Mutter möchte, dass ich Gehirnchirurgin werde oder Wissenschaftlerin – irgendetwas, das der Menschheit dient«, erklärte Jenna. »Sie findet, dass Tanzen alberner Mädchenkram ist. Dabei ist meine Art zu tanzen, etwas ganz anderes!«, fügte sie mit trotzigem Gesicht hinzu.
Nachdenklich kaute Abbi auf ihrer Unterlippe herum. »Deswegen wirst du also immer so sauer, wenn Matt tut, als sei das alles nur ein Spiel«, sagte sie langsam. »Aber ich glaube, er ist ernsthafter, als er sich gibt.«
»Ich habe keine Lust, über Matt zu reden«, fauchte Jenna ungeduldig und warf ihre langen, geflochtenen Haare zurück. »Ich bin froh, dass er nicht hier ist.«

Lauren unterdrückte einen Seufzer.
»Aber wie willst du ohne einen anderen Tänzer trainieren?«, erkundigte sich Abbi. »Und wie soll ich ohne Dan proben? Ich brauche seine Hilfe bei meinem komischen Monolog.«
»Ach, was. Wir brauchen diese Typen nicht«, beharrte Jenna. »Du kannst dir meine Jazznummer anschauen, wir kümmern uns um deinen Monolog, und Martha und Lauren können zusammen ihre Lieder proben. Na los, lasst uns anfangen!«
Sie schwang anmutig ihre langen Beine aus dem Sessel, steckte das Band mit ihrer Tanzmusik in Abbis Kassettenrekorder und wirbelte durch den Raum. Jenna beim Tanzen zu beobachten war ein echtes Erlebnis. Jeder Teil ihres schlanken Körpers sprühte vor Energie.
»Das ist ja irre!«, rief Abbi bewundernd aus.
Jenna hielt inne und stützte eine Hand in die Hüfte. »Das sind doch nur meine Aufwärmübungen«, meinte sie lachend. »Wart's ab, bis du die richtige Nummer siehst!«
In diesem Moment erschien eine behelmte Gestalt, die als intergalaktischer Sternenkämpfer verkleidet war, im Türrahmen und schwenkte ein tragbares Telefon wie ein Schwert durch die Luft. »Da ist ein Anruf für dich. Irgend so ein Matt«, drang eine verzerrte Stimme unter dem Helm hervor. »Möchtest du mit ihm sprechen?«

»Ja, Joe, ich geh ran«, antwortete Abbi. »Aber nimm um Himmels willen den Helm ab, wenn du telefonierst. Deine Stimme klingt ja ganz verzerrt.«

»Ich bin nicht Joe. Mein Name ist Ya-chet, oberster Minister des Planeten Yex.«

»Gib mir endlich das Telefon!« Abbi riss es Joe aus der Hand. »Hallo?«, meldete sie sich. »Bist du das Matt?« Sie hörte zu und nickte dann. »Warte einen Moment, ich frage die anderen«, bat sie ihn und legte den Hörer beiseite. »Er sagt, wenn wir wollen, können wir uns Freitagabend bei ihm treffen. Zum Essen und Proben. Was meint ihr?« Abbi sah die anderen nacheinander an.

Ein nachdenkliches Stirnrunzeln kräuselte Jennas glatte Stirn. Sie verhielt mitten im Schritt. »Das ist der Abend vor der Aufnahmeprüfung. Also, ich weiß nicht.«

»Ich darf sowieso nur hin, wenn seine Eltern zu Hause sind«, meinte Lauren achselzuckend. »Das ist eine eiserne Regel bei uns. Sonst brauche ich es gar nicht erst zu versuchen.«

»Mir geht's genauso«, nickte Abbi. »Aber es ist mir peinlich, Matt zu fragen, ob seine Eltern da sind. Das klingt ja, als ob wir noch kleine Mädchen wären!« Sie nahm das Telefon wieder auf. »Matt? Wir werden darüber nachdenken. Kommt Dan eigentlich auch?«

Matts Stimme klang am Telefon ganz anders. Jünger und nicht so selbstsicher. »Na klar«, versicherte er ihr. »Dan ist gerade hier. Er hält es für eine tolle Idee . . .« Abbi spürte ein leichtes Zögern in seiner Stimme. »Da ist bloß eine Sache – meine blöden Eltern werden da sein – aber sie bleiben oben.«

»Gut, wir werden es uns überlegen und dich dann zurückrufen«, antwortete Abbi und grinste. Sie stellte das Telefon aus und wandte sich zu den anderen um. »Matts Eltern werden zu Hause sein«, sagte sie lachend. »Und er hat sich deswegen geschämt.«

★ Kapitel 11 ★

Bei Matt zu Hause

Lauren klappte ihr Musikbuch zu und warf es erleichtert aufs Regal. Das war's! Ihre Gesangsübungen für heute waren geschafft. Sie hatte gerade noch genug Zeit, sich für das Treffen bei Matt umzuziehen, bevor Marthas Mutter sie abholte.

Lauren öffnete ihren Schrank und starrte voller Verzweiflung hinein. Sie hatte nichts anzuziehen – jedenfalls nichts, in dem sie nicht aussah wie ein kleines Mädchen.

Das Problem war, dass einen niemand ernst nahm, wenn man so klein war. So wie Matt sie behandelte, fand er sie offenbar zu jung und nicht cool genug, um sich mit ihr abzugeben.

Schließlich entschied Lauren sich für dunkle Jeans und einen schwarzen Pullover. Wenigstens sah sie in diesen Klamotten nicht wie eine Achtjährige aus. Dann nahm sie ihr Haar oben auf dem Kopf mit einer Spange zusammen – das ließ sie etwas größer wirken.

Jetzt müsste mir bloß noch etwas einfallen, worüber ich mit Matt reden kann, dachte sie. Immer, wenn ich in seiner Nähe bin, bringe ich kein Wort heraus und stehe da wie ein Vollidiot.

★

Jenna war zum Abendessen bei Abbi geblieben. Nun waren sie mit dem Bus auf dem Weg zu Matts Haus in der Stadt.

»Mann«, bemerkte Abbi, als sie aus dem Bus stiegen, »das sieht ja aus wie 'ne ziemlich raue Gegend hier.«

Jenna zuckte mit den Achseln. »So schlimm ist es gar nicht. Ich wohne ein Stück die Straße hinunter.«

»Oh, das tut mir Leid«, entschuldigte sich Abbi verlegen. »Ich wusste nicht, dass Matt und du Nachbarn seid. Kennst du ihn schon lange?«

»Wir sind auf die gleiche Schule gegangen«, sagte Jenna. »Aber ich habe ihn erst im letzten Sommer richtig kennen gelernt. Es ist nicht leicht, Tänzer zu sein, wenn man aus dieser Gegend kommt. Die Typen, mit denen er aufgewachsen ist, haben für ›Künstler‹ nicht viel übrig, wenn du verstehst, was ich meine. Sie interessieren sich nur für Football. Matt muss ein ziemlich dickes Fell haben.«

»Aber warum machst du ihm dann das Leben so schwer?«, fragte Abbi verwundert. Im Licht der Straßenlaternen gingen sie mit schnellen Schritten auf eine Reihe hoher, schmaler Häuser zu.

»Er macht *mir* das Leben schwer«, widersprach Jenna.

»Es sind immer nur Kleinigkeiten, mit denen er mich ärgert, runterzieht und meine Konzentration stört. Kein anderer merkt es, aber er tut es die ganze Zeit.«

»Du meinst also, Matt sieht dich als Konkurrenz?« Abbi war geschockt. »Und er legt es darauf an, dass du das Vortanzen vermasselst? Das glaub ich einfach nicht!« Sie musste beinahe rennen, um mit Jennas langen Beinen Schritt zu halten.

»Wart's ab!«, meinte Jenna. »Du wirst schon sehen.«

Auf der ramponierten Veranda vor Matts Haus waren bunte Papierlaternen aufgehängt. Von drinnen hörte man Musik, und aus dem Keller drang lautes Lachen.

Matts Eltern öffneten ihnen die Tür. Sein Dad glich Matt aufs Haar – groß und gut aussehend, nur älter – und seine Mutter war sehr hübsch. Zwei kleine Kinder kamen den Flur entlanggestürmt, um einen Blick auf die Neuankömmlinge zu werfen – Matts Bruder und Schwester.

»Die anderen sind alle unten in Matts Zimmer«, sagte sein Dad lächelnd. »Anna, Tony, zeigt den beiden doch den Weg.«

Begeistert rasten die Kleinen die Treppe hinunter und führten Abbi und Jenna in einen Teil des Kellers, den Matt für sich eingerichtet hatte. Dort gab es farbige Glühbirnen, Poster an den Wänden und bequeme alte Sessel.

Matts Augen leuchteten auf, als er Jenna erblickte.

»Ich hatte schon Angst, du würdest nicht kommen«, sagte er zu ihr. »Na, Waffenstillstand?«
»Mal sehen.« Jenna warf den Kopf in den Nacken und blickte ihn nur kurz an, als sie betont gleichgültig an ihm vorbeiging.
Abbi schüttelte den Kopf. Wenn Matt nur so tat, als würde er Jenna mögen, sollte er besser Schauspieler werden. Er wandte sich ab und begrüßte Abbi mit einem traurigen kleinen Kopfnicken. »Na, habt ihr beiden diese Woche hart gearbeitet?«
Abbi lachte. »Und wie! Du solltest mal Jennas Tanz sehen . . .« Sie brach ab. »Ist Dan hier? Ich muss ihn dringend etwas wegen meines Monologs fragen.«
»Er ist da drüben und wühlt sich gerade durch meine CD-Sammlung.« Matt zeigte in eine Ecke des schwach beleuchteten Raums. »Er hat schon ungeduldig auf dich gewartet.«
»Na ja, wahrscheinlich weil wir beiden die einzigen Schauspieler sind«, meinte Abbi achselzuckend.
Sie ging hinüber zu Dan. »Ich bin ja so froh, dich zu sehen!«, rief sie. »Ich habe meinen Monolog aus *Romeo und Julia* zwar auswendig gelernt, aber ich verstehe den Sinn einfach nicht. Das Ganze könnte genauso gut in Griechisch geschrieben sein.«
Dan warf ihr sein lustiges, schiefes Grinsen zu. »Das liegt doch nur an der altmodischen Sprache vom ollen Shakespeare«, meinte er. »Wenn du es in ganz normale Alltagssprache übersetzt, ist es ein klasse Stoff.«

»Ich bin froh, dass du es so siehst«, seufzte Abbi. »Das Einzige, was ich verstehe, ist nämlich, wenn Julia sagt ›Hast *du* mich lieb?‹.« Sie wurde rot. »Na ja, aber das versteht wohl jeder.«

»Wir gehen deinen Text heute Abend durch«, versprach Dan. »Julias Rede ist einfach perfekt für dich. Du errötest sogar wie sie, wenn du verlegen bist.«

»Ich hasse es, rot zu werden!«, schimpfte Abbi und spürte, wie ihr Gesicht noch dunkler anlief.

»Genauso geht es Julia auch. Sie befürchtet, dass Romeo denken könnte, sie sei zu voreilig – dass sie ihre Gefühle viel zu deutlich zeigt. Und sie ist froh über die Dunkelheit, weil er sonst sehen könnte, wie sie errötet.«

Abbi blickte sich im Raum um und lachte. »Genau wie hier«, prustete sie. »Danke, Dan, ich fühl mich schon viel besser . . . schau mal, da ist Martha und . . . ist das etwa Lauren?«

Lauren hatte hinter ihrer Freundin leise den Raum betreten. Ihr Blick wanderte zu Matt, der sich auf der Armlehne von Jennas Sessel niedergelassen hatte.

Er schaute sie überrascht an. »Wow! Du siehst ja ganz anders aus! Und? Bist du bereit für die zweite Runde der Aufnahmeprüfungen?«

Lauren lachte. »Ich singe ›Tomorrow‹ aus *Annie.* Ich bin sicher, dass die Prüfer dieses Stück so satt haben, dass sie mich garantiert durchfallen lassen.«

Matt sprang auf. »Du versuchst also immer noch

nicht an der Schauspielschule aufgenommen zu werden?«, fragte er. Er hatte sein strahlendes Lächeln aufgesetzt, aber seine Stimme klang scharf. »Einige von uns ackern sich halb tot, um die Aufnahmeprüfungen zu bestehen, und du suchst dir mit Absicht Lieder aus, die bei den Prüfern schlecht ankommen!«
»Okay, vielleicht ist es keine . . . besonders gute Idee . . .«, stammelte Lauren. »Aber du hast ja keine Ahnung. Mein Vater denkt . . .«
»Wen interessiert schon, was dein Vater denkt. Hast du etwa keinen eigenen Kopf?«
»Lass sie in Ruhe!«, mischte sich plötzlich Jenna ein.
Matt drehte sich verwundert zu ihr um. »Was? Sonst wirfst du mir doch immer vor, dass ich nichts ernst nehme«, verteidigte er sich. »Und wie nennst du das hier?«
»Was du gerade tust? Das nenne ich schikanieren«, erwiderte Jenna kalt. »Lauren versucht doch nur ihrer Freundin zu helfen.«
»Ohne Lauren hätte ich es nie geschafft«, meldete sich jetzt auch Martha zu Wort. »Wir haben mein Lied so oft geübt, dass ich es inzwischen im Schlaf kann.«
Matt ließ sich auf die Sessellehne zurücksinken. »Das verstehe, wer will«, murmelte er achselzuckend.
»Wie wär's mit ein bisschen Musik?«, fragte Abbi in die ungemütliche Stille hinein. Sie hatte nun selber erlebt, dass Matt trotz seiner glatten und supercoolen

Oberfläche ein ganz schöner Tyrann sein konnte. Jenna hatte Recht gehabt.
»Wo wir gerade von Vätern reden«, sagte Dan, sobald die Musik durch den Raum dröhnte, »was ist eigentlich mit deinem? Oder hast du dir deinen Monolog letzte Woche nur ausgedacht? Aber erzähl's mir nur, wenn du wirklich willst«, fügte er mit erhobenen Händen hinzu.
»Na ja, das meiste davon ist wahr. Mein Dad ist weggegangen, als ich zehn war.« Abbi seufzte tief auf. »Lange Zeit war ich furchtbar sauer auf ihn, aber jetzt denke ich nicht mehr so viel darüber nach. Er lebt in Australien. Und was ist mit deiner Familie?«
»Ich bin der Jüngste«, berichtete Dan. »Meine Eltern haben sich getrennt, als ich noch ein Baby war. Seitdem werde ich zwischen den beiden hin- und hergeschoben und manchmal bleibe ich auch eine Weile bei meiner ältesten Schwester. Es ist ein gutes Training für einen Schauspieler.«
»Du hast dir eine Menge Gedanken darüber gemacht, nicht wahr?«, sagte Abbi. »Wolltest du eigentlich schon immer Schauspieler werden?«
»Schon seitdem ich im Kindergarten war«, antwortete Dan. »Genauer gesagt, nachdem ich herausgefunden hatte, dass ich die Erzieherin zum Lachen bringen konnte. Hey, willst du mal meinen Groucho-Marx-Tanz sehen?«
»Na klar«, erwiderte Abbi lächelnd.

Dan ging leicht in die Knie und schlenkerte in der urkomischen Imitation eines alten Marx-Brothers-Films mit seinen dünnen Beinen. Abbi schloss sich ihm an. Die beiden stürzten sich mit einer so verrückten Energie in ihren Tanz, dass die anderen völlig davon gefangen genommen wurden. Endlich löste sich die Anspannung, die den ganzen Abend geherrscht hatte. Als einige Zeit später Matts Eltern mit einer riesigen Torte erschienen, auf der mit Zuckerguss *Viel Glück!* geschrieben stand, waren alle hungrig, erschöpft und glücklich.

»Ihr solltet euch lieber noch eine Mütze Schlaf genehmigen«, riet Matts Vater. »Morgen steigt das große Spiel.«

»Dad ist ein totaler Football-Fan«, lachte Matt.

Deswegen sähe er seinen Sohn auch lieber als Footballspieler, wurde es Abbi plötzlich klar. Sogar der Sunnyboy Matt hatte offenbar seine Probleme.

★ Kapitel 12 ★

Zurück nach »Hollywood«

»Ich bin schrecklich nervös!« Abbi ging mit großen Schritten den Gang im Zuschauerraum der Schauspielschule auf und ab. Diesen Samstag war der große Raum nur noch halb so voll wie letzte Woche. Nur hundertzwanzig Leute hatten es bis in die zweite Runde der Aufnahmeprüfungen geschafft. Und heute Nachmittag würde ihre Zahl auf siebzig verringert sein.

Abbi und Dan waren schon sehr früh da gewesen und hielten Plätze für die anderen frei. Aber Abbi war viel zu unruhig, um still zu sitzen.

»Entspann dich einfach!«, sagte Dan zu ihr. »Und hör auf, so herumzutigern! Du machst mich ganz nervös.«

»Glaubst du wirklich, ich schaffe es?« Abbi blieb abrupt stehen und schaute Dan mit ihren lebhaften blauen Augen unsicher an.

»Du musst dich in Julia hineinversetzen«, riet ihr Dan. »Das ist der Schlüssel. Also, worum geht es ihr in dieser Szene?«

»Julia versucht so zu tun, als würde sie Romeo nur

necken, aber sie möchte unbedingt wissen, was er für sie empfindet«, antwortete Abbi. »Ich habe auch die nächste Seite gelesen. Sie bittet ihn sogar, sie zu heiraten!«

»Genau, das ist es!«, rief Dan lachend. »Es war Liebe auf den ersten Blick!«

»Ich glaube, ich weiß, wie sich das anfühlt«, seufzte Abbi.

Als Mr Steel durch den Gang an ihr vorbeieilte, streifte er sie leicht. Diese kurze Berührung ließ Abbis Herz schneller schlagen. »Ich hoffe, dass Mr Steel wieder beim Vorsprechen dabei ist«, hauchte sie.

»Tut mir ja Leid für dich«, meinte Dan, »aber ich glaube, wir haben diesmal Miss Madden. Wenn ich die zum Lachen bringen kann, weiß ich, dass ich wirklich witzig bin.« Er zeigte auf eine stattliche Dame im langen purpurfarbenen Rock mit passender Bluse, die mitten auf der Bühne stand und darauf wartete, dass sich alle setzten.

»Oh, nein …« Abbi schnappte entsetzt nach Luft. »*Das* ist Miss Madden? Die Lehrerin von letzter Woche mit dem scheußlichen geblümten Kleid und der Stimme einer bellenden Robbe? Ich finde sie grässlich!«

»Ich habe gehört, dass sie eine ziemlich gute Schauspiellehrerin ist«, sagte Dan. »Als sie jünger war, soll sie eine richtige Filmdiva gewesen sein.«

»Sag nicht Diva!«, fauchte Abbi ihn wütend an. »Wir sind jetzt alle *Schauspieler*.«

»Tschuldigung.« Dan lachte wieder. »Aber kannst du sie dir nicht auch wunderbar als eine altmodische Primadonna vorstellen?« Er warf arrogant den Kopf zurück, stützte eine Hand in die Hüfte und nahm eine verführerische Pose ein. Und plötzlich sah Dan tatsächlich aus wie ein Stummfilmstar. Wie brachte er das mit seinem Gesicht bloß fertig?

»He, da kommt ja der Rest unserer Gang«, verkündete er, jetzt wieder ganz der Alte, und ein breites Grinsen zog sich über sein Gesicht.

Abbi wirbelte herum und entdeckte Martha und Lauren, die gefolgt von Jenna und Matt den Gang herunterkamen. Für einen winzigen Moment sah sie die anderen so überdeutlich, als wäre es eine Szene aus einem Film. Lauren, klein und still, die ihren Blick kaum einen Moment von Matts Gesicht losreißen konnte. Matt, der Jenna neckte, während sie krampfhaft versuchte ihn zu ignorieren. Und Martha, die sich an Laurens Arm klammerte und wie üblich völlig verängstigt aussah.

Abbi stürmte den anderen mit ausgebreiteten Armen entgegen, um sie zu begrüßen. »Ich hab schon gedacht, ihr kommt überhaupt nicht mehr. Wir haben Plätze für euch besetzt«, sprudelte sie hervor.

»Chloe ist ja gar nicht da.« Jenna blickte sich um. »Hat sie schon irgendjemand gesehen?«

Dan schüttelte den Kopf. »Wahrscheinlich taucht sie nachher im Schauspielstudio auf«, vermutete er. »Chloe scheint lieber für sich zu bleiben.«

»Also, ich bin froh, dass wir uns haben«, verkündete Abbi strahlend. »Na, dann wollen wir mal!«
Miss Madden bat energisch um Aufmerksamkeit. Als sie den Zeitplan für den heutigen Samstag verlas, herrschte absolute Ruhe. »Heute Nachmittag gegen drei Uhr müssten eigentlich alle fertig sein«, sagte sie zum Schluss.
»Wir sehen uns dann nachher in der Kantine. Hals- und Beinbruch für euch alle«, wünschte Dan den anderen.
»Sag das niemals zu einem Tänzer!«, rief Matt über die Schulter zurück, während er den anderen folgte, die den Gang hinauf und nach draußen strömten.
»Hals- und Beinbruch?«, fragte Abbi skeptisch. »So was wünscht man doch niemandem, der auf der Bühne steht.«
»Das ist nun mal eine alte Theatertradition«, versetzte Dan lachend. »Es bringt nämlich Pech, wenn man einem Schauspieler vor Beginn der Vorstellung ›Viel Glück!‹ wünscht.«
»Na gut, dann also Hals- und Beinbruch, Dan. Aber es klingt trotzdem irgendwie komisch . . .« Abbi schüttelte nachdenklich den Kopf.

★

Im Musiksaal herrschte gedämpfte Stille, und alles war bereit für das Vorsingen. Die verantwortliche

Lehrerin war eine Miss Schumacher. Sie saß ganz hinten im Raum und machte sich auf einem Block Notizen.

Martha stand mit gefalteten Händen auf der Bühne. Ihr Körper war in angespannter Erwartung leicht nach vorne geneigt. Die Entschlossenheit stand ihr förmlich ins Gesicht geschrieben. Sie würde singen oder sterben.

Ihr Lied hieß »I feel pretty« aus der *Westside Story.*

Lauren saß in der ersten Reihe; *ihre* Hände waren vor Aufregung zu Fäusten geballt. Sie hatte den Text von Marthas Lied auswendig gelernt, und die beiden hatten geübt, was sie tun würden, falls Martha wieder einen Blackout hatte. In diesem Fall sollte sie zu Lauren hinunterblicken, die ihr den Text leise vorsprechen würde. Aber Lauren war sicher, dass Martha diesmal keinen Hänger haben würde. Sie hatten das Stück so oft geübt, dass es Lauren schon zu den Ohren herauskam.

Die Musik setzte ein und Martha sang – besser, viel besser als in der vorigen Woche. Das Problem war nur, dass ihr niemand abnahm, sie »fühle sich schön«. Ihr Gesicht und ihr ganzer Körper wirkten steif, und die Augen traten ihr beim Singen beinahe aus dem Kopf. Außerdem ruckte sie mit ihren gefalteten Händen hektisch auf und ab, als müsse sie jede einzelne Note mühsam aus sich herauspumpen. Warum mussten wir uns ausgerechnet dieses Lied aus-

suchen?, stöhnte Lauren innerlich. Martha sah absolut umwerfend aus, wenn sie entspannt und ausgeglichen war, aber jetzt . . .
Verstohlen betrachtete sie die anderen Gesichter im Raum. Zwar lachte niemand laut, aber viele grinsten und Lauren entdeckte auch einige hochgezogene Augenbrauen. Miss Schumacher schüttelte die ganze Zeit den Kopf und machte sich wie eine Wilde Notizen.
Gegen Ende des Liedes rutschte Martha auch noch in die falsche Tonart. Na los!, feuerte Lauren sie in Gedanken an und ballte ihre Fäuste noch fester. Du schaffst es! Aber Martha lief dunkelrot an und ihre großen Augen füllten sich mit Tränen. Als sie zu der Zeile kam »Such a pretty face, such a pretty smile, such a pretty me!«, kiekste ihre Stimme bei der höchsten Note.
Marthas ineinander verkrampfte Hände ruckten immer heftiger auf und ab. Irgendwie schaffte sie es noch, das Lied zu Ende zu bringen, und raste dann aus der Tür des Musikstudios.
Für einen Moment machte sich eine betretene Stille breit. Dann ergriff Miss Schumacher das Wort. »Okay! Ich würde es vorziehen, wenn ab jetzt niemand mehr beim Singen seine Hände vor sich hält, als hätte er gerade einen Käfer gefangen«, bemerkte sie trocken. »Ich weiß, dass einige von euch es so gelernt haben, aber es ist, ehrlich gesagt, nicht sehr empfehlenswert.«

Jetzt erklang tatsächlich Gekicher und wieherndes Gelächter im ganzen Raum. Miss Schumacher hob die Hand, damit wieder Ruhe einkehrte. »Die nächste Sängerin ist Lauren Graham.«
Lauren war empört. Wie konnte Miss Schumacher es wagen, sich über Martha lustig zu machen, wo ihre Freundin nicht mal da war, um sich zu verteidigen! Schäumend vor Wut stand sie auf, trat in die Mitte der Studiobühne und wartete darauf, dass die Musik zu ihrem Lied einsetzte.
Während die ersten Noten erklangen, bemerkte Lauren, wie Martha mit tränenüberströmtem Gesicht durch die Tür schlüpfte und sich in die letzte Reihe setzte. Sie weiß es, dachte Lauren bedrückt. Sie weiß, dass sie es diesmal nicht geschafft hat.
»The sun will come out, tomorrow«, begann Lauren. Und auf einmal sang sie nur noch für Martha, die dort hinten im Musiksaal saß. Sie vergaß die Aufnahmeprüfung und all die anderen Leute, die zuhörten, und sang nur noch für ihre Freundin. Es wird alles wieder gut. Morgen sieht alles anders aus.
So wie heute hatte Lauren noch nie gesungen. Bis jetzt war Gesang für sie nicht viel mehr gewesen als langweilige, altmodische Noten auf einem Blatt Papier. Sie hatte sich zwar Mühe gegeben, aber es hatte ihr keinen besonderen Spaß gemacht. Doch nun legte sie ihr ganzes Herz in die Musik und schickte Martha eine Botschaft, die sie mit Worten niemals hätte aus-

drücken können! Lauren spürte, wie der ganze Raum von ihren Gefühlen vibrierte.
Und sie spürte, dass ihre Botschaft Martha erreichte, denn ihre Freundin lächelte unter Tränen und nickte.
Lauren war in einer Art Trance, als das Lied schließlich endete, und auch in ihren Augen standen Tränen, als sie zu ihrem Platz zurückging.
Als sie sich setzte, bemerkte sie den geschockten und völlig verblüfften Ausdruck auf Miss Schumachers Gesicht. Was habe ich getan?, fragte sich Lauren erstaunt.

★ Kapitel 13 ★

Tanz und Schauspiel

»Was ist los?«, fragte Matt und blickte forschend in Jennas angespanntes Gesicht.
Die beiden saßen ganz hinten im Tanzstudio und zogen gerade ihre Jazztanzschuhe an. Jenna trug ein seidig glänzendes, eng anliegendes Trikot und Jazzpants. Ihre Haare hatte sie hoch gesteckt. Sie wollte Matt gerade antworten, er solle sich gefälligst verziehen, als etwas in seinen Augen sie zögern ließ.
»Willst du das wirklich wissen?«
Er nickte.
»Bestimmt erwarten die Prüfer, dass ich wegen meiner Hautfarbe und meiner ›afrikanischen Wurzeln‹ im Jazztanz besonders gut bin«, sagte Jenna mit bitterer Stimme. »Das ist so verdammt rassistisch! Was ist eigentlich mit meinen spanischen Wurzeln oder meinen norwegischen? Außerdem ist mir das Ballett tausendmal lieber als dieses Gehopse.«
»Hey, sag nichts gegen Jazztanz.« Matt grinste. »Darin bin ich nämlich am besten. Allerdings habe ich manchmal das Gefühl, dass die Leute mich beobachten und im Stillen denken, dass ein weißer Typ so-

wieso nicht zu Jazzmusik tanzen kann. Na ja, so als ob ich irgendwie nicht das Recht dazu hätte.«
Verwundert schaute Jenna Matt an. Diese Seite von ihm kannte sie ja gar nicht. Sie hätte nicht gedacht, dass der gut aussehende, selbstbewusste Matt, der immer einen coolen Spruch auf Lager hatte, auch ganz anders sein konnte. »Glaub bloß nicht, dass ich dich jetzt bemitleide, Matt Caruso!«, sagte sie mit freundlichem Spott in der Stimme. »Na los, wärmen wir uns auf!«
Jenna begann mit einer Ballettübung, um ihre Muskeln zu lockern. Sie liebte es, dass beim Ballett eine Bewegung fließend in die andere überging und die Tänzer jeden einzelnen Teil ihres Körpers völlig unter Kontrolle hatten.

★

Dan stand auf der Bühne des Theaters. Dieses Mal war er darauf eingestellt, Lacher zu ernten, und die ließen auch nicht lange auf sich warten. Er spielte Adrian Mole, dreizehneinhalb und ein hoffnungsloser Einzelgänger, der Probleme mit seinen Eltern, seiner Freundin und seinen Pickeln hatte.
Die Leute im Zuschauerraum konnten sich vor Lachen kaum noch halten.
Es war nicht nur Dans Gesicht, das ihn so urkomisch machte, es war auch die Art, wie er völlig in die Rolle

schlüpfte. Die Körperhaltung, die Bewegungen – es passte einfach alles.
Mit einem zufriedenen Grinsen auf dem Gesicht kehrte er an seinen Platz zurück. »Puh, heute fühl ich mich wesentlich besser«, verkündete er. »Jetzt bist du dran.«
»Aber ich bin doch noch gar nicht so weit«, jammerte Abbi.
»Red keinen Quatsch! Na, komm schon . . . stell dir vor, du seist Julia!«
»Okay.« Abbi atmete tief durch. »Ich bin Julia. Ich bin vierzehn Jahre alt, total verliebt in einen Typen namens Romeo und alt genug, um zu heiraten. Ich weiß, dass es gefährlich ist, Romeo zu lieben, weil unsere Familien verfeindet sind, aber in diesem Moment denke ich noch nicht an Gift, Doppelselbstmord und all das. Ich möchte nur wissen, ob es Romeo genauso geht wie mir, ob er mich auch liebt.«
Dan schaute sie eindringlich an. »Ich glaube, das tut er«, sagte er leise.
Der Ausdruck in seinen Augen ließ Abbi innehalten. »Aber was ist daran eigentlich so komisch?«, fragte sie und sah ihn mit ihren großen, blauen Augen an. »Ich meine, an dieser ganzen Szene.«
»Na ja, sie sagt ihm ständig, dass sie gehen muss, und kommt dann doch wieder zurück. Und sie versucht ganz cool zu tun . . . und ist es überhaupt nicht.«

»Okay, ich denke, ich weiß, was du meinst«, sagte Abbi.
»Spiel einfach, was du tief in deinem Inneren fühlst!«, riet ihr Dan.
»Guter Tipp! Ich werde dabei an Mr Steel denken und mir vorstellen, dass *er* unter meinem Balkon steht«, hauchte Abbi »Ich wünschte, er wäre heute hier, dann wäre alles viel einfacher!«
Dieses Mal entging Abbi Dans Gesichtsausdruck. Bis ihr Name aufgerufen wurde und es Zeit war, nach vorne auf die abgedunkelte Bühne zu treten, dachte sie nur an Mr Steel. Auch während ihres Monologs hatte sie ständig sein Bild vor Augen, und sie freute sich, als Gelächter aus dem Publikum ertönte.
»Das ging ja rasend schnell vorbei«, japste sie, als sie wieder auf ihrem Platz saß.
»Du warst sehr gut«, versicherte ihr Dan. »Sogar Miss Madden hat gelächelt.«
Die Schauspiellehrerin hatte sich erhoben und ließ ihren Blick suchend über die Gesichter im Theater wandern. »Ich habe nur noch einen Namen auf meiner Liste«, sagte sie. »Hat irgendjemand Chloe Kaminsky gesehen?«
»Hier bin ich«, ertönte plötzlich eine Stimme ganz hinten aus dem Studio. Mit fließenden Bewegungen schwebte Chloe die Sitzreihen herab; ihr seidiges Haar, das sie offen trug, wehte ihr ums Gesicht. Als sie sich umdrehte und von der Bühne ins Publikum

blickte, lag ein abwesender Ausdruck auf ihrem Gesicht.

»Wow!«, flüsterte Dan Abbi zu. »Die sieht ja ganz schön abgehoben aus!«

»Ruhe da drüben!«, donnerte Miss Madden. »Chloe, du kannst jetzt anfangen.«

Sie nickte, und die Lichter gingen aus. Sobald die Scheinwerfer die Bühne in helles Licht tauchten, verwandelte sich Chloe in einen Teenager, der versuchte, in seinem chaotischen Zimmer etwas zum Anziehen zu finden. Sie hatte es furchtbar eilig, weil sie mit ihren Freunden verabredet war. Als dann auch noch ein imaginärer Hund auf einen Haufen Klamotten kotzte, der auf dem Boden lag, kicherte der ganze Zuschauerraum.

»Wow!«, flüsterte Dan noch einmal. »Sie ist ziemlich gut.«

Als wenig später alle aus dem Theater strömten, versuchte Abbi mit Chloe ins Gespräch zu kommen. »Ich finde, du warst toll«, sagte sie lächelnd. »Komm doch mit und setz dich in der Kantine zu uns, während wir auf die Ergebnisse warten!«

»Wie wär's, wenn du mich einfach in Ruhe lässt?« Chloe warf abweisend ihre Haare zurück.

»Entschuldigung!«, erwiderte Abbi gekränkt. »Ich wollte dir ja nur helfen.«

»Wie kommst du eigentlich auf die Idee, ich bräuchte Hilfe?« Chloe wandte sich mit einem ärgerlichen

Schnauben zu Abbi um. »Und diesen blöden Gruppenzauber hab ich erst recht nicht nötig!«

★

Abbi flog fast den Flur entlang, schloss Jenna in die Arme und drückte sie kräftig. »Na, wie ist dein Vortanzen gelaufen?«, fragte sie eifrig und ganz außer Atem.
Überrascht erwiderte Jenna ihre Umarmung. »Besser, als ich erwartet hatte«, gab sie zu. »Ich glaube, ich habe ganz gute Chancen.« Plötzlich legte sie den Finger auf die Lippen. »Pscht! Da kommt Mr Rudolph, unser Prüfer. Er ist der Leiter der gesamten Tanzabteilung.«
Die beiden Mädchen duckten sich in eine Nische im Flur, als Mr Rudolph an ihnen vorbeirauschte. Er unterhielt sich angeregt mit Miss Adaman, der jungen Tanzlehrerin. »Zugegeben, der Junge ist nicht perfekt«, ertönte seine laute Stimme. »Offenbar hat er bis jetzt nicht hart genug trainiert. Aber ich frage Sie, wie viele junge Männer haben wir denn schon in unserer Abteilung? Wir müssen zusehen, dass wir ein ausgeglichenes Verhältnis zwischen männlichen und weiblichen Tänzern herstellen. Ich sage, wir nehmen ihn auf!«
Und damit verschwanden sie den Flur hinunter.
Jenna drehte sich mit finsterem Gesicht zu Abbi um.

»Wetten, sie haben über Matt gesprochen? Verstehst du jetzt, was ich meine?«, schimpfte sie. »Oh, ich darf gar nicht daran denken, dass ich heute Morgen noch Mitleid mit ihm hatte!« Sie lachte bitter. »Er ist drin – einfach so!« Wütend schnippte sie mit den Fingern.
»Wirst du es ihm erzählen?« Abbi hielt gespannt die Luft an.
»Nein! Und du wirst es auch nicht tun. Er soll die Sache wenigstens bis zum Ende durchstehen – genau wie wir anderen auch!«

★ Kapitel 14 ★

Die zweite Liste

Am Ende des Tages herrschte Hochspannung in der Kantine. Alle einhundertzwanzig Leute warteten nervös auf die Liste mit den Namen, die am schwarzen Brett ausgehängt werden sollte. Jedes Mal, wenn sich die Tür öffnete, zuckten alle zusammen.

An einem der Tische wartete die A1-Gruppe. Niemand sagte ein Wort.

Matt zerlegte eine Plastiktasse in winzige Stückchen. Jenna stand am einen Ende des Tisches und stellte sich in gleichmäßigem Rhythmus auf die Zehenspitzen. Martha saß ganz dicht neben Lauren und starrte ins Leere. Dan rollte seinen Kopf von einer Seite auf die andere, ließ seine Schultern kreisen und knackte mit den Knöcheln. Und Abbi, die einfach nicht still sitzen konnte, umkreiste den Tisch wie ein Tier im Käfig.

»Hat irgendjemand Chloe gesehen?«, murmelte Matt.

»Nein. Wie üblich ist unsere geheimnisvolle Dame nirgendwo zu finden.« Dan blickte auf. »Ich glaube langsam, dass sie irgendwas einschmeißt.«

Abbi hörte auf herumzutigern. Hatte Dan etwa einen Verdacht?

»Was meinst du damit?«, erkundigte sich Jenna in schroffem Ton. »Drogen?«

»Hey, das war doch nicht so ernst gemeint«, verteidigte sich Dan. »Aber sie ist einfach zu ruhig, um richtig *hier* zu sein. Und sie hat immer diesen komischen, abwesenden Blick . . .«

Abbi überlegte gerade, ob sie den anderen erzählen sollte, wobei sie Chloe auf der Toilette beobachtet hatte, als Jenna sich einmischte.

»Vielleicht versucht die Ärmste ja nur sich zu konzentrieren. Einige von uns tun das nämlich, weißt du. Wie war sie eigentlich so auf der Bühne?«

»Gut«, meinte Dan achselzuckend.

»Ich finde, du solltest nicht solche Gerüchte in die Welt setzen«, wies Jenna ihn zurecht. »Nur weil Chloe nicht besonders freundlich ist und unnahbar wirkt, heißt das noch lange nicht, dass sie high ist.«

Dan warf Jenna sein schiefes Grinsen zu. »Du hast Recht und ich habe Unrecht. Ich schwöre, nie wieder ein Sterbenswörtchen gegen unsere liebe Chloe zu sagen, so wahr mir Gott helfe.«

Abbi seufzte. Jenna hatte wirklich Recht. Besser, sie hielt den Mund und trug nicht auch noch zu diesem Gerücht bei. Schließlich war es Chloes Sache, was sie tat.

Abbi hielt für einen Moment in ihrem ruhelosen Herumlaufen inne und betrachtete ihre Gruppe. Hier saßen sie nun und redeten sich wegen Chloe die Köpfe heiß, obwohl es gut sein konnte, dass sie sie nach dem heutigen Tag nie wieder sehen würden. Vielleicht würde sie selbst Jenna oder Dan oder Matt oder einen der anderen nie wieder sehen. Vielleicht würde sie nie mehr einen Fuß in diesen Raum setzen. Abbi wurde plötzlich schwindelig.

»He, was ist denn mit dir los?«, fragte Jenna besorgt. »Du bist ja so weiß wie die Wand.«

»Ich . . . äh . . .«, stotterte Abbi. »Es ist nichts.« Sie ließ sich neben Dan auf die Bank fallen und wünschte sich von ganzem Herzen, dass die Liste niemals auftauchen würde. Denn so lange waren sie noch alle zusammen, und sie selber war ein Teil dieser Gemeinschaft.

»Wahrscheinlich hast du seit dem Frühstück nichts mehr gegessen«, meinte Dan und versetzte ihr einen freundlichen Klaps auf den Rücken. »Möchtest du vielleicht eine Cola?«

»Jetzt nicht«, stieß Abbi atemlos hervor. »Da kommt die Liste!«

Diesmal war es Mr Rudolph, der durch die Tür trat und die Liste ans schwarze Brett pinnte. Er hob die Hand, um den Ansturm zu stoppen. »Einen Moment bitte! Wenn euer Name auf der Liste erscheint«, hallte seine kräftige Stimme durch die Kantine, »werdet ihr gebeten, für den dritten und abschließenden Teil der Aufnahmeprüfung am nächsten Samstag wieder hier zu erscheinen. Wenn nicht, hoffen wir, dass ihr es nächstes Jahr wieder versucht und euch nicht entmutigen lasst.«

Mr Rudolph unterbrach sich und hustete. »Nun. Falls ihr Tanz- oder Schauspielschüler seid, werdet ihr einen Namen neben eurem entdecken. Das ist euer Partner für den letzten Teil der Prüfung. Es ist nicht möglich, die Partner zu tauschen oder durch jemand anders zu ersetzen. Fragt also bitte gar nicht erst!« Er nickte, wandte sich abrupt um und verschwand durch die Schwingtür.

Die ganze Gruppe drängte sich wie ein einziger Körper vorwärts. Sieben Augenpaare überflogen die Liste.

Lauren Graham. Chloe Kaminsky. Jenna James. Matt Caruso. Dan Reeve. Abigail Reilly. Da standen all ihre Namen – bis auf den von Martha Turner. Niemand sagte etwas. Martha stieß ein unterdrücktes Schluchzen aus, und Lauren führte sie ein Stück beiseite.

Aus dem Augenwinkel sah Abbi, dass Jennas olivbraunes Gesicht plötzlich bleich wurde. Matt war als ihr Partner vorgesehen. Sie blickte wieder auf ihren eigenen Namen und spürte, wie ihr das Herz in die Hose rutschte. Ihre Partnerin war Chloe! Wer hatte sich bloß diese furchtbare Zusammenstellung ausgedacht? Doch im Moment ging es erst einmal um Martha. Sie trotteten zurück zum Tisch, um sie zu trösten.

»Es ist schon okay«, wehrte Martha traurig ab. »Ich wusste, dass ich nicht aufgenommen werden würde. Ich möchte jetzt nur noch nach Hause . . .« Sie drehte den anderen den Rücken zu, um ihr Gesicht zu verbergen, und machte Anstalten zu gehen.
»Viel Glück!«, sagte Jenna mit herzlicher Stimme.
»Du warst ein prima Kumpel«, rief Dan ihr hinterher. »Es tut mir wirklich Leid!«
»Warte auf mich!« Lauren sah gleichzeitig traurig und erleichtert aus. »Ich komme mit . . .« Sie lächelte die anderen an. »Ich bin froh, dass der Rest von euch es geschafft hat.« Dann sah sie Matt an. »Ich hoffe, ich sehe dich irgendwann mal wieder.«
Matts Kopf schoss in die Höhe. »Soll das etwa heißen, du steigst aus?« Er starrte Lauren ungläubig an.
»Also, äh . . . ja«, erwiderte sie achselzuckend. »Ich bin schließlich nur mitgekommen, um Martha zu helfen. Und jetzt, wo sie nicht aufgenommen worden ist . . .«
»Das ist ja wohl das Letzte!«, rief Matt empört. »Ich hoffe, dir ist klar, dass du damit jemandem, der unbedingt auf die Schauspielschule wollte, den Platz weggenommen hast!«
Martha, die das Gespräch verfolgt hatte, kam zurück an den Tisch. Sie atmete tief durch und schluckte die Tränen hinunter, die drohten, ihre Wangen hinabzufließen. »Matt hat Recht«, sagte sie mit leiser Stimme. »Einer von den anderen ist rausgeflogen, weil du drin bist.«

»Das ... das tut mir Leid!« Lauren spürte, wie ihr das Blut in die Wangen stieg.
»Aber da ist noch etwas.« Martha ergriff beschwörend den Arm ihrer Freundin. »Sie haben dich nicht singen hören. Ich schon. Du bist besser als alle anderen – das weißt du ja sowieso. Aber heute, als du nur für mich gesungen hast ... Noch nie habe ich jemanden so singen hören. Du kannst jetzt nicht aussteigen, Lauren. Du musst weitermachen, für uns beide!« Sie drückte noch einmal den Arm ihrer Freundin und lief dann schnell zur Tür.
Lauren blieb noch einen Moment stehen und blickte wieder zu Matt. Es ging nicht nur darum, dass sie seine Achtung verloren hatte, sie hatte heute beim Singen auch etwas gefühlt, das sie noch niemals vorher erlebt hatte. Aber was sollte sie ihrer Familie sagen? »Ich werde darüber nachdenken ...«, murmelte sie.
»Oh, zu gütig von dir«, schnaubte Matt sarkastisch.
»Das musst du gerade sagen«, fauchte Jenna ihn an. »Sie ist schließlich nicht die Einzige, die einem anderen den Platz weggenommen hat.«
»Was soll das denn heißen?« Matt starrte sie verständnislos an.
In diesem Moment mischte Abbi sich ein. »Warum treffen wir uns nicht heute Abend alle bei mir?«, schlug sie hastig vor. »Ich bin sicher, dass meine Mutter nichts dagegen hat.«

★ Kapitel 15 ★

Bei Abbi

Als Abbi nach Hause kam, war niemand da, um mit ihr zu feiern. Ihre Mutter war schon wieder unterwegs zu ihrem nächsten Termin und Joe noch bei seinem Babysitter.
Keiner ihrer anderen Freunde würde verstehen, was dieser Tag für sie bedeutete. Abbi verspürte plötzlich ein großes Gefühl der Leere. Doch dann bemerkte sie einen Briefumschlag auf dem Tischchen neben der Eingangstür. Die Briefmarke zeigte einen leuchtend bunten Fisch auf einem blauen Hintergrund. Abbis Herz begann aufgeregt zu klopfen, als sie nach dem Brief griff.
Er war aus Australien und an sie adressiert. Mit zitternden Fingern riss sie ihn auf und strich den gefalteten Briefbogen glatt.

Liebe Abbi,
ich weiß, dass es schon eine ganze Zeit her ist, seit du von deinem guten, alten Dad gehört hast.
Aber ich hatte vor kurzem ein merkwürdiges Erlebnis, als ich zum Schnorcheln am Great Barrier Reef war. Wie ich

dort so durch die Gegend schwamm und die leuchtenden, farbenprächtigen Fische beobachtete und mich des Lebens freute, erinnerte mich plötzlich einer der Fische so sehr an meine strahlende, hübsche Tochter Abbi, dass ich mich beinahe an meinem Schnorchel verschluckt hätte.
Es war, als hätte ich eine Nachricht von dir bekommen. Ich weiß, das klingt verrückt, und ich hoffe, es macht dir nichts aus, mit einem tropischen Fisch verglichen zu werden, aber ich hatte auf einmal das Gefühl, ich sollte dir ein paar Zeilen schreiben, um dir zu sagen, dass es mir gut geht und dass ich oft an dich und Mum und Joe denke und mich frage, wie es euch wohl geht.
Nur für den Fall, dass du mir antworten möchtest, schicke ich dir meine Adresse, unter der ich ungefähr einen Monat zu erreichen bin.

Dann folgte noch eine Adresse und seine Unterschrift. Das war alles.
Abbi setzte sich hin und betrachtete den Brief in ihrer Hand. Ein Teil von ihr war immer noch böse darüber, wie er ihre Mutter behandelt hatte. Er amüsierte sich in Australien, während sie Maccaroni mit Käse aßen und Mum wie eine Wilde schuftete.
Doch im Moment wünschte sie sich irgendwie, er wäre hier. Abbi drückte den Brief ganz fest an ihre Brust und wirbelte durch den leeren Flur. Ihr Dad würde mit ihr durch die ganze Wohnung tanzen, wenn er wüsste, dass sie auch das zweite Vorsprechen bestan-

den hatte. Bevor sie mit den Vorbereitungen für die Party begann, würde sie sich hinsetzen und ihm die große Neuigkeit schreiben.

★

»Joe! Hör sofort auf, das Popcorn in dich reinzustopfen!« Abbi starrte wütend auf ihren kleinen Bruder hinunter. »Du wirst noch alles aufessen, bevor die anderen kommen.«

»Wenn überhaupt jemand zu deiner blöden Party kommt.« Vorsichtshalber sauste Joe aus Abbis Reichweite und verstreute dabei Popcorn in alle Richtungen.

Wenn sie ihn doch bloß irgendwie loswerden könnte! Abbi stieß einen tiefen Seufzer aus und ließ sich auf die Couch fallen. Ihre Mutter hatte angerufen, um zu sagen, dass sie spät dran war und nicht vor einer Stunde nach Hause kommen würde. Sie wären also noch für eine Weile ungestört gewesen, aber solange Joe sich hier herumtrieb, konnten sie das natürlich vergessen!

Als die Türklingel ertönte, kam Joe ihr an der Gegensprechanlage zuvor. »*Wer* ist da?«, kreischte er der Stimme am anderen Ende entgegen.

Abbi konnte Dans verzerrte Stimme erkennen. »Lass ihn rein!«, zischte sie und packte Joe am Arm.

»Bist du sicher?« Er krauste die Nase. »Das klang aber

wie ein Typ ...« Joe drückte auf den Knopf der Gegensprechanlage und wand sich aus Abbis Griff. »Okay, dann komm mal rauf, aber ich hoffe, du bist kein Staubsaugervertreter.« Er stieß ein teuflisches Kichern aus und flitzte den Flur entlang in sein Zimmer.

Abbi trat ungeduldig von einem Fuß auf den anderen, während sie an der Tür auf ihre Besucher wartete.

Es waren Dan und Matt. »Sind wir die Ersten?« Matt schaute an Abbi vorbei.

»Jenna ist bis jetzt noch nicht aufgetaucht, falls du das meinst«, sagte Abbi spitz und verdrehte die Augen.

Er nickte. Seine lustigen Augen blickten ernst. »Sie ist wahrscheinlich wütend, weil ich nächsten Samstag ihr Partner bin«, meinte er bedrückt.

★

Ein Stück von Abbis Haus entfernt, marschierte Jenna auf dem Bürgersteig auf und ab. Sie hatte gesehen, dass Matt und Dan direkt vor ihr hineingegangen waren. Ich habe keine Lust, ihn zu treffen, dachte Jenna. Ich will ihn nicht sehen, ich will nicht mit ihm tanzen, und ich will erst recht nicht mit ihm reden! Sie warf ihren Kopf mit einer stolzen Bewegung in den Nacken. Matt hatte bestimmt schon eine Idee für ihren Tanz – eine Idee, die ihn gut und sie alt aussehen lassen würde.

Warum hatten Mr Rudolph und Miss Adaman ausgerechnet sie beide als Partner ausgesucht? Wie sollte sie bloß mit Matt zusammenarbeiten? Obwohl es ein warmer Sommerabend war, überlief Jenna ein Frösteln. Sie wünschte, sie könnte irgendjemandem ihr Herz ausschütten – sogar Abbi oder Lauren, die überhaupt nichts vom Tanzen verstanden.

★

Lauren stützte sich mit einer Hand auf ihr Klavier und klimperte mit der anderen eine traurige kleine Melodie.
Wie üblich war jeder in ihrer Familie mit seinen eigenen Angelegenheiten beschäftigt. Ihre Mutter und ihr Vater probten ein Duett für Violine und Flöte, und ihr älterer Bruder Robert hämmerte Tonleitern auf dem zweiten Klavier herunter, das am anderen Ende des Hauses stand.
Ihr Zuhause, das immer so viel Wärme und Geborgenheit ausgestrahlt hatte, erschien ihr plötzlich leer.
»Ich vermisse sie«, seufzte Lauren. Sie konnte sich genau vorstellen, wie Abbi, Jenna, Matt und Dan zusammen feierten und sich auf ihrer Party amüsierten.
In Laurens Kopf herrschte ein riesiges Durcheinander; ihr gefiel Matt, und ihr gefiel die Art, wie sie heute gesungen hatte. Alles, was mit der Schauspielschule zu tun hatte, löste dieses prickelnde Gefühl in ihr

aus, das sie an das erste Mal erinnerte, als sie Champagner getrunken hatte.
Aber sie konnte doch nicht einfach in das Studio ihrer Eltern platzen, ihre Probe unterbrechen und sagen: »Ich möchte zu Abbis Party gehen.« Sie würden wissen wollen, wer Abbi war und wo Lauren sie getroffen hatte, und dann würde die ganze Sache mit der Schauspielschule auffliegen.
Lauren spielte noch einige weiche, dunkle Töne auf dem Klavier. Dann richtete sie sich auf, straffte ihre Schultern und marschierte, ohne noch lange darüber nachzudenken, zum Studio. Entschlossen öffnete sie die Tür und ging vor ihren Eltern auf und ab. Die beiden spielten die Passage, die sie gerade probten, zu Ende und schauten ihre Tochter dann mit leicht verwundertem Blick an.
»Ich . . . äh . . . ich würde heute Abend gerne noch weggehen und eine Freundin besuchen«, druckste Lauren herum. »Sie heißt Abbi, und ich habe sie bei meiner Gesangsstunde kennen gelernt. Es wird auch nicht lange dauern. Ich bin zurück, bevor es dunkel ist.« Eigentlich ist das nicht mal gelogen, dachte Lauren, auch wenn es nicht ganz der Wahrheit entspricht.
»Schön, mein Schatz.« Die Augen ihrer Mutter waren schon wieder zu den Blättern auf dem Notenständer zurückgewandert. »Frag doch Robert, ob er dich hinfährt!«
Das war ja locker gelaufen! Lauren stieß einen tiefen

Seufzer der Erleichterung aus. Robert schuldete ihr noch einen ganzen Haufen Gefallen – er würde ihr nicht allzu viele Fragen stellen, da war sie sicher.

★

Abbi riss strahlend die Tür auf. »Hallo, Jenna! Ich bin ja so froh, dass du kommen konntest«, rief sie überschwänglich.
»Schau mal, wen ich unten getroffen habe«, sagte Jenna und zog Lauren hinter sich in die Wohnung.
Im nächsten Augenblick war Lauren umringt von Abbi, Matt und Dan. »Du bleibst also doch dabei?« Abbi hüpfte vor lauter Freude auf und ab. »Das ist ja super!«
»Ich wusste doch, dass du ohne uns nicht leben kannst«, witzelte Dan.
Aber es war Matts Lächeln, auf das Lauren sehnsüchtig gewartet hatte. »Noch eine Woche«, sagte er grinsend. »Nächsten Samstag ist es so weit!«

⋆ Kapitel 16 ⋆

Noch eine Woche

»Stopp, Joe!«, rief Abbi aufgeregt. »Da war eben Blair Michaels!«
Joe zappte gerade mit der Fernbedienung durch die verschiedenen Programme. »Bäh! Die blöde, alte Blair Michaels – wer will die schon sehen?«
»Ich!« Abbi kämpfte mit Joe um die Fernbedienung, und schließlich gelang es ihr, sie ihm aus der Hand zu winden. »Ich möchte doch nur für ein paar Minuten reinschauen.«
Abbi schaltete auf das richtige Programm. Blair, die die Rolle der Jackie in *Mein Leben* spielte, ging gerade lachend und redend mit ihren Freundinnen den Schulkorridor entlang. Sie war schlank und schön und trug irre Klamotten. Aber das war noch nicht alles. Blair ist eine gute Schauspielerin, dachte Abbi. Ihre Gefühle spiegeln sich in ihren Augen. Man kann sehen, dass sie Dylan wirklich mag, aber nicht möchte, dass er es erfährt. Wie macht sie das bloß?
Verzweifelt ließ Abbi sich auf die Couch zurücksinken.
Heute war Montagmorgen. Wie sollte sie es jemals

schaffen, in der kurzen Zeit bis Samstag eine Schauspielerin wie Blair Michaels zu werden?
Frustriert schlug sie auf ein Sofakissen ein. Sie mussten nächsten Samstag eine »Improvisation« machen – und sie wusste nicht mal, was das Wort bedeutete. Sie brauchte Dan dringend!
»Hier!« Abbi warf die Fernbedienung zurück zu Joe. »Jetzt kannst du gucken, was du willst.« Sie griff zum Telefon und rief ihre Mutter an.
»Abbi?«, drang die verärgerte Stimme ihrer Mutter aus dem Hörer. »Ich zeige gerade einem Kunden ein Haus. Was gibt's denn?«
»Ich muss unbedingt mit einem Jungen aus meiner Gruppe proben. Sein Name ist Dan. Bitte Mum, darf er zusammen mit Jenna und Lauren zu mir kommen?«, bat sie.
»Warte einen Moment!«, antwortete ihre Mutter und legte das Handy beiseite. Als ihre Stimme wieder ertönte, klang sie leise und angespannt. »Tut mir Leid, Abbi – keine Jungen in der Wohnung. So lautet die Regel, und das ist mein letztes Wort! Wir reden später noch miteinander. Bis dann.«
Abbi warf das Telefon auf die Couch und stapfte wütend in dem kleinen Wohnzimmer herum. »Was soll ich denn jetzt tun?«, stöhnte sie und warf einen Blick auf Joe. »Ich kann dich doch nicht hier lassen und zu einem der anderen gehen.«
»Was hat Mum denn gesagt?«, erkundigte sich Joe.

»Keine Jungen in der Wohnung«, knurrte Abbi. »Sie ist so verdammt spießig!«
»Warum lädst du die anderen nicht ein, und ihr bleibt einfach draußen?«, murmelte Joe, während er weiter durch die Programme zappte.
»Sollen wir uns vielleicht auf der Straße rumtreiben?«, schnaubte Abbi. »Falls du es vergessen hast, wir leben in einem Wohnblock.«
»Und was ist mit dem kleinen Platz hinter dem Haus? Da, wo ich versucht habe, ein Fort zu bauen?«, fragte Joe, den Blick starr auf den Bildschirm gerichtet.
»Der Hof?« Plötzlich sah Abbi das Bild des kleinen eingezäunten Gartens in der Mitte der großen Wohnanlage ganz deutlich vor sich. Einige karge Rosenbüsche und von Unkraut überwucherte Blumentöpfe, die ein Viereck aus Betonplatten einrahmten.
»Genau. Da geht doch sowieso niemand hin«, nickte Joe. Abbi stürzte sich auf ihren kleinen Bruder und erstickte ihn fast mit ihrer Umarmung. »Joe, mein kleines Genie!«, rief sie begeistert.
»Ich heiße nicht Joe, das sage ich dir doch schon die ganze Zeit. Ich bin Ya-chet, klar?«, protestierte er und stopfte sich eine Hand voll Chips in den Mund.
»Wo hab ich es bloß gelassen?«, murmelte Abbi vor sich hin und wühlte auf der Suche nach dem schnurlosen Telefon auf dem Sofa herum.

★

»Das ist wirklich erstaunlich.« Matt ließ seinen Blick über den verwahrlosten Hof wandern.
»Bist du sicher, dass es okay ist, wenn wir hier proben?« Jenna hatte einen Kassettenrekorder für ihre Tanzmusik und Laurens Lieder mitgebracht. Dan war mit einer ganzen Tasche voller Junkfood aufgetaucht, und Lauren hatte Selter und einige Coladosen angeschleppt.
»Er wird von niemandem benutzt«, erklärte Abbi und machte eine weit ausholende Geste mit dem Arm. »Man kann uns hier nicht mal sehen. Alle Fenster, die auf den Hof gehen, gehören zu den Badezimmerfenstern und sind aus Mattglas.«
»Perfekt!« Jenna sprang anmutig auf eine der hölzernen Bänke.
»Wir können hier die ganze Woche proben!« Matt sprang neben ihr auf die Bank. »Bist du bereit, Partner?«, fragte er grinsend.
Jennas Gesicht verdüsterte sich. »Oh, stimmt ja. Ich hatte ganz vergessen, dass wir zusammen vortanzen. So schnell verdirbt man sich einen perfekten Tag!«
»Du *hast* wenigstens einen Partner«, seufzte Abbi.
»Was ist denn mit Chloe?«, erkundigte sich Jenna.
»Ich habe ihre Nummer von der Schule bekommen«, sagte Abbi. »Ich habe sie angerufen und sie gebeten zu kommen, aber sie wollte nicht.«
»Dafür kann ich dir beim Improvisieren helfen«, bot Dan an. »Es ist gar nicht so schwer. Außerdem hast

du es schon mal gemacht, als du dir den Monolog über deinen Vater ausgedacht hast.«

»Und ich kann dir einige Tanzübungen zeigen, damit du dich auf der Bühne sicherer bewegst«, fügte Jenna hinzu.

»Das könnte mir auch nicht schaden«, meldete sich Lauren zu Wort. Sie war fest entschlossen, nicht auf Jenna eifersüchtig zu sein. Dass sie groß war, hinreißend aussah und Matt sie offenbar anbetete, war noch lange kein Grund, sie zu hassen. »Ich könnte dir vielleicht mit Atemübungen helfen«, fügte sie schüchtern hinzu. »Eigentlich sind sie fürs Singen gedacht, aber sie funktionieren bestimmt auch beim Sprechen.«

»Das ist eine super Idee!« Matt sprang von der Bank und vollführte eine Drehung auf den Betonplatten. »Wir schmeißen einfach unsere Talente und Fähigkeiten zusammen und unterrichten uns gegenseitig. Wetten, dann werden wir alle an der Holly aufgenommen?«

»Du weißt genau, dass das nicht passieren wird.« Jenna schaute ihn finster an. »Nächsten Samstag sortieren sie fast die Hälfte aller Bewerber aus.«

»Aber das bedeutet nicht, dass wir fünf es nicht alle schaffen können«, rief Abbi aufgeregt. »Auf jeden Fall haben wir bessere Chancen, wenn wir als Gruppe zusammenarbeiten. Wie wollen wir anfangen?«

»Wir brauchen Matten, damit wir uns auf den Boden legen können, um zu spüren, wie unser Atem fließt«,

antwortete Matt. »Damit beginnen alle Bewegungsübungen.«
»Die Atemübungen auch«, nickte Lauren. »Dein Atem ist deine Seele. Du musst ihn herauslassen, um zu reden oder zu singen.«
Matt lächelte Lauren an. Sie spürte, wie sie dahinschmolz. Er sah einfach umwerfend aus, wenn er so lächelte.
»Ich komme mit nach oben und helfe dir mit den Matten, Abbi«, bot er an.
»Tut mir Leid, keine Jungen in der Wohnung.« Abbi schüttelte bedauernd den Kopf. »Mum würde mich umbringen, wenn ich dich reinlasse.«
»Dann helfe ich dir, die Matten zu holen«, meldete sich Jenna zu Wort.
»Ich auch.« Lauren folgte den beiden durch die Hintertür von Abbis Wohnblock.
»Ich bin froh, dass ich mal die Möglichkeit habe, ohne die Jungen mit euch zu reden«, sagte Jenna, als sie die Treppen hochstiegen. »Es macht mir richtig Sorgen, Matts Partnerin zu sein.«
»Was ist denn los?« Lauren schaute sie neugierig an.
»Ich wünschte, ich könnte sicher sein, dass er nicht versucht, mich auszubooten«, gestand Jenna und drehte vor ihnen auf der Treppe eine Pirouette.
»Glaubst du etwa, er will in Wirklichkeit gar nicht, dass wir alle an der Schauspielschule aufgenommen werden?«, fragte Lauren schockiert.

»Ich würde ihm ja gerne glauben«, versetzte Jenna. »Wenn ich ihm doch nur vertrauen könnte!«

Lauren räusperte sich. »Ich habe dich tanzen sehen«, sagte sie. »Du bist großartig. Ich glaube, du brauchst dir wegen Matt keine Sorgen zu machen. Sei einfach du selbst – so, wie du letzte Woche bei der Probe getanzt hast.«

»Meinst du, du könntest uns vielleicht bis Samstag beibringen, so zu gehen und zu stehen wie du? Dir gegenüber komme ich mir vor wie der reinste Trampel«, gestand Abbi.

»Und ich sehe die ganze Zeit aus wie eine erschrockene Maus«, kicherte Lauren. »Wir bräuchten dringend ein paar Nachhilfestunden.«

Jennas Lächeln veränderte ihr Gesicht völlig. »Wisst ihr, was. Ihr habt völlig Recht.« Sie lachte und schüttelte den Kopf. »Warum verschwende ich eigentlich so viel Zeit mit diesem Typen? Ich habe wirklich Besseres zu tun. Okay, ihr beiden – bevor diese Woche um ist, werdet ihr euch bewegen wie fließende Seide!«

★ Kapitel 17 ★

Im Hof

»Abbi, du hast mir nicht gehorcht. Ich habe gesehen, wie die Jungen gegangen sind, als ich vor dem Haus hielt.« Abbis Mutter stürmte ins Wohnzimmer, ihr Gesicht war hochrot vor Ärger.
Hastig sprang Abbi von der Couch auf. »Sie waren nicht in der Wohnung, ich schwöre es!«, rief sie. »Wir haben den ganzen Tag im Hof geprobt.«
»Im . . . im Hof?« Abbis Mutter wurde blass. »Du warst mit deinen Freunden unten im Hof?«
»Jau«, warf Joe ein. »Und sie hatten Essen und Musik dabei und Matten, um sich draufzulegen . . .«, erzählte er grinsend.
»Joe!«, quietschte Abbi entsetzt. »Wir haben doch nur Atemübungen gemacht.«
»Ihr habt euch gegenseitig auf dem Bauch gelegen und gelacht«, verbesserte Joe.
»Das war eine Übung, um Vertrauen aufzubauen«, versuchte Abbi verzweifelt zu erklären. »Jeder legt seinen Kopf auf den Bauch des Nächsten wie eine Art Kette und dann beginnt die Person am einen Ende zu kichern und innerhalb kürzester Zeit . . .«

»Innerhalb kürzester Zeit werden wir alle auf die Straße gesetzt!«, rief ihre Mutter entsetzt. »Abbi! Was um alles in der Welt hast du dir nur dabei gedacht?«

»Wir müssen nun mal proben!« Abbi rannte wütend im Wohnzimmer umher. »Außerdem muss ich mich um Joe kümmern, und du hast doch gesagt, dass die Jungen nicht in die Wohnung dürfen. Da ist Joe der Hof eingefallen . . .«

»Oh, großer Gott!« Abbis Mutter hatte sich in einen Lehnsessel fallen lassen und stützte den Kopf in die Hände. »Manchmal erinnerst du mich so sehr an deinen Vater.« Sie blickte schuldbewusst auf. »Ich wollte nicht, dass es sich so anhört, als ob . . .«

»Ist schon okay«, meinte Abbi. »Ich glaube, ich weiß, was du meinst. Aber warum vertraust du mir nicht einfach, Mum? Hier läuft nichts, weswegen du dir Sorgen machen musst. Lauren übt ihre Lieder – sie hat eine phantastische Stimme und bringt uns bei, wie man richtig atmet und spricht. Matt und Jenna arbeiten an ihrer Tanznummer und zeigen uns, wie man sich auf der Bühne bewegt. Und Dan und ich üben Improvisationen. Es ist alles in Ordnung, wirklich!«

Abbis Mutter stieß einen tiefen Seufzer aus. »Lasst uns zu Abendessen! Ich muss erst mal was im Magen haben, bevor ich klar denken kann.«

★

Am nächsten Morgen erklärte Abbis Mutter der Hausverwalterin, was im Hof vor sich ging. Und die Verwalterin, Mrs Matthews, sagte, sie hätte nichts dagegen, solange sich niemand beschwerte.
Der Hof gehörte ihnen.
»Das ist städtisches Theater«, meinte Dan, als Abbi ihm von den guten Nachrichten berichtete. »Fünf junge Menschen auf der Suche nach Ruhm und Glück in einer einsamen Schlucht zwischen den Wolkenkratzern der Stadt.«
»Matt, wäre das nicht eine irre Idee für unser Stück zum Vortanzen?«, schlug Jenna aufgeregt vor. »Wir könnten zwei Tänzer aus verschiedenen Welten darstellen, die nach einem Platz zum Tanzen suchen, nach ein wenig Raum in der überfüllten Stadt. Und wir könnten Ballett- und Jazztanzelemente einbauen!« Sie ergriff Matts Hand, stellte sich mit einem Fuß auf die Zehenspitzen und lehnte ihren Kopf an seine Schulter, so graziös und schön wie ein einsamer Schwan.
Lauren spürte einen Kloß in der Kehle. Es war nicht nur Neid – die beiden sahen einfach toll zusammen aus. Wenn Jenna ein Schwan war, war sie nur ein bescheidener Spatz. Kein Wunder, dass Matt sie nicht beachtete.

★

»Was läuft hier eigentlich?«, fragte Laurens Bruder Robert am Donnerstag. »Jeden Tag verschwindest du und tauchst erst abends wieder auf.«
Robert war der Einzige in ihrer Familie, der sie direkt fragte, wo sie hinging und was sie tat. Ihre Eltern hielten das für ein Eindringen in ihre Privatsphäre.
»Ich treffe mich mit ein paar Freunden . . . in einem Garten.« Lauren wählte ihre Worte sorgfältig. »Wir proben gemeinsam für so 'ne Art Straßentheater – Songs, Tanz, Improvisationen . . .«
Robert sah sie scharf an. »Du verschweigst mir doch etwas, Lorrie. Das merke ich genau. Bist du vielleicht in Schwierigkeiten?«
»Nein!«, beteuerte Lauren hastig. Nach nächstem Samstag würde sich wahrscheinlich alles von selber erledigen. Aber was sollte sie tun, wenn sie *tatsächlich* an der Schauspielschule angenommen wurde? Wie sollte sie das bloß ihrer Familie erklären?
Nachdenklich schüttelte Robert den Kopf. »Du siehst anders aus«, meinte er. »Ernsthafter . . . und irgendwie größer. Ich habe fast den Eindruck, als ob meine kleine Schwester erwachsen wird.«
Das sind Jennas Bewegungsübungen, dachte Lauren und lächelte in sich hinein. Sie wusste, dass sie anders aussah. Sie fühlte sich ja auch anders.

★

Jenna betrachtete die Stadt, die draußen vor dem Busfenster vorbeizog, als sie auf dem Weg zu Abbi war. Ihre Mutter strafte sie jetzt schon seit zwei Wochen mit Schweigen. Mum arbeitete in der Universitätsbibliothek und gab abends noch Unterricht. Sie wollte, dass Jenna dieses Jahr naturwissenschaftliche Kurse belegte und nicht Tanz. Jennas Vater war Wissenschaftler gewesen. Er war gestorben, als sie vier Jahre alt war.

Der Bus hielt an der nächsten Haltestelle, und Matt kam die Stufen hinaufgehüpft. Als er Jenna sah, leuchtete sein Gesicht auf. Er vollführte mitten im Gang einen kleinen Tanzschritt und schlug die Hacken gegeneinander. Jenna spürte, wie ein Lächeln um ihre Mundwinkel zuckte.

»Hi!«, rief Matt und schwang sich auf den Sitz neben ihr. »Ich hab noch mal über unseren Tanz nachgedacht. Vielleicht sollten wir gegen Ende ein paar zusätzliche Hebungen einbauen . . .?«

»Glaubst du denn, dass du mich halten kannst?«, fragte Jenna. Langsam begann sie Matt zu vertrauen – dass er es schaffte, sie bei den Hebungen hochzustemmen und sie bei den Sprüngen aufzufangen.

»Diese regelmäßigen Proben sind ein gutes Krafttraining«, meinte er. »Und wir haben noch zwei ganze Tage – wir könnten es schaffen.«

★

Am Freitagabend probten sie, bis die Sonne unterging und ihr kleiner Hof zu einem dunklen Schacht geworden war. Nun war es Zeit, zu gehen.
Sie rollten Abbis Trainingsmatten auf und sammelten Abfall und leere Flaschen ein. »Wenn das alles vorbei ist, würde ich gerne wiederkommen und ein paar Blumen pflanzen«, meinte Jenna nachdenklich. »Diese armen, alten Blumentöpfe sehen wirklich Mitleid erregend aus.«
Lauren begann zu summen. Ein altes Lied ging ihr durch den Kopf. Es erinnerte sie an brennende Lagerfeuer und einen samtschwarzen, sternengesprenkelten Himmel. In aufrechter Haltung, so wie Jenna es ihr beigebracht hatte, sang sie leise von einem verwunschenen Ort, wo alle Menschen glücklich waren und ihre Träume lebten.
Laurens klare Stimme trug das Lied empor, sodass es als Echo von den Gebäuden zurückgeworfen wurde, die den Garten mit ihren dunklen Mauern umgaben. Dann klang die Melodie langsam aus.
Abbi spürte, wie sie vom Kopf bis zu den Zehenspitzen ein Schauer durchlief. »Dieser Ort ist *hier«*, flüsterte sie. Ihr hässlicher kleiner Hof war zu diesem verzauberten Platz geworden.
»Da bekommt man ja richtig eine Gänsehaut«, seufzte Jenna. »Ich werde diese Woche jedenfalls nie vergessen.«
»Morgen wird es bestimmt noch besser!« Matt legte

einen Arm um Laurens Schulter und drückte sie kurz an sich.

»Ich wünschte, ihr müsstet jetzt nicht schon gehen«, rief Abbi. »Wahrscheinlich werde ich nachher die ganze Zeit nur in meinem Zimmer auf und ab laufen und mir Sorgen machen.«

Genau in diesem Moment stürmte Joe durch die Hintertür. »Mum ist nach Hause gekommen und hat Pizza mitgebracht!«, rief er ihnen zu. »Sie sagt, ihr sollt alle nach oben kommen!«

»Produziert mein armes, ausgehungertes Hirn jetzt schon Halluzinationen, oder hat dein kleiner Bruder gerade gesagt, dass es oben Pizza gibt?« Dan stellte pantomimisch einen hungrigen Mann mit heraushängender Zunge und eingefallenem Bauch dar. Lachend sammelten sie ihre Sachen ein und rannten auf die Treppe zu.

Kurz darauf, während die anderen schon genüsslich ihre Pizza verdrückten, hörte Abbi die Nachrichten auf dem Anrufbeantworter ab. Für sie war keine dabei. »Ich hatte gehofft, Chloe würde sich melden«, erklärte sie Dan, der herübergekommen war, um nachzusehen, wo sie blieb. »Aber da ist keine Nachricht von ihr. Was soll ich bloß tun, wenn sie morgen nicht auftaucht?«

»Dann springe ich beim Vorsprechen als Partner für dich ein«, versprach Dan. »Immerhin haben wir die ganze Woche zusammen geprobt.«

»Oh, das wäre super!« Abbis Augen leuchteten auf. »Ich würde es wunderbar finden, wenn du mein Partner wärst!«

»Das ließe sich machen.« Er lächelte ihr viel sagend zu.

Abbi wurde ganz verlegen. Warum musste sie sich mit ihrer großen Klappe bloß ständig in Schwierigkeiten bringen? Natürlich mochte sie Dan, aber doch nicht auf *diese* Art. »Dan . . .«, begann sie zögernd.

»Hab schon verstanden«, winkte er grinsend ab. »Du brauchst mich nur für die Bühne, aber nicht rund um die Uhr. Na ja, was soll's? Zerbrich dir wegen morgen mal nicht den Kopf! Ich kann einspringen, wenn du mich brauchst.«

★ Kapitel 18 ★

Die Abschlussprüfung

Der kleine rote Wagen der Reillys hielt direkt vor der Schule.

»Na denn!« Abbi atmete tief durch. »Wenn du mich das nächste Mal siehst, werde ich Schülerin an der William-S.-Holly-Schauspielschule sein, Mum.«

»Weißt du, Schatz«, begann Abbis Mutter vorsichtig, »die Welt würde auch nicht untergehen, wenn du es nicht schaffst.«

»Mum!« Abbi starrte ihre Mutter entrüstet an. Wie konnte sie bloß an so etwas denken? »Ich würde sterben, wenn sie mich nicht nehmen!«, rief sie. »Aber ich *werde* es schaffen! Ich muss einfach! Ich werde heute so gut spielen, dass sie mich auf Knien anflehen werden, ihre Schule zu besuchen!«

»Schon gut, Abbi. Entschuldige bitte«, sagte ihre Mutter leise. »Aber ich kann es kaum mit ansehen, dass du dir so große Hoffnungen machst.«

Abbi stieg aus und warf die Autotür hinter sich zu. Jenna, Lauren, Matt und Dan warteten schon oben an der breiten Eingangstreppe der Schule auf sie. »Tschüss, Mum«, rief sie und raste die Stufen hinauf zu ihren Freunden.

Es kam ihr vor wie eine Ewigkeit, seit sie dieselbe Treppe zum ersten Mal hochgestürmt war – viel zu spät dran, alleine und keine Ahnung, wo sie hinmusste. In den letzten drei Wochen war die Schule ihr zweites Zuhause geworden, und diese Leute standen ihr näher als ihre Familie.

Sie umarmten sich zur Begrüßung und gingen dann gemeinsam nach drinnen.

Einige ihrer Mitbewerber hielten sich in Grüppchen in der Eingangshalle auf. Ihre Stimmen klangen hoch und schrill vor lauter Nervosität. Andere standen alleine da, ruhig und völlig konzentriert. Matt stürmte davon, um einen Blick auf den Zeitplan für die Tänzer zu werfen.

»Ich vermisse Martha«, gestand Lauren nervös. »Anscheinend habe ich mich so daran gewöhnt, sie zu beruhigen, dass ich auf einmal das Gefühl habe, ich würde ohne sie zusammenbrechen.«

»Halt dich einfach an mich!«, bot Abbi grinsend an. »Ich könnte ein bisschen Beruhigung gut gebrauchen.« Sie suchte den Raum nach Chloes hochgewachsener Gestalt und ihren hellblonden Haaren ab. Wo war sie nur?

Als ob er ihre Gedanken gelesen hätte, murmelte Dan: »Ich sehe Chloe gar nicht.«

»Ich hoffe, sie kommt nicht.« Abbi hielt ihre gekreuzten Finger in die Höhe. »Ich würde viel lieber mit dir zusammen improvisieren.« Denn egal, welche ver-

rückte Idee Dan auch hatte, sie konnte ihm sofort folgen. Irgendwie schienen sie auf geheimnisvolle Weise miteinander verbunden zu sein.
So eine Verbindung gibt es zu Chloe nicht, dachte Abbi. Nur eine unüberwindliche Mauer aus Feindseligkeit. Das war schon seit der ersten Woche so – seit sie Chloe dabei überrascht hatte, wie sie auf der Toilette diese Pillen geschluckt hatte.
»Große Neuigkeiten, Leute!« Matt tanzte zu ihnen hinüber, sein Gesicht glühte vor Aufregung. »Wir sind als Erste dran, Jen.« Abbi bemerkte, dass er am liebsten Jennas Hand genommen und sie begeistert herumgewirbelt hätte, aber er hielt sich zurück und wahrte Abstand. Offenbar hatte er dazugelernt.
Jenna schaute ihn erschrocken an. »Was, wir sind die Ersten?«, japste sie. »Dann setzen wir uns wohl besser mal in Bewegung.«

★

»Jennifer James und Matt Caruso, seid ihr so weit?«, donnerte Mr Rudolph.
Von den entgegengesetzten Seiten der Bühne nickten Jenna und Matt.
Die Musik setzte ein.
Von der linken Seite der Bühne tanzte Jenna auf die Mitte zu. Ihr ganzer Körper strahlte Einsamkeit, Verzweiflung und Sehnsucht aus. Mit ausgestreckten

Armen und gebeugtem Kopf sank sie in einer Haltung tiefer Qual auf dem Boden zusammen.
Dann sprang Matt auf die Bühne. Seine Bewegungen drückten Wut und Furcht aus – das heftige Bedürfnis, der Gewalt und dem Chaos der Stadt zu entfliehen. Plötzlich entdeckte er Jenna im Garten. Gemeinsam gelang es den beiden, durch ihren Tanz den kleinen, abgeschiedenen Ort lebendig werden zu lassen, die Sicherheit und den Trost, den er ihnen spendete, und die Freude, dass sie sich gefunden hatten.
Auf einmal war eine neue Angst in ihren Bewegungen. Irgendetwas bewegte sich von außen auf den Garten zu – etwas Großes, Zerstörerisches. Ihr sicherer Ort war bedroht, löste sich langsam auf.
Jenna versuchte zu entkommen, wurde jedoch von unsichtbaren Wänden wieder zurückgeschleudert. Nun versank Matt in tiefe Verzweiflung. Jenna versuchte, ihn aufzurütteln, ihn vor der Gefahr zu warnen, die sie beide bedrohte.
Die Musik steigerte sich zu einem tosenden Höhepunkt. Die Gefahr war nah, der Garten stand kurz vor der Zerstörung. Jenna setzte sich verzweifelt zur Wehr, doch die Wände rückten immer näher.
Zum Schluss erhoben sich die beiden aus den Trümmern des zerstörten Gartens – als Geister, endlich befreit. Jenna sprang in die Luft, und Matt fing sie auf und hielt sie hoch, während sie von der Bühne abgingen.

Es gab keinen Applaus, weil bei der letzten Runde der Aufnahmeprüfungen nur Mitglieder des Lehrerkollegiums im Studio zugelassen waren. Aber es herrschte eine gespannte Stille, als die Stifte über die Notizblöcke flogen.

Schwer atmend, standen Matt und Jenna sich gegenüber. Ihre Gesichter spiegelten noch immer das Gefühl wider, das sie in den letzten Momenten ihres Tanzes empfunden hatten. Plötzlich grinste Jenna breit. »Wir haben's geschafft!«, flüsterte sie Matt zu und nahm seine Hände.

»Es hat sich toll angefühlt!« Seine Augen leuchteten auf. »So gut haben wir noch nie getanzt!« Dem war nichts hinzuzufügen.

★

»Lauren Graham!«, bellte Mr O'Brien. »Du bist die Nächste!«

Die Gesangslehrer saßen nebeneinander in der letzten Reihe des Musiksaals. Lauren entdeckte Mr O'Brien, der seinen Schnurrbart zwirbelte, Miss Schumacher, der ständig die Brille von der Nase rutschte, und eine dritte Lehrerin mit kurzen grauen Haaren, die Lauren aufmunternd zulächelte, als sie nach vorne ging.

Als der Pianist zu Lauren hinübersah, schüttelte sie leicht den Kopf. Sie hatte beschlossen, ohne Beglei-

tung zu singen. Die Lehrer sahen überrascht aus, nickten dann aber. Es war zwar unüblich, aber sie hatten nichts dagegen.
Lauren hatte sich ein altes irisches Volkslied ausgesucht, das wunderschön und voller Sehnsucht war. Sie versuchte sich wieder in die Abendstimmung im Hof zu versetzen und die Melodie in ihrem Kopf erklingen zu lassen, während sie sang.
»Meine junge Liebste sagte mir, ihr Vater hätt nichts dagegen . . .«
Lauren konnte sehen, wie Mr O'Brien den Kopf schüttelte. Als sie zum Ende der ersten Strophe kam, hob er die Hand, damit sie aufhörte.
»Wenn du schon keine Klavierbegleitung willst, musst du auch lauter singen«, rief er mit dröhnender Stimme.
Lauren spürte, wie ihr Gesicht ganz heiß wurde. Sie stellte sich gerade hin, so wie Jenna es ihr gezeigt hatte, und sagte sehr klar und deutlich: »Entschuldigen Sie, Sir, aber dieses Lied soll leise gesungen werden. Außerdem möchte ich meine Stimme nicht ruinieren, indem ich sie überanstrenge. Aber es tut mir wirklich Leid, wenn Sie Probleme mit den Ohren haben.«
Sie glaubte zu sehen, wie ein winziges Lächeln über das Gesicht der Frau mit den kurzen grauen Haaren huschte. »Bitte, mach weiter, Lauren!«, sagte sie freundlich.
Lauren kämpfte gegen die dunkle Wolke aus Ärger

und Verlegenheit an, die sie zu überwältigen drohte. Sie versetzte sich zurück in den Hof, wo ihre Freunde in der Dämmerung um sie herumgesessen hatten. Sie beendete ihr Lied genau so, wie sie es geplant hatte – mit leise ausklingender Stimme: »Es dauert nicht mehr lang, Liebste ... bis zu unsrem Hochzeitstag.« Sie öffnete die Augen und sah auf. Mr O'Brien war offensichtlich verärgert, aber die beiden Lehrerinnen schrieben eifrig. Lauren ging leise nach hinten und verschwand durch die Tür.

★

»Abigail Reilly und Chloe Kaminsky?« Mr Steel beschirmte seine Augen mit der Hand und blickte suchend auf die Gruppe hinunter.

Abbi war ja so froh, dass Mr Steel hier war. Er würde bestimmt Verständnis dafür haben, dass Dan für Chloe einspringen musste, wenn ihre Partnerin nicht auftauchte.

Sie stürmte die Bankreihen hinab und blieb etwas außer Atem vor ihm stehen.

»Chloe ist nicht ...«, begann sie.

In diesem Moment flogen die Türen hinter ihr auf. Abbi sah, wie Licht auf die Bühne flutete, und als sie sich umdrehte, stand Chloe im Türrahmen.

Ihre Silhouette zeichnete sich gegen das Licht ab und ihr blondes Haar glänzte wie ein Helm.

★ Kapitel 19 ★

Eine dramatische Vorstellung

»Komme ich zu spät?« Chloes Stimme klang atemlos und heiser.
»Nein, Miss Kaminsky, aber das war knapp.« Mr Steel schüttelte den Kopf. »Ich lasse dir und Abigail noch einen Moment Zeit, um euch vorzubereiten.«
»Das ist nicht nötig«, japste Chloe, die immer noch versuchte wieder zu Atem zu kommen. »Geben Sie uns einfach unsere Improvisation.«
Abbi starrte sie ungläubig an. Wollte sie etwa alles ruinieren? Sie spürte, dass Chloe nervös und aufgeregt war, aber deswegen musste sie noch lange nicht so unhöflich sein.
Mr Steel hielt ihnen eine Schüssel mit gefalteten Papierstreifen hin.
Abbi griff hinein und zog einen heraus. Darauf stand: »Ihr seid zwei Spiegeleier, die in die Pfanne geschlagen werden.«
Wortlos reichte Abbi den Papierstreifen an Chloe weiter, die ihn Mr Steel zurückgab. Sie schaute Abbi nicht einmal an.
Die beiden standen nebeneinander auf der dunklen

Bühne, während Mr Steel seinen Platz bei den anderen Schauspiellehrern einnahm.
»Ihr könnt anfangen«, sagte er schließlich.
Abbi blickte aus dem Augenwinkel hinüber zu Chloe. Es war unmöglich. Wer von ihnen sollte beginnen? Wie sollten sie so zusammen improvisieren? Abbi spürte, wie all ihre Hoffnungen in sich zusammenfielen und sich ihr Magen verknotete.
Tief durchatmen, fiel ihr plötzlich Dans Rat wieder ein. Versuch dich geistig auf deinen Partner einzustellen! Sei aufmerksam und registriere ganz bewusst alles, was er tut! Sie atmete so tief ein, wie sie konnte, und blickte noch einmal zu Chloe.
Chloe beugte sich weit nach vorne, steckte den Kopf zwischen die Knie und nahm eine eiförmige Haltung an. Abbi machte es ihr nach. Dann ließen sich die beiden Eier vorsichtig zu Boden fallen und kollerten über die Bühne.
Und nun werden wir in die Pfanne geschlagen, dachte Abbi. Diesmal bin ich dran, etwas zu tun. Sie ließ einen kurzen, heftigen Ruck durch ihren Körper gehen und kugelte über den Rand einer imaginären Bratpfanne. Dann wurde sie ganz schlaff, breitete sich aus und zerfloss wie ein rohes Ei.
Zu Abbis großer Erleichterung ließ sich Chloe ebenfalls auf den Boden fallen und folgte ihrer Führung. Sie machte sich ganz steif und begann zu zucken. Natürlich, dachte Abbi, wir werden ja auch gebraten.

Wir beginnen die Hitze zu spüren. Sie versuchte, Chloes Bewegungen nachzumachen, deren Arme und Beine heftig zuckten.
Plötzlich merkte Abbi, dass etwas nicht stimmte. Chloe bekam kaum noch Luft; ihre Zähne waren fest zusammengebissen und ihr Gesicht ganz starr.
Das war kein Teil der Improvisation – irgendetwas Schreckliches geschah mit Chloe. Ihr Haar hatte sich wie ein goldener Heiligenschein auf dem Boden ausgebreitet und umrahmte ihr gequältes Gesicht.
Abbi erhob sich auf die Knie. Es hatte etwas Makabres, dass die Zuschauer immer noch dachten, Chloe würde ein Ei spielen, das in der Pfanne brutzelt.
»Hilfe!«, krächzte Abbi. »Chloe . . . sie bekommt keine Luft . . .«
Immer noch herrschte Stille im Theater. Sie denken, das gehört zur Improvisation, wurde Abbi plötzlich klar. Ich muss so schnell wie möglich Hilfe holen!
Sie richtete sich kerzengerade auf; ihre geballten Fäuste hingen an den Seiten herab. »Mr Steel«, tönte ihre Stimme durch den Raum, »ich fürchte, Chloe hat Drogen genommen. Sie bekommt keine Luft. Irgendjemand muss einen Krankenwagen rufen. Das gehört nicht zur Improvisation – es ist echt!«
Dann ließ sie sich wieder auf die Knie fallen und versuchte, Chloes wild zuckenden Körper festzuhalten. Sie stirbt!, dachte Abbi voller Panik.
Sie hörte, wie Schritte die Bankreihen hinuntergepol-

tert kamen, die Tür krachend aufflog und jemand im Flur etwas rief. Die Lichter gingen wieder an. Gleißend und grell beleuchteten sie Chloes Mitleid erregenden Körper auf dem schwarzen Teppichboden. Sie hatte inzwischen aufgehört zu zucken, und etwas Blut tröpfelte zwischen ihren Lippen hervor. Mr Steel kauerte sich neben ihr nieder. »Sie atmet«, sagte er. »Gott sei Dank. Ich glaube, sie ist so weit okay.«

»Okay?«, rief Abbi fassungslos. »Was soll das heißen? Sie . . . sie stirbt. Ich habe gesehen, wie sie . . . irgendwelche Pillen genommen hat. Auf der Toilette, vor drei Wochen. Ich hätte es nicht verschweigen dürfen.« Nun erschütterten Schluchzer ihren Körper. Mr Steel nahm sie sanft am Ellbogen und half ihr auf die Füße. »Der Krankenwagen ist schon unterwegs«, sagte er beruhigend. »Aber ich glaube, Chloe schläft nur. Ich habe solche Zuckungen schon häufiger gesehen, und ich bin ziemlich sicher, dass Chloe lediglich einen epileptischen Anfall hatte. Sie braucht jetzt nur etwas Schlaf, und wenn sie aufwacht, wird sie völlig in Ordnung sein – du wirst schon sehen.«

»Aber das Blut . . .«, wandte Abbi ein.

»Sie hat sich wahrscheinlich auf die Zunge gebissen«, meinte Mr Steel. Er beugte sich zu der reglosen Gestalt auf der Bühne hinunter, zog sein Jackett aus und deckte Chloe damit zu. Am ganzen Körper zitternd, schlug Abbi die Hände vors Gesicht.

Im nächsten Moment legte sich ein tröstender Arm

um ihre Schultern. »Das muss ja ein *entsetzliches* Erlebnis für dich gewesen sein.« Es war Miss Madden.

Abbi schluchzte auf. »Ich dachte zuerst, sie würde nur ein Spiegelei in der Pfanne spielen.«

»Aber du hast deine Sache sehr gut gemacht«, versicherte ihr Miss Madden. »Du warst wachsam, hast dich von deinem Instinkt leiten lassen und klar kommuniziert.« Sie führte Abbi von der Bühne und auf den Flur.

»Kommt sie . . . kommt sie wirklich wieder ganz in Ordnung?« Abbi warf einen Blick zurück zur Tür des Theaterraums.

»Natürlich«, sagte Miss Madden im Brustton der Überzeugung. »Im Laufe der Jahre hatten wir mehrere Schüler mit Epilepsie am William-S.-Holly. Es macht überhaupt keinen Unterschied. Ich weiß nicht genau, warum Chloe heute einen Anfall hatte, aber wir werden den Grund dafür bestimmt herausfinden. Wenn sie ihre Medikamente regelmäßig einnimmt, müsste sie normalerweise . . .«

Abbi fiel ihr ins Wort. »Medikamente? Muss sie etwa jeden Tag welche nehmen?«

»Das sollte sie zumindest«, nickte Miss Madden. »Epilepsie ist eine der Krankheiten, die man glücklicherweise mit Medikamenten unter Kontrolle halten kann.«

Langsam begann Abbi zu verstehen. Die anderen Schüler, die noch vorsprechen mussten, liefen mit sorgenvollen und bedrückten Gesichtern im Flur auf und ab. Einer von ihnen war Dan. Er warf Abbi einen fragenden Blick zu, aber sie schüttelte den Kopf.

»Ihr könnt erst mal alle für einen kleinen Imbiss in die Kantine gehen«, ordnete Miss Madden mit ihrer energischen Stimme an, die keinen Widerspruch duldete. »Es gibt eine kurze Unterbrechung beim Vorsprechen, und ihr werdet benachrichtigt, sobald es weitergeht.«

Dan eilte an Abbis Seite, als sich alle in Bewegung setzten. »Bist du okay?«, fragte er besorgt. »Du bist so weiß wie ein Gespenst.«

»Alles in Ordnung«, murmelte Abbi. »Ich muss mich nur einen Moment setzen und etwas trinken. Ich kann einfach nicht aufhören zu zittern.«

Dans lustiges Gesicht legte sich in Sorgenfalten. Er begleitete Abbi in die Kantine und brachte ihr einen Becher heiße Schokolade. Dann setzte er sich neben sie und schaute sie forschend an.

»Was zum Teufel ist da drinnen passiert?«, fragte er. »Ich habe gesehen, dass Chloe ins Theater gerannt ist, kurz nachdem du zum Vorsprechen hereingeholt wurdest. Und ein paar Minuten später kommt jemand aus dem Studio gestürmt und ruft nach einem Krankenwagen.«

Abbi schüttelte nur den Kopf; sie brachte kein Wort heraus.

Dan breitete die Arme aus und umrundete mit gro-

ßen Schritten den Tisch. »Sag doch was, Abbi. Ich werde sonst noch verrückt! Hast du nun deine Improvisation gemacht, oder nicht? Hat Chloe dich etwa angegriffen?«
Abbi brachte ein schwaches Grinsen zu Stande. »Du interessierst dich ja tatsächlich für mich«, sagte sie. »Du ziehst nicht nur eine Schau ab.«
»Natürlich interessiere ich mich für dich!« Beleidigt verzog Dan das Gesicht. »Ich muss mich jedes Mal tierisch zusammenreißen, um nicht völlig aus dem Häuschen zu geraten, wenn du in der Nähe bist. Aber das ist jetzt ja auch egal. Was ist denn passiert?«
»Die Improvisation kann ich vergessen«, antwortete Abbi leise. »Wahrscheinlich werde ich nicht an der Schauspielschule aufgenommen. Aber im Vergleich zu dem, was hätte passieren können, ist das nicht so wichtig.«
»Puh!« Dan ließ sich auf einen Stuhl plumpsen. »Du fängst besser noch mal von vorne an. Ich möchte alles ganz genau wissen.«
»Spar dir deine Energie lieber fürs Vorsprechen«, meinte Abbi. »Ich erzähl dir später alles.«
»Okay, okay. Du hast ja Recht.« Dan sprang auf. »Ich wünschte, ich hätte es schon hinter mir. Dieser Tag kommt mir so lang vor wie hundert Jahre.«
Ein paar Minuten später kam Miss Madden durch die Schwingtüren der Kantine gerauscht. »Die Situation hat sich wieder normalisiert!«, verkündete sie mit

lauter Stimme. »Diejenigen von euch, die noch nicht vorgesprochen haben, kehren bitte in den Flur vor dem Schauspielstudio zurück.«
»Möchtest du vielleicht mitkommen?«, fragte Dan.
»Nein«, erwiderte Abbi. »Ich bleibe hier und warte auf die anderen.«

★ Kapitel 20 ★

Die letzte Liste

»Ich halt's einfach nicht mehr aus!«, rief Jenna. Sie warf ihre Arme anmutig in die Luft und vollführte eine komplette Drehung neben dem Tisch der A1-Gruppe. »Diese Warterei ist die reinste Folter!«

»Wir haben gut getanzt«, versuchte Matt sie zu beruhigen. »Hör auf dir Sorgen zu machen!«

»Aber vielleicht haben die anderen genauso gut getanzt«, wandte Jenna ein. »Vielleicht hat den Prüfern eine winzige Kleinigkeit an mir nicht gefallen – oder sie versuchen, ein Gleichgewicht hinzukriegen, indem sie zuerst genügend Jungen aufnehmen und dann die Mädchen auswählen ...« Sie brach ab, drehte sich um und blickte Matt an.

»Ist es das, was dir die ganze Zeit zu schaffen gemacht hat?« Matt stand auf. »Du traust mir also nicht zu, dass ich wegen meiner Leistung aufgenommen werde – du glaubst, sie nehmen mich nur, weil ich ein Junge bin?«

»Tut mir Leid für dich, aber du weißt, dass es stimmt!«

»Es stimmt nicht!« Matt starrte Jenna wütend an.

»Abbi und ich haben gehört . . . na los, sag ihm, was wir gehört haben.« Jenna wirbelte zu Abbi herum.
»Hört auf zu streiten!«, rief Abbi energisch. »Wen kümmert das schon? Matt ist ein guter Tänzer, und er hat hart gearbeitet. Das weißt du genau, Jenna.« Abbi war erstaunt über sich selbst. Sie hätte nicht gedacht, dass sie sich trauen würde, Jenna zu widersprechen.
»Da kommt Lauren«, meinte Dan. »Sie sieht aus, als ob sie die ganze Welt auf ihren Schultern trägt.«
Lauren zog sich einen Stuhl an den Tisch und brachte ein mattes Lächeln zu Stande. »Hi!«, sagte sie. »Ich glaube, das war's dann wohl.«
»Was ist denn passiert?«, fragte Abbi bestürzt.
»Oh, ich habe mich mit einem der Musiklehrer angelegt, das ist alles«, erklärte Lauren. »Wahrscheinlich stehe ich jetzt ganz unten auf seiner Liste.«
Lauren straffte ihre Schultern. »Und was ist mit euch? Ist Chloe eigentlich noch aufgetaucht, Abbi?«
Abbi nickte. Früher oder später würde sie ihnen die ganze Geschichte erzählen müssen. Aber im Moment war ihr nicht danach, darüber zu sprechen.
»Ich war genial wie üblich«, platzte Dan in die erwartungsvolle Stille. »Wenn sie mich nicht nehmen, ist diese Schule es auch nicht wert, sie zu besuchen.«
»Was musstest du denn bei deiner Improvisation darstellen?«, erkundigte sich Lauren.
»Es war die ideale Aufgabe für mich«, lachte Dan. »Ich war ein Hund, der sein Herrchen dazu bringen

sollte, mit ihm auszugehen. Mein Partner war ein Typ aus der Theatergruppe namens Mike. Er hat sein Bestes getan, mich zu ignorieren, und dann, als ich ihn endlich so weit hatte, mit mir rauszugehen, und er fertig angezogen war und meine Leine gefunden hatte, da wollte ich nicht mehr, weil es geregnet hat.«

»Ich sehe dich als Hund förmlich vor mir.« Matt lachte. »Ein magerer schwarzer Köter mit einer langen Nase.«

»Hey, so einfach ist das nun auch wieder nicht«, protestierte Dan. »Du musst nämlich denken wie ein Tier.« Er sprang auf den Tisch, ließ sich auf alle viere nieder und hechelte ihnen ins Gesicht.

Aber keiner achtete auf Dan. Alle sahen an ihm vorbei in Richtung Tür. Dort stand Mr Steel, mit einem Stück Papier in der Hand und zerzausten Haaren.

Er sah aus, als wollte er etwas sagen, schien dann aber seine Meinung zu ändern. Schnell pinnte er die Liste ans schwarze Brett und verschwand wieder.

Diesmal gab es keinen heftigen Ansturm. Alle bewegten sich ganz langsam vorwärts, um die Entscheidung über ihr Schicksal zu lesen.

»Graham«, las Matt laut vor. Er war der Größte und konnte über die Köpfe der Leute vor ihm hinwegsehen.

Lauren wurde erst kreidebleich und dann rot. »Ich ha... hab's geschafft?«, stotterte sie. »Ich glaub's einfach nicht!«

»Kaminsky, Chloe«, fuhr er fort. »James, Jenna!«
Jennas ganzer Körper entspannte sich vor Erleichterung. Halt suchend griff sie nach Abbi, ihr Gesicht war ein einziges Strahlen.
»Ich«, Matt verbeugte sich. »Reeve, Dan.« Er machte eine Pause, und strahlte Abbi an. »Reilly, Abigail ... wir haben es alle geschafft, genau wie ich gesagt habe!« Eingehakt und vor lauter Freude platzend, kehrte die A1-Gruppe an ihren Tisch zurück.
Abbi spürte, wie sich die dunklen Wolken, die über diesem Tag gehangen hatten, langsam verzogen. Das Unglaubliche war geschehen. Sie waren alle an der Schauspielschule aufgenommen worden!
Um sie herum gab es jede Menge enttäuschte und verzweifelte Gesichter.
»Die Schüler, deren Namen sich auf der Liste befinden, versammeln sich bitte im Zuschauerraum«, verkündete Miss Madden von der Tür aus. »Ihr anderen bleibt noch einen Moment hier, okay?«
»Geht schon mal vor!«, sagte Abbi. »Ich muss Chloe finden. Sie soll es unbedingt erfahren.«
»Du wirst zu spät kommen.« Matt schüttelte den Kopf.
»Das wäre ja nichts Neues«, rief ihm Abbi grinsend zu, als sie davonstürmte.
Abbi rannte mit fliegenden Haaren den Flur zum Krankenzimmer entlang. Dort ruhte Chloe sich aus, wie Miss Madden ihr gesagt hatte.

Während sie versuchte, wieder zu Atem zu kommen, öffnete Abbi vorsichtig die Tür. Chloe lag mit geschlossenen Augen auf einer schmalen Liege.
»Schläfst du?«, flüsterte sie. »Ich bin's, Abbi.«
Chloes Lider flatterten leicht, dann öffnete sie die Augen, unter denen sich schwarze Ringe abzeichneten. Ihr Gesicht war immer noch sehr blass.
»Es tut mir Leid . . .«, setzte sie an.
»Das ist schon in Ordnung, aber . . .« Abbi wollte sofort mit ihrer guten Neuigkeit herausplatzen.
»Nein! Es tut mir wirklich Leid, wie ich mich verhalten habe«, unterbrach Chloe sie mit leiser Stimme.
»Du brauchst dich nicht entschuldigen. Ich habe wunderbare Neuigkeiten. Wir beide haben es geschafft . . .«
Doch Chloe hörte ihr gar nicht zu. Eine einzelne Träne rollte über ihr blasses Gesicht. »Ich war so gemein zu dir – aber ich wollte nicht, dass irgendjemand von meiner Krankheit erfährt. Deswegen bin ich so böse geworden, als du gesehen hast, wie ich die Tabletten genommen habe.«
Abbi nahm ihre Hand. »Chloe, hör mir doch mal zu! Das ist alles überhaupt nicht wichtig. Wir beide haben es *geschafft*. Wir haben die Aufnahmeprüfung bestanden! Wir sind an der Schauspielschule aufgenommen!«
Ein Ausdruck völliger Verblüffung breitete sich auf Chloes Gesicht aus. Sie wischte sich die Tränen ab. »Wir haben es *wirklich* geschafft?«, keuchte sie und

setzte sich halb auf. »Obwohl ich die ganze Improvisation geschmissen habe?«
»Aber das hast du doch gar nicht ...«, setzte Abbi an.
»Oh, doch. Hab ich wohl.« Chloe hob abwehrend die Hand und ließ sich auf das Kissen zurücksinken. »Eigentlich soll ich meine Tabletten jeden Tag zur selben Zeit nehmen. Aber sie machen mich manchmal so schläfrig, und ich hasse es, sie zu nehmen. Ich dachte, ich würde sie nicht mehr brauchen, dass schon nichts passieren würde. Die Lehrer hatten bestimmt nur Mitleid mit mir ...« Sie drehte das Gesicht zur Wand. »Deswegen haben sie mich aufgenommen.«
Abbi schluckte. »Das glaube ich nicht«, widersprach sie. »Du bist sehr schön, Chloe. Und du hast etwas ganz Besonderes an dir, etwas ...«, sie suchte nach dem richtigen Wort, »... Fesselndes!«
»Findest du wirklich?« Chloe wandte den Kopf und lächelte Abbi an.
»Oh, ja«, nickte Abbi energisch. »Ich glaube, du wirst eines Tages bestimmt ein Star.«
»Du aber auch«, erwiderte Chloe leise. »Wenn du auf der Bühne stehst, ziehst du alle Blicke auf dich. Das hat mich furchtbar neidisch gemacht.«
Abbi lachte. »Am besten fangen wir noch mal ganz von vorne an«, schlug sie vor. »Falls du dich nachher gut genug fühlst – wir treffen uns alle bei mir zu Hause.« Sie kritzelte ihre Adresse auf ein Stück Papier und reichte es Chloe.

★ Kapitel 21 ★

Der letzte Vorhang

Die vierzig Auserwählten betraten nacheinander den Zuschauerraum und nahmen schweigend ihre Plätze ein. Die meisten von ihnen hatten bitter enttäuschte Freunde draußen vor den verschlossenen Türen des Saals zurückgelassen und fühlten sich fast ein wenig schuldig, weil sie nun auch die letzte Runde der Prüfungen bestanden hatten.
Mr Steel ging mit großen Schritten zur Mitte der Bühne. »Ich weiß, wie ihr euch jetzt fühlt«, begann er. »Ihr könnt noch nicht ganz glauben, dass ihr aufgenommen worden seid. Ihr seid traurig wegen der Leute, die es nicht geschafft haben, und es ist alles ziemlich überwältigend.«
Von seinen überall verstreut sitzenden Zuhörern kamen Nicken und Seufzer.
»Kommt näher!« Mr Steel winkte mit den Armen. »Setzt euch alle hier vorne in der Mitte hin! Ihr seid jetzt eine Klasse – die Anfangsklasse der Schauspielschule im nächsten Jahr.« Er kam von der Bühne herunter, als sich alle in den ersten Reihen versammelt hatten, und stellte sich vor sie hin.

»In den nächsten drei Jahren wird eine Menge auf euch zukommen«, fuhr Mr Steel fort. Dann grinste er sie an. »Aber zuerst solltet ihr euch kräftig auf die Schulter klopfen. Ihr könnt wirklich stolz auf euch sein. Und vergesst nie dieses großartige Gefühl, diesen besonderen Moment! Es wird sich als nützlich erweisen, wenn härtere Zeiten kommen.«

Abbi spürte, wie eine gewaltige Aufregung von ihr Besitz ergriff. Dies war ihr neues Leben – das große Abenteuer begann. Ab jetzt würde alles anders werden. Und die Krönung des Ganzen war, dass sie Mr Steel von nun an jeden Tag sehen würde!

»Und jetzt«, er machte eine dramatische Pause, »werde ich euch verraten, wie es im September weitergeht. In den ersten Wochen besetzen wir die Rollen für unsere große Herbstaufführung. Ihr werdet also gleich wieder vorsprechen müssen.«

Abbi und Jenna schauten sich an.

»Doch, doch – ihr habt richtig gehört.« Mr Steel nickte. »Wir möchten, dass die Schauspielschule so weit wie möglich der Realität in der Theaterwelt entspricht. Und diese Welt besteht nun mal aus ständigem Vorsprechen und jeder Menge harter Arbeit, sobald ihr eine Rolle bekommen habt . . .«

»Also.« Er strahlte sie mit seinem umwerfenden Lächeln an. »Genießt diesen Moment und stellt euch schon mal drauf ein: Vorsprechen und Proben im September, die Aufführung im Oktober.«

In der Gruppe wurde aufgeregtes Murmeln laut.
»Nur für den Fall, dass das klingt wie das reinste Vergnügen, solltet ihr nicht vergessen, dass ihr euch gleichzeitig auch noch mit Mathe, Französisch, Naturwissenschaften und all den anderen Fächern herumschlagen müsst.«
Diese Ankündigung löste lautes Stöhnen unter den frisch gebackenen Schülern der Schauspielschule aus.
»Ihr werdet doppelt so hart arbeiten müssen wie andere Leute in eurem Alter, und manchmal werdet ihr das Gefühl haben, dass eure Füße kaum noch den Boden berühren.«
Abbi nickte eifrig. Genau das hatte sie immer gewollt. Es war ihr egal, wie viel sie arbeiten musste, sie war am Ziel ihrer Träume und konnte das tun, was sie am meisten liebte – schauspielern! Sie war ganz versessen auf das, was Mr Steel beschrieben hatte. Er hatte Recht – ihre Füße würden den Boden nicht mehr berühren. Sie würde fliegen!

DIE GROSSE PREMIERE

★ Kapitel 1 ★

Blair

Abbi Reilly rannte den Schulflur entlang. Sie versuchte, gleichzeitig einen ganzen Arm voll Bücher zu balancieren und ihren Stundenplan zu lesen. Warum konnte sie sich bloß nie merken, welches Fach als Nächstes dran war? Oder wo sich in diesem großen, alten Backsteingebäude die richtigen Klassenräume befanden. Die Schauspielschule war ganz schön verwirrend!

In der Eile stolperte sie über eine lockere Bodenfliese. All ihre Bücher und Hefte flogen in hohem Bogen durch die Luft und verteilten sich über den glänzenden gekachelten Fußboden. Abbi krabbelte auf allen vieren herum, um ihre Sachen aufzuheben, und klemmte sich dabei den Stundenplan zwischen die Zähne, damit er nicht verloren ging.

»Hilfe! Das darf doch nicht wahr sein! Ich werde zu spät zum Französischkurs kommen!«, murmelte sie vor sich hin.

Eine üppige Mähne aus rotem Haar wogte um Abbis Kopf, während sie hektisch ihre Bücher aufsammelte. Sie umrahmte ein herzförmiges Gesicht, hohe Wan-

genknochen und weit auseinander stehende blaue Augen. Alles an Abbi strahlte eine unbändige Energie aus, aber im Moment wirkte sie eher wie ein wild gewordener Kreisel.
Abbi hatte sich riesig auf ihre erste Woche an der Schauspielschule gefreut. Sie hatte so hart dafür gearbeitet, aufgenommen zu werden, und jetzt musste sie sich eingestehen, dass sie alles an der William-S.-Holly Schauspielschule – oder »Hollywood«, wie sie häufig genannt wurde – hasste.
Abbi hatte gedacht, diese Schule würde eine völlig neue Welt für sie sein, wo sie lernen würde zu schauspielern, zu singen und zu tanzen. Stattdessen waren die Lehrer noch herzloser und strenger als an ihrer alten Schule, und der Stundenplan war so kompliziert, dass sie ihre Freundinnen Jenna und Lauren nur selten sah. Die beiden waren diesen Sommer während der Aufnahmeprüfungen in derselben Gruppe gewesen wie sie.
Irgendwie schien Abbi ständig zu spät zu kommen, und sie fühlte sich meistens ganz verloren. So wie jetzt! Das konnte doch gar nicht der richtige Flur sein – weit und breit war kein Mensch zu sehen.
»Kann ich dir helfen?« Eine vertraute Stimme ließ sie verwundert aufblicken. Wie aus dem Nichts war ein Mädchen aufgetaucht, das nun neben ihr stand und auf sie herablächelte. Sie war kleiner als Abbi, hatte kurze, blonde Haare und ein sympathisches Lächeln.

Ihr Gesicht kannte Abbi nur zu gut, und diese Stimme hörte sie jede Woche im Fernsehen – dienstags von sieben bis acht.
Abbi errötete bis zu den Haarspitzen. Verlegen nahm sie den Stundenplan aus dem Mund und stotterte ungläubig: »Du . . . du bist doch . . . Blair . . . Blair Michaels!«
Das Mädchen nickte.
»Du bist mein absoluter Fernsehstar!«, rief Abbi atemlos. »Ich sehe jede Folge von *Mein Leben.* Ich finde, du bist die beste Schauspielerin in der ganzen Serie!«
»Danke.« Blair legte den Kopf schief. »Ich glaube, ich habe dich hier noch gar nicht gesehen. Du musst eine neue Schülerin sein.«
»Du hast mich nicht verstanden«, beharrte Abbi, die Blair immer noch ganz benommen anstarrte. »Ich bin nur wegen dir hier. *Du* hast mich auf die Idee gebracht, Schauspielerin zu werden! Und weil ich wusste, dass du auf diese Schule gehst, habe ich mich hier beworben! Du . . . du siehst ganz anders aus als im Fernsehen.« Abbi merkte, dass sie zu viel redete, aber sie konnte einfach nicht aufhören. Es war unglaublich! Da stand doch tatsächlich die leibhaftige Blair Michaels und unterhielt sich mit ihr!
Blair lachte – ein sympathisches, perlendes Lachen. »Das sagen alle. Ohne Make-up bin ich kaum wieder zu erkennen.«

»Nein, du bist nur so klein ... und siehst ganz normal aus. Ich wäre so gerne wie du!«, stieß Abbi hervor und wurde puterrot.

»Ach, wirklich?« Blair lachte wieder.

»Ich meine, ich möchte auch Schauspielerin werden!«, verbesserte sich Abbi. »Deswegen bin ich ja auch an dieser Schule.«

»Da hast du dir die richtige ausgesucht«, meinte Blair. »Bist du gerade auf dem Weg in die Klasse? Kann ich dir vielleicht helfen?« Sie zeigte auf die heruntergefallenen Papiere, die sich fächerförmig auf dem Boden ausgebreitet hatten. »Sieht aus, als wäre dir ein Missgeschick passiert.«

»Oh, ich ... äh ... ich hab nur versucht rauszufinden, in welchen Raum ich als Nächstes muss«, murmelte Abbi. Ihre leuchtend blauen Augen hefteten sich gebannt auf Blairs Gesicht. Seufzend hielt sie ihren Stundenplan hoch. »Irgendwie scheine ich einfach nicht zu kapieren, welcher Unterrichtsblock gerade dran ist oder welches Fach.«

Blair wischte Abbis Bemerkung mit einer graziösen Geste beiseite. »Ach, das kriegst du schon noch geregelt. Mach dir deswegen keine Sorgen!«, sagte sie so beiläufig, als ob die Schule überhaupt nicht wichtig wäre. »Hast du übrigens schon gehört, dass sie heute den Termin für die Rollenbesetzung von *Dracula* bekannt gegeben haben?«

Abbi raffte all ihre Hefte und Bücher zu einem unor-

dentlichen Stapel zusammen und richtete sich japsend auf. »Meinst du die Herbstaufführung der Schule? Sie haben das Vorsprechen schon angesetzt?«
»Die Mitteilung ist in der Kantine am schwarzen Brett ausgehängt.« Blair nickte und beugte sich vor, um einige Blätter aufzuheben. »Wirst du auch für eine Rolle vorsprechen?«
»Ich?« Wieder schnappte Abbi nach Luft. »Oh, ich . . . ja!« Sie und ihre Freundinnen Lauren und Jenna sprachen doch seit dem Sommer kaum noch über etwas anderes als die Schulaufführung von *Dracula: Das Musical.* Sie hatten sich schon den Kopf darüber zerbrochen, wie sie an eine Rolle in dem Stück kommen sollten.
»Gut«, sagte Blair. »Wie heißt du denn?«
»Abbi . . . Abigail Reilly«, stotterte Abbi. Ihr wurde ganz schwindelig. Blair hatte sich tatsächlich nach ihrem Namen erkundigt!
»Du siehst toll aus«, fuhr Blair fort, »und ich finde, dass du genau die Richtige für die Rolle der Lucy wärst. Du weißt schon, das ist das Mädchen, das von Dracula gebissen wird. Du solltest auf jeden Fall für die Rolle vorsprechen, und ich werde dann bei Alan Steel ein gutes Wort für dich einlegen.«
In Abbis Kopf drehte sich alles. Blair nannte Mr Steel – den Schauspiellehrer und Regisseur von *Dracula* – Alan! Seitdem sie ihn das erste Mal gesehen hatte, war Abbi völlig verrückt nach ihm.

Fasziniert starrte sie Blair an. Wie es wohl wäre, an ihrer Stelle zu sein? Ein Star mit einer eigenen Fernsehserie, über den in allen Zeitungen geschrieben wurde, der in Talkshows auftrat und der über Lehrer sprach, als wären sie alte Freunde! Genau das wünschte sich Abbi glühend.
Blair winkte ihr theatralisch zu. »Ich muss los«, sagte sie und lächelte Abbi noch einmal an. »Wir sehen uns dann beim Vorsprechen für *Dracula.*« Und damit verschwand sie den leeren Flur hinunter.
Abbi ließ sich wieder auf den Boden sinken und lehnte sich mit dem Rücken gegen eine Reihe Spinde. Es war unglaublich! Wie sollte sie jetzt zum Französischkurs gehen, ruhig an ihrem Pult sitzen und französische Verben pauken?
Sie zwang sich, ihre Augen auf den Stundenplan zu richten, den sie immer noch mit einer Hand umklammert hielt. Ein Blick auf die Uhr sagte ihr, dass es halb zwölf war. Die andere Gruppe hatte gerade ihre erste große Pause, und das hieß, dass Jenna und Lauren wahrscheinlich im Moment in der Kantine waren.
Abbi sprang auf die Füße und stürmte mit wehenden Haaren und hüpfender Büchertasche den Flur entlang. Der Französischkurs war vergessen. Sie musste unbedingt ihre Freundinnen finden und ihnen die großen Neuigkeiten berichten. Ich sehe toll aus, jubelte sie innerlich. Blair findet, dass ich toll aussehe!

★ Kapitel 2 ★

Vergiss Französisch!

»Solltest du jetzt nicht in deinem Französischkurs sein?« Jenna hob erstaunt eine Augenbraue, als ihre Freundin Abbi ganz aus dem Häuschen vor Aufregung an ihrem Tisch in der Kantine auftauchte.

Jennas schwarze, krause Haare waren zu winzigen Zöpfen geflochten, die sie aus der Stirn gestrichen und oben auf dem Kopf mit einer Spange zusammengenommen hatte. Dadurch wurden ihre schönen karibischen Gesichtszüge noch betont. Sie war groß und schlank und trug einen schlabberigen schwarzen Pullover über einem knappen Trikot und hautengen Ballettstrumpfhosen. Jenna war Tänzerin.

Es ist typisch, dass Jenna meinen Stundenplan besser kennt als ich, dachte Abbi. Bei ihr ist immer alles perfekt durchorganisiert!

Am anderen Ende des Tisches saß ihre Freundin Lauren. Sie war kleiner als Abbi oder Jenna und hatte einen blassen Teint und blaugraue Augen. Ihr glattes, blondes Haar hatte sie in der Mitte gescheitelt und hinter die Ohren gesteckt. Im Moment schaute sie Abbi mit einem verwirrten Stirnrunzeln an. »Du hast

Französisch geschwänzt?« Laurens Stimme klang erstaunlich klar und kräftig für so ein zierliches Persönchen. Sie hatte nämlich schon Gesangsstunden, seit sie sechs war.

»Ist dein Französischkurs ausgefallen?«, fragte Jenna.

»Ja . . . nein . . . warte doch mal!« Abbi machte eine Pause und versuchte, wieder zu Atem zu kommen. »Ich habe euch ja so viel zu erzählen!«

»Dein Französischlehrer hatte einen Herzanfall?« Lauren schaute sie erschrocken an.

»Ich wünschte, es wäre so! Nein, das habe ich natürlich nicht so gemeint, auch wenn Monsieur Le Blanc eine echte Nervensäge ist. Es hat überhaupt nichts mit Französisch zu tun«, keuchte Abbi. »Könnt ihr nicht einfach mal zuhören? Das Vorsprechen für *Dracula: Das Musical* findet demnächst statt!«

»Ist das alles?« Jenna lockerte ihre angespannten Schultern. »Das wissen wir längst. Alle reden doch über nichts anderes.«

»Ich kann leider nicht hingehen«, seufzte Lauren. »Der erste Termin fürs Vorsprechen ist am selben Abend wie meine Gesangsstunde. Und meine Eltern bestehen darauf, dass ich mit klassischem Gesang weitermache, wenn ich hier an der Schule bleiben will.«

»Dein Unterricht wird doch wohl einmal ausfallen können«, schnaubte Jenna. »Das Vorsprechen ist schließlich wichtiger!«

»Aber das ist noch nicht alles«, platzte Abbi heraus. »Ich habe Blair Michaels im Flur getroffen und . . .«

»Pscht! Da ist sie«, flüsterte Lauren ihr zu. Blair kam gerade in die Kantine geschlendert, und sofort richteten sich alle Augen auf sie. Abbi fiel auf, dass sie sich einen Platz am Fenster suchte. Wahrscheinlich braucht Blair einfach mal ein bisschen Zeit für sich. Es muss ganz schön anstrengend sein, wenn einen die Leute die ganze Zeit anhimmeln, dachte Abbi.

»Alle sagen, dass sie die Hauptrolle praktisch schon in der Tasche hat«, meinte Lauren und musterte Blair aufmerksam.

»Na ja, immerhin ist sie ein Star«, erwiderte Abbi. »Sie ist berühmt, reich und sieht gut aus. Ich würde alles darum geben, an ihrer Stelle zu sein!«

»*So* toll ist sie nun auch wieder nicht und außerdem schleimt sie sich bei Mr Steel ganz schön ein«, murmelte Jenna und wandte sich ab. »Sie tut so, als würde ihr die ganze Schule gehören.«

»Nein!«, protestierte Abbi lautstark. »Das stimmt nicht, Jenna! Sie ist großartig! Das wollte ich euch doch die ganze Zeit erzählen. Ich habe sie nämlich eben getroffen. Sie hat mir geholfen, als meine Bücher runtergefallen sind, und sie meinte, ich sollte für die Rolle der Lucy vorsprechen.« Abbis lebhaftes Gesicht glühte vor Aufregung. »Ist das nicht irre? Sie hat gesagt, sie hält mich für die perfekte Besetzung . . . Darum konnte ich auch nicht zum Französischkurs ge-

hen. Ich musste es euch sofort erzählen, sonst wäre ich noch geplatzt!«
Jenna legte den Kopf schief und sah Abbi skeptisch an. »Hast du das Skript von *Dracula* eigentlich schon mal gelesen?«, fragte sie. »Du bist meine Freundin, und ich finde dich klasse, aber ich weiß nicht, ob ich sagen würde, du seist *perfekt* für diese Rolle.«
»Es ist mir egal, was du denkst«, konterte Abbi mit weit aufgerissenen Augen. »Blair ist eine professionelle Schauspielerin. Sie muss es wissen!«
Jenna lachte. »Ich glaube, du leidest an einem heftigen Anfall von Starkult, Abigail Reilly.«
»Und wenn schon!«, rief Abbi. »Stell dir das doch bloß mal vor – gemeinsam mit Blair Michaels auf der Bühne zu stehen!«
»Ich liebe dieses Stück«, sagte Lauren mit verträumtem Blick. »Am besten gefällt mir die Stelle, wo der Wolf durch das Fenster gesprungen kommt . . . direkt in Lucys Schlafzimmer!«
»Ja, und dann wird Lucy von dem Vampir gebissen.« Abbi schauderte. »Wenn ich Lucy spiele und Blair die Mina, werden wir die ganze Zeit zusammen auf der Bühne sein. Vielleicht ist das der erste Schritt auf dem Weg zur Berühmtheit.« Abbi machte ein paar übermütige Tanzschritte.
Jenna sah immer noch skeptisch aus. »Ich kann mir überhaupt nicht vorstellen, wie sie *Dracula* als Musical inszenieren wollen – das ist doch eine Gruselge-

schichte! Ich habe den Verdacht, dass die Schauspielabteilung dieses Stück nur ausgesucht hat, damit sie Blair Michaels groß rausbringen können.«
»Jenna! Wo bleibt denn deine Phantasie?« Abbi ergriff Jennas Hand. »Ich kann mir da unglaubliche Tanznummern vorstellen. Zum Beispiel Lucy, wie sie auf dem Friedhof schlafwandelt, oder Minas Furcht erregende Träume von wirbelndem Nebel und rot glühenden Augen, die sich über sie beugen . . .« Sie zog Jenna hoch und tanzte mit ihr durch die Kantine.
»Unser Musiklehrer hat gesagt, dass wir die Songs für das Musical schreiben dürfen.« Lauren seufzte tief. »Drückt mir bloß die Daumen, dass meine Eltern mich auf der Schauspielschule bleiben lassen!«
Abbi schaute sie ungläubig an. »Liegst du deswegen immer noch mit ihnen im Clinch?«
»Ständig.« Laurens lebhaftes Gesicht wirkte plötzlich verschlossen und bedrückt. »Und wenn sie sich grade mal nicht mit mir streiten, strafen sie mich mit Schweigen.«
»Aber das müssen sie doch einsehen!«, rief Abbi empört. »Ohne dich wäre es hier auf der Schauspielschule nicht mehr dasselbe – wir sind schließlich ein Team!«
»Wenn man vom Teufel spricht – da kommt der Rest des Teams!«, verkündete Jenna.
Abbi grinste den beiden Jungen entgegen, die sich durch die überfüllte Kantine zu ihnen durchdrängel-

ten. Matt und Dan waren während der Aufnahmeprüfungen im Sommer mit den Mädchen in einer Gruppe gewesen. Die fünf hatten die anstrengenden drei Wochen des Vorsprechens gemeinsam durchgestanden, bis sie zum Schluss alle als neue Schüler aufgenommen worden waren. Sie hatten von vornherein gewusst, dass die William-S.-Holly Schauspielschule hart war, aber einen ausgezeichneten Ruf in der Ausbildung von Schauspielern, Sängern und Tänzern hatte.

Als Matt sich dem Tisch näherte, überzog eine schwache Röte Laurens Wangen. Etwas an der Art, wie sich sein braunes Haar um die Ohren ringelte und sich hinten im Nacken kräuselte, etwas an seinem Lächeln und seiner Art, sich zu bewegen, bescherte Lauren immer ganz weiche Knie. Aber sie wäre lieber gestorben als Matt ihre Gefühle zu zeigen. Es reichte ihr, nur in seiner Nähe zu sein, auch wenn er sie behandelte wie seine kleine Schwester.

»Dein selbstgefälliger Gesichtsausdruck verrät mir, dass du schon vom Vorsprechen für *Dracula* gehört hast«, sagte Jenna zu Matt. »Und wahrscheinlich bist du felsenfest davon überzeugt, dass du Solotänzer wirst!« Tief in ihrem Inneren hoffte Jenna, dass Matt nicht für eine Rolle vortanzen würde. Er machte es ihr immer furchtbar schwer, sich zu konzentrieren – mal neckte er sie und zog sie auf, mal scharwenzelte er verliebt um sie herum.

»Ich habe schon immer davon geträumt, den Dracula zu spielen«, gestand Dan und fügte dann mit dem übertriebenen Akzent aus den alten Horrorfilmen hinzu: »Ich werde dein Blut trinken – aargh!«
»Wenn wir *Dracula* als Komödie aufführen würden, wärst du die ideale Besetzung«, sagte Matt lachend.
Das stimmt, dachte Abbi. Egal, wie viel Mühe Dan sich auch gab, ernsthafte Rollen zu spielen, er brachte die Leute immer nur zum Lachen. Im wirklichen Leben war er witzig und clever und wusste eine Menge über das Theater. Zu schade, dass er abstehende Ohren und einen viel zu breiten Mund hatte und nur aus Ellbogen und Knien zu bestehen schien!
Nun zog Dan die braune Papiertüte mit seinem Mittagessen aus der Tasche. Wie uncool!, dachte Abbi. Aber das war typisch Dan. Er kaufte sich sein Mittagessen nicht wie die anderen in der Kantine, sondern mampfte Tag für Tag seine Erdnussbuttersandwiches.
Er schnitt Abbi eine seiner komischen Fratzen. »Hey! Du hast doch eigentlich noch gar keine Pause. Solltest du dich nicht gerade im Französischkurs rumtreiben?«
»Ich glaub's einfach nicht! Könnt ihr diesen blöden Französischkurs nicht mal für einen Augenblick vergessen!«, rief Abbi. »Ich habe eben Blair Michaels im Flur getroffen und war so aufgeregt darüber, dass sie gesagt hat, ich sollte für *Dracula* vorsprechen, dass

ich beschlossen habe, Französisch ausfallen zu lassen, damit ich hierher kommen und es euch erzählen kann. Aber ihr tut ja so, als hätte ich ein Schwerverbrechen begangen.«

Dan wedelte mit seinem Sandwich in Abbis Richtung. »Unterricht zu verpassen *ist* ein Schwerverbrechen an der William Holly«, erwiderte er trocken. »Lass dir das von jemand gesagt sein, der die meiste Zeit seines Lebens Ärger in der Schule hatte. Die fackeln hier nicht lange. Du musst im Durchschnitt eine Zwei haben, um überhaupt an den Schulaufführungen teilnehmen zu dürfen.«

»Da habe ich gerade den aufregendsten Moment meines Lebens hinter mir, und euch fällt nichts Besseres ein, als rumzujammern, dass ich einen Kurs geschwänzt habe«, stöhnte Abbi. »Ich hab noch jede Menge Zeit, um eine Zwei in Französisch zu kriegen. Im Moment muss ich erst mal 'ne Rolle in *Dracula* kriegen. Und ihr auch.«

»Das Vorsprechen für die Besetzung der Rollen ist am Donnerstag«, meinte Dan. »Damit bleiben uns noch zwei Tage zur Vorbereitung.« Er schob die Ärmel seines ausgeleierten alten Pullovers hoch.

»Und wie?« Abbi warf ihre lange Mähne zurück und blickte ihre Freunde der Reihe nach mit funkelnden Augen an. »Wie sollen wir uns denn vorbereiten?«

»Na, das Stück lesen«, antwortete Dan achselzuckend und hielt sein eselsohriges Exemplar von *Dra-*

cula in die Höhe. »Sir Anthony Hopkins hat mal gesagt, dass er jede seiner Rollen hundertfünfzigmal liest, bevor er die erste Szene des Films dreht.«

»Dann werden wir das auch tun«, erklärte Abbi entschlossen. »Ich will die Rolle der Lucy nämlich mehr als alles andere auf der Welt!« Seitdem sie an der William-S.-Holly war, träumte Abbi von einer Hauptrolle, in die sie sich so richtig reinknien konnte. Der Gedanke, dass es jetzt vielleicht so weit war, ließ sie vor Aufregung zittern. Wie sollte sie es bloß aushalten, bis Donnerstag zu warten?

★ Kapitel 3 ★

Was für ein Auftritt!

»Glaubst du etwa, dass die Regeln dieser Schule für dich keine Gültigkeit haben?« Es war Montagmorgen und Monsieur Le Blanc hatte sich drohend vor Abbi aufgebaut. Er klopfte mit einem seiner langen, knochigen Finger rhythmisch auf sein Hosenbein und wartete auf ihre Antwort.

Für Abbi, die gerade zum hundertfünfzigsten Mal *Dracula* gelesen hatte, war der Französischlehrer eine Furcht einflößende Figur. Der Name Le Blanc passte zu ihm, denn sein Gesicht hatte einen bleichen, teigigen Teint. Er besaß ungewöhnlich lange, schmale Hände und dünne Strähnen grauer Haare waren quer über seinen schon recht kahlen Schädel geklatscht.

Fasziniert starrte Abbi Monsieur Le Blanc an. Sieh dir bloß mal diese dunklen Ränder unter seinen Augen an!, dachte sie. Er wäre die perfekte Besetzung für die Rolle des Dracula. Und die Art, wie er das R rollte, klang richtig unheimlich!

»Hör-r-rst du mir-r-r überhaupt zu, Abbi?«

Der Rest der Klasse verharrte in atemloser Stille.

»Äh . . . ja, Sir!« Mit einem Ruck kehrte Abbi in die Realität zurück. »Wegen der Stunde, die ich verpasst habe. Mir war . . .«

»Versuch nicht, mir weiszumachen, dir wäre schlecht gewesen!«, herrschte er sie an. »Du wurdest in der Kantine mit deinen Fr-r-reunden gesehen!«

»Das wollte ich Ihnen ja gerade erklären.« Abbi schluckte. »Ich hatte so furchtbaren Hunger, dass ich nicht mehr bis zur Pause warten konnte.«

Monsieur Le Blanc wandte sich verärgert ab und ging wieder nach vorne. »Du verschwendest meine wertvolle Zeit«, knurrte er gereizt. »Ich warne dich! Solltest du noch eine einzige Stunde ohne glaubhafte Entschuldigung fehlen, wirst du dauerhaft vom Französischunterricht beurlaubt. Und ich glaube, du weißt, was das bedeutet.«

Abbi saß stocksteif an ihrem Platz und glühte vor Verlegenheit. Das wusste sie nur zu gut. An der William-S.-Holly musste man nicht nur mindestens eine Zwei haben, um an den Aufführungen teilnehmen zu können – man musste es auch im Durchschnitt auf eine Drei bringen, um überhaupt weiter an der Schule bleiben zu dürfen. Dabei waren die normalen Fächer so öde – frustrierendes Französisch, muffige Mathematik –, sie konnte sich einfach nicht darauf konzentrieren. Die Vokabeln und Formeln schienen wie geschmolzene Butter aus ihrem Gehirn zu flutschen.

Ganz anders das Stück! Sie kannte jedes kleine Detail

von *Dracula* und natürlich besonders die Rolle der Lucy. Seufzend blickte Abbi in ihr Französischbuch, aber vor ihrem inneren Auge sah sie sich als Lucy – mit langen, fließenden Kleidern und Blumen im Haar – und natürlich Blair Michaels als Mina, ihre beste Freundin . . .

»Écoutez!«

Abbi sah auf und entdeckte, dass Monsieur Le Blancs Blick wie ein Laserstrahl auf sie gerichtet war. »Ich stelle fest, dass du offenbar nicht einmal meine Frage gehört hast«, sagte er in scharfem Ton. »Wie heißt die Vergangenheitsform des Verbs écouter – hören?«

Abbis Herz begann schneller zu schlagen. Sie hatte keine Ahnung.

»Vielleicht sollten wir uns nach der Schule treffen, um über deine Schwerhör-r-rigkeit zu diskutieren.« Monsieur Le Blanc lächelte gehässig.

»Nein!« Abbi rutschte das Herz in die Hose. Er konnte sie doch nicht nachsitzen lassen! Das durfte er einfach nicht! Nicht heute! Direkt nach der Schule fand nämlich das Vorsprechen für *Dracula* statt, und sie wollte auf keinen Fall zu spät kommen.

★

Der Zuschauerraum der Schauspielschule war bereits abgedunkelt. Jenna, Lauren und Matt saßen ungefähr auf halber Höhe der Sitzreihen. Um sie herum lachten und redeten andere Grüppchen von Schülern. Vor ihnen lag das beleuchtete Rund der leeren Bühne, wo in den nächsten zehn Wochen *Dracula* entstehen würde.

Die älteren Schüler und die Lehrer saßen in der ersten Reihe. Blair Michaels blonder Kopf in der Mitte war deutlich zu erkennen. Als sie sich zu Mr Steel beugte und etwas zu ihm sagte, hörte man sein tiefes Lachen.

»Hey, Leute«, sagte Jenna mit verächtlichem Ton. »Habt ihr auch gemerkt, wie Blair uns angesehen hat, als sie an uns vorbeigegangen ist? Als ob wir der Dreck unter ihren Schuhen wären!« Jenna drehte sich in dem tiefen, plüschbezogenen Sitz um und blickte den abgedunkelten Gang hinauf. »Wo zum Teufel ist Abbi?«

»Seit zwei Tagen redet sie nur noch von Blair und diesem Vorsprechen«, murmelte Lauren. »Da sollte man doch eigentlich annehmen, dass sie pünktlich kommt.«

Dan stand auf und suchte mit den Augen den großen Zuschauerraum ab. »Wenn sie in fünf Minuten nicht da ist, gehe ich los und versuche sie zu finden«, kündigte er an. »So, wie ich Abbi kenne, steckt sie bestimmt wieder in irgendwelchen Schwierigkeiten.«

»Warum passiert Abbi zur Abwechslung nicht mal was ganz Normales?«, seufzte Jenna genervt. »Sie scheint von einer Krise in die nächste zu schliddern. Wenn wir so tanzen würden, hätten wir ständig aufgeschlagene Knie.«

»Na, komm schon, Jenna! Nicht jeder hat alles so gut unter Kontrolle wie du«, zog Matt sie auf. »Die perfekte Tänzerin, die ohne das kleinste Schwanken hoch über allen anderen auf Zehenspitzen dahinschwebt.« Seine braunen Augen schauten sie spöttisch an.

Jenna hasste ihn in diesem Moment aus ganzem Herzen. Matt nahm immer die Dinge aufs Korn, die ihr wichtig waren. Was war denn schon dabei, wenn sie die Disziplin und die kontrollierten Bewegungen des Balletts liebte? Dies kam für ihr Gefühl der Perfektion näher als alles andere, was sie bisher kennen gelernt hatte.

In diesem Moment ertönte ein lautes Krachen hinter der Bühne, als einer der Scheinwerferständer auf den Boden knallte.

»Es ist so dunkel hier! Wo seid ihr denn alle? Ich seh gar nichts . . .«

»Oh, nein!«, stöhnte Dan. »Abbi!«

Kurz darauf tappte Abbi mit ausgestreckten Armen auf die Bühne – ihre wilde Mähne wurde von oben angestrahlt, und ihr Gesicht war feuerrot angelaufen. Sie beschattete ihre Augen mit der Hand und blinzelte zu den erstaunten Gesichtern in der ersten Reihe hinunter. »Oh, da seid ihr ja alle . . . und Blair . . . und Mr Steel! Ich dachte, wir treffen uns auf der Bühne. Tut mir Leid, dass ich zu spät komme. Ich . . .«

Mr Steel sprang auf. »Ist schon in Ordnung, ich woll-

te die anderen sowieso gerade bitten, auf die Bühne zu kommen.« Er grinste Abbi an und winkte alle nach vorne.
»Hallo, Abbi. Ich freue mich, dass du es geschafft hast.« Blair Michaels rauschte auf sie zu und ergriff ihre Hand.
»Was für ein Auftritt!«, rief Matt lachend, während sie sich aus den tiefen Sitzen wanden. »Es ist wirklich unmöglich, unsere Abbi zu übersehen.«
»Aber sie macht das doch nicht mit Absicht«, verteidigte Lauren ihre Freundin, als sie den Gang hinunter- und auf die Bühne zugingen. »Irgendwie passieren solche Sachen immer nur ihr.«
Jenna verengte die Augen zu schmalen Schlitzen. »Ich traue dieser Michaels nicht«, sagte sie leise. »Warum ist sie so verdammt nett zu Abbi? Ich habe das Gefühl, hier läuft irgendwas.«

★ Kapitel 4 ★

Vorsprechen für Dracula

Innerhalb kürzester Zeit war die Bühne voller Schüler, die nach vorne drängten, um Alan Steels nächste Worte zu hören.
»Tänzer nach hier.« Er zeigte nach rechts. Die Tänzer stellten sich anmutig neben ihm auf.
»Sänger nach dort.« Lauren war in der Gruppe der Sänger, die sich auf der anderen Seite versammelte.
»Schauspieler in die Mitte.« Abbi glühte vor Stolz, als Dan und sie vortraten. Sie standen tatsächlich hier auf der Bühne und würden zum ersten Mal bei einer Aufführung mitmachen. Und Mr Steel war einfach umwerfend. Sie liebte die Art, wie ihm das Haar in die Stirn fiel und wie er lässig mit den breiten Schultern zuckte . . .
»Ihr seid im Begriff, eine Musicalversion von *Dracula* zu schaffen«, begann Mr Steel. »Dieses Buch ist ein Klassiker der Weltliteratur. Ich nehme an, ihr kennt die Story?«
»Dracula ist doch der alte Knabe, der so gerne das Blut anderer Leute nascht!«, meldete sich einer der Schauspieler zu Wort.

In der Gruppe wurde gelacht.
»Er lebt in einem düsteren Schloss und fliegt nachts als Fledermaus durch die Gegend«, fügte einer der Tänzer hinzu.
»Er ist viele hundert Jahre alt und unsterblich, solange ihm nicht jemand einen Holzpflock durch das Herz treibt.«
»Alle Leute, die er beißt, verwandeln sich ebenfalls in Vampire . . .«, meldete sich jemand aus der Gruppe der Sänger zu Wort. »Und die beißen dann wieder andere und immer so weiter.«
Mr Steel hob die Hand. »Gut. Ihr wisst offenbar, worum es geht. Bram Stoker hat *Dracula* vor fast hundert Jahren geschrieben. Seit damals hat jede Generation diesen Stoff auf ihre eigene Weise interpretiert. Jetzt seid ihr dran! Ich erwarte jede Menge Ideen von euch allen. Denn dies ist *eure* Produktion – nicht meine oder die der anderen Lehrer.«
Dann wandte er sich an die Tanzlehrerin, eine zierliche, dunkelhäutige Frau, die nicht viel älter aussah als ihre Schüler. »Miss Adaman, möchten Sie vielleicht ein paar Worte sagen?«
Abbi hörte nicht zu, als Miss Adaman den Tänzern ihre Aufgabe in dem Stück erklärte. Sie fing Blairs ermutigendes Lächeln auf, das diese ihr quer über die Bühne zusandte, und schlang in angespannter Erwartung die Arme um sich. Abbi kannte jedes einzelne Wort von Lucys Text. Wieder und wieder spulte

sie ihn in ihrem Kopf ab, bis Mr Steel ankündigte, dass das Vorsprechen für die Schauspieler nun beginnen würde.
Er begann, die Mädchen, die die Rollen von Mina und Lucy lesen sollten, in Zweiergruppen einzuteilen. Zuerst wurde Blairs Name aufgerufen – dann machte Mr Steel eine Pause. Er ließ seinen Blick über die Gruppe der Schauspielschüler wandern, um jemanden zu finden, der die Rolle der Lucy lesen sollte, während Blair den Part der Mina übernahm.
»Was ist mit Abbi?«, schlug Blair vor. »Ich glaube, sie wäre großartig als Lucy.«
»Sie ist zu kräftig und zu rosig.« Mr Steel lächelte. »Abbi würde deine Mina, die klein und zierlich, aber hart wie eine Stahlfeder ist, glatt erschlagen. Am Ende ist es nämlich Mina, die Dracula besiegt, und nicht all die großen, starken Männer.«
Abbi hatte das Gefühl, als hätte ihr jemand mit voller Wucht in den Magen geboxt. Zu kräftig! Die Worte hingen wie ein Neonschild über ihrem Kopf, und nichts von dem, was Mr Steel sonst noch sagte, drang durch die Wolke tiefer Verzweiflung, die sich über sie gelegt hatte.
Mr Steel wählte eine ältere, schmächtig aussehende Schülerin mit Namen Marcia aus, und dann begannen Blair und sie ihren Text zu lesen.
»Oh, Lucy, du siehst so blass und müde aus. Was ist mit dir?« Abbi wäre am liebsten gestorben.

Noch mehrere andere Mädchen lasen die Rolle der Mina, aber keine war auch nur annähernd so gut wie Blair. Mr Steel wäre wirklich ein Idiot, wenn er sich für eine andere entscheiden würde!
Später, als sie eine Pause einlegten, kam Blair zu ihr hinüber. »Es tut mir ja so Leid«, sagte sie mit einem dramatischen Flüstern. »Ich wollte wirklich nicht, dass Marcia die Rolle der Lucy bekommt. Sie ist eine furchtbare Trantüte – es ist, als würde man mit einem toten Fisch spielen.« Aufmunternd drückte sie Abbis Hand. »Ich wäre froh gewesen, wenn du die Lucy gespielt hättest … Und ich finde übrigens nicht, dass du zu kräftig bist!«
Abbi lief puterrot an. »Danke«, flüsterte sie eindringlich zurück. »Und danke, dass du versucht hast, mir zu helfen.«
»Wofür sind Freunde denn da?« Blair lächelte sie an.
Abbi wurde vor Freude ganz schwindelig. Blair hatte ihr die Freundschaft angeboten! »Ich finde es wunderbar, dass man hier so schnell Freunde findet«, sagte sie atemlos. »An meiner alten Schule fanden mich immer alle viel zu *dramatisch.* Aber hier an der Holly habe ich die Leute aus meiner Gruppe – Lauren und Dan und Jenna und Matt – und jetzt auch noch *dich!* Es ist kaum zu glauben!«
»So ist das im Theater«, erwiderte Blair achselzuckend. »Wir sind eben alle eine große Familie.«
In diesem Moment tauchte Dan neben ihnen auf.

»Na, komm!«, flüsterte er Abbi zu. »Lass uns für die Rollen des Dienstmädchens und des Gärtners vorsprechen! Dafür bewerben sich zwar auch einige Leute aus dem zweiten Jahr, aber ich wette, wir haben ganz gute Karten.«

Abbi bemerkte, wie Blair Dan von oben bis unten musterte, und ihr wurde plötzlich bewusst, wie seine alten Klamotten und die zotteligen Haare auf jemanden wie sie wirken mussten. »Das Dienstmädchen ist aber nur eine Nebenrolle. Blair glaubt, ich hätte vielleicht doch noch eine Chance, die Lucy zu spielen«, flüsterte sie zurück.

»Ich habe gehört, dass die Hauptrollen immer nur an die Schüler der höheren Klassen vergeben werden«, sagte Dan und schaute Blair an. »Läuft das nicht so?«

Blair warf ihr Haar zurück. »Nicht unbedingt. Wenn jemand außergewöhnliches Talent hat . . .«

»Ruhe in den Kulissen!«, erklang Mr Steels ungehaltene Stimme. »Ich kann euch genauso gut jetzt gleich sagen, dass ich während der Proben keine Gespräche dulde. Es stört die Konzentration der Schauspieler und meine auch.«

Abbi spürte, dass sie schon wieder rot wurde. Dan hatte Blair mit seinem Gerede in Schwierigkeiten gebracht.

»Tut mir Leid!«, deutete er mit lautlosen Lippenbewegungen an, nachdem Blair sich abgewandt hatte.

»Möchtest du noch für eine andere Rolle vorsprechen, Abbi?«, fragte Mr Steel.

Abbi warf Blair einen verzweifelten Blick zu. Was sollte sie tun? Was erwartete Blair von ihr? Wenn sie die Rolle der Lucy nicht bekam und auch für keine andere vorsprach, würde sie hinter der Bühne landen und Kulissen malen!

»Äh . . . ja!«, platzte Abbi heraus. »Ich würde gerne für die Rolle des Dienstmädchens vorsprechen, wenn das okay ist.« Als sie ihren Platz in der Mitte der Bühne einnahm, bemerkte sie, wie Blair sich auf einem der Sitze in der ersten Reihe niederließ, ohne sich noch einmal umzublicken. Was hatte sie getan?

Nervös hielt Abbi nach Blair Ausschau, als sie und Dan nach dem Vorsprechen den leicht ansteigenden Gang des Zuschauerraums hinaufgingen. Doch Blair war bereits verschwunden.

Jenna, Matt und Lauren warteten draußen vor dem Theater auf sie. Lauren hüpfte ungeduldig auf und ab. »Wie ist es gelaufen?«, fragte sie. »Na, los – nun sagt doch schon! Ich muss dringend zu meiner Gesangsstunde!«

»Mr Steel hat mich nicht mal Lucys Rolle lesen lassen«, stöhnte Abbi. »Und außerdem sind da drin hunderte von Leuten, die vorsprechen wollen . . .«

»So 'n Pech!« Lauren klopfte ihr tröstend auf die Schulter. »Tut mir wirklich Leid für dich, aber ich muss jetzt los. Wir sehn uns!« Und damit rannte sie den Flur entlang.

»Ich finde, du würdest ein großartiges irisches

Dienstmädchen abgeben«, schaltete sich Dan ein. »Es ist noch ein langer Weg bis zu Dracula und Lucy, den Rollen, die wir wirklich spielen wollen, und es können nun mal nicht alle Hauptdarsteller sein. Außerdem habe ich gehört, dass die Schauspielschüler im ersten Jahr normalerweise nur bei den Kostümen und beim Make-up helfen.«

»Also, ich bestimmt nicht!«, brauste Abbi auf. »Ich bin hierher gekommen, um zu spielen, und nicht, um irgendwen zu schminken!« Sie drehte sich um und stolzierte Lauren hinterher auf die Eingangstür zu.

Während sie den beiden folgten, tauschten Jenna, Matt und Dan viel sagende Blicke. »Wie ist denn euer Vortanzen gelaufen?«, fragte Dan.

»Super!«, rief Jenna. »Die Tänzer sollen in der Aufführung die Kräfte des Bösen und des Guten darstellen.«

»Stimmt«, bestätigte Matt grinsend. »Und was mich angeht – ich sehe mich schon als eine große, böse Fledermaus.«

»Ich würde dich eher als unheimliche, krabbelige Spinne besetzen«, lachte Jenna. »Das wird echt aufregend werden! Wir dürfen die Choreografie der meisten Tänze nämlich selber ausarbeiten!«

»Und wann erfahrt ihr beiden, ob ihr eine Rolle bekommen habt?«, fragte Matt, als sie Abbi eingeholt hatten.

»Das zweite Vorsprechen findet am Montag statt«,

erklärte Abbi. »Und danach wird Mr Steel die Besetzungsliste bekannt geben. Dan meint, wir haben höchstens Chancen auf eine Nebenrolle.« Abbi seufzte. »Dabei hat Blair gesagt . . .«

»Blair führt dich doch nur an der Nase rum«, platzte Dan heraus. »Wir können schon froh sein, wenn wir überhaupt noch mal für das Dienstmädchen und den Gärtner vorsprechen dürfen. Mach dir lieber keine allzu großen Hoffnungen!«

Abbi schüttelte nur wortlos den Kopf. Dan hatte ja keine Ahnung!

Als sie gerade zusammen die Treppe der William-S.-Holly hinuntergingen, hielt ein roter Sportwagen vor der Schule. Leichtfüßig hüpfte Blair an ihnen vorbei die Stufen hinunter, öffnete die Tür des schnittigen kleinen Wagens und glitt auf den Beifahrersitz. Sie winkte Abbi mit einem warmen Lächeln zu, während sie die anderen nur mit einem kurzen Blick streifte.

»Puh! Habt ihr diesen kalten Hauch gespürt?« Jenna rieb sich fröstelnd die Arme. »Irgendwie habe ich das Gefühl, dass die große Blair Michaels uns nicht besonders mag.«

Abbi aalte sich in der Wärme von Blairs Lächeln. Blair hatte bewiesen, dass man es schaffen und ganz nach oben kommen konnte. Sie würde jetzt nicht aufgeben – vielleicht bekam sie ja doch noch die Rolle der Lucy!

★ Kapitel 5 ★

Das zweite Vorsprechen

Endlich war es Montag – der Tag, an dem bekannt gegeben wurde, wer beim zweiten Vorsprechen dabei war. Abbi quälte sich Stunde um Stunde durch den Unterricht. Bildete sie sich das nur ein, oder sahen die Zähne von Monsieur Le Blanc tatsächlich auffällig lang und spitz aus, als er mit ihnen französische Verben paukte?

Es war eine Erleichterung, endlich zum Schauspielunterricht gehen zu können, wo sie ihre Beine ausstrecken, sich entspannen und ihre Gefühle herauslassen konnten.

»Ich bin vor lauter Nervosität schon ganz kribbelig«, vertraute Abbi Dan an. »Dieser Tag scheint überhaupt nicht vorbeizugehen.«

In diesem Moment kam Miss Madden, die Leiterin der Schauspielabteilung, ins Studio gerauscht. Sie trug eine locker sitzende Tunika aus einem fließenden Stoff und hatte eine unüberhörbare, dröhnende Stimme.

»Okay, alle auf die Bühne und flach auf den Rücken! Gebt euch Raum zum Atmen!«, kommandierte sie und breitete die Arme aus.

Innerhalb von fünfzehn Sekunden lagen alle auf dem Bühnenboden des kleinen Schauspielstudios. Miss Madden ließ sie eine Reihe von Dehn- und Gleichgewichtsübungen machen, die die französischen Verben und die Algebraformeln endgültig aus Abbis Kopf vertrieben.

»Und nun«, donnerte Miss Madden, »möchte ich, dass ihr die Augen schließt und so tut, als würdet ihr euch von außen betrachten. Stopp! Entschuldigt euch nicht dafür, dass ihr zu klein seid oder zu lang oder zu fett oder dass eure Nase zu groß ist!« Abbi spürte, dass Dan, der neben ihr lag, vor unterdrücktem Gelächter bebte. Miss Madden hatte nämlich eine ziemlich große Nase.

Plötzlich konnte Abbi sich selber sehen, wie sie ausgestreckt auf dem Bühnenboden lag, ihre Haare wie einen Fächer um ihren Kopf ausgebreitet. Als ihr durch den Kopf schoss *Ich bin zu dick,* zwang sie sich, diesen Gedanken beiseite zu schieben. Dann hörte sie ihre Mutter sagen: *zu wild, zu ungestüm, spricht zu laut.* Energisch brachte sie auch diese Stimme zum Schweigen. Diese Übung hatte es ganz schön in sich!

»Ich möchte, dass ihr aufhört, euch selber klein zu machen«, sagte Miss Madden. »Akzeptiert euch so, wie ihr seid! Liebt euch! Wir werden diese Übung von nun an zu Beginn jeder Stunde durchführen, bis ich sehe, dass ihr in diesen Raum kommt und euch selber annehmt. Wir müssen unseren Ängsten und

Zweifeln ins Gesicht sehen und sie in unser Spiel einfließen lassen. Und jetzt sucht euch bitte einen Partner für die Improvisationsübungen!«

Dan griff nach Abbis Hand. »Lass uns eine Improvisation als Dienstmädchen und Gärtner machen – nur für den Fall, dass wir in die engere Auswahl für die Besetzungsliste gekommen sind«, drängte er. »Ich bin der rechtschaffene, aber hässliche Gärtner, der in das Dienstmädchen verliebt ist. Und du bist das hübsche Dienstmädchen, das vom Märchenprinzen träumt.«

Abbi warf Dan einen unauffälligen Blick zu. Er versuchte witzig zu sein, aber sie spürte instinktiv, dass er ihr damit seine Gefühle offenbarte. Abbi wünschte, sie könnte ihn ernst nehmen, aber er war eben nur ... Dan mit der komischen Nase und den großen Ohren. Er würde nie ein Märchenprinz sein.

★

Das Tanzstudio war ein langer, kahler Raum mit einem Holzfußboden, einer Spiegelwand und einer Stange an der gegenüberliegenden Wand, an der die Tänzer trainieren konnten.

Jenna stand in diesem Moment an der Stange und betrachtete ihr Spiegelbild, während sie ihre Aufwärmübungen machte. Obwohl sie erst wenige Wochen an der Schauspielschule war, fühlte sie sich in diesem Raum völlig zu Hause. Die täglichen Ballettübungen, die für einige Schüler lediglich eine lästige Pflicht bedeuteten, waren für Jenna so natürlich wie das Atmen und ein Teil der Disziplin, die notwendig war, um eine große Tänzerin zu werden. Jenna konnte vom Tanzen nie genug bekommen.

Matt saß am anderen Ende des großen Raums neben dem Klavier auf dem Boden und schäkerte mit einer Gruppe von Mädchen herum, obwohl er sich eigentlich für die Probe aufwärmen sollte. Jenna konnte ihm einfach nicht verzeihen, dass er so tat, als tanzte er nur aus Spaß. Wäre Matt ein schlechter Tänzer gewesen, hätte ihr das gar nicht so viel ausgemacht, aber er könnte richtig gut sein, wenn er sich nur mehr Mühe geben würde! Warum versuchte er, mit seinem guten Aussehen und seinem Charme über die Runden zu kommen, wo er doch eigentlich an seiner Technik arbeiten musste?

Jetzt versammelten sich auch die anderen Schüler an der Stange. Jenna bemerkte, dass sie fast alle überragte. Wenn sie noch weiterwuchs, würde sie bald zu groß sein, um Ballerina werden zu können! Zu Hause maß sie sich immer am Rahmen der Küchentür, und sie war während des Sommers fast drei Zentimeter gewachsen. Dabei war sie erst dreizehn und würde in den nächsten Jahren noch weiter in die Höhe schießen.

★

Lauren saß ganz still im Musiksaal und wartete darauf, dass die anderen kamen. Die Wände waren zur Schallisolierung dick gepolstert, und wie das Schauspielstudio hatte der Raum einen schräg abfallenden Boden mit mehreren Reihen teppichbezogener Bänke, die auf eine kleine Bühne zuliefen. Doch während das Schauspielstudio schwarz gestrichen und fensterlos war, strömte das Tageslicht hier durch eine Reihe von Fenstern herein, die dicht unter der Decke lagen.

Lauren, der die Tränen in den Augen standen, blickte nach oben in die Helligkeit und blinzelte sie fort. Nur, um aus dem Haus zu kommen, hatte sie ihren Dad gebeten, sie früher zur Schule zu fahren. Aber sie konnte seinen besorgten Gesichtsausdruck nicht vergessen, der zu sagen schien: *Was haben wir bloß falsch gemacht?*

In letzter Zeit trug ihr Vater diesen Gesichtsausdruck häufig zur Schau – ebenso wie ihre Mutter und ihr Bruder Robert. Sie schlichen auf Zehenspitzen um Lauren herum, als hätte sie eine tödliche Krankheit. Seit jenem Tag im Sommer, wo sie die Bombe hatte platzen lassen, befand sich ihre Familie in einer Art Schockzustand.

»Du kannst nicht so einfach auf die Schauspielschule gehen, Mäuschen«, hatte ihr Vater lachend gesagt. »Bevor man aufgenommen wird, muss man vorsingen.«

»Ich weiß«, hatte Lauren erwidert. »Aber ich habe die Aufnahmeprüfung bereits bestanden. Ich bin aufgenommen. Zuerst bin ich nur mitgegangen, um meiner Freundin Martha zu helfen, aber dann hat sie's nicht geschafft – im Gegensatz zu mir. Ich möchte es wenigstens versuchen.«
Danach hatte sich ein schreckliches Schweigen ausgebreitet.
»Ihr habt doch immer gesagt, ihr wollt, dass ich Opernsängerin werde«, fuhr Lauren fort. »An der William-S.-Holly lerne ich tanzen und schauspielern und wie man sich auf der Bühne bewegt. Es ist bestimmt eine gute Vorbereitung für mich.«
»Aber die Musik . . .«, schaltete sich Laurens Mutter ein. »Sie studieren da doch nur diese entsetzlichen Musicals ein.«
»Du kannst doch nicht allen Ernstes *so etwas* singen wollen!«, hatte Robert entrüstet gesagt.
»Immerhin bekommst du Privatstunden von der besten Gesangslehrerin der ganzen Stadt«, hatte ihr Vater hinzugefügt. »Du kannst immer noch Bühnenerfahrung sammeln, wenn deine Stimme voll entwickelt ist.« Ihm war deutlich anzuhören, dass er die Sache damit für erledigt hielt.
Aber keiner hatte damit gerechnet, dass Lauren so dickköpfig sein würde. Sie blieb bei ihrer Entscheidung und ließ sich nicht umstimmen. Dabei war sie sonst immer so ein ruhiges und braves Mädchen

gewesen – der reinste Schatz! Ihre Familie konnte beim besten Willen nicht verstehen, warum ihr so viel an der Schauspielschule lag.
Die Schule war für Lauren inzwischen wichtiger als alles andere, denn an der William-S.-Holly hatte sie Matt getroffen, und für sie zählte nur noch, in seiner Nähe zu sein.
Nichts sonst – nicht das Singen, nicht die Möglichkeit, auf der Bühne zu stehen, ja nicht einmal ihre Freunde. Lauren wusste, dass sie Abbi und Jenna niemals von ihren Gefühlen erzählen konnte.

★

Wichtige Bekanntmachungen wurden an der William-S.-Holly Schauspielschule immer in der Kantine ausgehängt.
»Es ist ein Wunder, dass wir nicht schon alle Verdauungsstörungen haben«, stöhnte Abbi. »Schließlich essen wir hier in einem Zustand ständiger Anspannung.«
Sie stand an der Essensausgabe in der Kantine und häufte sich gerade einen Berg grünen Salat auf ihren Teller.
»Salat?«, fragte Blair, die neben ihr aufgetaucht war, verwundert. »Machst du etwa Diät, Abbi?«

Abbi blickte mit einem verwirrten Stirnrunzeln auf. »Nein, natürlich nicht.«
»Dann ist es ja gut.« Blair lächelte ihr zu und ging mit ihrem voll beladenen Tablett davon.
»Du würdest doch keine Diät machen, Abbi, nicht wahr?«, fragte Jenna. »Du weißt doch, wie gefährlich das ist.«
»Davon mal ganz abgesehen«, warf Dan lachend ein, »auch wenn du nur Salat isst, wirst du nicht innerhalb eines Tages auf Lucys Format schrumpfen.«
»Ach, das steckt also dahinter!«, rief Jenna aus. »Du versuchst abzunehmen, um die Rolle der Lucy in *Dracula* zu bekommen!«
»Hört mal, Leute, ich mache keine Diät! Salat schmeckt mir einfach.« Abbi zuckte mit den Achseln. »Außerdem habe ich auf diese Weise etwas zum Knabbern, wenn ich nervös bin, und er liegt mir nicht wie Blei im Magen.«
»Das sagen sie alle«, meinte Jenna und folgte ihr durch die Kasse.
»Wer ist *alle?*« Abbi starrte sie an.
Jenna sah ihr direkt in die Augen. »Leute mit Essstörungen haben immer irgendeine Entschuldigung, warum sie zu wenig essen.«
»Jenna, jetzt reicht's aber!« Abbi spürte, wie sie rot wurde.
Sie drehte sich um und marschierte mit hoch erhobe-

nem Tablett an ihren Tisch. Lauren, Matt und Dan tauschten besorgte Blicke.
»Hat Blair dir diese Idee in den Kopf gesetzt?« Jenna war Abbi gefolgt. »Sie hat wirklich einen schlechten Einfluss auf dich.«
»Was soll denn das heißen?«
»Ich bin doch nicht blind! Du versuchst so zu gehen wie sie, wirfst auf ihre Art den Kopf in den Nacken und machst sogar ihr albernes kleines Winken nach.«
»Hör auf damit! Das geht dich überhaupt nichts an!«, rief Abbi wütend, aber Jenna ließ sich nicht bremsen.
»Es ist eine Sache, wenn Blair dich mit ihren unrealistischen Versprechungen verrückt macht, aber wenn es so weit geht, dass du anfängst, Diät zu halten, nur um einen oberflächlichen Fernsehstar zu kopieren . . .«
Abbi knallte ihr Tablett auf den Tisch. »Du, du . . .«, stammelte sie. »Das sind keine unrealistischen Versprechungen! Was ist falsch daran, wenn man versucht ganz nach oben zu kommen? Und wieso ist es oberflächlich, der Star einer eigenen Fernsehshow zu sein? Du tust immer so rein und edel mit deinem blöden Getanze . . . du machst mich ganz krank! Und außerdem esse ich, was ich will!«
Jennas Gesicht wirkte wie versteinert. »Gut. Wenn du lieber auf Blair hören willst, bitte.«
»Oh, ja. Genau das will ich!« Abbis blaue Augen funkelten vor Wut.

»Jetzt hört doch mal zu, ihr beiden!« Dan fuchtelte mit den Armen. »Auszeit! Jede in ihre Ecke. Beruhigt euch erst mal!«

Aber Jenna griff sich ihr Tablett und ihre Tasche und ging mit großen Schritten davon.

»Sieh doch mal, was du angerichtet hast.« Der sonst so lustige Matt wirkte ziemlich betreten. »Jennas Gesichtsausdruck kommt mir bekannt vor. Normalerweise hat sie diesen eisigen Blick nämlich für mich reserviert. Ich glaube, sie ist furchtbar wütend.«

»Sie hat kein Recht, mir vorzuschreiben, was ich tun soll!« Abbi stand mit hochrotem Gesicht da und stemmte empört die Hände in die Hüften. »Von mir aus kann sie bleiben, wo der Pfeffer wächst! Ist mir doch egal!«

Über Abbis Schulter hinweg sah Dan, wie Blair, die zwei Tische weiter saß, die unschöne Szene verfolgte. In ihren Augen lag ein merkwürdiger Blick, als sie der wütend davonstürmenden Jenna hinterherschaute. Es sieht fast so aus, als hätte sie die ganze Sache inszeniert, dachte Dan.

»Ihr Schauspieler macht immer so einen Aufstand wegen eurem Vorsprechen . . .« Matt schüttelte den Kopf.

»Du hast gut reden«, stöhnte Abbi. »Ihr Tänzer und Sänger müsst euch ja auch keine Sorgen darum machen, ob ihr eine Rolle bekommt. Ihr tretet schließlich alle auf.«

»Jenna will doch nur nicht, dass du krank wirst, Abbi.« Lauren hatte sich bis jetzt herausgehalten, aber sie hasste es, ihre Freundinnen streiten zu sehen. In gewisser Weise waren sich die zwei sehr ähnlich – beide starke Persönlichkeiten und ausgesprochen dickköpfig und beide fest entschlossen, auf ihre Weise Erfolg zu haben.

Abbi fühlte sich schrecklich. Wie konnte Jenna nur so gemeine Dinge über Blair sagen? Und wie kam sie bloß auf die Idee, Blair hätte einen schlechten Einfluss auf sie?

In diesem Moment eilte Mr Steel mit schnellem Schritt in die Kantine und pinnte ein Blatt Papier an das schwarze Brett. Es war die Liste mit den Namen derjenigen, die in die engere Wahl für die Rollenbesetzung gekommen waren.

Der Streit war vergessen. Alle stürmten aufgeregt durch den Raum.

★ Kapitel 6 ★

Blair kommt zu spät

Abbi drängelte sich nach vorne durch. Während ihre Augen die Liste überflogen, schlug ihr Herz vor Aufregung Purzelbäume. Sie musste die Liste dreimal lesen, bevor sie ihren Namen entdeckte: Reilly, Abigail. Und da stand Dans Name, direkt über ihrem! Reeve, Dan.

»Reeve und Reilly.« Mit freudestrahlendem Gesicht drehte sie sich zu Dan um. »Wir sind zum zweiten Vorsprechen zugelassen!«

Abbi schlang beide Arme um Dan und drückte ihn ganz fest.

Ganz hinten in der Menge beobachtete Jenna Abbi und Dan, die sich glücklich umarmten. Die anderen Schauspieler sahen erfreut oder niedergeschlagen aus – je nachdem, ob ihre Namen auf der Liste standen oder nicht. Jenna ließ das alles unberührt. Die Welt des Theaters kann ganz schön grausam sein, dachte sie.

Nur ein Mädchen machte einen coolen Eindruck. Es war Marcia, die komisch aussehende Schülerin der Abschlussklasse, die für die Rolle der Lucy vorgesprochen hatte. Zu Jennas Erstaunen bahnte sie sich einen Weg durch die Menge und kam auf sie zu.

»Du bist doch eine Freundin dieser Abbi, nicht wahr?«, fragte sie.

»Das dachte ich jedenfalls.« Jennas Stimme klang bitter. »Aber seit neuestem scheint sie Blair Michaels' Gesellschaft zu bevorzugen.«

Marcia nickte und blinzelte mit ihren schwarz umrandeten Augen. »Blair hat ein Auge auf Abbi geworfen«, sagte sie.

»Was hat sie vor?«, fragte Jenna. Ihre Freundschaft mochte vielleicht vorbei sein, aber neugierig war sie trotzdem.

»Ihre üblichen Tricks«, meinte Marcia. »Ich kenne das schon. Immerhin bin ich seit über zwei Jahren mit ihr in einer Klasse. Bei jedem Stück, das wir aufführen, ist es das Gleiche. Blair sucht sich eine Favoritin aus – ein Mädchen, das sie in einem guten Licht erscheinen lässt und das alles für sie tun würde –, und wenn die Show vorbei ist, lässt sie sie fallen. Bei unserer ersten gemeinsamen Aufführung war ich ihr Liebling, und jetzt will sie nicht mal mehr mit mir zusammen auftreten.«

»Deswegen wollte sie also, dass Abbi für die Rolle der Lucy vorspricht«, meinte Jenna nachdenklich.

»Sag ihr einfach, sie soll aufpassen!« Marcia senkte ihre schweren Lider. »Blair benutzt Leute gerne für ihre eigenen kleinen Spielchen.«

Jenna sah ihr hinterher und fragte sich, ob Marcia einfach nur eifersüchtig war oder ob es stimmte, was sie über Blair erzählt hatte.

★

Auf dem Weg zum zweiten Vorsprechen, das für halb vier angesetzt war, entwarf Abbi einen Schlachtplan. Sie würde Blair dazu bringen, Mr Steel noch einmal zu fragen, ob sie nicht doch für Lucys Rolle vorsprechen durfte. Sie wollte es so sehr – warum sollte es dann nicht klappen?

Als Abbi ankam, ging Mr Steel gereizt auf der Bühne auf und ab. »Wo ist Blair Michaels?«, bellte er.

»Äh . . . sie müsste jeden Moment kommen. Ich habe sie eben noch am Münzfernsprecher gesehen«, sagte Abbi hastig.

Dan warf ihr einen erstaunten Blick zu. Sie waren eben am Telefon vorbeigekommen, und Blair war mit Sicherheit nicht dort gewesen.

Abbi schüttelte leicht den Kopf. Sie musste wenigstens versuchen, Blair zu decken.

Und tatsächlich tauchte sie einige Minuten später auf und winkte Abbi freundlich zu, als sie sich zu den anderen gesellte.

»Hast du vor, an dieser Aufführung mitzuwirken, oder nicht, Blair?«, fragte Mr Steel vor der ganzen Gruppe. »Ich hoffe, dir ist klar, dass es nicht zur Gewohnheit werden darf, dass du zu spät zu den Proben kommst.«

Abbi fand, dass Blair wie eine professionelle Schauspielerin reagierte. »Ich hatte noch einen anderen Termin«, antwortete sie cool. »Es ist leider etwas später geworden. Ich entschuldige mich hiermit.«

»Wirst du in nächster Zeit noch weitere Termine haben, die die Proben beeinträchtigen könnten?« Mr Steel blieb hartnäckig. »Falls das so ist, solltest du dich lieber jetzt aus der Produktion zurückziehen.«

Abbi hielt erschrocken den Atem an. Eine Aufführung ohne Blair? Das würde eine Katastrophe werden!

»Nein, ich bin sicher, dass ich an den Proben teilnehmen kann«, erwiderte Blair immer noch ganz gelassen. »Wie wär's, wenn wir jetzt einfach anfangen?«

Abbi, Dan und die anderen Anfänger sahen zu, als die Schüler der Abschlussklasse für die Hauptrollen vorsprachen. Nach Mr Steels ärgerlichem Ausbruch wagte Abbi es nun nicht mehr, ihn zu fragen, ob sie die Rolle der Lucy lesen durfte. Nicht wenn es so aussah, als würde er dafür mit Absicht Leute aussuchen, die Blair nicht leiden konnte!

Sie bemerkte, wie Blair die Augen verdrehte, als Marcia dran war. Dann las ein großer, plump aussehender Junge die Rolle von Harker, Minas Freund. Über ihn schien Blair auch nicht besonders glücklich zu sein.

Und dann war da noch Dracula. Was machte jemand wie Jake Lamont überhaupt an einer Schauspielschule?, fragte sich Abbi. Er spielte furchtbar schlecht, stotterte zum Gotterbarmen und war offenbar so schüchtern, dass er den anderen kaum in die Augen sehen konnte. Ausgerechnet er sollte den bösen, faszinierenden Graf Dracula spielen? Dazu hätte man das Stück schon als Komödie aufführen müssen.
In der Pause schäumte Blair dann auch erwartungsgemäß vor Wut. »Dieser blöde Alan Steel«, zischte sie. Zusammen mit Abbi hatte sie sich in den schwach beleuchteten Hintergrund der Bühne zurückgezogen. »Es ist schon schlimm genug, diesen schwindsüchtigen Alptraum von Marcia am Hals zu haben. Aber wenn ich mich jetzt auch noch mit Jake rumschlagen muss . . .«
»Das muss verdammt hart für dich sein«, meinte Abbi verständnisvoll, »wo du es doch gewohnt bist, mit einer professionellen Crew zu arbeiten.«
»Oh, bitte versteh mich nicht falsch!« Blair schüttelte übertrieben den Kopf. »Es macht mir Spaß, wie eine ganz normale Schülerin an der Aufführung teilzunehmen, und ich bin sehr froh, dass ich zwischen den Drehterminen Zeit dafür gefunden habe. Doch, ich hatte mich richtig darauf gefreut. Jedenfalls so lange, bis Jake anfing zu stottern: ›Ich k-k-kann ihnen ga-ga-gar nicht s-s-sagen . . .‹« Sie unterbrach sich und lief knallrot an.

Abbi fuhr herum. Während Blair Jakes Stottern nachmachte, war er leise durch den Vorhang getreten. Er sah zutiefst verletzt aus.
»Jake, ich habe das nicht so gemeint ...« Blair ging zu ihm hinüber und sah ihm in die Augen. »Was kann ich sagen?«
»N-n-nichts!«, stieß Jake mit einiger Anstrengung hervor.
Abbi taten beide Leid.
»Abbi, Dan, wollt ihr beiden nun für das Dienstmädchen und den Gärtner vorsprechen oder nicht?« Mr Steel teilte den Vorhang und kam hinter die Bühne geeilt. »Wo seid ihr denn?«
»Hier sind wir«, rief Dan und zog Abbi auf die Bühne. »Wir haben eine Kleinigkeit zu der Szene hinzugefügt, damit Sie einen Eindruck davon bekommen, wie wir die Rollen sehen«, erklärte er. »Wir können es natürlich auch weglassen, wenn es nicht funktioniert – ich meine, wenn es Ihnen nicht gefällt ...«
»Ich habe euch doch gesagt, dass ihr eure Ideen einbringen sollt. Also entschuldige dich nicht!«, sagte Mr Steel über die Schulter, während er nach vorne ging, um ihnen zuzusehen. »Ruhe jetzt!«, brüllte er. »Abbi, beschreib uns bitte die Ausgangssituation!«
Abbi trat in die Mitte der Bühne. »Wir befinden uns im zweiten Akt«, begann sie. »Lucy ist gerade an Blutverlust gestorben. Ich bin das Dienstmädchen ihrer Freundin Mina, und der Gärtner bringt mir Knob-

lauchkränze, um den Vampir fern zu halten.« Sie tat so, als würde sie Dan einen Arm voll Knoblauch abnehmen, und sprach dann mit dem irischen Akzent des Mädchens.

»Ich glaub ja nicht, dass dieser olle Knoblauch Miss Mina retten wird. Sie ist so schwach, und die kleinen punktförmigen Male an ihrem Hals wollen einfach nicht heilen!«

Plötzlich eilte Dan an ein imaginäres Fenster. »Was ist denn das?«

»Da ist diese hässliche, alte Fledermaus wieder. Sie schlägt mit ihren Flügeln gegen das Glas, als ob sie hereinwollte.« Abbis Stimme senkte sich voller Entsetzen.

»Ich werde im Garten Wache halten, Miss«, verkündete Dan tapfer. »Und ich werde nichts hereinlassen, das Ihnen was antun könnte.«

Mr Steel hob die Hand. »Sehr gut!«, rief er. »Aber ich möchte, dass noch ein paar andere Leute vorsprechen, bevor ich mich entscheide.«

Abbi und Dan gingen zurück zu ihren Plätzen und verfolgten den Rest des Vorsprechens. Als es vorbei war, rief Mr Steel noch einmal alle auf der Bühne zusammen.

»Jetzt kommt's«, flüsterte Abbi. »Jetzt wird er die Besetzungsliste bekannt geben.«

★ Kapitel 7 ★

Warnungen!

»Noch etwas, bevor wir zur Besetzungsliste kommen«, begann Mr Steel. »Ich habe beschlossen, dass es für die Rollen in *Dracula* keine Zweitbesetzungen geben wird. Ich verlasse mich darauf, dass jeder Einzelne von euch hier sein wird, um seine Rolle zu spielen. Ihr könnt also nicht krank werden, einfach aussteigen oder ...«, an dieser Stelle sah er Blair direkt an, ». . . plötzlich beschließen, dass ihr etwas Wichtigeres vorhabt.«

Alle nickten zustimmend.

Mr Steel schaute auf seine Liste. »Hier nun also unsere Besetzung für *Dracula: Das Musical.*« Eine Locke fiel ihm in die Augen, und er wischte sie langsam beiseite. Abbi hielt vor Aufregung den Atem an. Wie er da so vor ihnen stand, sah Mr Steel wirklich unverschämt gut aus, aber konnte er sich nicht ein bisschen beeilen, damit sie es endlich hinter sich hatten?

»Mina wird von Blair Michaels gespielt und ihr Verlobter von Geordie. Marcia spielt die Lucy, und Jake Lamont übernimmt den Part von Dracula. Das sind die vier Hauptrollen.« Mr Steel machte eine Pause.

Abbi schluckte. Die Enttäuschung saß ihr wie ein dicker Klumpen im Hals und drückte ihr die Luft ab. Sie hatte sich so sehr gewünscht, die Lucy zu spielen! Dan drückte aufmunternd ihren Arm, und Abbi fiel auf, dass er dabei die Finger verkreuzt hatte. Die Nebenrollen kamen ja erst noch.

»Den Part von Dr. van Helsing übernimmt Mike«, fügte Mr Steel hinzu. »Abbi wird das Dienstmädchen spielen und Dan den Gärtner.«

Dann fuhr er fort, alle anderen Namen aufzuzählen – zuerst kam die Bühnencrew, dann die Inspizientin und ihr Assistent, die Souffleuse, die Kostümbildner, die Requisiteure und Maskenbildner und schließlich die Beleuchter und die Leute, die für das Bühnenbild zuständig waren.

Es war eine lange Liste, aber Abbi hörte nicht mehr zu, nachdem ihr Name gefallen war. Das Dienstmädchen war zwar keine Hauptrolle, aber wenigstens war sie bei dieser Aufführung dabei. Und sie war sicher, dass Dan und sie aus ihren Rollen etwas machen konnten.

»Eines wäre da noch«, drang die Stimme von Mr Steel durch den glücklichen Nebel in Abbis Hirn. »Bevor das hier vorbei ist, werdet ihr euch alle wie eine große Familie fühlen. Bestimmt habt ihr das vorher schon mal gehört, aber hier im Theater trifft es wirklich zu. Ihr werdet mit Sicherheit eine Menge Meinungsverschiedenheiten haben, aber ich verlasse mich darauf, dass ihr euch in den nächsten acht Wochen gegenseitig unterstützt.«

Er ließ seinen Blick über die schweigende Gruppe wandern. »Das wär's. Ihr könnt jetzt gehen und feiern. Wir sehen uns dann morgen wieder hier – Punkt drei Uhr!« Er warf Blair einen letzten warnenden Blick zu.

Abbi fiel auf, dass Blair nicht dablieb, als die anderen sich gegenseitig gratulierten. Sie griff sich hastig ihren Mantel und stürmte durch die Tür des Zuschauerraums. Abbi fand, dass sie ziemlich aufgeregt aussah.

»Ich weiß gar nicht, warum Mr Steel so gemein zu Blair ist«, beschwerte Abbi sich bei Dan. »Ich finde, er war ganz schön streng mit ihr. Sie will doch einfach nur zur Gruppe gehören, und er hackt so auf ihr herum.«

»Kannst du Blair nicht mal für 'ne Minute vergessen?«, knurrte Dan. »Du – die hübsche und talentierte Abbi Reilly – hast eine Rolle bekommen! Eigentlich solltest du vor Freude unter der Decke kleben. Na los, gehen wir feiern!«

»Ich muss nach Hause und auf meinen kleinen Bruder aufpassen«, stöhnte Abbi. »Aber für eine Cola in der Kantine reicht's grade noch.«

»Ich hab leider kein Kleingeld . . .« Dan drehte seine Taschen um.

»Ich lade dich ein!«, sagte Abbi lachend. Armer Dan! Immer war er pleite.

★

Die gesamte Besetzung von *Dracula: Das Musical* einschließlich der Sänger und Tänzer sollte am nächsten Nachmittag um drei Uhr zusammenkommen.

Abbi und ihre Freunde hatten sich in der Kantine getroffen, um vor der Probe noch schnell einen Happen zu essen. Nur Jenna fehlte. Als Abbi entdeckte, dass sie auf der anderen Seite des Raums mit Marcia zusammensaß, gab es ihrem Herzen einen Stich. Es tat ihr Leid, dass sie sich mit Jenna gestritten hatte, und sie wünschte, es gäbe eine Möglichkeit, sich wieder zu vertragen – sie waren so gute Freundinnen gewesen.

Doch in diesem Moment schlängelte sich Blair durch die überfüllte Kantine. Sie warf einen schnellen Blick auf Jenna und Marcia und kam dann hinüber zu Abbis Tisch.

»Da kommt ja unser Star«, murmelte Matt leise vor sich hin, als sie sich näherte.

Und schon war Jenna vergessen. Abbi konnte es kaum glauben – Blair Michaels an ihrem Tisch!

Matt zog einen Stuhl für sie heran. »Willkommen am Tisch der ›Völlig Verängstigten‹«, begrüßte er sie grinsend. »*Dracula* ist nämlich unsere erste Show.«

Blair lächelte ihn strahlend an. »Du siehst nicht gerade aus, als ob dich so leicht irgendwas erschrecken könnte«, meinte sie und glitt anmutig auf den Stuhl.

»Matt ist ein hervorragender Tänzer«, sagte Abbi. »Und das ist meine Freundin Lauren Graham«, fügte sie hinzu. »Sie ist bei den Musikern. Dan, den Gärtner, kennst du ja schon.«

Blair nickte Lauren und Dan kurz zu und richtete dann die geballte Kraft ihres Blicks auf Matt. »Wo hast du denn trainiert, bevor du auf die Schauspielschule gekommen bist?«, fragte sie ihn.

»Hier und da«, erwiderte Matt achselzuckend. »Ich hab das irgendwie so aufgeschnappt. Das Tanzen liegt mir eben.«

»Das kann ich mir vorstellen . . .« Wieder lächelte Blair ihn strahlend an.

Lauren wurde eiskalt. Kein Wunder, dass Blair auf Matt abfuhr – er war ja auch einer der bestaussehenden Typen an der Schule. Aber sie tat so, als ob die anderen Luft für sie wären.

Matt sah gleichzeitig geschmeichelt und verwirrt aus. Ein dümmliches Grinsen zog sich über sein Gesicht.

Lauren schoss vom Stuhl hoch und warf dabei ihre Sprudelflasche um. »Ich . . . ich muss los . . .«, stotterte sie. »Wir sehn uns dann bei der Probe.«

Als sich die Selter über den Tisch ergoss, zuckte Blair so heftig zurück, dass Matt sie auffangen musste. Für einen Moment lehnte sie sich an ihn und sah mit ihrem bezaubernden Lächeln zu ihm auf.

Lauren konnte es nicht länger ertragen. Sie fuhr herum und stolperte zwischen den voll besetzten Tischen hindurch zur Tür.

Matt lachte und rückte ein Stück von Blair ab. »Ich seh mal zu, dass ich Lauren einhole«, meinte er. »Dann bis später im Theater!«

Abbi griff sich ein paar Servietten, um die Wasserflut einzudämmen, und Dan hob die Flasche auf. Der Moment war vorbei.

Blair starrte Matt hinterher. »Entschuldigung, aber habe ich da irgendwas nicht ganz mitbekommen? Sind Matt und dieses Mädchen vielleicht *besonders befreundet?*«

»Nein.« Abbi zögerte. »Das nicht.«

»Er hatte es jedenfalls auf einmal ziemlich eilig, zu verschwinden«, bemerkte Blair.

»Matt hat nur versucht cool zu bleiben«, antwortete Dan scharf. »Er ist es nicht gewöhnt, dass sich ihm große Stars in die Arme werfen.«

»Dan!«, rief Abbi empört.

Im nächsten Moment grinste Dan wieder und wechselte das Thema. »Hey, es ist schon fast drei«, sagte er. »Willst du vor der Probe deine französischen Verben noch mal durchgehen, Abbi?«

»Ich glaube, das wird zu knapp«, seufzte Abbi. »Ich werde todsicher durchfallen! Wieso muss Monsieur Le Blanc auch ausgerechnet in der ersten Probenwoche einen Test schreiben?«

Sie knallte ihre Dose mit Grapefruitsaft auf den Kantinentisch und rief mit blitzenden Augen: »Ich wünschte, ich könnte Französisch irgendwie loswerden!«

»Keine Chance«, meinte Dan und zuckte mit den Achseln. »Und vergiss nicht – jetzt, wo du in *Dracula* mitspielst, musst du in Französisch nicht nur mitkommen, du musst auch eine Zwei haben, um weiter in der Show zu bleiben.«
»Er hat Recht«, nickte Blair. »Mit den Noten sind sie hier sehr streng.«
»Aber es ist völlig hoffnungslos«, stöhnte Abbi. »Von der Hälfte dieser Verben habe ich noch nie etwas gehört!«
»Ich werde dir nach der Probe helfen«, versprach Dan.

★

Abbi war von der Probe begeistert. »Ist Blair nicht großartig?«, flüsterte sie Dan zu. »So gelassen und beherrscht, und sieh doch mal, wie sie die Mina lebendig werden lässt!«
Am Ende der Probe kam Blair angestürzt und reichte Abbi einen Umschlag, in dem offenbar eine Nachricht steckte. »Könntest du Matt den bitte geben?«, fragte sie nach Luft ringend. »Ich muss los, weil ich gleich abgeholt werde.«
Abbi fiel sofort der rote Sportwagen ein, der neulich am Fuß der Schultreppe gewartet hatte. »Na, klar«, sagte sie. »Ich kümmere mich darum, dass er ihn bekommt.«

Nachdem Abbi und Dan das Theater verlassen hatten, hielt sie im überfüllten Flur Ausschau nach Matts dunklem Haarschopf, der die anderen Köpfe meist überragte.
»Ich wüsste zu gerne, was hier drin ist«, meinte Abbi und hielt den Umschlag hoch.
»Wahrscheinlich eine Nachricht für Matt.« Dan grinste.
»Blödmann! Ich meine doch, ich wüsste gerne, was Blair ihm geschrieben hat.«
»Du hast schon genug Probleme, ohne dich in diese Sache einzumischen«, warnte Dan. »Schon vergessen – fünfzig unregelmäßige Verben?«
»Argh! Erinnere mich bloß nicht daran!« Plötzlich entdeckte Abbi Matt, der sich in der Nähe der Eingangstür mit Jenna unterhielt. »Da ist er ja!«
Sie flitzte hinüber zu Matt, nickte Jenna kühl zu und hielt ihm die Nachricht hin. »Der ist für dich«, sagte sie und wandte sich zum Gehen.
»Oh ... äh ... danke.« Verblüfft starrte Matt den Umschlag an. Dann riss er ihn auf und zog ein einzelnes Blatt Papier hervor.

Lieber Matt,
es tut mir Leid, wenn ich heute zu aufdringlich war. Ich wusste nicht, dass Lauren Graham schon Ansprüche auf dich angemeldet hat. Ich wollte euch beide auf keinen Fall in

Verlegenheit bringen. Bitte sag ihr, dass ich dich nicht wieder belästigen werde!
Lass uns einfach Freunde sein . . .
Blair

»Worum geht's denn?«, erkundigte sich Jenna. Matts Gesicht war erst dunkelrot angelaufen und dann ganz blass geworden. Er sah unbehaglich und verlegen aus, als er Abbi hinterherblickte.
»Was schreibt sie denn?«, fragte Jenna noch einmal.
»Er ist nicht von Abbi . . .«, murmelte Matt. Er zerknüllte den Zettel und stopfte ihn in die Tasche. »Tut mir Leid, Jenna. Ich muss los.«

★

Dan und Abbi fuhren nach der Schule zu ihr nach Hause. Sie, ihre Mutter und ihr jüngerer Bruder Joe lebten in einem Wohnblock in der Stadtmitte. Dort waren sie hingezogen, nachdem Abbis Vater nach Australien gegangen war. Ihre Mum hatte ihnen versprochen, dass sie irgendwann wieder ein eigenes Haus haben würden.
Aber Abbi wusste, dass das noch eine Weile dauern würde. Inzwischen lebten sie schon vier Jahre in den Grandview Towers, und eigentlich fand sie es ganz okay dort. Besonders nachdem sie und ihre Freunde von der Schauspielschule im Sommer den bewachse-

nen Hof entdeckt hatten, der ganz versteckt zwischen den Blocks lag. Während der Zeit der Aufnahmeprüfungen war der kleine Garten ihr sicherer Rückzugsort gewesen.

Abbi schloss die Tür zum Hof auf. »Dan, sieh doch mal!« Abbi schnappte bestürzt nach Luft. Ein früher Frost hatte die Blätter der Rosen verschrumpeln lassen, und eine kühle Herbstbrise wirbelte Papierfetzen auf den Betonplatten umher.

»Hier können wir doch nicht lernen«, sagte Abbi fröstelnd. »Es sieht so kalt aus . . . richtig einsam und verlassen!«

»Wir könnten doch unsere Mäntel anbehalten«, schlug Dan vor.

»Ich kann französische Verben nicht mal behalten, wenn mir warm ist, und erst recht nicht, wenn ich friere!« Abbi schlug die Hoftür mit einem lauten Knall zu. »Du musst mit zu uns in die Wohnung kommen.«

»Deine Mutter kriegt garantiert einen Anfall, wenn sie mich dort entdeckt«, protestierte Dan, während er hinter Abbi die Treppe hinaufrannte.

»Wir haben noch eine halbe Stunde, bevor sie nach Hause kommt«, stieß Abbi keuchend hervor. »Es ist sowieso eine bescheuerte Regel – keine Jungen in der Wohnung! Wofür hält sie mich eigentlich – für ein Baby?«

Abbi machte Dan ein Sandwich mit Erdnussbutter

und Marmelade und setzte sich dann an den Küchentisch. Sie schlang ihre Füße um die Stuhlbeine und legte das Französischbuch flach vor sich auf den Tisch. Die Geräusche des Computerspiels, mit dem ihr Bruder Joe gerade beschäftigt war, drangen durch die geschlossene Wohnzimmertür.

»Bei diesem verdammten *Boom, boom, kapow*! kann ich mich überhaupt nicht konzentrieren«, stöhnte Abbi.

»Na, komm schon, Abbi! Lucys Dialog und die Rolle des Dienstmädchens hast du doch problemlos auswendig gelernt. Was ist denn an ein paar französischen Verben so schwer?«

»Für mich sind das einfach nur sinnlose Schnörkel. Wenn ich sie anschaue, starrt mir immer Monsieur Le Blancs verkniffenes Gesicht entgegen. Ist dir eigentlich schon mal aufgefallen, wie spitz seine Zähne sind?«

»Abbi! Du solltest versuchen, dein Leben und das Stück auseinander zu halten.« Dan drohte ihr scherzhaft mit dem Zeigefinger. »Dein Französischlehrer ist doch kein Vampir!«

»Er nicht, aber mein kleiner Bruder!« Abbi brach in lautes Gelächter aus, als Joe – in voller Dracula-Montur – durch die Tür gestürmt kam. Er trug einen langen, fließenden schwarzen Umhang, eine rote Schärpe und hatte sich ein Plastikgebiss in den Mund geschoben. Sein strubbeliges rotes Haar stand nach allen Seiten von seinem Kopf ab.

»Ich bin der Furcht erregende Graf Dracula . . .«, lispelte er an seinen spitzen Zähnen vorbei.
»Du wirst dir einen ziemlichen Ärger einhandeln, wenn Mum dich in ihrem Abendcape erwischt«, prophezeite Abbi kichernd.
Joe nahm die Vampirzähne aus dem Mund. »Hallo, Dan«, sagte er. »Ich finde es echt cool, dass ihr in einem Dracula-Stück mitspielt. Wirst du meine Schwester beißen?« Er setzte seine spitzen Beißerchen wieder ein und wirbelte mit vorgehaltenem Cape durch den Raum.
»Er ist besser als Jake«, lachte Abbi.
Sie hatten so viel Spaß mit Joe, dass sie nicht hörten, wie sich hinter ihnen die Tür öffnete.
Abbis Mum, im schicken dunklen Kostüm, stand mitten im Zimmer und starrte sie an.
»Abbi! Was macht Dan hier?«, fragte ihre Mutter mit strenger Stimme.

★ Kapitel 8 ★

Böse Überraschungen

»Ich denke, ich sollte jetzt wohl besser gehen«, sagte Dan und sprang hastig auf.
»Mum, warte doch! Ich muss mit dir reden«, bat Abbi, aber da hatte Mrs Reilly bereits Joe entdeckt. »Was machst du da in meinem Abendcape . . . und mit meinem besten roten Seidenschal?« Ihre Stimme schwoll zu einem empörten Aufschrei an. »Was geht hier eigentlich vor?«
Abbis Mum versuchte, Joe das Abendcape aus Satin von den Schultern zu ziehen, während sie ihre Tochter auffordernd anschaute.
»Heute war die erste Probe für *Dracula*. Ich habe nämlich eine Rolle bekommen«, preschte Abbi vor und versuchte das Ganze zu erklären. »Dan hilft mir bei Französisch, damit ich bei der Aufführung mitmachen kann.«
Der Gesichtsausdruck ihrer Mutter veränderte sich. Freudig streckte sie die Arme aus. »Abbi, das ist ja wunderbar! Meinen Glückwunsch! Und was ist mit dir, Dan? Bist du auch dabei?«
»Ich bin der bescheidene Gärtner.« Dan machte eine

komische Verbeugung und blieb dann, mit der Hand auf dem Türknauf abwartend, stehen.
Seufzend sank Mrs Reilly am Küchentisch nieder und strich sich das kurze braune Haar mit einer erschöpften Geste zurück. »Okay. Reden wir darüber.«
»Ich bin dreizehn«, begann Abbi. »Immerhin alt genug, um mich um Joe zu kümmern. Warum vertraust du mir nicht?«
»Ich vertraue dir doch«, versicherte ihr Mrs Reilly. »Das ist nicht der Punkt. Aber die Regel lautet nun mal – keine Jungen in der Wohnung, wenn ich nicht zu Hause bin.«
»Dan ist kein Junge!«, rief Abbi. »Er ist Dan.«
Dan wurde rot und blickte betreten zu Boden.
»Er ist nett«, fügte Joe hinzu. »Ich wünschte, er wäre mein Babysitter anstatt meiner kreischenden Schwester!«
Das läuft total in die falsche Richtung, dachte Abbi. Während sie den Kessel aufsetzte, um einen Tee für ihre Mutter zu kochen, überlegte sie, was sie als Nächstes sagen sollte.
»Meine Freunde helfen mir, auf Joe aufzupassen«, erklärte sie ihrer Mum. »Für Dan oder Matt würde er einfach alles tun.«
»Es tut mir Leid«, Abbis Mutter schüttelte den Kopf. »Ich weiß, dass Joe manchmal ganz schön anstrengend sein kann, aber eine Regel ist nun mal eine Regel.«

Abbi hatte das Gefühl, gleich zu explodieren. »Du traust mir wohl überhaupt nicht, was?«, rief sie aufgebracht. »Und wenn Dan mir nicht hilft, werde ich in Französisch durchfallen!«

»Ich glaube, ich geh jetzt besser mal«, murmelte Dan. »Wir sehen uns dann morgen früh in der Kantine.«

Nachdem Dan verschwunden war, rannte Abbi in ihr Zimmer und knallte die Tür hinter sich zu. Manchmal vermisste sie ihren Vater wirklich. Mit ihm hatte sie immer vernünftig reden können! Sie riss ein Blatt Papier aus ihrem Schreibblock und begann einen Brief an ihn, in dem sie ihm von der Aufführung erzählte. Die Seite mit den unregelmäßigen französischen Verben blieb unberührt auf ihrem Schreibtisch liegen.

★

Am nächsten Morgen saß Lauren in der lauten Kantine und tat so, als würde sie sich mit ihren Noten beschäftigen. Aber in Wirklichkeit hoffte sie, Matt kurz zu treffen. Verglichen mit den Stücken, die sie sonst sang, waren die Noten für *Dracula: Das Musical* ziemlich einfach, sodass sie kaum einen Blick darauf werfen musste. Sie wollte Matt einfach nur sehen, bevor ihr Tag begann.

Normalerweise trafen sie sich vor Unterrichtsbeginn immer an ihrem Tisch, aber heute Morgen lernte Ab-

bi mit Dan Französisch, und Jenna saß mit Marcia zusammen.
Da entdeckte sie Matt, der quer durch den Raum auf sie zukam. Zu ihrem Erstaunen stolzierte er nicht so unbeschwert dahin wie sonst, sondern machte den Eindruck, als läge die Last der ganzen Welt auf seinen Schultern.
»Hallo.« Er schaute sie kaum an. Seine wunderschönen braunen Augen waren auf den Boden gerichtet. »Ich muss mit dir reden, Lauren.«
Es kam ihr vor, als seien sie plötzlich Fremde.
»Was ist denn los?« Lauren warf einen schnellen Blick auf sein Gesicht. Matts sympathisches, verschmitztes Lächeln war verschwunden, und er wirkte nervös und wachsam.
Er setzte sich Lauren gegenüber und verschränkte die Hände vor sich auf dem Tisch. Dann schaute er sich hastig um, ob auch niemand zuhörte. » Ich . . . ich wusste nichts von deinen Gefühlen, Lauren«, stotterte er. »Es tut mir Leid, wenn ich jemals . . . aber für mich bist du einfach eine gute Freundin.«
Lauren spürte, wie ihr ganzer Körper vor Scham erglühte und ihr schrecklich übel wurde.
»Wer hat dir denn das erzählt?«, gelang es ihr zu fragen.
»Abbi . . . sie hat mir einen Zettel gegeben.« Offenbar war Matt so unbehaglich zu Mute, dass auch er kaum sprechen konnte.

Abbi! Laurens Beschämung schlug in Wut um – in eine so brennende Wut, wie sie sie noch nie verspürt hatte. Sie konnte nur heftig mit dem Kopf schütteln, weil ihre Zunge sich wie gelähmt anfühlte. Nein, nein, nein! Das durfte doch nicht wahr sein!
»Ich hoffe, dass wir nach wie vor Freunde sein können«, quälte Matt sich mit verlegenem Gesicht weiter ab. »Ich möchte dir niemals weh tun.«
Laurens ganze Welt brach zusammen. Sie musste irgendetwas sagen. »Das muss ein Witz sein«, brachte sie mit krächzender Stimme hervor. »Da hat uns jemand einen Streich gespielt . . .«
»Das heißt, du bist also gar nicht . . .«
Lauren schüttelte den Kopf und versuchte zu lachen. »Natürlich nicht. Wir sind doch alle nur Freunde. Diese Sache ist total lächerlich.«
Sofort verschwanden die dunklen Wolken von Matts Gesicht, und er strahlte Lauren mit seinem alten, umwerfenden Lächeln an. »Puh! Da bin ich aber erleichtert! Du hast ja keine Ahnung, was ich mir deswegen für Sorgen gemacht habe.« Dann sprang er mit seinem alten Selbstvertrauen auf.
»Und du hast das alles von Abbi?«, hakte Lauren nach. Sie konnte es einfach nicht glauben, dass ihre Freundin sie so verraten hatte.
Matt nickte. »Sie hat mir einen Brief von der großen Blair Michaels übergeben . . . Okay, ich muss jetzt zum Ballettunterricht. Sehen wir uns in der ersten Pause?«

»Na klar.« Lauren versuchte ihm zum Abschied ganz normal zuzulächeln, als er über ihre ausgestreckten Beine hüpfte. An der Tür traf Matt Abbi und Dan, die gerade auf dem Weg in die Kantine waren.
Dan rasselte immer noch Verben herunter, und Abbi wiederholte sie auf Französisch. Die beiden blieben verblüfft stehen, als sie Lauren erblickten, die sich – ihre Noten an die Brust gedrückt – vor ihnen aufbaute.
»Wie konntest du nur, Abigail Reilly?«, zischte Lauren zwischen zusammengebissenen Zähnen hervor. »Jenna hatte Recht. Du bist ein völlig anderer Mensch, seitdem du mit Blair zusammen bist!«
Vor Überraschung fiel Abbi der Unterkiefer herunter.
»Lauren – warte doch mal! Was ist denn mit dir los? Was ist passiert?«
»Spiel nicht den Unschuldsengel!« Lauren zitterte vor Wut. »Es geht um den Brief an Matt, in dem du ihm von meinen Gefühlen berichtet hast! Ich werde nie wieder ein Wort mit dir reden!«
»Aber der Brief kam doch von Blair und nicht von mir«, verteidigte sich Abbi.
»Dann musst du es ihr erzählt haben – wie hätte sie sonst davon wissen sollen?«
»Lauren, es weiß doch jeder, was du für Matt empfindest . . .«
»Aber er nicht . . .«, zischte Lauren und schüttelte Ab-

bis Hand ab, die sie ihr beruhigend auf den Arm gelegt hatte, ». . . jedenfalls nicht, bis er diesen Brief gelesen hatte. Er ist hier reingekommen und . . . Du hast alles kaputtgemacht!«

»Oh, Lauren, es tut mir so schrecklich Leid! Aber ich weiß doch nicht mal, was in dem Brief stand. Nicht wahr, Dan?«, wandte Abbi sich Hilfe suchend an ihren Freund. »Du warst doch dabei.«

Dan hob abwehrend die Hände. »Ich halte mich da raus.«

Lauren wandte sich ab, um zu gehen.

»Warte noch einen Moment!« Abbi hielt sie an der Schulter fest. »Ich kann einfach nicht glauben, dass du mir zutraust so einen Brief zu schreiben. Ich bin doch deine Freundin!«

»Das habe ich auch gedacht!« Mit blassem und wütendem Gesicht drehte sich Lauren wieder zu ihr um. »Aber jetzt nicht mehr! Bleib mir vom Hals und hör auf, irgendwelche Geschichten über mich zu verbreiten – du und deine heiß geliebte Blair Michaels!«

»Das ist ja schrecklich!«, stöhnte Abbi, nachdem Lauren davonmarschiert war. »Lauren glaubt, dass ich bei Blair über sie und Matt getratscht habe. Aber das stimmt nicht! Blair muss von alleine drauf gekommen sein.«

In diesem Moment ertönte das Läuten zur ersten Stunde, und die Kantine leerte sich so schnell, als würde Wasser ein Abflussrohr hinuntergesaugt.

»Mein Französischtest!«, fiel es Abbi plötzlich siedend heiß ein.
»Du schaffst das schon!« Dan zeigte ihr die erhobenen Daumen, als sie auf die Tür zustürmten. »Wir sehen uns dann später – bei der Probe!«

★

»Und? Wie war der Test?«, fragte Dan auf dem Weg zum Theater.
»Furchtbar!«, stöhnte Abbi. »Ich musste die ganze Zeit an meinen Streit mit Lauren denken. Ich werde den alten Le Blanc wohl beknien müssen, dass ich den Test noch mal schreiben darf. Meinst du, er lässt mich?«
»Die Masche mit dem Betteln zieht bei mir nicht.« Dan lächelte. »Aber ich habe ja auch nicht dein Gesicht.«
Bei der zweiten Probe kam Mr Steel richtig zur Sache und legte für den ersten Akt jede Bewegung auf der Bühne fest.
Während der Stellprobe vergaß Abbi all ihre Sorgen. Sie hatte immer gedacht, dass sich die Schauspieler völlig frei auf der Bühne bewegten, so wie bei den Improvisationen. Aber Mr Steel plante alles ganz genau. Er machte Kreidemarkierungen auf dem Boden, um den Schauspielern zu zeigen, wo sie stehen, wie weit sie gehen und wo sie sich umdrehen sollten. Je-

des Mal, wenn sie sich setzten oder wenn sie aufstanden, machten sie sich eine Notiz in ihrem Skript.
»Das ist ja, als ob man einen Tanz lernt!«, flüsterte Abbi Dan zu. Sie beherrschte ihre Bewegungsfolge schon nach kurzer Zeit.
»Das war hervorragend«, wurde sie von Mr Steel gelobt. »Du wirst eines Tages eine gute Schauspielerin werden, Abbi.«
Als Abbi sich erfreut umdrehte, bemerkte sie, dass Blair sie beobachtete. In der Pause zog sie Abbi hinter die Bühne.
»Hast du deinem Freund meinen Brief gegeben?«, fragte sie. Abbi nickte. Plötzlich fiel ihr Lauren wieder ein, und wie unglücklich Blairs Brief sie gemacht hatte. »Lauren ist furchtbar sauer, weil du Matt erzählt hast, dass sie ihn mag«, sagte sie.
»Ach, ja?« Blair klang erstaunt. »Ich dachte, außer mir wüssten das sowieso alle.«
»Na ja, Lauren sieht das eben anders«, seufzte Abbi. »Ich fürchte, ich habe eine Freundin verloren.«
»Ich weiß nicht, wie sie auf die Idee kommt, Matt würde nicht merken, wie sie ihn anhimmelt. Sie hat die ganze Zeit dagesessen und Kuhaugen gemacht«, meinte Blair abfällig. »Das war doch total eindeutig.«
»Bis jetzt hatte Matt es jedenfalls nicht mitgekriegt«, erwiderte Abbi. »Dazu ist er viel zu sehr mit sich selbst beschäftigt.«
Blair lächelte. »Es tut mir wirklich Leid, dass Lauren

sauer auf dich ist, aber vielleicht kann ich es ja wieder gutmachen. Ich habe nämlich aufregende Neuigkeiten für dich!«

Sie zog Abbi ein Stück beiseite, damit niemand sie belauschen konnte. »Das ist noch topsecret, aber vielleicht ergibt sich bald eine Neubesetzung in *Mein Leben*. Eine der Schauspielerinnen wechselt zu einem anderen Sender – sie wird langsam zu alt für unsere Serie. Die Produzenten wollen eine neue, jüngere Schauspielerin.«

Abbi spürte, wie die Haut auf ihren Armen zu kribbeln begann. »Welche Rolle ist es denn?«, fragte sie, denn sie kannte natürlich alle Darsteller der Serie.

»Das kann ich dir nicht sagen, bevor wir nicht ganz sicher sind, dass sie geht«, wehrte Blair ab und schüttelte den Kopf. »Aber du wärst perfekt für diese Rolle. Ich werde versuchen, ein Vorsprechen für dich zu organisieren.«

Abbi fühlte, wie sie von einer Woge der Aufregung erfasst wurde. »Das würdest du wirklich für mich tun? Du meinst, ich könnte im Fernsehen auftreten?«

»Natürlich«, versicherte ihr Blair lächelnd. »Du bist doch meine Freundin. Könntest du mir vielleicht ein Foto besorgen, das ich ihnen zeigen kann?«

»Für die Aufnahmeprüfung im Sommer mussten wir Porträtaufnahmen machen lassen – davon könnte ich dir eine geben.«

»Wunderbar«, meinte Blair.

★ Kapitel 9 ★

Abbi springt ein

Während der nächsten drei Probenwochen war Blairs Versprechen ein großer Trost für Abbi. Sie hatte ihrer neuen Freundin das Foto gegeben und wartete nun auf die Chance, für eine Rolle in *Mein Leben* – einer echten Fernsehserie – vorzusprechen.
Der Gedanke, ins Fernsehen zu kommen, half ihr, den öden Französisch- und Matheunterricht durchzustehen. Und es machte Jennas kalte Blicke und Laurens trauriges Gesicht etwas erträglicher, wenn sie im Flur an ihnen vorbeiging.
Abbi vermisste die beiden immer noch schrecklich. Ihr fehlten die langen Telefongespräche am Abend und ihre Treffen in der Kantine. Aber wenn sie erst eine Rolle in einer Fernsehserie hatte, würden die anderen vielleicht verstehen, warum sie für eine Weile alles andere hatte aufgeben müssen.
»Hast du wegen des Vorsprechens schon etwas gehört?« Abbis blaue Augen leuchteten eindringlich, als sie sich über den Tisch in der Kantine beugte. Sie und Blair waren zwar alleine, aber schließlich konnte jemand vom Nebentisch mithören.

Blair schüttelte den Kopf. »Wir wissen immer noch nicht, ob . . . das andere Mädchen gehen muss. Die Ärmste sieht von Tag zu Tag älter aus. Sie müssen ihr ständig neue Kostüme besorgen.«

»Jenna macht sich auch Sorgen, dass sie zu groß wird«, sagte Abbi und blickte quer durch den Raum zum Fenster, wo Jenna stand und sich mit Lauren unterhielt.

»Redest du eigentlich noch mit ihr?«, fragte Blair.

Abbi schüttelte den Kopf. Sie hatte schon seit Wochen weder mit Jenna noch mit Lauren gesprochen. Die beiden zusammen zu sehen löste bei Abbi ein ganz komisches Gefühl in der Magengrube aus. Sie richtete ihre Aufmerksamkeit wieder auf Blair. »Was ist eigentlich mit meiner Figur?«, erkundigte sie sich. »Mr Steel hat gesagt, ich sei zu kräftig, um die Lucy zu spielen. Meinst du, das gilt auch fürs Fernsehen?«

»Ach was! Mach dir keine Sorgen!« Blairs perlendes Lachen verscheuchte all ihre Befürchtungen. »Wenn diese Rolle frei wird, bist du die ideale Besetzung dafür.«

Abbi seufzte glücklich. Allein die Vorstellung, im Fernsehen aufzutreten – und dann all die Leute, die einem für jede Folge neue Klamotten aussuchten und einem ein perfektes Make-up und eine irre Frisur verpassten, sodass man immer phantastisch aussah – genau wie Blair!

★

»Für den Durchlauf von Akt zwei bitte alle auf die Bühne!«, ertönte am nächsten Tag Mr Steels dröhnende Stimme hinten aus dem Zuschauerraum. »Etwas schneller, bitte. Wir fallen sonst hinter unseren Zeitplan zurück!«

Abbi nahm ihre Position auf der Bühne ein. Inzwischen war es schon Ende September. In nur zwei kurzen Wochen sollte *Dracula* vor Publikum aufgeführt werden.

»Okay, es kann losgehen!«, rief Mr Steel. »Und denkt daran, *richtet eure Stimmen in den Zuschauerraum!* Ich möchte euch bis zur letzten Reihe klar und deutlich hören!«

Abbi hatte das Gefühl, als wäre ihr Kopf mit Watte voll gestopft. Sie musste an so viele Dinge gleichzeitig denken – wo sie stehen und wie sie sich bewegen sollte, wann sie auf die Bühne kommen und wann sie abgehen musste. Und jetzt sollte ihre Stimme auch noch bis zur letzten Reihe tragen.

Sie hätte sich nicht träumen lassen, dass schauspielern so kompliziert sein könnte. Dan und sie gingen ihre erste Szene als Dienstmädchen und Gärtner durch. Jetzt war es Zeit für Blair Michaels alias Mina, auf die Bühne zu kommen.

»Pscht! Hier kommt meine Herrin«, sagte Abbi mit einem lauten Bühnenflüstern.

Aber Blair tauchte nicht auf.

Vielleicht hatte sie Blair ihr Stichwort nicht laut ge-

nug gegeben. »Pscht! Hier kommt meine *Herrin!*«, rief Abbi etwas lauter.
Immer noch keine Blair.
»Wo ist Miss Michaels?« Mr Steel kam mit großen Schritten den Gang hinunter, sein Haar war völlig zerzaust.
Terri, die Inspizientin, steckte den Kopf durch den hinteren Vorhang. »Sie hat vor ein paar Minuten angerufen«, berichtete sie. »Blair hängt am Flughafen fest.«
Sie hängt am Flughafen fest, dachte Abbi. Blairs Leben ist wirklich ganz anders als unseres. Sie lebt wie ein richtiger Star!
»Und wir hängen fest, bis sie kommt.« Ärgerlich warf Mr Steel sein Skript auf den Boden. »Sie tritt in fast jedem Akt in der zweiten Szene auf.«
»Entschuldigung, Mr Steel?«, meldete sich Abbi zögernd zu Wort. »Könnte ich nicht vielleicht für Blair einspringen? Ich kenne fast alle ihre Gänge auf der Bühne.«
Mr Steel betrachtete Abbi nachdenklich. Sie war sicher, dass er Nein sagen würde. Aber stattdessen grinste er. »Warum nicht. Versuchen wir's einfach. Uns läuft *tatsächlich* die Zeit davon.«
Sie begannen mit dem Durchlauf. Abbi liebte den zweiten Akt, in dem Mina einige großartige Szenen hatte. Abbis Lieblingsszene war gegen Ende, wo Dracula Mina in seine Arme riss, um sie zu beißen. In der

Vorstellung würden sie Theaterblut verwenden, das an Minas Hals herunterlaufen sollte.
Das Problem war nur, dass Jake nicht mal seinen Text ablesen konnte, geschweige denn sich wie ein Vampir verhalten. Schüchtern stand er in seinen Jeans und seinem grünen Pullover auf der Bühne und stotterte zum Gotterbarmen. »K-k-komm zu m-m-mir . . .«
Da Jake so schlecht spielte, fiel es Abbi schwer, sich auf ihre Rolle zu konzentrieren. Kein Wunder, dass Blair sich beschwert hat, dachte sie. Jake stand die ganze Zeit stocksteif und mit blassem Gesicht da, die Arme so starr wie zwei Bretter. Trotzdem schafften sie es, den zweiten Akt ohne Unterbrechung durchzugehen.
»Du warst klasse!«, flüsterte Dan ihr zu, als die beiden nach der Schlussszene von der Bühne abgingen. »Aber auf uns kommt eine harte Zeit zu, wenn Blair weiterhin Proben verpasst. Du kannst nicht gleichzeitig Mina und das Dienstmädchen spielen.«
»Sie hat doch bis jetzt nur ein paar verpasst«, verteidigte Abbi ihr Idol. »Und ich bin sicher, dass sie nicht so viel proben muss wie wir anderen. Für professionelle Theateraufführungen haben sie auch immer nur wenige Wochen Vorbereitungszeit.«
»Das war ein guter Durchlauf, dank Abbi«, wandte Mr Steel sich an die Schauspieler. »Aber wir haben durch verschiedene unvorhergesehene Probleme

und Blairs ständiges Zuspätkommen eine Menge Zeit verloren, die wir unbedingt aufholen müssen, wenn wir bis zur Premiere rechtzeitig fertig sein wollen. Bitte sagt euren Eltern Bescheid, dass die Proben ab jetzt bis sechs oder sieben Uhr dauern! Und für die nächsten beiden Wochenenden werden der Technikcheck und die Kostümprobe angesetzt.«

»Oh, Mann!«, stöhnte Abbi. »Ich traue mich gar nicht, das meiner Mum beizubringen. Wo sollen wir denn so schnell einen Babysitter für Joe auftreiben?«

★

»Tja, Abbi, ich werde wohl deine Mutter anrufen müssen.« Monsieur Le Blanc schaute Abbi finster an und wedelte mit seinem langen, knochigen Zeigefinger vor ihrem Gesicht herum. »Du hast im Test schlecht abgeschnitten, und deine Semesterarbeit ist die reinste Katastrophe!«

»Monsieur Le Blanc, das können Sie mir doch nicht antun!« Abbi schnappte erschrocken nach Luft. Wegen der Vorbereitungen auf die Premiere hatte sie alles, was mit Französisch zu tun hatte, aus ihrem Kopf verbannt. Aber nun war es plötzlich wieder da und bedrängte sie wie Draculas böser Nebel.

»Die Aufführung ist doch schon in zwei Wochen«, stieß Abbi hervor. »Meine Mutter wird einen Anfall kriegen, und die Schule wird mich nicht auftreten lassen! Oh, bitte, Monsieur Le Blanc, geben Sie mir noch eine zweite Chance!«, sprudelte sie aufgeregt hervor.

»Hah! Und was ist das hier?« Monsieur Le Blanc hielt Abbis Heft in die Höhe und blätterte es durch. »Wo sind deine Hausaufgaben? Wo ist die Berichtigung der Fehler aus dem Diktat? Du solltest doch jedes Wort fünfundzwanzigmal richtig schreiben. Und wo sind die französischen Gedichte und die Übungen zur Wortbildung – kannst du mir das vielleicht verraten?«

Abbi nickte betreten. Ihr Heft bestand aus lauter leeren Seiten. Was würde Mr Steel dazu sagen, wenn sie die anderen kurz vor der Premiere im Stich lassen musste? »Und wenn ich über das Wochenende alles aufhole«, bettelte sie, »wenn ich Ihnen verspreche das Heft am Montag abzugeben, würden Sie es sich dann noch einmal überlegen?«

»Alles aufholen? Das ganze Heft? Das ist unmöglich!« Monsieur Le Blanc schüttelte den Kopf. »Aber ich bin ein fairer Mensch. Ich gebe dir eine letzte Chance . . .«

»Ich danke Ihnen, Monsieur.« Abbi ergriff seine kalte Hand und schüttelte sie überschwänglich. »Sie werden es nicht bereuen, das verspreche ich Ihnen!« Sie griff sich ihr Heft und stürzte aus dem Raum.

★

»Ich bin erledigt!«, stöhnte Abbi und zeigte Dan ihr leeres Heft. »Wir haben die ganze Woche täglich dreieinhalb Stunden Probe und am Wochenende auch. Das kann ich nie im Leben aufholen!«

»Abbi, Abbi, Abbi – du bist wirklich ein hoffnungsloser Fall«, seufzte Dan und verbarg seinen Kopf in den Armen.

»Abbi ist durchaus kein hoffnungsloser Fall«, sagte Blair, die plötzlich an ihrem Tisch aufgetaucht war, unbekümmert. »Sie ist die Beste! Danke, dass du gestern für mich eingesprungen bist. Ich musste kurzfristig nach New York fliegen, und dann konnte das Flugzeug nicht landen und . . .« Sie brach plötzlich ab und sah Dan an. »Warum seht ihr beiden eigentlich so niedergeschlagen aus?«

»Wir müssen Abbi vor der völligen Katastrophe retten«, antwortete Dan. »Wenn sie ihr Französischheft nicht bis Montag abgibt, fliegt sie aus der Show.«

»Blair interessiert sich doch nicht für solche Dinge«, protestierte Abbi. »Sie hat genug mit ihrer Karriere zu tun.«

»Natürlich interessiere ich mich dafür«, widersprach Blair. »Warum bittest du nicht Matt um Hilfe?« Matt saß an einem Tisch ganz in der Nähe und unterhielt sich mit Lauren und Jenna. Seit Abbi sich mit ihren Freundinnen verkracht hatte, wanderte er zwischen den beiden Gruppen hin und her und stand mit allen auf gutem Fuß.

»Ich weiß nicht ...«, meinte Abbi. »Ich kann mir nicht vorstellen, dass Matt Nachhilfe gibt.«

»Ich werde ihn einfach mal fragen«, bot Blair an und schlenderte zum anderen Tisch hinüber.

Dan und Abbi beobachteten, wie Blair sich hinhockte, Matt auf den Arm klopfte und dann in einer Haltung inständiger Bitte zu ihm aufblickte.

»Ist sie nicht großartig?«, seufzte Abbi. »Eine echte Freundin.«

»Auf jeden Fall ist sie eine gute Schauspielerin«, murmelte Dan. »Sieh doch mal, wie sie Matt bearbeitet!«

Plötzlich wandte Blair sich ab und kam zu ihnen zurückmarschiert. Ihre Wangen leuchteten so rot, als hätte sie eine Ohrfeige bekommen.

»Oh, oh!«, meinte Dan. »Ärger!«

»Was hat Matt gesagt?«, fragte Abbi. »Wird er mir helfen?«

»Ich möchte deine Gefühle nicht verletzen, deswegen erzähle ich dir lieber nicht, was er gesagt hat.« Blairs Gesicht war immer noch von einem leuchtenden Rosa überzogen. »Nur so viel – er ist nicht daran interessiert.«

Später traf Dan Jenna im Flur. »Was hat Matt unserem großen Star eigentlich verplättet?«, erkundigte er sich. »Blair sah ziemlich sauer aus.«

»Er meinte, wenn Abbi ihn selber gefragt hätte, hätte er ihr gerne geholfen«, berichtete Jenna, »aber für Blair würde er es nicht tun.«

Dan grinste über das ganze Gesicht. »Ich glaube, unsere liebe Blair ist es nicht gewohnt, einen Korb zu bekommen. Kein Wunder, dass sie knallrot angelaufen ist!«

★

Zu Hause sah sich Abbi einer ebenfalls rotgesichtigen Mutter gegenüber. »Warum hast du mir denn nicht eher von der Verlängerung eurer Probenzeiten erzählt?«, rief sie. »Wie soll ich denn so kurzfristig einen Babysitter für Joe auftreiben?«

»Keine Ahnung«, stöhnte Abbi. »Mr Steel hat es uns doch auch erst gestern erzählt und ...«

»Also, diese Schauspielschule ...«, begann Mrs Reilly und biss sich dann auf die Zunge. »Okay, ich werde Mrs Thomas bitten vorbeizuschauen. Aber du weißt ja, dass Joe es hasst, wenn sie sich um ihn kümmert.«

Abbi atmete tief durch und zog schnell ihr Französischheft aus der Tasche. Und nun – falls Mrs Thomas einsprang, falls sie es schaffte, ihre Semesterarbeit nachzuholen, und falls ihre Mum keinen Anruf von Monsieur Le Blanc bekam ...

»Ich muss arbeiten«, verkündete sie. »Ich möchte kein Abendessen.«

»Abbi, du musst doch etwas essen!«

»Mache ich nachher«, versprach Abbi. »Aber mit leerem Magen kann ich mich besser konzentrieren.« Sie versuchte schon seit einiger Zeit wegen ihres Vorsprechens beim Fernsehen abzunehmen, denn die Kamera ließ jeden ein paar Pfund dicker aussehen. Blair hatte ihr erzählt, dass der Magen schrumpfte, wenn man weniger aß. Es schien zu funktionieren.

★ Kapitel 10 ★

Eine Katastrophe!

Am Montagmorgen betrat Abbi blass, aber triumphierend die Kantine und wedelte mit ihrem Französischheft vor Dans und Blairs Nase herum.

»Meine Hand fällt zwar fast ab, aber das Heft ist voll.« Abbi rieb sich das schmerzende Handgelenk.

Dan blätterte das Heft durch. »Sieh mal einer an, was du alles geschrieben hast! Wirklich erstaunlich!«

»Und alle haben mir erzählt, dass du wunderbar warst, als du für mich eingesprungen bist«, fügte Blair hinzu. »Mr Steel ist anscheinend davon überzeugt, dass du sein nächster großer Star bist . . .« Sie machte eine Pause. »Ich muss jetzt rauf in den zweiten Stock, wenn du möchtest, gebe ich das Heft für dich ab.«

»Das ist nett von dir, aber ich würde es ihm lieber selber geben«, erwiderte Abbi. »Am besten, bevor ich es verliere oder etwas darüber verschütte.« Sie steckte das Heft wieder in ihre Tasche. »Das wird den alten Le Blanc davon abhalten, meine Mutter anzurufen!«

Abbi verließ die Kantine und lief hinauf in den zweiten Stock, wo sich das Französischklassenzimmer befand. Weil Monsieur Le Blanc gerade nicht da war, legte sie das Heft mitten auf sein Pult, wo er es mit Sicherheit finden würde.

★

Abbi ging schon sehr früh zur Probe. Heute war ein wichtiger Tag, denn die Schauspieler würden zum ersten Mal ohne Skript spielen. Abbi kannte ihren Text in- und auswendig und den Text fast aller anderen Rollen auch. Seit Tagen spulte sich das Stück in ihrem müden Hirn wieder und wieder ab.
Auf Zehenspitzen schlich sie die Treppe hinter der Bühne hinauf, wo sie vor vier Wochen ihren peinlichen Auftritt gehabt hatte. Seitdem hatte sich vieles verändert. An Stelle einer leeren Bühne betrat sie jetzt Draculas Schloss!
Die Scheinwerfer waren noch nicht angeschaltet, aber inzwischen kannte sich Abbi auf der Bühne bestens aus. Sie passte auf, dass sie nicht über die Holzdreiecke stolperte, die die Kulissen stützten, oder Draculas unheimlichen schwarzen Sarg anrempelte.
Als Abbi im Vorbeigehen einen Blick hineinwarf, blieb ihr beinahe das Herz stehen. Eine Gestalt im schwarzen Umhang, das Gesicht von dunklen Haaren umrahmt, lag im Sarg.
Mit einem erschrockenen Schrei sprang Abbi zurück. Ruckartig setzte sich die Gestalt auf.

»Jake!«, quietschte Abbi. »Was machst du denn da?«

»Versuchen, mich zu k-k-k-konzentrieren«, stotterte Jake. »M-m-mich in die R-r-r-rolle einfühlen.«

»Puh!« Aufseufzend ließ sich Abbi auf den Bühnenboden sinken. »Du hast da drin so echt ausgesehen.«

Jake kletterte aus dem Sarg. Er trug bereits sein Draculakostüm. »Heute ist ein g-g-g-großer Tag«, bemerkte er. »Zum ersten M-m-mal ohne S-s-skript.«

Abbi nickte. Ihr Herz hämmerte immer noch von dem Schreck, den er ihr eingejagt hatte, als er wie tot dagelegen hatte. »Ich weiß. Deswegen bin ich ja früher gekommen.« In einem Sarg herumzuliegen wird Jake wahrscheinlich auch nicht helfen zu klingen wie Graf Dracula, dachte Abbi mitleidig. Sie fragte sich, ob das Publikum wohl lachen würde, wenn er stotterte. Das würde die ganze Aufführung ruinieren!

Die Tür des Bühneneingangs öffnete sich quietschend, und eine weitere Person stieg die Treppe hinauf. Es war Maeve, die Souffleuse. »Hallo«, rief sie ihnen zu. »Seid ihr schon aufgeregt wegen der Probe, Leute?« Maeve hatte kurze braune Haare, ein schüchternes Lächeln und eine klare Stimme.

»Nicht wenn du dabei bist«, antwortete Abbi grinsend. »Ab jetzt bist du unsere Rettungsleine.«

Maeve seufzte. »Wenigstens kriege ich dann endlich mal was zu tun.« Bis heute, wo die Schauspieler zum ersten Mal ihren Text frei sprachen, hatte die Souffleuse nämlich nur Däumchen gedreht. »Es gefällt

mir, wie du die Rolle des Dienstmädchens spielst«, sagte sie zu Abbi. »Ich hoffe, dass ich bei der nächsten Aufführung auch auf der Bühne stehe.«
»Das wirst du ganz bestimmt.« Abbi versuchte sich vorzustellen, wie sie sich fühlen würde, wenn sie als Souffleuse ausgesucht worden wäre anstatt wenigstens eine Nebenrolle zu spielen. Und plötzlich fühlte sie sich sehr glücklich.

★

Sobald alle Schauspieler ihre Positionen eingenommen hatten, hob Mr Steel die Hand und bat um Ruhe. Es war ihr erster Durchlauf ohne Skript.
Jake, als Dracula, hatte gerade an die Tür geklopft.
Abbi, das Dienstmädchen, öffnete ihm.
»Guten Tag.« Jake sprach mit tiefer Stimme, einem wunderbar gruseligen transsylvanischen Akzent und ohne das kleinste Anzeichen von Stottern.
Abbi war darüber so verdattert, dass sie völlig vergaß zu knicksen. Eingehüllt in sein schwarzes Cape, schien Jake turmhoch über ihr aufzuragen. Sprachlos starrte sie ihn an.
»Kommen Sie herein, Sir!«, flüsterte Maeve aus dem Souffleurkasten.
Abbi wurde auf einmal klar, dass sie unbedingt weiterspielen musste. Jake ging völlig in seiner Rolle auf, wenn sie jetzt patzte, würde er bestimmt rauskommen.

»Kommen Sie herein, Sir!« Sie knickste und nahm ihm seinen Spazierstock ab. »Der Herr und Miss Mina sind im Garten. Ich werde ihnen sagen, dass Sie da sind.«
Sie ging ab. Hinter der Bühne flüsterten die anderen Schauspieler miteinander.
»Er ist verdammt gut!«, sagte Marcia leise.
»Was für eine Ausstrahlung!«, meinte Dan bewundernd.
»Haltet die Szene am Laufen!«, drängte Abbi. »Sorgt dafür, dass er nicht wieder rauskommt!«
Sie sahen aus den Kulissen zu, wie das Stück seinen Lauf nahm. Seitdem Jake nicht mehr wieder zu erkennen war, spielten auch alle anderen viel besser. Blair war phantastisch. Nur Geordie kämpfte noch ein bisschen mit seinem Text, aber schließlich war ja Maeve da, um ihm zu helfen.
Plötzlich wirkte *Dracula* wie ein richtiges Theaterstück.
Mr Steel kündigte eine Pause an.
»Sollen wir Jake darauf ansprechen?«, fragte Marcia. »Ich meine, wie gut er gespielt hat.«
»Das war doch nichts Besonderes«, meinte Blair mit einem abfälligen Schulterzucken. »Er hat sich endlich mal ein bisschen Mühe gegeben, das ist alles!«
»Ich finde, Blair hat Recht«, nickte Abbi. »Wir könnten ihn damit vielleicht in Verlegenheit bringen.«
»Was für eine Überraschung!«, sagte Marcia mit ge-

hässiger Stimme. »Abbi ist mit Blair einer Meinung. Man könnte glatt meinen, ihr beiden wärt geklont.«

★

Das Musikzimmer bei Lauren zu Hause ging direkt auf den Garten, in dem Zedern und Kletterrosen wuchsen. Normalerweise war dies Laurens Lieblingsblick, aber zu dieser Jahreszeit wirkte der Garten traurig und verlassen.

Zusammengekauert saß sie auf der Fensterbank, sah nach draußen und dachte über ihre Rolle in dem Stück nach. Lauren war nur ein Mitglied des Chors, aber sie spielte ein Kind, das von einer »wunderschönen Dame in Weiß« in den verwilderten Teil des Parks gelockt wird. Diese Dame war Lucy. Dracula hatte sie in einen Vampir verwandelt, und als sie die Kinder zu sich rief, konnten sie ihr nicht widerstehen.

Lauren fröstelte. Ich kenne dieses Gefühl, dachte sie. Wenn man sich gegen seinen Willen von etwas angezogen fühlt. Die Sehnsucht ist so groß, dass man nicht dagegen ankämpfen kann, obwohl es gefährlich werden könnte.

Ruhelos ging sie hinüber zum Klavierhocker. Sie hatte bis jetzt ein behütetes Leben geführt – in diesem großen Haus und mit ihrer netten Familie. Aber es war sinnlos, die Zeit zurückdrehen zu wollen. Obwohl sie immer noch so aussah wie die Lauren, die alle kannten, war sie innerlich eine andere geworden. Die Worte eines Liedes begannen in ihrem Kopf Gestalt anzunehmen:

Du glaubst, du kannst mich halten,
doch ich, ich muss nun fort.
Dort draußen ruft etwas nach mir,
zieht mich zu einem unbekannten Ort.

Lauren griff sich ein Blatt Papier und schrieb die Worte nieder. Tränen tropften auf die Klaviertasten, als sie ihren Text mit leiser Stimme zu einer Melodie sang, die tief aus ihrem Inneren zu kommen schien.

»Lauren! Das ist aber schön, dich mal wieder singen zu hören.« Ihre Mutter steckte den Kopf durch die Tür. »Und was für eine entzückende Melodie! Ist das etwas, woran du mit Miss Bainbridge arbeitest?«

Hastig ließ Lauren das Blatt Papier in ihrer Tasche verschwinden. »Nein«, murmelte sie, ohne ihre Mutter anzusehen. »Ich hab nur so 'n bisschen rumprobiert.«

Morgen würde sie ihr Lied auf der Probe singen – falls sie den Mut dazu aufbrachte.

★

Am nächsten Nachmittag raste Abbi, immer drei Stufen auf einmal nehmend, die Treppe empor. »Entschuldigen Sie, Monsieur Le Blanc«, stieß sie keuchend hervor, »ich wollte nur mal fragen, ob Sie mein Heft schon korrigiert haben?«

»Dein Heft?« Monsieur Le Blanc warf ihr einen kalten Blick zu. »Ich habe dein Heft überhaupt noch nicht zu Gesicht bekommen, Mädchen! Willst du mir etwa weismachen, du hättest es abgegeben?«

Abbi spürte, wie ihr das Herz in die Hose rutschte. »Aber ich habe es doch genau dort auf Ihr Pult gelegt«, stammelte sie. »Gestern schon.«

Der Französischlehrer sah sie über seine lange Nase hinweg an. »Soll das etwa ein armseliger Versuch sein, mich davon abzuhalten, dir eine schlechte Note zu geben?«, fragte er mit scharfer Stimme. »Ich warne dich, in meinen dreißig Jahren als Lehrer habe ich jeden Trick kennen gelernt.«

»Das ist kein Trick!« Abbi schluckte ihren Ärger hinunter. »Ich habe so hart gearbeitet – das Heft war bis zur letzten Seite voll. Sehen Sie mal, ich habe sogar einen Beweis. Hier – die Delle in meinem Finger!« Sie marschierte hinüber zum Pult und hielt ihm ihren Finger unter die Nase.

»Bitte keinen deiner dramatischen Auftritte«, winkte Monsieur Le Blanc ab. »Mir liegt kein Heft vor, das ich korrigieren könnte. Ich habe keine andere Wahl, als dir eine Sechs zu geben.«

»Bitte, warten Sie!«, bettelte Abbi. »Meine Freunde haben das Heft doch gesehen. Sie können es Ihnen bestätigen.«

»Deine Freunde würden dir bestimmt alles bestätigen, worum du sie bittest.« Monsieur Le Blanc schaute Abbi finster an und brach ab. »Aber, lassen wir das! Ich gebe dir noch bis morgen Zeit, dein wunderbares Heft vorzulegen.«

»Danke«, stieß Abbi hervor. Dann raste sie die Treppen wieder hinunter und rannte zum Theater. Sie musste unbedingt Dan und Blair finden.

»Was ist denn los?«, fragte Blair, als Abbi durch den Vorhang gestürmt kam. »Du siehst ja aus, als wolltest du jemanden erwürgen.«

»Irgendjemand hat mein Heft geklaut!«, rief Abbi. »Monsieur Le Blanc hat gesagt, dass er es nie zu Gesicht bekommen hat.«

Zu ihrer Überraschung wandte Blair sich ab. »Ich muss mal nach meinem Kostüm sehen«, murmelte sie und verschwand in den Schatten hinter der Bühne.

Abbi folgte ihr und polterte die Treppen zum Kostümfundus hinunter. Hier hingen Unmengen von Theaterkostümen in Plastiküberzügen.

»Blair!«, rief Abbi. »Weißt du irgendwas über mein Französischheft? Du spielst mir doch nicht etwa einen Streich, oder?«

Blairs Gesicht war sehr blass geworden. »Abbi, wie kannst du nur so was von mir denken?«

»Na ja, du hast schließlich angeboten, es für mich zu Monsieur Le Blanc zu bringen . . .«

»Aber ich habe es nicht genommen!«, erklärte Blair mit Nachdruck. »Sieh mal, Abbi, ich glaube, du weißt gar nicht, wie viel es mir bedeutet, eine Freundin wie dich zu haben – jemanden, auf den ich mich hundertprozentig verlassen kann. Wenn du berühmt bist, kreisen die Leute dich regelrecht ein – manchmal habe ich fast das Gefühl, dass sie mir alles Leben aussaugen – aber keiner von ihnen ist ein wirklicher Freund!«

Abbi schaute Blair an und für einen Moment erblickte sie einen ganz anderen Menschen hinter der Fassade des selbstsicheren Fernsehstars. Blair wirkte verloren und sehr einsam. Fast wie Mina, wenn der Vampir sich ihr am Ende des Stücks näherte.

»Entschuldige.« Abbi drückte Blair kurz an sich. »Ich weiß auch nicht, wie ich auf die Idee gekommen bin, du könntest mein Heft genommen haben.«

»Aber du hattest Recht«, wandte Blair ein. »Ich weiß tatsächlich etwas darüber.«

»Na, sag schon!«, drängte Abbi.

»Du wirst das sicher nicht gerne hören.« Blair sah sie voller Mitgefühl an. »Nachdem du die Kantine verlassen hattest . . . na ja, ich habe zufällig mitbekommen, wie Matt zu Jenna und Lauren gesagt hat, es wäre doch ein guter Witz, wenn dein kostbares Heft einfach verschwinden würde«, berichtete Blair.

»Matt . . .?«, setzte Abbi an.

»Und dann hat Jenna gesagt, dass sie dir ruhig mal eine Lektion verpassen sollten, weil du so tust, als ob du besser wärst als alle anderen.«

»Das stimmt doch gar nicht!«, rief Abbi empört.

Blair legte ihr beruhigend die Hand auf die Schulter. »Natürlich nicht. Deine Freunde sind doch nur eifersüchtig, weil du so viel Talent hast. Solche Dinge passieren mir auch ständig.«

»Aber ausgerechnet Matt!«, stöhnte Abbi. »Er weiß doch, wie wichtig dieses Stück für mich ist.«

»Er hat wahrscheinlich nur aus Spaß mitgemacht«, sagte Blair. »Er scheint ein ziemlich oberflächlicher Mensch zu sein.«

»Ich hab immer gedacht, dieser Eindruck täuscht«, seufzte Abbi. »Ich schätze, ich muss noch eine Menge über andere Menschen lernen.«

Blair nickte mitfühlend.

»Ich werde Dan bitten, mir zu helfen«, beschloss Abbi. »Am sichersten erwischen wir Matt nach der Probe der Tänzer. Wir sollten gleich hochgehen und ihn fragen. Könntest du vielleicht auch mitkommen?«

»Tut mir Leid«, sagte Blair. »Ich werde abgeholt und bin schon spät dran. Aber ich wünsche dir alles Gute!«

Dan knotete gerade den gerissenen Schnürsenkel seines Schuhs zusammen, als Abbi ihn bei der Probe aufspürte. »Was!«, explodierte er, als Abbi ihm von ihrem Französischheft erzählte. »Spinnst du? So was würde Matt doch nie tun!«

»Das glaube ich ja auch, aber Blair . . .«

»Blair?« Dan hob die Augenbrauen. »Was hat die denn damit zu tun?«

»Sie hat mitbekommen, wie Jenna und Lauren Matt aufgehetzt haben«, erklärte Abbi. »Dan, ich muss mein Heft unbedingt wiederhaben! Vielleicht hat Monsieur Le Blanc sogar schon meine Mutter angerufen.«

Dan zog seinen Schnürsenkel fest. »Du hast Recht. Zuerst müssen wir dein Heft finden.« Er kniff die Augen zusammen und warf Abbi einen kurzen Blick zu. »Und danach werden wir dieser Sache auf den Grund gehen.«

»Danke.« Abbi drückte ganz fest seine Hand. »Was würde ich nur ohne Freunde wie dich und Blair tun?«, fügte sie hinzu.

★ Kapitel 11 ★

Pech für Matt

Abbi und Dan rannten durch den Flur zu Matts Spind. »Matt«, rief Abbi keuchend, »Hast du mein Französischheft gesehen?«
Matt versuchte gerade alle seine Schulsachen auf einmal in den Spind zu schieben, aber die Bücher und Papiere glitten schneller wieder vom Bord, als er sie hineinstopfen konnte.
»Nein«, knurrte er. »Ist es weg?«
»Das weißt du ganz genau!«, warf Abbi ihm vor. »Du hast es doch genommen oder etwa nicht?«
Als Matt sich überrascht umdrehte, rutschte sein gesamter Krempel vom obersten Bord des Spinds und landete mit einem dumpfen Aufprall hinter ihm auf dem Boden.
»*Was?*«, rief er. »Dein Französischheft, auf das du gestern so stolz warst? Warum sollte ich dir das denn wegnehmen?«
»Vergiss es!«, schnaubte Abbi. »Sag mir einfach nur, was du damit gemacht hast.«
»Ich dachte, du hättest es abgegeben.« Matt sah völlig verwirrt aus.

»Hab ich auch. Aber der Klassenraum war leer, und deswegen habe ich es auf Monsieur Le Blancs Pult gelegt. Er behauptet, dass er es nie bekommen hat. Also muss nach mir jemand hereingekommen sein und es weggenommen haben.«

»Und wie kommst du auf die Idee, dass ich das gewesen sein könnte?« Matt schaute von Abbi zu Dan.

»Blair Michaels hat mir erzählt, dass du zusammen mit Jenna und Lauren den Plan ausgeheckt hast, mir mein Heft zu klauen.« Abbi hatte die Hände in die Hüften gestützt und funkelte ihn wütend an.

»*Blair Michaels*«, sagte Matt leise und nickte. »Das erklärt natürlich alles.«

»Das erklärt *was?*«

»Du bist doch so clever, Abbi. Find es selber raus! Möchtest du in der Zwischenzeit vielleicht meinen Spind durchsuchen? Hier, meine Tasche kannst du auch gleich haben.« Er warf sie ihr zu.

»Du könntest es ja auch woanders versteckt haben . . .«

»Na klar. Vielleicht bei den Fundsachen? Lass uns gleich mal hingehen und nachsehen!« Matt drehte sich um und eilte mit seinem schnellen Tänzerschritt den Flur entlang. »Ich wundere mich nur, dass *du* diese Geschichte glaubst, Dan«, sagte er verächtlich über die Schulter.

»Das habe ich doch gar nicht gesagt«, verteidigte sich Dan. »Ich möchte Abbi nur helfen, ihr Heft zurückzu-

bekommen. Sonst darf sie nämlich nicht bei der Aufführung mitmachen.«
Sie waren bei dem großen Kasten im ersten Stock angekommen, in dem alle Fundsachen gesammelt wurden. Er enthielt ein unübersichtliches Gewirr von allem möglichen Krempel.
Abbi tauchte hinein und warf Pullover, Schals und einzelne Gymnastikschuhe hinter sich. »Pass bloß auf!«, meinte Matt sarkastisch. »Ich habe gehört, dass ganz unten Kakerlaken sein sollen.«
Abbi richtete sich mit gerötetem Gesicht wieder auf und umklammerte mit einer Hand ihr Französischheft. Wütend wischte sie den Einband ab.
»Du wusstest also genau, wo wir suchen mussten«, sagte sie anklagend.
Matt sah völlig verblüfft aus. »Was – es war wirklich hier?«
»Natürlich. Genau da, wo du es hingelegt hast!«, fauchte Abbi. »Und ich dachte, du wärst mein Freund, Matt.« Vorsichtig blätterte Abbi die Seiten ihres wertvollen Hefts um.
»Das war ich auch.« Matts Stimme klang heiser und bewegt. »Aber Freunde vertrauen sich gegenseitig. Du solltest dir gut überlegen, wem du zur Zeit dein Vertrauen schenkst!« Man konnte seiner Stimme den Ärger deutlich anhören, als er davonging. »Wer weiß, vielleicht läuft hier in der Schule ja tatsächlich ein Blut saugender Vampir frei herum.«

Abbi starrte ihm hinterher. »Er will doch nicht etwa behaupten, dass er mein Heft nicht genommen hat, obwohl er uns direkt hierher geführt hat?«, fragte sie Dan ungläubig.
»Lass uns gehen und nachsehen, ob Monsieur Le Blanc in seinem Zimmer ist!«, antwortete er ausweichend. »Je eher du das Ding abgibst, desto besser.«

★

Blair kam schon wieder zu spät zur Probe, und dieses Mal tobte Mr Steel vor Wut. Heute sollten endlich die Sänger und Tänzer gemeinsam mit den Schauspielern auf der Bühne stehen.
»Dann fangen wir eben ohne sie an«, wetterte Mr Steel. »Wir haben eine Menge zu tun. Abbi, kannst du noch einmal als Mina einspringen?«
»Kein Problem«, meinte Abbi. Inzwischen kannte sie Blairs Text genauso gut wie ihren eigenen. »Aber dürfte ich einen Vorschlag machen?« Abbi holte tief Luft. »Könnte Maeve nicht meine Rolle übernehmen? Wenn Mina und ihr Dienstmädchen gleichzeitig auf der Bühne sind, komme ich sonst ganz durcheinander.«
»Maeve, kennst du den Text und die Positionen des Dienstmädchens?«, fragte Mr Steel schroff.
Maeve kam aus dem Souffleurkasten gekrabbelt und stand nun mit gerötetem Gesicht auf der Bühne. »Ich denke schon«, antwortete sie.

»Okay, versuchen wir's mal!« Mr Steel lief unruhig auf und ab. »Ich hoffe, ihr habt alle etwas aus dieser Erfahrung gelernt und werdet nie vergessen, dass es die ganze Produktion ruinieren kann, wenn einer aus der Truppe zu spät kommt oder gar nicht erst auftaucht!«
Auf der Bühne herrschte atemlose Stille. Abbi spürte, wie ihr die Tränen in die Augen stiegen. Sie hatte nicht gewollt, dass Mr Steel wieder auf Blair herumhackte. Dass sie nicht hier war, hatte bestimmt einen wichtigen Grund. Trotzdem musste sie Mr Steel Recht geben. Es war schwer, ein Stück auf die Bühne zu bringen, wenn die Schauspieler gezwungen waren, ständig ihre Rollen zu tauschen.

★

Maeve spielte ihre Rolle als Dienstmädchen sehr gut. Sie hatte sich Abbis Gesten und Blicke in den komischen Szenen mit Dan genau eingeprägt.
Doch Abbi bemerkte es kaum. Sie ging völlig darin auf, die Mina zu spielen – als Partnerin von Jake, dessen beeindruckender Dracula kaum wieder zu erkennen war. Abbi spürte, wie viel entspannter Jake war, wenn er nicht mit Blair spielen musste.
Als es Zeit für den Auftritt der Sänger und Tänzer war, blinzelte Abbi, als würde sie gerade aus einem wunderbaren Traum erwachen.

Sie hörte, wie Jenna Marcia zuflüsterte: »Wünsch uns Glück! Mr Steel hat unsere Choreografien noch gar nicht gesehen, weil wir bis jetzt nur im Tanzstudio geprobt haben.«

Am liebsten hätte Abbi Jenna ermutigend die Hand gedrückt, aber da war diese unüberwindliche Kluft zwischen ihnen. Jenna blickte nicht einmal in ihre Richtung, als die Tänzer auf die Bühne strömten.

Sie waren in zwei Gruppen geteilt: Matt und seine Fledermäuse, Wölfe und Spinnen verkörperten die dunklen Mächte, Jenna und ihre Gruppe stellten die jungen Leute aus dem Ort dar. Jeder Tanz war ein Duell, bei dem die Kräfte des Guten gegen die Kräfte des Bösen kämpften.

Jennas Gruppe trug feuerrote Trikots und wirbelte beim Tanzen seidene Banner durch die Luft, die wogten und flackerten wie Flammen. Sie schlugen die unheimlichen Spinnen, die knurrenden Wölfe und die im Sturzflug herabsausenden Fledermäuse in die Flucht. Als die Szene vorbei war und die Bühne dunkel wurde, heulte der Chor wie eine Schar besiegter Wölfe.

Mr Steel stand auf und applaudierte begeistert. »Das ist ein phantastischer Effekt!«, rief er. »Okay – Sänger, jetzt seid ihr dran! Wir könnten aus unserem Stück glatt ein Erfolgsmusical machen!«

»Lauren hat ein Solo«, flüsterte Dan. »Sie hat es selber geschrieben.«

Abbi schluckte. Davon hatte sie gar nichts gewusst. Wie mutig von Lauren, wo sie doch immer so großes Lampenfieber hat, dachte Abbi.
Wie gerne würde ich ihr sagen, dass ich ihr alles Gute wünsche und wie sehr ich sie und Jenna vermisse.
Abbi verspürte einen schmerzlichen Stich, als sie merkte, wie sehr ihr die Nähe der anderen fehlte. Und sie ertappte sich dabei, wie sie dort in der Dunkelheit stand und ihrer Freundin ganz fest die Daumen drückte.
Lauren stand in der Mitte der Bühne. In der richtigen Aufführung wäre jetzt ein Scheinwerfer mit weißem Licht direkt auf sie gerichtet und der Rest des Chors würde sich langsam in den Hintergrund zurückziehen.
Abbi drückte so fest die Daumen, dass es weh tat. Laurens Lied passte perfekt zum Stück, aber Abbi wusste, dass es auch die Probleme mit ihren Eltern beschrieb.
Als sie geendet hatte, klatschte Mr Steel wieder. »Dieses Lied bringt mich auf eine Idee«, sagte er. »Wie wär es, wenn dich die Tänzer der dunklen Mächte umrunden, während du singst. Und am Schluss hebt Matt dich hoch und trägt dich davon – zu der schönen Dame in Weiß, die nun ein Vampir ist. Versuchen wir's mal!«
»Die beiden geben ein hübsches Paar ab«, bemerkte

Blair, während sie von den Kulissen aus zuschauten. Sie war mitten in der Probe der Tänzer aufgetaucht. Abbi fragte sich, ob Blair das ironisch gemeint hatte. Hoffentlich nicht. Denn für Lauren war gerade ihr größter Traum in Erfüllung gegangen – in Matts Armen davongetragen zu werden. Sie hoffte von ganzem Herzen, dass weder Blair noch irgendjemand sonst ihrer Freundin diesen Moment verdarb.

»Abbi, du hast die Mina heute sehr gut gespielt«, lobte Mr Steel, als sich nach dem Ende der Probe alle Mitwirkenden zur Besprechung mit dem Regisseur auf der Bühne versammelten. »Dank dir hatten wir eine gute – nein, eine großartige – Probe!« Dann wandte er sich an Blair. »Und nun habe ich nur noch eines zu sagen: Jeder, der ab jetzt fehlt oder zu spät kommt, ist ein für alle Mal raus aus der Show!«

»Hört, hört! Der große Mr Steel hat gesprochen«, sagte Blair spöttisch, während sie das Theater verließen. Als sie sich zu Abbi umwandte, lag ein seltsamer Ausdruck in ihren Augen. »Ach, und übrigens vielen Dank, dass du für mich eingesprungen bist.«

Abbi spürte einen dicken Kloß im Hals. Ich hoffe, es wird nicht wieder nötig sein, hätte sie am liebsten gesagt.

Sie sehnte sich danach, Jenna und Lauren zu umarmen und ihnen zu ihren Rollen im Musical zu gratulieren. Die beiden verließen gerade zusammen die Bühne – die große, anmutige Jenna und Lauren, die auf Wolken zu schweben schien. Warum habe ich nur ihre Freundschaft verloren, fragte sich Abbi unglücklich.

★

Lauren ging ganz benommen nach Hause. In Gedanken erlebte sie wieder und wieder diesen unglaublichen Moment – erst ihr Lied, das durch das Theater strömte, und dann Matts Arm um ihre Taille, der sie hochhob, als wäre sie so leicht wie eine Feder.

»So wie heute habe ich dich noch nie singen hören!«, hatte er ihr zugeflüstert.

Das stimmte. Sie hatte ja auch noch nie mit ihrem ganzen Herzen gesungen.

Lauren schwebte in einem solchen Nebel der Glückseligkeit dahin, dass sie die Gesichter ihrer Eltern kaum wahrnahm, die zu Hause bereits auf sie warteten.

Sie war schon im Begriff, die Treppe hinaufzugehen, als ihr Vater zu ihr sagte: »Lauren, wir müssen mit dir reden.«

Nicht jetzt!, hätte Lauren am liebsten gerufen. Verderbt mir nicht diesen besonderen Moment! Aber sie merkte am Ton ihres Vaters, dass die Sache keinen Aufschub duldete.

»Lauren, Miss Bainbridge hat uns mitgeteilt, dass sie darüber nachdenkt, dir nicht länger Gesangsunterricht zu erteilen«, begann ihr Vater.

»Sie meint, du würdest nicht genug üben!«, fügte ihre

Mutter hinzu, die mit besorgtem Gesicht neben ihm stand.

»Na, dann spart ihr doch eine Menge Geld«, meinte Lauren achselzuckend. Sie wusste, wie teuer private Gesangsstunden waren.

»Lauren! Du weißt genau, dass wir diese Kosten nicht scheuen. Wir sprechen hier über deine Zukunft.« Ihr Vater griff nach ihrem Arm, da Lauren sich zum Gehen gewandt hatte und mit einem Fuß bereits auf der zweiten Stufe stand.

»Nein, das tun wir nicht!«, widersprach Lauren heftig. »Diese Sache mit der Oper war ganz allein eure Idee. Ich habe selber ein Stück geschrieben. Nicht so ein verstaubtes altes Teil, sondern ein Lied über mich. Okay, es ist nicht Mozart, aber ich werde es singen!« Lauren stürmte die restlichen Stufen hinauf und knallte ihre Zimmertür hinter sich zu. Was würden ihre Eltern erst denken, wenn sie wüssten, dass ihre Tochter ein ganzes Leben voller Gesangsstunden gegen eine einzige Gelegenheit, Matt so nahe zu sein wie heute, eintauschen würde.

★

Dan und Abbi standen auf den Stufen der William-S.-Holly und beobachteten, wie Blairs Sportwagen davonfuhr.

»Das war eine tolle Probe«, sagte Dan zufrieden. »Ich

finde, das Dienstmädchen und der Gärtner wirken jetzt richtig lebendig. Er liebt dich, aber du behandelst ihn so abweisend, als wäre er deiner Liebe nicht würdig. Das war großartig!«

»Das ist dein Verdienst. Die Ideen kamen doch alle von dir.« Abbi stieß einen tiefen Seufzer aus. »Oh Dan, ich vermisse die anderen so sehr. Jenna und Matt und Lauren. Es hat mir richtig weh getan, sie heute alle bei der Probe zu sehen.«

»Ich vermisse sie auch«, gab Dan zu.

»Es sieht nicht so aus, als ob wir nach den Proben zu *Dracula* alle wieder zusammenkommen.« Abbi ging langsam die Stufen hinunter und sah dem roten Sportwagen hinterher, der gerade um die Ecke bog. »Blair meint, dass ich inzwischen viel besser spiele – und wenn man eine höhere Ebene erreicht, müsse man immer Leute hinter sich lassen.« Als sie sich bei diesen Worten zu Dan umdrehte, bemerkte sie einen seltsamen Ausdruck auf seinem Gesicht.

»Damit meine ich doch nicht dich, Dan!« Abbi rannte zu ihm zurück. »Uns kann nichts trennen!«

»Das sollte auch besser niemand versuchen!«, knurrte er. »Trotzdem werde ich das Gefühl nicht los, dass es so kommen wird.« Abbi stürmte die Treppe bereits wieder hinunter und hörte nicht, wie Dan hinzufügte: »Ich bin der letzte Freund, den du noch hast, aber ich spüre bereits die eiserne Hand von Blair Michaels, die sich um meine Kehle legt.«

★ Kapitel 12 ★

Was tun?

Abbi bemerkte Blairs leeren Stuhl vor dem beleuchteten Spiegel in der Garderobe. Heute sollten sie lernen, wie man Maske macht.
Wo war sie nur? Wenn Mr Steel herausfand, dass Blair zu spät kam ...
In diesem Moment eilte Mrs Paynter, die Maskenbildnerin, die ihnen das Schminken beibringen sollte, in den Raum. Sie hatte eine große Metallkiste bei sich, die in mehrere Lagen unterteilt war und eine Fülle von Tuben, Tiegeln, Make-up, Bürstchen, falschen Wimpern, Haarteilen und Klebstoff enthielt.
»Jede Rolle in *Dracula* erfordert ein ganz spezielles Make-up«, erklärte sie in forschem Ton. »Ich werde es euch nur einmal zeigen können, also passt gut auf und macht euch Notizen!« Dann baute sie ihr Handwerkszeug in einer ordentlichen Reihe vor sich auf.
Abbi drückte die Daumen, dass Blair eintrudelte, bevor Mrs Paynter auffiel, dass sie fehlte.
»Okay, beginnen wir mit Dracula«, verkündete sie.
Abbi stieß einen erleichterten Seufzer aus. Das gab Blair noch ein paar Minuten Zeit.

»Wir wollen erreichen, dass Dracula bleich und gefährlich aussieht.« Mrs Paynter griff sich eine Tube Make-up, drückte etwas davon auf ein Schwämmchen und tupfte es mit geschickten Bewegungen auf Jakes Stirn.

Jake zuckte zurück. »Bäh! Ich hasse dieses Zeug!«

»Verteilen!«, kommandierte Mrs Paynter ungerührt und drückte ihm das Schwämmchen in die Hand. »Und jetzt werden wir dich in einen bösen Grafen verwandeln, der hunderte von Jahren alt ist!«

Die anderen sahen fasziniert zu, wie sie ihm hohle Wangen, eine lange Nase und einen scharlachroten Mund schminkte. Jake wand sich unbehaglich, als Mrs Paynter sich mit einem dunklen Stift seine Lider vornahm, doch als er die Augen öffnete, wirkte es, als würden sie tief in den Höhlen liegen.

»Du siehst ja Furcht erregend aus!«, hauchte Abbi bewundernd.

Jake lächelte und zeigte seine spitzen Vampirzähne. Die Wirkung war richtig gruselig.

»Gut«, meinte Mrs Paynter und trat ein Stück zurück, um ihr Werk zu begutachten. »Der Trick dabei ist das Spiel von Licht und Schatten auszunutzen. Wer ist der Nächste?«

Sie wandte sich an Dan. »Du spielst den Gärtner, stimmt's? Was für ein wundervolles Gesicht!« Mit festem Griff packte sie sein Kinn und betrachtete ihn eingehend. »Dein Gesicht wird sich im Lauf der Zeit noch

verändern«, erklärte sie Dan. »Und wenn all die anderen Kerle, die sich jetzt für unwiderstehlich halten, längst fett und langweilig geworden sind, wirst du derjenige sein, dem die Frauen zu Füßen liegen.«
Abbi riss überrascht die Augen auf und betrachtete Dans Profil. Der Schwarm aller Frauen? Mit dieser Nase? Diesem Mund?
»Warte«, sagte Mrs Paynter, die Abbis ungläubiges Gesicht bemerkt hatte. »Ich werd's dir zeigen.« Geschickt schminkte sie hier ein paar Schatten, setzte dort ein paar Aufheller. »Ist dir schon mal aufgefallen, dass die entzückendsten Babys sich zu völlig durchschnittlich aussehenden Erwachsenen entwickeln? Wir sind nun mal nicht dafür geschaffen, unser ganzes Leben wie Babys auszusehen. Gerade am Theater brauchen wir Gesichter mit Charakter.«
»So! Was meinst du?« Wieder trat sie ein Stück zurück und betrachtete Dans Gesicht im Spiegel.
Es wirkte wie eine Computeranimation, die Dan in der Zukunft zeigte. Er sah so . . . so kraftvoll aus. Als Abbis und seine Augen sich trafen, blitzte etwas zwischen ihnen auf, das sie zwang, ihren Blick abzuwenden.
»Aber in diesem Stück bist du natürlich nur ein bescheidener Gärtner«, sagte Mrs Paynter und griff zu ihrem Schwämmchen. »Also werden wir dich jetzt ein bisschen unauffälliger schminken.« Nach einer Weile beendete sie ihr Werk mit einer schwungvollen

Handbewegung. »Das war's«, verkündete sie lächelnd.
»Danke«, antwortete Dan grinsend. »Arm und ein bisschen abgerissen – das ist eben mein wahres Ich.«
»Und nun!« Mrs Paynter wandte sich zu dem leeren Stuhl um. »Wo ist Blair Michaels, unser Star?«
Aus der Reihe der Schauspieler, die vor den beleuchteten Spiegeln saßen, ertönte Gemurmel und Murren.
»Sie kommt mal wieder zu spät ...«, verkündete Marcia schadenfroh.
Blair! Nun komm doch endlich!, drängte Abbi im Stillen und drückte wieder einmal die Daumen.
»Blairs Maske ist ziemlich aufwändig. Also – wo ist das Mädchen?«, erkundigte sich Mrs Paynter barsch.
Im Raum herrschte eine unbehagliche Stille. Da hörten sie plötzlich, wie Blair Geordie anbrüllte, den Jungen, der ihren Verlobten spielte.
»Wenn du noch ein einziges Mal über meine Füße stolperst, du Trottel, dann werde ich höchstpersönlich dafür sorgen, dass du niemals ein Engagement an einem professionellen Theater bekommst«, keifte sie lauthals. »Oh!« Sie platzte in die Garderobe und blieb wie angewurzelt stehen, als sie merkte, dass alle sie gehört hatten.
»Verehrtes Publikum, Sie haben gerade gesehen, wie Blair Michaels sich ganz ohne Hilfe von Schminke in ein Monster verwandelt hat«, bemerkte Marcia mit ätzender Schärfe.

Blair warf ihr einen vernichtenden Blick zu und setzte sich.

»Ich ha-ha-hasse sie«, stieß Jake hervor, als er und Dan gemeinsam die Garderobe verließen. Dan fiel auf, dass er jetzt wieder stotterte, und es schien sogar schlimmer zu sein als vorher.

»K-k-k-könntest d-d-du v-v-vielleicht etwas f-f-für m-m-m-mich t-t-tun?« Jake brauchte erbärmlich lange, bis er den Satz herausgebracht hatte. Er reichte Dan einige große, leere Kapseln und ein kleines Fläschchen mit einer roten Flüssigkeit.

»Ich soll bestimmt diese Kapseln mit Theaterblut für dich füllen, nicht wahr?«, sagte Dan. »Kein Problem. Mit den künstlichen Fingernägeln, die sie dir angeklebt haben, kannst du wahrscheinlich kaum was machen.«

Mrs Paynter hatte Dracula mit langen, gefährlich aussehenden Klauen ausgestattet, die fest an seine eigenen Fingernägel geklebt waren, damit sie auf der Bühne nicht abgingen. Das bedeutete aber auch, dass er sie von jetzt an bis zum Ende der Vorstellung tragen musste.

Jake grinste. »D-d-d-das erspa-spart m-m-mir eine M-m-m-menge Arbeit. D-d-d-danke!«

Dan steckte die Kapseln in seine Tasche. Er hoffte, dass Jake während der Generalprobe seine Selbstsicherheit wieder finden würde. Blairs Gegenwart schien Gift für ihn zu sein.

Abbi blieb mit Blair in der Garderobe zurück, die ihre Maske für die Mina vervollständigte.
»Puh, wie ärgerlich, dass ich beinahe wieder zu spät gekommen wäre.« Blair erwähnte den unangenehmen Vorfall mit keiner Silbe. »Aber warte, bis ich dir den Grund dafür verrate. Ich habe endlich Neuigkeiten wegen deines Vorsprechens . . .«
Sie zog sich geschickt eine Augenbraue nach, beugte sich ein Stück zurück und überprüfte die Wirkung.
Abbi konnte kaum noch still sitzen. Nun rück schon damit raus!, hätte sie am liebsten gerufen.
»Ich war vorhin drüben im Studio«, fuhr Blair fort, »und da habe ich gehört, wie der Produzent sagte, dass er sich jetzt doch entschieden hat, die Rolle neu zu besetzen. Den Namen der Schauspielerin darf ich dir leider immer noch nicht sagen.« Sie lächelte Abbi im Spiegel zu. »Das wäre unprofessionell. Aber ich habe ihm dein Foto gegeben, und er hat gesagt, er würde dich anrufen.«
»Was meinst du, wann er sich meldet?«
»Im Januar beginnen die Dreharbeiten für die neuen Episoden von *Mein Leben*«, meinte Blair achselzuckend. »Er könnte also jeden Tag anrufen.«
Sie legte weißen Puder auf und drehte sich dann zu Abbi um. »Aber du darfst es niemandem sagen«, mahnte Blair. »Ich würde furchtbaren Ärger bekommen, wenn sie herausfinden, dass ich diese Information weitergegeben habe.«

»Das werde ich nicht«, versprach Abbi. Dabei hätte sie es Dan so gerne erzählt.
Blair war eben etwas Besonderes. Deswegen musste man auch schon mal ein Auge zudrücken, wenn sie zu spät zu den Proben kam – schließlich war sie immer mit so wichtigen Dingen beschäftigt!

★

Später, während der Probe, griff Blair hinter der Bühne nach Dans Arm. »Ich muss mit dir reden«, flüsterte sie ihm zu.
»Okay«, flüsterte Dan zurück. »Treffen wir uns doch in der Pause in der Kantine.«
»Nein, das ist keine gute Idee. Abbi wird auch dort sein.« Blair zog ihn auf die Seite. »Ich bin vorhin zu spät gekommen, weil ich draußen bei den Studios war, wo *Mein Leben* gedreht wird. Ich habe zufällig gehört, dass sie einen Jungen für eine Nebenrolle suchen, und da habe ich dich vorgeschlagen. Die Aufnahmen dauern nur zwei Tage.«
»Oh . . .« Dan verschlug es die Sprache. Was hatte Blair jetzt wieder vor?
»Das Vorsprechen ist morgen früh. Ich glaube, du hast gute Chancen, die Rolle zu bekommen. Du bist nämlich wie geschaffen für das Fernsehen, Dan.«
»Und warum möchtest du nicht, dass Abbi davon erfährt?«, fragte Dan misstrauisch.

»Es ist mir schrecklich peinlich, aber ich hatte Abbi versprochen, dass sie für eine Rolle in *Mein Leben* vorsprechen könnte, und jetzt sieht es aus, als ob die ganze Sache ins Wasser gefallen ist. Sie wird am Boden zerstört sein!« Blair reichte ihm eine Visitenkarte. »Der Name des Produzenten steht hier drauf. Sag ihm einfach, dass ich dich geschickt habe, und erzähl Abbi, dass du über jemand anderen davon erfahren hast!«
Dan nahm die Visitenkarte. »Ich habe nicht gerne Geheimnisse vor meinen Freunden«, wandte er ein.
»Aber du *musst* es für dich behalten!«, beharrte Blair. »Abbi wird sonst furchtbar enttäuscht sein, weil du zum Vorsprechen eingeladen worden bist und sie nicht.«
»Warum hast du ihr überhaupt Hoffnungen gemacht, wenn die Sache noch gar nicht sicher war?«
»Bis ich ihr Foto abgegeben hatte, *war* es eine sichere Sache . . .« Blair schaute unbehaglich zu Boden.
»Und . . .?«, hakte Dan nach.
»Du machst es mir wirklich schwer. Sie haben gesagt, dass Abbi zu groß und zu, zu . . .«
»Zu dick für die Rolle ist?«, beendete Dan ihren Satz.
»Ja«, murmelte Blair. »Verstehst du jetzt, warum du es ihr nicht sagen darfst?«
»Ich verstehe . . .« Dan blickte Blair forschend an. »Aber es war nett von dir, dass du ihr Foto eingereicht hast.«
»Ich weiß, wie grausam das Filmgeschäft ist!«, sagte

Blair. »Sie nehmen keine Rücksicht auf die Gefühle der Schauspieler. Da heißt es einfach nur: zu dick, zu klein, zu alt, die falschen Haare . . .«
»Danke, dass du an mich gedacht hast.« Dan tippte auf die Visitenkarte. »Aber daraus wird nichts. Für morgen ist doch die technische Probe angesetzt.«
»Wie schade.« Blair legte ihren blonden Kopf schief. »Sie zahlen ziemlich ordentlich für eine Rolle wie diese.«
Dans Augenbrauen schossen bis zum Haaransatz hoch. Er dachte an all die Dinge, die er mit diesem Geld kaufen konnte. »Wie soll ich es denn bis zu den Studios schaffen, vorsprechen und rechtzeitig zur technischen Probe wieder hier sein?«
»Kein Problem«, winkte Blair ab. »So weit weg ist das gar nicht. Die Adresse steht auf der Karte.«
»Und du bist sicher, dass sie gut zahlen?«
»Natürlich.« Blair sah zu ihm auf. »Im Fernsehen kann man das ganz große Geld machen.«
Dan starrte sie nachdenklich an. Er traute Blair nicht, aber wenn auch nur die kleinste Chance bestand, dass sie die Wahrheit sagte, musste er die Gelegenheit nutzen. Er brauchte das Geld dringend.
»Okay.« Dan gab sich einen Ruck. »Und danke.«
»Du gehst also hin? Wunderbar.« Blair strahlte wieder. »Du hast genug Zeit, hin- und wieder zurückzufahren, bevor die technische Probe beginnt. Aber erzähl's bloß nicht Abbi.«

Dan hasste es, Geheimnisse zu haben, aber Blair hatte Recht. Als er Abbi entdeckte, die mit gerötetem Gesicht und erhitzt von der Szene, die sie gerade gespielt hatte, hinter die Bühne geschwebt kam, wusste er, dass er es ihr nicht verraten durfte. Sie wäre zutiefst verletzt, wenn sie wüsste, was der Produzent über sie gesagt hatte. Falls morgen nichts Unvorhergesehenes passierte, brauchte sie nie etwas von seinem Vorsprechen zu erfahren. Und wenn doch, würde er schon einen Weg finden, es ihr zu erklären.
Dan schüttelte sich. Was passierte da mit ihm? Blair wollte doch nur, dass er so dachte – dass dies seine große Chance war und Abbi überhaupt nicht zählte.
»Das große Geld!«, sagte Dan leise zu sich selbst. Damit konnte er die drei Monate Mietrückstand bezahlen, die sie dem Vermieter schuldeten. Er hatte ihnen gedroht, sie auf die Straße zu setzen. Und vielleicht würde er auch noch andere Rollen bekommen. Blair hatte gesagt, er sei wie geschaffen fürs Fernsehen – vielleicht hatte sie ja Recht.
»Mach dir doch nichts vor!«, stöhnte Dan. »Sie werden wahrscheinlich auch zu dir sagen: ›Zu klein, zu mager und außerdem noch abstehende Ohren – verzieh dich!‹«
»Aber ich habe keine Wahl«, murmelte er leise vor sich hin. »Ich brauche das Geld unbedingt.«

★ Kapitel 13 ★

Ein langer Weg

Dan stopfte seine Uhr mit dem zerrissenen Armband in die Hosentasche und stürzte aus der Tür. Jemand hatte ein Schild mit der Aufschrift *Wohnung zu vermieten* in den Vorgarten des heruntergekommenen alten Hauses gerammt, in dem er mit seinem Vater wohnte. Also stimmte es doch – der Vermieter wollte sie tatsächlich am Ende des Monats aus der Wohnung werfen!
Er musste unbedingt zu diesem Vorsprechen beim Fernsehen. Und wenn er die Rolle bekam, würde er nach Hause kommen und das Schild eigenhändig herausreißen!
An der Straßenecke sprang Dan auf den anfahrenden Bus. Es war nicht leicht gewesen, das Fahrgeld für die Hin- und Rückfahrt zusammenzubekommen, aber es würde gerade reichen.
Die Fernsehproduktionsfirma war am anderen Ende der Stadt. Dan fuhr zuerst mit dem Bus zum Bahnhof, dann mit dem Zug zur Endstation und von dort wieder mit dem Bus zu einem alten Industriegelände.
Die Büros der Firma befanden sich in einem renovier-

ten Fabrikgebäude mit sandgestrahlten Backsteinwänden.
Dan blickte auf seine Uhr. Er hatte über eine Stunde gebraucht, um hierher zu kommen. Das hieß, er musste vor zwölf wieder im Bus sitzen, um rechtzeitig zur technischen Probe zurück zu sein.
Im Inneren des Gebäudes führte eine elegante Metalltreppe hinauf zu einer Empfangshalle mit Marmorfußboden und einem geschwungenen Schreibtisch. An den Wänden hingen Fotos der bekannten Schauspieler aus *Mein Leben* – natürlich auch Blair als Jackie. Eine kühl wirkende Empfangssekretärin warf einen Blick auf die Visitenkarte, zuckte leicht zusammen, als er Blairs Namen erwähnte, und führte ihn zu einem kleinen, fensterlosen Warteraum.
»Nimm doch Platz!«, sagte sie. »Ich werde Mr Mercantros sagen, dass du da bist.«

★

Abbi hatte lange geschlafen und wurde vom Geräusch der Türklingel geweckt.
»Da ist irgendeine Blair für dich«, rief Joe und kam in ihr Zimmer gepoltert. »Sie will raufkommen.« Er hüpfte auf Abbis Bett. »Mrs Thomas ist schon hier«, stöhnte er. »Kannst du ihr nicht sagen, dass sie mich nicht zwingen soll, diesen ekligen Haferschleim zu essen?«

Aber Abbi hörte ihm gar nicht zu. Blair war an der Tür! Sie raste zur Gegensprechanlage, drückte auf den Knopf und rief atemlos: »Blair, komm doch rauf!« Dann hetzte sie zurück in ihr Zimmer, um sich in ihre Klamotten zu stürzen. Sie würde ihr bestes weißes Hemd und die neuen Jeans anziehen . . .
Blair, die kurz darauf durch die Tür getänzelt kam, sah aus wie ein Model aus einer Modenschau im Fernsehen.
»Wow!«, keuchte Joe, der ausnahmsweise sprachlos war.
»Ich dachte, wir könnten vielleicht vor der technischen Probe noch zum Brunch ausgehen«, meinte Blair. »Natürlich nur, wenn du Zeit hast.«
Eigentlich hatte Abbi ihrer Mutter versprochen, ihr Zimmer aufzuräumen, im Wohnzimmer Staub zu wischen und Mrs Thomas zu helfen, auf Joe aufzupassen.
»Na, klar«, japste sie. »Ich hab sonst nichts vor.«
Sie rief Mrs Thomas und Joe ein kurzes »Tschüss!« zu, griff sich ihre Tasche und folgte Blair nach unten.
Es war kaum zu glauben, aber Blair war mit dem roten Sportwagen gekommen. »Das ist Dominique, der Freund meiner Mutter«, stellte ihr Blair den Mann hinter dem Steuer vor. »Manchmal fährt er uns durch die Gegend.«
Abbi fühlte sich, als wäre sie direkt ins Paradies versetzt worden. Und dieses himmlische Gefühl hielt

während der ganzen Fahrt zu einem Restaurant in der Stadt an, obwohl Blair vorne saß und Abbi zusammengekrümmt auf dem winzigen Rücksitz ausharren musste.

Die Tische des Restaurants waren mit teurem, weißem Leinen gedeckt und auf jedem stand eine rote Rose in einer schmalen Vase. Abbi ging dreimal zum Brunchbuffet. Dort gab es frische, heiße Croissants und köstliche schokoladenüberzogene Erdbeeren.

»Bist du sicher, dass du nicht mehr kannst?«, erkundigte sich Blair.

»Ich bin bis oben hin voll gestopft«, seufzte Abbi selig. »Lebt man so, wenn man ein Fernsehstar ist?«

»Na ja, ein Frühstück wie heute kann ich natürlich nicht jeden Tag verdrücken«, antwortete Blair lachend. Dabei hatte sie nur eine Scheibe Melone, ein Croissant und ein Glas Orangensaft zu sich genommen. »Ich würde im Handumdrehen eine Tonne wiegen!«

Schuldbewusst dachte Abbi an die schokoladenüberzogenen Erdbeeren.

»Hast du heute Morgen schon mit Dan gesprochen?«, fragte Blair beiläufig und schnupperte an der Rose.

»Nein«, erwiderte Abbi. »Warum?«

»Ach, nur so.« Blair zwirbelte den Stängel der Rose zwischen ihren Fingern hin und her. »Er hat mir erzählt, dass er heute Morgen etwas furchtbar Wichtiges vorhat, aber er wollte mir nicht sagen, was es ist. Ich dachte, er hätte es dir vielleicht verraten.«

»Nein.« Abbi schüttelte verwundert den Kopf. Normalerweise erzählte Dan ihr doch immer alles.
»Macht ja nichts.« Blair stellte die Rose wieder in die Vase. »Wir werden es bestimmt noch herausfinden. Hast du Lust auf einen kleinen Einkaufsbummel? Ich habe immer solche Probleme, Sachen in meiner Größe zu finden«, seufzte sie. »Meistens muss ich in die Kinderabteilung gehen.«
»Einkaufen? Ich . . . äh . . . ich habe gar kein Geld dabei«, druckste Abbi verlegen herum.
»Nicht mal Kreditkarten?«, fragte Blair in einem Ton, als wäre es völlig abwegig, ohne Geld aus dem Haus zu gehen. »Ist schon okay«, fügte sie achselzuckend hinzu. »Wir haben sowieso nicht mehr viel Zeit, bevor die technische Probe beginnt. Stell dir bloß mal das überraschte Gesicht von Mr Steel vor, wenn ich ausnahmsweise mal rechtzeitig da bin!«

★

Dan zog seine Uhr aus der Tasche und starrte darauf. Schon elf Uhr. Im Warteraum der Fernsehgesellschaft schien die Zeit förmlich dahinzukriechen. Wenn er nicht bald vorsprechen konnte, musste er unverrichteter Dinge wieder gehen! Es durfte einfach nicht wahr sein, dass er den ganzen Weg umsonst gemacht hatte.
Dan stand auf und tigerte nervös durch den Raum.

Warum kam denn nicht endlich mal jemand? Schließlich öffnete er die Tür und ging durch den Flur, der mit teurem Teppichboden ausgelegt war, zurück zum Schreibtisch der Empfangsdame. Dort war niemand.
Dan wartete. Er warf einen flüchtigen Blick auf den Schreibtisch, um zu sehen, ob dort eine Nachricht wegen seines Vorsprechens lag. Ein Zeitplan – irgendetwas!
Blairs Name auf dem Kopf eines Schreibens erregte seine Aufmerksamkeit. Es schien eine Art Hausmitteilung zu sein – vielleicht war es ja das, was er suchte. Dan schlich um den Tisch herum, damit er sie lesen konnte.
Er hatte das Gefühl, seine Füße würden am Teppich festfrieren, als er die Nachricht las:

STRENG VERTRAULICH
Blair Michaels und ihr Agent sind davon in Kenntnis gesetzt worden, dass ihre Rolle in *Mein Leben* ausläuft. Der Vertrag wird nicht verlängert. Jackie wird bei einem Bootsunglück ums Leben kommen . . .
Dan überflog den Rest der Seite. Sein Blick blieb an dem Satz hängen: Das zunehmend erwachsenere Aussehen von Miss Michaels hat uns zu dieser Entscheidung gezwungen.

Blair verlor also ihre Rolle in der Serie, weil sie zu alt aussah! Sie hatte gar nicht mehr den Einfluss, ihm oder jemand anderem ein Vorsprechen zu verschaffen. Der Produzent hatte wahrscheinlich vergessen, dass er überhaupt hier war. Die ganze Sache war eine einzige Lüge gewesen – ein abgekartetes Spiel. Aber warum?

Dans Blick schweifte ärgerlich durch die elegante Eingangshalle. Dabei fiel sein Blick auf eine große Wanduhr, die keine Ziffern hatte, sondern nur goldene Zeiger auf schwarzem Grund.

Das war doch nicht möglich! Es sah aus, als ob die Uhr zwanzig nach zwölf anzeigte. Das konnte einfach nicht sein!

Dan zog seine Uhr aus der Tasche. Die Zeiger standen immer noch auf elf Uhr. Er schüttelte sie. Seine Uhr war stehen geblieben, und diese hier ging richtig! Er würde zu spät zur technischen Probe kommen! Dan spürte, wie ihn Wellen von Ärger und Panik überfluteten. Blair hatte ihn reingelegt – genau wie die anderen auch!

Die Eingangshalle mit ihrem edlen Marmorboden lag immer noch verlassen da. Dan blickte wieder zum Schreibtisch und entdeckte ein Faxgerät, das darauf stand. Kurz entschlossen schob er die Mitteilung hinein und drückte auf COPY.

In diesem Moment öffneten sich die großen Türen am anderen Ende der Halle und Dan hörte laute Stimmen.

»Bitte sorgen Sie dafür, dass ich heute noch eine Ver-

bindung nach New York bekomme, Miss Dickens. Ich möchte dieses Geschäft so schnell wie möglich unter Dach und Fach bringen!«
Der Brief knatterte immer noch durch das Fax. Dan streckte die Hand aus. Sollte er auf die Kopie warten oder lieber wegrennen? Angespannt und wachsam lauschte er auf die Stimmen.
»Ja, Mr Mercantros, ich werde mich sofort darum kümmern.«
Dan war im Begriff loszurennen.
»Oh, Moment – da wäre noch eine andere Sache . . .«
Die schweren Doppeltüren aus Holz schwangen lautlos wieder zu. Die Stimmen drangen jetzt nur noch gedämpft nach draußen.
Die Kopie schaute bereits ein Stückchen aus dem Fax hervor, und Dan juckte es in den Fingern, sie einfach herauszuziehen. Noch eine Sekunde, zwei . . .
Seine Augen waren fest auf die Tür geheftet. Mr Mercantros sagte gerade mit lauter Stimme: »Sagen Sie dem Jungen, ich hätte jetzt keine Zeit!«
Dan schnappte sich die Kopie und rannte, ohne sich noch einmal umzusehen, die Metalltreppe hinunter und auf die Straße. Wenn die Empfangssekretärin das Original der Mitteilung im Faxgerät entdeckte, würde sie bestimmt zwei und zwei zusammenzählen und ihm hinterherjagen.
Er raste den ganzen Block entlang bis zur Haltestelle, doch auf der kalten, windigen Straße war kein

Bus zu sehen. Und selbst wenn sofort einer käme, würde er es niemals rechtzeitig zur William-S.-Holly schaffen.

★

»Ich frage mich, warum Dan noch nicht hier ist«, meinte Abbi verwundert. »Es ist schon fast halb eins.« Sie hatte hinter der Bühne nachgesehen, in der Garderobe und sogar oben in der Beleuchterkabine – aber keine Spur von Dan.

Die Technikcrew war noch mit der Beleuchtung beschäftigt, und die vertraute Bühne mit den Kulissen für *Dracula* wimmelte von Leuten und war ein einziges Chaos.

»Dan ist doch sonst immer so früh dran«, sagte Abbi zu Blair. »Ich glaube, ich werde ihn mal anrufen.«

Als sie ein paar Minuten später vom Münzfernsprecher zurückgerannt kam, lag ein alarmierter Ausdruck auf ihrem Gesicht. »Sein Telefon ist abgestellt!«, rief sie keuchend. »Ich frage mich, was da los ist.«

Blair schaute sie verwundert an. »Das ist ja merkwürdig«, meinte sie. »Vielleicht hast du dich verwählt.«

»Nein, ich habe es dreimal probiert«, widersprach Abbi. »Schau, es ist schon halb eins. Ich werde bei Dan vorbeigehen – er wohnt nur ein paar Straßen von hier. Ich weiß, dass er niemals zu spät kommen würde, wenn ihm nicht etwas passiert wäre.«

Blair schüttelte verzweifelt den Kopf. »Oh, Abbi. Ich glaube, du bist zu vertrauensselig.«

»Wie meinst du das?«, wollte Abbi wissen. »Dan würde mich nie im Stich lassen. Er ist mein bester . . .« Sie brach ab und wurde über und über rot. »Ich bin gleich zurück.«

Abbi schnappte sich ihre Jacke und rannte über den ansteigenden Boden des Zuschauerraums nach draußen. Es hatte über Nacht gefroren, und auf dem Pflaster war stellenweise Eis. Vielleicht war Dan ja auch gerannt und dabei ausgerutscht.

Bis zu Dans Haus war es ein guter Kilometer, aber Abbi rannte den ganzen Weg. Sie musste es hin- und zurückschaffen, bevor die technische Probe begann.

★

Dans Bus fuhr langsam in den Busbahnhof ein. Die große Uhr dort zeigte Viertel vor eins. Er würde es auf keinen Fall rechtzeitig zur Schule schaffen.

Verzweifelt durchsuchte Dan seine Taschen. Wenn er doch wenigstens ein bisschen Kleingeld hätte – dann könnte er in der Schule anrufen und Bescheid sagen. Aber er hatte sein ganzes Geld für die Busfahrt ausgegeben.

In seinen Taschen herrschte gähnende Leere – bis auf

die Kapseln mit dem blöden Theaterblut, die er für Jake gefüllt hatte. Wenn er es nicht rechtzeitig zur Probe schaffte, musste Jake auch noch auf sein künstliches Blut verzichten, das er für den Biss in Blairs Hals brauchte.

Dan schaute sich verzweifelt auf dem Busbahnhof um. Wenn die blöde Uhr doch bloß aufhören würde zu ticken! Er konnte sich Mr Steels versteinerten Gesichtsausdruck genau vorstellen, wenn er versuchte ihm zu erklären, was passiert war. Und Abbi! Sie würde herausfinden, wo er gewesen war. Das würde sie ihm nie verzeihen!

Er musste *irgendetwas* tun! Er konnte nicht einfach dort rumstehen und Blair gewinnen lassen.

★ Kapitel 14 ★

Zweifelhafte Methoden

Abbi kam auf dem vereisten Bürgersteig schlitternd zum Stehen. Das konnte doch nicht Dans Haus sein – schäbig, heruntergekommen und mit einem Schild *Wohnung zu vermieten* im Vorgarten.

Nach ihrem schnellen Lauf versuchte Abbi erst mal wieder zu Atem zu kommen. Lombard Street 67 – diese Adresse stand auf Dans sämtlichen Heften. Es *musste* hier sein!

Sie marschierte die wackeligen Stufen hinauf und überflog die Namen an den Klingeln. Dort waren drei Kärtchen angebracht. Auf dem obersten stand in Dans sauberer Schrift der Name Reeve.

Abbi atmete tief durch und drückte auf die Klingel. Nichts passierte. Sie versuchte es wieder und wieder. »Irgendjemand muss doch kommen«, sagte sie leise zu sich selbst.

Irgendjemand, der ihr erklären konnte, warum dieses Schild im Vorgarten stand. Und warum das Telefon abgestellt und Dan nicht bei der Probe aufgetaucht war! Es schien, als sei er spurlos verschwunden.

Sie musste ihn unbedingt finden, und die Zeit lief ihr davon. Wenn er nicht in ein paar Minuten im Theater auftauchte, war für ihn alles gelaufen. Und für sie auch!

★

Dan stand hilflos auf dem Bahnsteig des Busbahnhofs und starrte auf die Uhr. »Du bist doch Schauspieler«, drang eine leise Stimme durch die verzweifelt kreisenden Gedanken in seinem Kopf. »Also *spiel* gefälligst!«

Blitzschnell zog Dan die Kapseln mit dem unechten Blut aus seiner Tasche. Er nahm eine davon in den Mund und biss kräftig zu.

Die schmierige, rote Flüssigkeit spritzte aus seinem Mund und tropfte ihm über das Kinn auf die Jacke. Wie Dan überrascht feststellte, war sie völlig geschmacklos.

»Hilfe!« Dan stieß einen erstickten, aber dennoch lauten Schrei aus und taumelte vorwärts. Er achtete darauf, so zu fallen, wie sie es beim Bewegungstraining gelernt hatten. Es sah zwar dramatisch aus, aber er landete unverletzt auf dem Boden.

Dan steckte sich zwei weitere Kapseln in den Mund und biss wieder zu. Diesmal floss das unechte Blut in Strömen.

Innerhalb kürzester Zeit hatte sich eine aufgeregte

Menschenmenge um ihn versammelt. »Wir müssen einen Krankenwagen rufen!«, schrie eine Frau.
Und dann ging plötzlich alles ganz schnell.
Niemand sprach mit Dan oder stellte ihm irgendwelche Fragen.
Innerhalb weniger Minuten fand er sich in warme Decken gewickelt auf einer Trage hinten im Krankenwagen wieder. Ein Sanitäter in blauer Jacke war im Begriff, ihm eine Nadel in den Arm zu jagen.
»Warten Sie!« Dan spuckte die Kapseln aus und versuchte vergeblich, sich aufzusetzen. »Keine Spritze, bitte! Mir geht's gut, wirklich!«
»Was?« Der Gesichtsausdruck des Sanitäters wechselte von Erleichterung zu völliger Verblüffung.
Dan holte die letzte gefüllte Kapsel aus der Tasche.
»Das ist nur Theaterblut«, stieß er hastig hervor. »Mir fehlt nichts, aber es geht trotzdem um Leben und Tod. Ich muss so schnell wie möglich zur William-S.-Holly Schauspielschule!«
Der Sanitäter beugte sich vor und sprach durch das Schiebefenster mit dem Fahrer. Dann drehte er sich um und sah Dan mit eisiger Miene an.
»Na, dann schieß mal los, Kleiner!«, forderte er ihn auf. »Ich hoffe, du hast eine gute Erklärung parat!«

★

Die Tür wurde von innen so heftig aufgerissen, dass Abbi beinahe in den düsteren Flur gestolpert wäre.
»Was willst du?«, knurrte eine unfreundliche Stimme.
»Guten Tag, ich bin Dans Freundin Abbi«, stammelte sie. War das etwa Dans Vater? Der Mann hatte graue Haare, ein stoppeliges Kinn und sah aus, als hätte er in seinen Klamotten geschlafen.
»Dan ist nicht hier«, sagte der Mann. »Er ist heute Morgen zu so einem idiotischen Vorsprechen am anderen Ende der Stadt gefahren. Träumt wohl vom großen Geld, der Junge. Ich hab ihm gesagt, das wär 'ne reine Verschwendung von Fahrgeld, aber nein, er musste ja unbedingt los.«
»Ein . . . ein Vorsprechen?«, fragte Abbi erstaunt. »Sind Sie sicher, dass er nicht die Probe gemeint hat?«
»Nee! Er hat mir erzählt, er würd jetzt zum Fernsehn gehn und jede Menge Kohle scheffeln. Ich muss die Tür zumachen. Is kalt da draußen.«
Und damit schlug er Abbi die Tür vor der Nase zu. Sie drehte sich um und rannte davon. Die Stufen hinunter und den glatten Bürgersteig entlang – zurück zur Schauspielschule. Dan war bei einem Vorsprechen? Was hatte das zu bedeuten?

★

»Ich nehme an, es bedeutet, dass ihm unsere Aufführung total egal ist«, sagte Blair.
»Sein Vater hat mir erzählt, dass er zu einem Vorsprechen gefahren ist. Ich kann's einfach nicht glauben!« Abbi schritt unruhig in der Garderobe auf und ab, ihr Gesicht war von dem schnellen Lauf durch die Stadt immer noch gerötet.
»Du solltest besser dein Make-up auflegen«, rief ihr Marcia zu, die gerade den Kopf durch die Tür gesteckt hatte. »Mr Steel hat gesagt, dass er unsere Maske im Scheinwerferlicht überprüfen will.«
»Aber wo hat dieses Vorsprechen stattgefunden?«, murmelte Abbi vor sich hin. »Und woher wusste Dan davon?« Sie ließ sich auf den Stuhl vor dem Schminkspiegel fallen und verbarg das Gesicht in den Händen.
»*Sie* hat es mir gesagt«, ertönte auf einmal eine Stimme von der Tür.
Erschrocken sah Abbi auf.
Plötzlich erschien hinter ihr im Spiegel eine Gestalt, deren Gesicht und Jacke blutverschmiert waren. Die Haare standen ihr wild vom Kopf ab und die Augen funkelten vor Wut. Ein knochiger Finger zeigte direkt auf Blair.
»Sie war es!«, krächzte die Gestalt noch einmal und brach dann auf einem Stuhl zusammen.
»Dan!«, quietschte Abbi entsetzt. »Was ist passiert? Du bist ja verletzt!«

»Keine Angst, das ist nur falsches Blut. Genauso falsch wie das angebliche Vorsprechen. Blair hat mich zur Produktionsfirma von *Mein Leben* geschickt – zu einem Vorsprechen, das überhaupt nicht stattgefunden hat. Aber dadurch wäre ich auf jeden Fall zu spät zur Probe gekommen und aus der Show geflogen.«

Abbi starrte die beiden fassungslos an. »Du hast Dan zu einem Vorsprechen für *Mein Leben* geschickt und mir nichts davon erzählt?«, brüllte sie Blair an. »Und du bist *hingegangen* und hast mir keinen Ton gesagt?«, beschuldigte sie Dan. »Und ich bin da draußen in der Kälte rumgerannt, weil ich Angst hatte, dir wäre etwas passiert! Ich dachte, ihr wärt meine Freunde!«

Blair warf den Kopf zurück und kniff ihre Augen zu schmalen Schlitzen zusammen. »Jetzt reg dich doch nicht so auf!«, versetzte sie kühl. »Der Regisseur hat sich dein Foto angesehen und gemeint, du würdest schon zu . . . zu erwachsen aussehen.«

»Du meinst wohl zu dick!«, schrie Abbi. Sie starrte Dan und Blair verletzt an. »Er hat gesagt, ich sei zu fett fürs Fernsehen!«

»Glaub ihr nicht!«, sagte Dan beschwörend. »Wahrscheinlich hat sie dem Regisseur dein Foto nicht mal gezeigt. Sie wollen ein ganz junges Mädchen für die Rolle – eine, die aussieht wie ein Kind . . .«

»Hör auf!«, schrie Abbi ihn an. »Ich will nicht mit dir reden! Ich kann einfach nicht glauben, dass du mir das angetan hast!«

★ Kapitel 15 ★

Schlachtplan

»Ich hab mir fast ein Bein ausgerissen, um dich zu finden«, sagte Abbi anklagend und wischte sich die Tränen aus den Augen. »Blair hatte Recht. Ich bin wirklich zu vertrauensselig.«
»Es tut mir schrecklich Leid!«, beteuerte Dan, als Abbi sich an ihnen vorbeischob, um zu den anderen auf die Bühne zu gehen.
»Was ist denn mit deinem Make-up los, Abbi?«, fuhr Mr Steel sie an, als sie im gleißenden Scheinwerferlicht stand. »Du bist ja so rot wie ein Ziegelstein. Geh zurück in die Maske und tön dein Gesicht mit Puder ab!«
Abbi stolperte von der Bühne. Sie hatte noch gar keine Gelegenheit gehabt, Maske zu machen. Das Rot war allein auf ihre Wut und Verlegenheit und ihren schnellen zehnminütigen Lauf zurückzuführen.
»Jetzt habe ich gar keine Freunde mehr«, flüsterte sie mit erstickter Stimme, während sie weißen Puder auf ihren geröteten Wangen verteilte. »Was bin ich bloß für eine Idiotin gewesen!«
Die technische Probe war mehr oder weniger ein

Spiegel ihrer stürmischen Gefühle. Es funktionierte nämlich überhaupt nichts. Zuerst gab es im Schaltbrett der Beleuchtungsanlage einen Kurzschluss, der das ganze Theater für eine Weile in völlige Dunkelheit tauchte, dann spielte die Nebelmaschine verrückt und produzierte unaufhörlich dicken, grauen Nebel, der allen die Sicht nahm.

Geordie stolperte unglücklicherweise schon wieder über Blair, die daraufhin wutentbrannt von der Bühne stürmte. Und dann platzte auch noch Jakes letzte Kapsel zu früh, sodass die rote Flüssigkeit das Vorderteil von Blairs Kostüm durchnässte.

»Wo sind die anderen Kapseln?«, donnerte Mr Steel. »Wir werden diesen Biss so lange üben, bis er perfekt sitzt!«

Aber das dauerte Stunden. Dan musste zuerst neue Kapseln befüllen, und Jakes Stottern wurde von Minute zu Minute schlimmer. Die anderen Schauspieler saßen zusammen mit den Tänzern und dem Chor genervt hinter der Bühne, während Blair und Jake wieder und wieder den verflixten Biss des Vampirs üben.

Abbi stand etwas abseits und schaute nicht zu den anderen hinüber.

»Was ist denn mit ihr los?«, flüsterte Marcia Dan zu.

Dan blickte zu Abbi. Im Gegensatz zu ihrer sonstigen Lebhaftigkeit wirkte sie so bedrückt, dass er ihren

Anblick kaum ertragen konnte. »Sie hat gerade ihren besten Freund verloren«, murmelte Dan.
»Blair? Das wurde aber auch Zeit!«, erklärte Marcia mit Nachdruck.
Abbi warf Dan einen bitteren Blick zu, als sie für die abschließenden Bemerkungen von Mr Steel hintereinander auf die Bühne traten. Er scheint ja schnell Ersatz für mich gefunden zu haben, dachte Abbi traurig.
»Das war die schlechteste technische Probe, die ich je erlebt habe«, wetterte Mr Steel. »Ich möchte, dass ihr jetzt nach Hause geht, euch morgen ausruht und Montagabend zur Generalprobe wieder hier erscheint. Und zwar fest entschlossen, dass keine der heutigen Katastrophen noch ein einziges Mal passiert!«
Die Darsteller verließen mit hängenden Schultern und gesenkten Köpfen die Bühne.
»Matt, warte!«, rief Dan und rannte hinter ihm her. »Ich möchte ein Treffen einberufen – morgen, bei dir zu Hause.«
»Wieso?« Matt drehte sich um. »Etwa wegen *Dracula?* Wir waren grauenhaft, nicht wahr?«
»Nein, es geht um Blair Michaels«, erklärte Dan. »Können wir uns bei dir im Keller treffen? Jenna, Lauren, du und ich?«
»Klar.« Matt nickte. »Das ist ja wie in alten Zeiten, mit Ausnahme von . . .«

»Mit Ausnahme von Abbi«, erwiderte Dan düster. »Ihretwegen soll das Treffen ja auch stattfinden.«

★

Am Sonntagmorgen führte Matt die anderen in seinen Kellerraum, der mit Postern von Rockmusikern dekoriert war und in dem lauter bequeme, alte Sessel standen. »Okay, Dan«, sagte er, »worum geht's denn?«

»*Dracula* scheint uns irgendwie Unglück zu bringen«, begann Dan. »Keiner von uns ist mehr mit Abbi befreundet, und auch untereinander haben wir kaum noch etwas miteinander zu tun. Habt ihr euch eigentlich schon mal gefragt, wie es dazu gekommen ist?«

Jenna warf ihre schwarzen Zöpfe zurück. »Seitdem Abbi mit Blair rumhängt, ist sie kaum noch zum Aushalten.«

Lauren sagte gar nichts. Sie wollte nicht über ihren Streit mit Abbi sprechen – schon gar nicht vor Matt.

»Mir hat sie vorgeworfen, ich hätte ihr Französischheft geklaut«, meinte Matt empört. »Wie kann sie mir so was nur zutrauen?«

»Blair hat ihr das eingeredet«, erklärte Dan. »Und es war ebenfalls Blair, die Jenna auf den Gedanken gebracht hat, Abbi würde Diät machen und Lauren . . .«

Er fing ihren flehenden Blick auf. »Na ja, die Einzelheiten sind nicht so wichtig. Ich glaube, dass Blair hinter unseren Streitigkeiten mit Abbi steckt. Gestern habe ich nämlich eine ihrer Intrigen am eigenen Leib erfahren.«

Schnell erzählte er ihnen die Geschichte seines Ausflugs zu den Studios der Fernsehproduktionsgesellschaft. »Sie haben mich beinahe aus dem Krankenwagen geworfen, nachdem sie festgestellt hatten, dass es tatsächlich künstliches Blut war«, berichtete er. »Aber dann bekamen sie einen weiteren Notruf. Der Einsatzort lag ganz in der Nähe der Schule, und ich konnte sie davon überzeugen, mich hier abzusetzen. Ich habe in meinem ganzen Leben noch nie so gut gespielt, aber letzten Endes habe ich damit nur erreicht, dass ich nun doch bei der Aufführung dabei sein kann. Aber Abbi ist nach wie vor der Meinung, dass ich sie getäuscht habe.«

»Ich glaube, du hast Recht«, rief Jenna mit blitzenden Augen. »Blair hat uns einen nach dem anderen von Abbi getrennt. Marcia hatte mich schon davor gewarnt, dass sie so etwas versuchen würde. Anscheinend sucht sich Blair immer wieder eine Schülerin aus, die sie bewundert und die völlig nach ihrer Pfeife tanzt. Und wenn sie zu gut wird, lässt Blair sie fallen.«

»Genau das macht sie im Moment mit Abbi«, bestätigte Dan.

»Aber wie können wir sie stoppen?«, fragte Matt.

»Wir sollten sie zur Rede stellen – morgen Abend vor der Generalprobe«, schlug Dan vor. »Wenn ihr alle mitmacht.«

»Und was ist, wenn sie uns einfach auslacht?«, fragte Lauren skeptisch.

»Ich glaube nicht, dass sie das tut.« Dan klopfte auf seine Tasche. »Ich habe nämlich eine Geheimwaffe.«

★

Die gesamte Besetzung von *Dracula* bereitete sich auf die Generalprobe vor. Das ist unsere letzte Chance, dachte Abbi. Morgen ist die Premiere!

»Ehrlich, Abbi, ich hatte keine Ahnung, dass Dan vorsprechen wollte«, beteuerte Blair. »Ich habe wahrscheinlich mal zufällig erwähnt, dass sie noch einen männlichen Schauspieler suchen, aber das ist alles. Dan muss im Studio angerufen haben. Ich hätte ihm gleich sagen können, dass es verrückt war, dort vor der technischen Probe hinzufahren.«

Abbi hatte sich eigentlich geschworen, nicht auf irgendwelche Entschuldigungen einzugehen, aber sie konnte Blairs großen Augen und ihrem unschuldigen Aussehen nicht widerstehen. Vielleicht war sie ja doch eine echte Freundin.

★

»Ich glaube, du hast uns noch nicht ganz verstanden.« Jenna hatte sich vor Blair aufgebaut und stemmte energisch die Hände in die Hüften. »Wir wollen, dass du Abbi beichtest, dass du ihr Französischheft in den Kasten mit den Fundsachen geworfen hast und dass du Dan absichtlich zu einem getürkten Vorsprechen durch die halbe Stadt geschickt hast.« Jenna beugte sich ganz dicht zu ihr.
»Ich weiß überhaupt nicht, wovon du sprichst!« Blair wich immer weiter zurück, bis sie gegen den Schminktisch stieß. »Ich werde Abbi überhaupt nichts erzählen!«
»Dann macht es dir wohl auch nichts aus, wenn wir ihr *das hier* zeigen?« Dan streckte ihr die Kopie der vertraulichen Mitteilung entgegen.
»Wo . . . wo hast du das her?« Blairs Gesicht wurde plötzlich leichenblass. »Los, gib es mir!«
»Nein!«, erwiderte Dan. »Aber ich werde es Abbi geben. Sie sollte wissen, dass sie niemals eine Chance hatte, eine Rolle in *Mein Leben* zu bekommen. Als Ersatz für dich wollen sie jemanden, der aussieht wie ein kleines Mädchen.«
Blair verzog abfällig das Gesicht. »Ihr seid ja so kindisch! Erzählt Abbi doch, was ihr wollt! Sie fing sowieso an, mich zu langweilen.«
»Morgen ist Premiere«, sagte Dan drohend. »Wir erwarten, dass du es ihr vor der Aufführung erzählst! Sonst veröffentlichen wir das hier!«

★ Kapitel 16 ★

Der große Abend

Mr Steel hatte die gesamte Besetzung des Stücks gebeten, zur Premiere frühzeitig im Theater zu erscheinen.

»Da draußen sind jede Menge Leute!« Maeves erschrockenes Gesicht tauchte in den Schminkspiegeln in der Garderobe auf. »Der Zuschauerraum ist schon fast voll!«

Ein furchtsamer Schauder lief durch die ganze Garderobe. Abbi rutschte vor Aufregung der Eyeliner aus, und plötzlich zog sich die eine Augenbraue quer über ihre Stirn. Es war ein merkwürdiges Gefühl, dass Dan nicht in ihrer Nähe war, der sie sonst immer neckte und Witze riss. Er hatte sich schon eher geschminkt und war auf die Bühne gegangen.

In diesem Moment kam Jake durch die Türen der Garderobe gerauscht, sein langes, schwarzes Cape wehte effektvoll hinter ihm her. »Hat irgendjemand B-b-blair gesehen?«, fragte er. »Ich würde g-g-gerne noch mal d-d-die Szene mit ihr proben, wo ich die K-k-kapseln im Mund habe, b-b-bevor ich sie beiße.«

In der Garderobe breitete sich eine unbehagliche Stille aus.
»Blair ist noch nicht hier«, sagte Jenna schließlich. »Aber wir werden ihr ausrichten, dass du nach ihr suchst, Jake.«
In diesem Moment kam Mr Steel durch die Tür.
»Ich bin gekommen, um euch allen Hals- und Beinbruch zu wünschen«, erklärte er. »Und außerdem wollte ich euch mitteilen, dass die Beleuchtungsanlage und die Nebelmaschine heute Abend bestens funktionieren – es müsste also alles glatt gehen . . .« Plötzlich unterbrach er sich und blickte sich in der Garderobe um. »Wo ist Miss Michaels?«
Der Ton seiner Stimme ließ alle erstarren. Sie schauten sich betreten an.
»Es ist zwanzig vor acht«, bemerkte Mr Steel. »Wo ist Blair Michaels? Hat irgendjemand sie heute Abend schon gesehen?«
Niemand traute sich das Offensichtliche auszusprechen. Keiner hatte sie gesehen. Blair kam zu spät.
Abbi umklammerte ihren Stuhl und wartete darauf, dass Mr Steel explodierte.
Stattdessen klang seine Stimme ganz ruhig und gelassen. »Okay. Abbi, lass deine Haare herunter und ändere dein Make-up! Ein bisschen blasser, bitte. Und dann zieh Minas Kostüm für den ersten Akt an! Falls Blair nicht in fünf Minuten hier ist, wirst du an ihrer Stelle auftreten.«

»Mr Steel?« Abbi starrte ihn mit offenem Mund an. »Meinen Sie etwa, *ich* soll die Mina spielen? Das kann ich doch nicht . . .«
»Natürlich kannst du. Zum Glück trägt sie im ersten Akt nur ein Nachthemd – das müsste dir eigentlich passen. Und bis zum zweiten Akt haben wir Minas andere Kostüme für dich geändert.«
»Aber . . .«, stammelte Abbi.
»Ich habe Blair gesagt, dass sie um sieben im Theater sein soll, genau wie ihr anderen auch. Und sie ist nicht hier. Wenn sie bis um Viertel vor acht nicht kommt, wird sie überhaupt nicht auftreten!«
»Aber . . . was ist denn mit der Rolle des Dienstmädchens?« Abbi blickte an ihrem Kostüm herunter – einem schwarzen Kleid mit einer ordentlichen weißen Schürze.
»Maeve, du kannst das Dienstmädchen spielen«, sagte Mr Steel mit fester Stimme. »Und ich werde deinen Platz im Souffleurkasten einnehmen.«
Das glückliche Leuchten, das daraufhin über Maeves Gesicht huschte, erschreckte Abbi. Das durfte doch alles gar nicht wahr sein! Sie stand mit wackeligen Knien auf. »Mr Steel, die Zuschauer dort draußen erwarten Blair Michaels zu sehen. Sie ist ein großer Star . . .«
»Vielleicht ist genau die das Problem«, meinte er trocken. »Das Publikum sollte lieber erwarten, ein Stück zu sehen, und nicht einen Star. Meine Entscheidung

ist unwiderruflich!« Er blickte der Reihe nach in ihre fassungslosen Gesichter. »Euch andere möchte ich bitten zusammenzuarbeiten und Abbi und Maeve so gut wie möglich zu unterstützen. Vorhang in zwanzig Minuten.« Mit diesen Worten wirbelte er herum und knallte die Tür hinter sich zu.

Jenna, Lauren und Matt starrten sich erschrocken an. Das war alles ihre Schuld – ihre und Dans. Blair kam offenbar zu spät, damit sie Abbi nicht die Wahrheit sagen musste.

»Na los, Abbi«, rief Marcia aufmunternd. »Du bist schon so oft für Blair eingesprungen, dass du ihren Text inzwischen besser kennst als sie.« Dann führte sie Abbi zum Umkleideraum der Mädchen, wo alle Kostüme für die Vorstellung hingen.

»Ich kann das nicht tun!«, stöhnte Abbi, während sich Hände ausstreckten, um ihr Haar zu lösen und ihr aus dem Kostüm zu helfen.

»Bist du so weit?« Wieder steckte Mr Steel seinen Kopf durch die Tür.

Abbi schluckte. Kannte sie Blairs Rolle denn wirklich in- und auswendig? Immerhin war Mina fast während des ganzen Stücks auf der Bühne. Oh, Blair, flehte Abbi im Stillen. Bitte, mach unser Stück nicht kaputt! Bitte, bitte komm noch rechtzeitig!

Es kostete Abbi zwei lange Minuten, in Minas Kostüm zu schlüpfen, Puder auf den Wangen zu verteilen und die Treppe hinter der Bühne heraufzurennen, um in den Kulissen zu warten. Bis auf das Lämpchen der Inspizientin in einer Ecke war alles in völlige Dunkelheit gehüllt. Und nun übertönte das erwartungsvolle Raunen des Publikums das aufgeregte Hämmern ihres Herzens.

Mr Steel stand neben ihr und blickte auf seine Uhr. Die Sekunden tickten unerbittlich vorbei. Sieben Uhr dreiundvierzig, sieben Uhr vierundvierzig.

Die ersten Sätze von Minas Text rasten durch Abbis Kopf:

Lucy, Lucy, wo bist du? Was sind das für seltsame Geräusche im Garten? Die Tür steht offen . . . schlafwandelst du wieder? Oh, Lucy, ich habe solche Angst um dich . . . dort draußen ist ein kalter Nebel.

Abbi spürte, wie sich Minas Furcht mit ihrer eigenen vermischte. Wo war Blair? Was war passiert? Warum war sie nicht hier?

»Okay, das war's!«, erklärte Mr Steel mit eisiger Stimme. »Es ist Viertel vor acht. Abbi, du trittst als Mina auf.«

In diesem Moment ertönten leichte Schritte. Jemand lief die Treppe hinauf und stürmte in die Dunkelheit hinter der Bühne. »Wo ist mein Kostüm?« Es war Blair. »Abbi! Man hat mir gesagt, du wärst hier oben. Was machst du da in meinem Kostüm?«, zischte sie.

»Du kommst zu spät, Blair«, sagte Mr Steel und trat einen Schritt vor. »Ich habe dich vor den Folgen gewarnt. Abbi tritt heute Abend an deiner Stelle auf.«

Zuerst war Blair sprachlos. In dem schwachen Licht konnte Abbi erkennen, dass sich ihr schmales Gesicht vor Wut verzerrte. »Sie können doch nicht . . .«, setzte sie an.
»Oh, doch, ich kann! Ich bin der Regisseur.«
»Blair, es tut mir so Leid!«, flüsterte Abbi verzweifelt.
»Ja, Abbi tut es Leid und mir auch und ebenso der gesamten Besetzung«, fügte Mr Steel hinzu. »Wir bedauern es, dass du dieser Aufführung so wenig Respekt entgegenbringst, dass du sogar zur Premiere zu spät auftauchst.«
»Wenn *sie* auftritt«, Blair zeigte auf Abbi, »dann steige ich aus und komme auch nicht zurück. Sie kann meine Rolle haben! Das wollte sie ja sowieso schon die ganze Zeit. Das ist also der Dank – nach allem, was ich für dich getan habe!« Sie schleuderte Abbi die Worte ins Gesicht, drehte sich um und stolzierte die Treppen hinunter.
»Mr Steel?«, sagte Abbi leise und versuchte, nicht in Tränen auszubrechen.
Sogar der Schauspiellehrer wirkte geschockt und starrte Blair hinterher.
»Sie will ganz aus dem Stück aussteigen, das können Sie nicht zulassen!« Abbi umklammerte beschwörend seinen Arm.
Das aufgeregte Raunen auf der anderen Seite des Vorhangs wurde lauter. Mr Steel zog ihn für einen kurzen Blick ein Stück zurück.

»Im ganzen Saal gibt es keinen einzigen freien Platz mehr.« Er atmete tief ein. »Sie freuen sich auf eine gute Vorstellung, und wir werden ihnen eine gute Vorstellung bieten! Es hängt jetzt ganz von dir ab, Abbi!«
Die Sänger marschierten im Gänsemarsch auf die Bühne, um ihre Plätze einzunehmen. Lauren drückte kurz Abbis Hand, als sie an ihr vorbeiging. »Du schaffst das!«, flüsterte sie ihr zu. Abbi schnappte überrascht nach Luft. Es war seit Wochen das erste Mal, dass Lauren mit ihr gesprochen hatte.
»Ich muss jetzt rüber zum Souffleurkasten«, sagte Mr Steel. »Sobald der Chor mit dem Wolfsgeheul einsetzt, überquerst du die Bühne und legst dich ins Bett. Wenn sich der Vorhang hebt, setzt du dich auf, zündest die Kerze an und beginnst, deinen Text zu sprechen. So weit alles klar?«
Abbi wusste, was sie zu tun hatte. Schließlich kannte sie das Stück von vorne bis hinten. Wenn sie doch bloß dieses Gefühls lähmender Angst loswerden könnte. Ihre Zunge fühlte sich an, als sei sie am Gaumen festgeklebt, und ihre Knie zitterten.
In der Dunkelheit griff eine weitere Hand nach ihrer. Abbi spürte, wie sich Jakes lange Fingernägel in ihre Handfläche pressten. »Ich bin so froh, dass du an Stelle von Blair auftrittst.« Jake hatte sich hinabgebeugt, um ihr ins Ohr zu flüstern. Von seinem nervösen Stottern war nicht das Geringste zu merken. »Ich finde, du bist eine viel bessere Mina als sie . . .« Das schwache

Licht des Bühnenlämpchens brach sich glitzernd auf Jakes Vampirzähnen und dann war er verschwunden. Wie sie dort so in der Dunkelheit stand, spürte Abbi, wie die anderen auf ihren Plätzen warteten. Die Bühnencrew stand bereit, um den Schauspielern die benötigten Requisiten zu reichen, ihnen beim Kostümwechsel zu helfen, die Flügel schlagenden Fledermäuse herabsausen zu lassen und die Nebelmaschine zu bedienen.

Jenna, Matt und die anderen Tänzer warteten auf der gegenüberliegenden Seite der Bühne in den Kulissen. Sie würden gleich ihren ersten Auftritt haben, wenn Dracula Lucy auf dem Friedhof überfiel.

Langsam erloschen die Lichter im Zuschauerraum und die Bühne wurde völlig schwarz. Dann hörte man plötzlich erschrockenes Keuchen und spitze Schreie, als sich eine riesige, beleuchtete Fledermaus vom Balkon im ersten Rang hinabstürzte und über die Köpfe der Zuschauer hinwegsegelte. Der Chor setzte mit seinem leisen Gesang ein, der von Wolfsgeheul unterbrochen wurde.

Abbi atmete tief durch und tastete sich dann über die Bühne und ins Bett. Als das Wolfsgeheul seinen Höhepunkt erreicht hatte, öffnete sich der Vorhang und die Scheinwerfer leuchteten langsam auf.

Mit zitternden Fingern griff Abbi nach der Kerze. Bestimmt würde sie das Streichholz fallen lassen, und es würde ausgehen. Da hörte sie plötzlich irgendwo

in ihrem Kopf die Stimme von Miss Madden, der Schauspiellehrerin: *Benutze deine Angst und lass sie in dein Spiel einfließen . . .*
Die Kerze zischte, begann aber zu brennen. Abbi legte all ihre Furcht in ihre Stimme: »Lucy . . . Lucy, wo bist du?«
Minas angstvoller Ruf durchdrang die absolute Stille im Theater. Wieder heulten die Wölfe und ein bleiches, grünes Licht beleuchtete den Nebel, der in Minas Zimmer gekrochen kam.
Dracula hatte begonnen.

★ Kapitel siebzehn ★

Abbi steht im Rampenlicht

In der Pause nach dem ersten Akt wurde Abbi von der gesamten Besetzung umringt.
»Abbi, Abbi, du warst wunderbar!«
»Maeve, du warst ein phantastisches Dienstmädchen!«
»Wir wussten, dass du es schaffst!«
Mr Steel wirkte besorgt, aber seine Stimme klang ausgeglichen und beruhigend. »Am Anfang wart ihr ein bisschen langsam, aber das ist ganz normal bei der Premiere. Also, Schauspieler, nehmt eure Stichworte im zweiten Akt ein bisschen schneller auf! Ihr habt eure Sache hervorragend gemacht – der Chor war toll und ihr Tänzer wart sehr eindrucksvoll.«
Abbi war ganz außer Atem, als wäre sie zu schnell gerannt. Jetzt, wo sie erst einmal angefangen hatte zu spielen, konnte sie es kaum noch erwarten, dass der zweite Akt begann. Die Leute, die für die Kostüme zuständig waren, hatten wie die Wilden gearbeitet, um eine weitere Stufe an Minas Volantrock zu nähen und die Jacke auszulassen. Nun konnte Abbi sich gerade so hineinquetschen.

»Mr Steel?«, fragte sie. »Sehe ich . . . sehe ich zu dick aus?«
»Wie kommst du denn auf die Idee?« Mr Steel schaute sie erstaunt an. »Du siehst sehr gut aus. Und du hast eine elektrisierende Ausstrahlung auf der Bühne. Das ist etwas, was wir dir hier an der Schauspielschule nicht beibringen können – das ist dir angeboren, Abbi.«
»Aber beim Vorsprechen haben Sie doch gesagt, ich sei zu kräftig, um die Lucy zu spielen«, hakte Abbi nach. Sie musste das unbedingt klären.
»Hab ich das? Wenn du es sagst, wird es wohl stimmen. Ich habe damit allerdings nur gemeint, dass – wenn Blair die Mina gespielt hätte – du sie um einiges überragt hättest. Sie hätte auf der Bühne wie deine kleine Schwester gewirkt. Es ging mir dabei lediglich um den Größenunterschied.«
Mr Steel blickte Abbi sehr ernst in die Augen. »Eines, woran du dich beim Theater gewöhnen musst, sind die gedankenlosen, unsensiblen Dinge, die wir Regisseure sagen.«
»Das ist schon okay«, rief Abbi lachend. Eine Welle der Erleichterung überflutete sie. Mr Steel war wirklich wunderbar!
»Nicht lachen!«, kreischte die Assistentin der Kostümbildnerin. »Ich hab dich regelrecht in diese Jacke eingenäht, und ich möchte, dass die Stiche halten.«
»Halt dich lieber mit Nadel und Faden bereit!« Abbi

zog die Luft ein. »Vielleicht musst du nachher noch erste Hilfe leisten.«
Als der Vorhang sich wieder hob, war Abbi bereit. Inzwischen hatten auch die anderen Schauspieler ihre Premierenangst überwunden. Der zweite Akt spulte sich reibungslos ab – besser und schneller, als es jemals in den Proben geklappt hatte. Jake war ein herausragender, bedrohlich wirkender Dracula. Ein solches Gefühl hatte Abbi noch nie erlebt. Als Jake sie am Ende des zweiten Akts in seine Arme riss, wäre sie am liebsten direkt durch die Decke geschwebt.

★

Als nach dem dritten Akt der Vorhang fiel, erhob sich donnernder Applaus. Auf der Bühne scharten sich die Schauspieler um Abbi und gratulierten ihr.
»Wartet!«, rief Mr Steel. »Nehmt eure Plätze ein, um vor den Vorhang zu treten!«
Schnell begaben sich alle auf die Positionen, die sie geprobt hatten. Jake und Abbi standen in der Mitte, die anderen hatten sich zu beiden Seiten neben ihnen aufgereiht. Als der Vorhang sich hob, sprangen die Zuschauer begeistert von den Sitzen. Sie jubelten und klatschten, als sich zuerst die Sänger und dann die Tänzer verbeugten.
Sie bekamen einen Vorhang nach dem anderen. Abbi verspürte eine übersprudelnde Freude. Das ist es al-

so, dachte sie. Ein so intensives Glücksgefühl, dass man glaubt zu fliegen. Sie hatten es geschafft! Und sie würden dieses Stück noch weitere fünf Mal auf die Bühne bringen.
Als der Vorhang zum letzten Mal gefallen war, stürmte die gesamte Besetzung in die Garderoben – jubelnd und mit gellenden Triumphschreien wie eine siegreiche Footballmannschaft. Matt machte einen Luftsprung und schlug dabei die Hacken gegeneinander.
»Spart euch noch ein bisschen Energie für morgen!«, versuchte Mr Steel das laute Geschrei zu übertönen. »Ihr habt noch fünf Vorstellungen vor euch!«
Und wenn es fünfhundert wären, ich wäre trotzdem genauso glücklich, dachte Abbi. Diese erste Vorstellung würde sie nie vergessen. Wenn sie diesen Moment doch bloß mit ihren Freunden teilen könnte!

★

Am nächsten Morgen betrat Abbi wie üblich die Kantine, blickte sich um und blieb dann wie angewurzelt stehen.
Alle aus ihrer alten Gruppe saßen an ihrem vertrauten Tisch.
»Abbi!«, rief Jenna. »Komm hier rüber!«
»Wir müssen dir etwas erzählen«, sagte Lauren, als Abbi sich näherte. Sie saß wie üblich neben Matt. »Es

ist unsere Schuld, dass Blair aus der Show geflogen ist. Wir haben uns nämlich gegen sie zusammengetan.« Lauren sah ausgesprochen zufrieden aus.
»Wir haben sie gezwungen zuzugeben, dass sie unsere Freundschaft mit Absicht kaputtmachen wollte«, fügte Jenna hinzu. »Aber das ist ihr offensichtlich nicht gelungen.«
Abbi blickte ihre Freunde der Reihe nach an. Alle strahlten, als hätten sie etwas Großartiges vollbracht.
»Ich verstehe nicht . . .«, setzte sie an.
»Lies das hier!« Dan reichte ihr ein gefaltetes Stück Papier. »Blair hatte dir doch versprochen, ein Vorsprechen für dich zu organisieren, nicht wahr? Um ein Mädchen zu ersetzen, das aus der Serie aussteigt.«
»Stimmt«, meinte Abbi und griff nach dem Blatt.
»Irgendwie tut es mir auch Leid für Blair«, räumte Lauren ein. »Aber sie hat beinahe die ganze Aufführung geschmissen, und sie hat dir Lügen erzählt, um dich von uns wegzubringen. Damit konnten wir sie nicht durchkommen lassen, Abbi.«
»Sie hat sich aufgeführt wie eine verwöhnte Fünfjährige«, fügte Matt entrüstet hinzu.
Abbi hatte die Mitteilung inzwischen gelesen. »Ich glaub's einfach nicht!«, japste sie. »Blair ist also dieses Mädchen! Sie sieht zu alt aus . . . und deswegen streichen sie ihre Rolle.« Seufzend ließ sie sich auf einen Stuhl plumpsen. »Das ist ganz schön grausam«, sagte sie leise.

»Allerdings«, stimmte Dan ihr zu. »Das habe ich auch festgestellt, als ich im Studio der Fernsehgesellschaft war. Stell dir das mal vor – als Schauspieler abgelehnt zu werden, nur weil man langsam erwachsen wird. Vielleicht brauchen wir deshalb alle die Schauspielschule – damit wir noch ein bisschen Zeit haben, bevor wir mit der harten Realität konfrontiert werden.«

»Du kannst nichts dagegen tun, dass Blair nicht mehr bei der Aufführung mitmacht.« Jenna legte tröstend den Arm um Abbis Schulter. »Hör auf dich deswegen schuldig zu fühlen! Du kannst überhaupt nichts dafür.«

»Kann ich wohl!«, stöhnte Abbi. »Ich war so beeindruckt von Blairs Namen – ihrer Berühmtheit und ihrem Geld. Ich war total geblendet. Jetzt ist mir auch klar, wo der Ausdruck *blinder Ehrgeiz* herkommt!«

»Du bist nicht die Einzige, die sie hinters Licht geführt hat«, beruhigte sie Dan. »Als sie mir die große Kohle versprochen hat, bin ich ja auch losgerannt wie ein geölter Blitz.«

»Nur gut, dass wir jetzt noch kein Geld verdienen müssen«, meinte Jenna. »So können wir uns in aller Ruhe aufs Lernen konzentrieren, bis wir etwas älter sind.«

Abbi warf Dan einen kurzen Blick zu. Sie würde den anderen nichts von dem schäbigen Haus, seinem Vater oder dem Schild im Vorgarten erzählen, aber sie

wusste, dass Geld für ihn im Moment eine Menge bedeutete.
»Tut mir ja Leid, dass wir nicht so aufregend sind wie irgendwelche Fernsehstars«, meinte Lauren grinsend.
Abbi lachte unsicher. »Ich habe gedacht, es wäre schrecklich wichtig, ein Fernsehstar zu werden. Jetzt weiß ich, dass das Allerwichtigste hier ist ...« Sie sah die anderen der Reihe nach an. »Ich habe meine Freunde wieder.«
In diesem Moment kam Marcia durch die Kantine auf sie zu. »Habt ihr schon das Neueste gehört?«, fragte sie aufgeregt. »Blair Michaels verlässt die Schule!«
»Oh, nein«, meinte Abbi betreten. »Etwa wegen *Dracula?*«
»Wahrscheinlich.« Marcia nickte. »Sie muss furchtbar wütend sein, dass du an ihrer Stelle als Hauptdarstellerin aufgetreten bist. Besonders, wo du auch noch so großartig gespielt hast. Du darfst nicht vergessen, dass sie schon als kleines Mädchen berühmt war und alle Leute sie behandelt haben, als wäre sie etwas ganz Besonderes. Aber dann wurde sie langsam älter – und plötzlich waren andere genauso gut wie sie.«
»War Abbi für sie eine Bedrohung?«, fragte Lauren.
»Zuerst vielleicht nicht. Blair ist im Grunde genommen schrecklich unsicher, deswegen braucht sie auch ständig jemanden, der sie bewundert. In diesem Fall

war es Abbi. Aber als sie merkte, dass Abbi zu viel Talent hat, musste sie einen Weg finden, um sie klein zu machen. Da war das Vorsprechen fürs Fernsehen die perfekte Gelegenheit. Schließlich hatte sie in ihrer Serie selber erlebt, dass Schauspieler vor die Tür gesetzt wurden, wenn sie zu alt für eine Rolle aussahen.«

Tränen verschleierten Abbis Blick.

»Blair wusste deswegen so genau, wie weh das tut, weil sie es mit ihr auch gemacht haben«, sagte sie zu Marcia. Dann fuhr sie sich mit der Hand über die Augen. »Ich muss mir erst mal was zu trinken holen. Möchte sonst noch jemand was?«

Ihre Freunde schüttelten den Kopf und blickten ihr mitfühlend nach.

»Ich habe gehört, dass Blair von hier weggeht«, meinte Jenna. »Und dass sie vielleicht in einem Stück in New York auftritt . . .«

»Vielleicht bekommt sie auch eine neue Fernsehserie«, fügte Matt hinzu. »Auf jeden Fall wird ihr hier an der William-S.-Holly keiner nachtrauern.«

★ Kapitel 18 ★

Der Vorhang fällt!

Heute fand die letzte Vorstellung statt, und Jenna bürstete gerade Abbis feuerrotes Haar durch. »Abbi?«, begann sie zögernd. »Es tut mir wirklich Leid, dass wir diesen blöden Streit über das Essen hatten. Blair hat mich ganz verrückt gemacht. Manchmal glaube ich, dass ich ihr ein bisschen ähnlich bin. Ich wünsche mir so sehr, eine berühmte Tänzerin zu werden.«

»Du bist überhaupt nicht wie sie!«, widersprach Abbi mit blitzenden Augen. »Ich bin so froh, dass wir wieder Freundinnen sind. Sind deine Mutter und deine Schwester heute Abend auch hier?«

Jenna nickte. »Sie gewöhnen sich langsam an den Gedanken, dass ich Tänzerin werden möchte. Und ich gewöhne mich langsam an den Gedanken, dass ich wahrscheinlich die größte Ballerina der Welt werde. Was ist eigentlich mit deinen Eltern, Lauren?«

Lauren saß am anderen Ende des Schminktischs und betrachtete ihr blasses Gesicht im Spiegel. Sie nickte. »Sogar mein Bruder Robert sitzt da draußen. Ich wünschte, sie wären nicht gekommen.«

»Warum das denn? Willst du ihnen dein Lied etwa nicht vorsingen? Es ist doch großartig!« Jenna verteilte noch einen Hauch Rouge auf ihren hohen Wangenknochen.
»Sie werden bestimmt anderer Meinung sein«, seufzte Lauren. »Aber das macht mir jetzt nichts mehr aus.«
»Das ist die richtige Einstellung!« Matt legte Lauren den Arm um die Schulter. »Du weißt, dass du gut bist – das ist das Einzige, was zählt.«
Lauren sah lächelnd zu ihm auf.
Es war erstaunlich, dass allein Matts Anwesenheit ausreichte, um sie ganz schwindelig vor Glück zu machen.
»Mein kleiner Bruder wird sogar in der ersten Reihe sitzen«, verkündete Abbi lachend. »Und wisst ihr, was. Mein Französischlehrer, Monsieur Le Blanc, kommt auch. Er hat mir gestern mitgeteilt, dass ich tatsächlich eine Zwei bekommen habe, und er sagte, er wolle sich jetzt mal anschauen, was mich so angespornt hat.«
In diesem Moment klopfte es an der Garderobentür. Es war Abbis kleiner Bruder, Joe, der dort mit einem Arm voll roter Rosen stand. »Die sind für dich«, nuschelte er, während er seinen Blick auf der Suche nach Dracula durch den Raum schweifen ließ. »Mum hat gesagt, ich könnte sie dir runterbringen.«
»Komm ruhig rein!«, forderte Abbi ihn grinsend auf.

»Ich weiß, dass du unbedingt Dracula kennen lernen möchtest. Jake, das ist mein kleiner Bruder, Joe.«
Joe streckte ehrfürchtig die Hand aus, und Jake machte eine feierliche Verbeugung. »Erfreut, Ihre Bekanntschaft zu machen«, sagte er mit seinem besten transsylvanischen Akzent.
Abbi riss den Umschlag auf, der in den Rosen gesteckt hatte. *Meine herzlichsten Glückwünsche zu deiner ersten Rolle, Kleines,* stand auf der Karte, die zum Vorschein kam. *Dein Dad aus Australien*
Überwältigt verbarg Abbi ihr Gesicht in den Rosen und atmete ihren berauschenden Duft ein. Ihr Dad wusste noch gar nicht, dass sie der Star des Musicals war, aber das machte nichts. Ob sie nun das Dienstmädchen spielte oder die weibliche Hauptrolle – sie war ein Teil des Aufführung, zusammen mit all den anderen. Das war das Einzige, was wirklich zählte!
»Wenn es doch bloß ewig so weitergehen könnte«, murmelte sie leise vor sich hin.
»Wer weiß ...« Dan zog einen Zeitungsausschnitt aus der Tasche. »Schau mal! In zwei Monaten findet hier in der Stadt ein Theaterfestival statt. Wir sind zwar noch keine Profis, aber vielleicht können wir Mr Steel trotzdem davon überzeugen, *Dracula: Das Musical* anzumelden.«
Abbi sprang auf. »Zeig doch mal!«, rief sie aufgeregt. »Zwei weitere Monate *Dracula*? Wir müssen ihn unbedingt dazu überreden!« Sie wedelte den anderen

mit dem Zeitungsausschnitt vor der Nase herum. »Irgendwelche Ideen? Das könnte der nächste Triumph der Schauspielschule werden!«

RIVALEN
IM TANZSTUDIO

★ Kapitel 1 ★

Tanzpartner

Jenna wartete darauf, dass sie an der Reihe war, über den kahlen Holzboden des Tanzstudios zu wirbeln. Ihre Muskeln waren straff gespannt und sie war mit jeder Faser ihres Körpers auf die Musik eingestellt, die von dem großen Klavier am anderen Ende des Studios herüberdrang.

Plötzlich hallte eine Lachsalve durch den großen, leeren Raum. Die Klaviermusik brach mit einem Missklang ab.

»Matt!«, rief Miss Adaman, die Tanzlehrerin. »Spar dir dein Geflirte gefälligst für später!«

Jennas Konzentration war im Eimer. Quer durch den Raum warf sie dem großen, dunkelhaarigen Matt Caruso einen finsteren Blick zu. Wie üblich war er umringt von einer Schar kichernder Mädchen und genoss es, im Mittelpunkt der allgemeinen Aufmerksamkeit zu stehen.

»Bin ich schon dran?«, rief Matt. »Soll ich den anderen mal zeigen, wie man's richtig macht?«

Ich könnte ihn erwürgen!, dachte Jenna wütend. Wie kann man bloß so eingebildet sein? Er ist doch überhaupt nicht an der Reihe.

Doch Matt wirbelte bereits über die Tanzfläche und die Klavierbegleitung hatte wieder eingesetzt. Jenna hielt unwillkürlich den Atem an.
Matts Art, zu tanzen, strahlte eine solche Leichtigkeit, einen solchen Zauber aus, dass ihm alle Augen gebannt folgten, während er seine Pirouetten auf dem Holzboden drehte.
Direkt vor Jenna kam er zum Stehen und blickte ihr herausfordernd in die Augen. Matt war der einzige Schüler der Tanzklasse – egal, ob Junge oder Mädchen –, der so groß war wie sie.
»Na, wie war ich?«, fragte er.
»Deine Drehungen waren eine Katastrophe . . .«, begann Jenna. »Die Armhaltung war falsch, dein Oberkörper hat gewackelt – und erst deine Füße!« Matts Nähe machte sie immer ganz kribbelig und brachte sie total durcheinander. Am liebsten hätte sie ihm das selbstgefällige Grinsen vom Gesicht gewischt.
»Okay, Jenna, du bist dran!«, rief Miss Adaman ihr zu.
Jenna atmete tief durch. Wie sollte sie sich jetzt noch konzentrieren?
»Seht euch bloß mal diese Armhaltung an«, neckte Matt sie. »Und immer schön den Rücken gerade halten!«
Angestrengt kämpfte Jenna darum, ihr inneres Gleichgewicht wieder zu finden. Während sie über den Holzboden wirbelte, merkte sie, dass sie die Zähne

fest zusammenbiss. Sie wollte es unbedingt richtig machen.
»Das war technisch perfekt«, sagte Miss Adaman, als Jenna zu ihr auf die andere Seite des Raums hinüberging. »Aber versuch etwas mehr Gefühl, ein wenig mehr Freude in deinen Tanz zu legen.«
»Etwa so wie Matt?«, hörte Jenna sich bissig fragen.
»Nun ja, ein bisschen von Matts Art würde dir sicher nicht schaden.« Miss Adaman warf einen Blick auf das Klemmbrett in ihrer Hand. »Übrigens – wo wir gerade davon sprechen. Ich habe beschlossen, dass ihr beiden als Paar am Tanzwettbewerb teilnehmt.«
»Oh nein! Das können Sie doch nicht machen!«, platzte Jenna entsetzt heraus. »Ich kann unmöglich mit Matt tanzen!« Er ruinierte jedes Mal ihre Konzentration und Jenna war sich sicher, dass er das mit Absicht tat.
Der Wettbewerb im nächsten Monat war schrecklich wichtig. Ihre ganze Karriere hing davon ab, ob sie gewann oder nicht. Und mit Matt als Partner hatte sie nicht die geringste Chance auf den ersten Platz. Es war schon schlimm genug, dass er ihr von dem Sommerkurs an der Tanzakademie an die William-S.-Holly-Schauspielschule gefolgt war und dass sie nun in die gleiche Klasse gingen. Aber sie konnten auf keinen Fall zusammen tanzen!
»Wenn er ein bisschen mehr trainieren würde, könnte aus ihm ein hervorragender junger Tänzer wer-

den«, sagte Miss Adaman. »Du könntest ihm dabei helfen, Jenna.«
»Sie verstehen das nicht«, flehte Jenna. »Er wird bestimmt nicht genug an unserem Stück arbeiten und mir alles kaputt machen!«
»Außerdem ist er der einzige Junge in der Klasse, der deine Größe hat«, fuhr Miss Adaman fort. »Ihr beiden werdet sicher sehr gut zusammen aussehen.«
Jenna wandte sich ab und umklammerte die Ballettstange so fest, dass ihre Knöchel weiß hervortraten. Sie richtete ihren Blick auf die Spiegelwand und versuchte die Tränen der Wut zurückzuhalten, die ihr in die Augen stiegen. Warum musste sie auch so groß sein? Ihr Spiegelbild – ein herzförmiges dunkles Gesicht mit hohen Wangenknochen und braunen Augen – starrte zurück.
Vom anderen Ende des Raums hörte sie Matts lautes, irritierendes Lachen. »Was? Sie möchten, dass *ich* Jennas Tanzpartner werde?«
Miss Adaman sprach mit leiser Stimme, aber selbst auf diese Entfernung hörte Jenna die Autorität, die darin mitschwang.
»Okay«, seufzte Matt. »Aber es wird nicht funktionieren. Sie werden schon sehen!« Er sauste quer über die Tanzfläche und kam schlitternd vor Jenna zum Stehen. »Und? Was hältst du davon, dass wir zusammen tanzen?«

»Überhaupt nichts! Lieber würde ich mit einer Tarantel proben!«, zischte Jenna und drehte ihm ärgerlich den Rücken zu.
Miss Adaman sah ihr hinterher, als sie aus dem Studio marschierte, und schüttelte den Kopf. Sie machte sich Sorgen um Jenna. Das Mädchen ist eine absolute Perfektionistin – genau wie ich in ihrem Alter, dachte sie. Wenn ich sie nicht dazu bringen kann, es etwas lockerer angehen zu lassen, wird sie sich noch verletzen – so wie es mir ergangen ist! Miss Adamans viel versprechende Karriere war durch eine schwere Knieverletzung im Alter von neunzehn Jahren frühzeitig beendet worden.
Während Jenna auf dem Weg zur Treppe langsam den Flur entlangging, wurde sie von Matt und seinen Freunden überholt. Sie lachten und wichen den entgegenkommenden Schülern mit kleinen Tanzschritten aus. Die ganze Gruppe bewegte sich wie ein einziger Körper.
Jenna zuckte mit den Achseln. Sie würde nie zu einer solchen Clique gehören und sich an den öden Gesprächen über die angesagteste Band oder das heißeste Rockvideo beteiligen. Ihr ganzes Leben bestand nur aus Tanzen.
Mit fünf Jahren hatte ihre Großmutter sie das erste Mal ins Ballett mitgenommen. Sie erinnerte sich noch genau daran, dass sie sich so weit über die Brüstung im ersten Rang gelehnt hatte, dass ihre Oma sie hin-

ten am T-Shirt festhalten musste, damit sie nicht hinunterfiel. Noch nie hatte Jenna etwas so Perfektes gesehen wie die weltberühmte Ballerina, die in der Mitte der Bühne auf Spitzen ihre Pirouetten drehte. Seit diesem Tag war das Tanzen für sie das Einzige, was zählte.

Ihre Mutter und ihre Schwester konnten überhaupt nicht verstehen, dass sie unbedingt eine große Tänzerin werden wollte, und nörgelten ständig an ihr herum. »Du musst etwas Vernünftiges aus deinem Leben machen«, ermahnte ihre Mutter sie immer wieder. »Warum vergeudest du deine Zeit bloß mit diesem albernen Ballettkram?«, meckerte ihre Schwester Joyce.

Die beiden hatten nicht das geringste Verständnis für ihren großen Traum und schüttelten den Kopf darüber, dass sie jeden Tag stundenlang trainierte. Aber Jenna wusste, dass sie nicht nur davon träumen durfte, eine große Ballerina zu werden. Dafür musste man hart arbeiten und eine Menge Disziplin aufbringen. Und genau die fehlte Matt. Er hatte zwar jede Menge Talent, aber er trainierte einfach nicht genug.

Sie hatte ja schon wieder an ihn gedacht! Genervt hängte Jenna sich die Tasche mit ihren Tanzsachen über die andere Schulter. Vergiss Matt! Jenna schob das Bild seiner lachenden Augen beiseite und rannte die Treppen hinunter zur Kantine.

Mit ein bisschen Glück würde sie dort ihre Freundinnen Abbi und Lauren treffen. Die beiden würden sie verstehen!

★ Kapitel 2 ★

Eine kriegerische Prinzessin

Die Kantine der William-S.-Holly war ein großer offener Raum im ersten Stock. Um die Mittagszeit war es hier immer schrecklich voll. Die »Holly«, wie die Schüler sie nannten, war eine alte und berühmte Schauspielschule. Viele ihrer Absolventen hatten als Sänger, Tänzer und Schauspieler großen Erfolg gehabt und einige waren sogar Stars geworden.

Jenna schlängelte sich zwischen den einzelnen Grüppchen hindurch und hielt auf den Tisch zu, an dem ihre Clique seit der Aufnahmeprüfung im Sommer immer saß.

»Hi, Jenna!« Abbi winkte ihr schon von weitem aufgeregt zu. »Du wirst nicht glauben, was passiert ist!«

Man musste nur einen kurzen Blick auf Abbi werfen, um zu erkennen, dass sie garantiert irgendwann im Kino oder im Fernsehen Karriere machen würde. Sie hatte bereits die Hauptrolle in der Aufführung von *Dracula* gespielt, obwohl sie noch im ersten Jahr an der Schauspielschule war.

»Was ist los?«, fragte Jenna. Sie mochte Abbi, obwohl diese mit ihrer übersprudelnden Art, ihrer feuerroten

Mähne und ihren strahlend blauen Augen in beinahe jeder Hinsicht das genaue Gegenteil von Jenna war.

»Mein Dad möchte, dass ich ihn über Weihnachten in Australien besuche.« Abbis Augen strahlten vor Freude. »Ich hab ihn schon seit Jahren nicht mehr gesehen und außerdem kann ich's kaum erwarten endlich Australien kennen zu lernen.«

»Hüpfst du deswegen auf und ab wie ein Känguru?«, fragte Jenna lächelnd.

»Was ist mit dir, Jenna?« Lauren saß ruhig am anderen Ende des Tisches. Sie trug ihr halblanges, glattes Haar mit einem Mittelscheitel und hatte es meistens hinter die Ohren gestrichen. Durch den blassen Teint wurden ihre sanften grauen Augen noch betont.

»Wie machst du das bloß? Du merkst immer sofort, wenn mir etwas im Magen liegt.« Jenna ließ sich mit einem dankbaren Seufzer auf den Stuhl neben ihr fallen. Die stille, einfühlsame Lauren war in vielerlei Hinsicht ihre beste Freundin.

»Es tut mir Leid, Jenna!«, murmelte Abbi schuldbewusst. »Ich war nur so aufgeregt wegen Australien. Dad hat nämlich geschrieben, ich könnte für die ganzen Ferien kommen. Stell dir das mal vor – die haben da gerade Sommer, und dann die herrlichen Strände . . .« Abbi warf begeistert die Arme in die Luft.

»Moment!« Lauren hob die Hand. »Jetzt ist erst mal Jenna dran.«

»Es geht um Matt«, stöhnte Jenna.

»Was ist passiert?« Über Laurens Gesicht huschte ein beunruhigter Ausdruck und ihr wurde ganz heiß. Sie gab sich alle Mühe, ihre Gefühle für Matt vor den anderen zu verbergen.
»Miss Adaman hat uns als Partner für den Tanzwettbewerb eingeteilt. Aber ich kann nicht mit ihm zusammen tanzen . . .«
»Und warum nicht?«, fragte Abbi eifrig. »Ihr beiden würdet doch wunderbar zusammen aussehen.«
»Ich kann eben nicht . . .« Jenna schüttelte den Kopf. »Matt nimmt das Tanzen überhaupt nicht ernst.«
»Wurde da etwa gerade voller Verachtung mein Name ausgesprochen?« Genau in diesem Moment tauchte Matt mit ihrem Freund Dan im Schlepptau am Tisch auf. »Ich finde, du nimmst alles viel *zu* ernst, Jenna James. Solange deine Zehen nicht bluten, hast du nicht das Gefühl, hart genug zu trainieren!«
»Worum geht's hier eigentlich?«, erkundigte sich Dan. Mit seinem viel zu großen Mund, den abstehenden Ohren und dem schlaksigen Körper war er das genaue Gegenteil des großen, gut aussehenden Matt. Nur auf der Bühne kam seine wirkliche Persönlichkeit zum Vorschein, denn er hatte ein absolut umwerfendes komisches Talent.
»Demnächst findet ein Wettbewerb für alle Tanzschüler der Holly statt«, erklärte Jenna. »Wir müssen uns zusammen mit unserem Partner ein Stück über-

legen und es den Preisrichtern vortanzen. Die Gewinner bekommen ein Stipendium für ein zweiwöchiges Tanzseminar in New York, das während der Osterferien stattfindet.«
»Zwei Wochen!«, rief Matt aus. »Ich kann doch nicht einfach für zwei Wochen nach New York verschwinden. Ich muss schließlich im Laden meiner Eltern arbeiten und eine Menge Geld verdienen!« Er rieb grinsend die Finger aneinander.
»Seht ihr!« In einer verzweifelten Geste streckte Jenna ihre anmutigen Arme aus. »Er will ja nicht mal gewinnen! Dabei könnte dieses Stipendium für unsere Karriere furchtbar wichtig sein.«
»Du und deine kostbare Karriere!«, schnaubte Matt. »Wir sind erst dreizehn. Wir haben noch jede Menge Zeit.«
»Tänzer müssen früh anfangen«, erwiderte Jenna kühl. »Wenn ich sechzehn bin, möchte ich bereits ein festes Engagement als Tänzerin haben. Und bis dahin sind es nur noch drei Jahre. Was machst du überhaupt an dieser Schule, wenn dir gar nichts an einer Karriere als Tänzer liegt?«
»Laurens Gesellschaft genießen.« Matt legte seinen Arm um ihre Schulter. »Sie hackt wenigstens nicht dauernd auf mir rum.«
Lauren wurde knallrot. Wie üblich war sie gleichzeitig frustriert und glücklich, dass Matt sie behandelte wie seine kleine Schwester. Und sie wünschte, Jenna

wäre nicht immer so streng zu ihm, denn Lauren spürte, dass es Matt tief in seinem Inneren verletzte.

»Ich würde dich ja in Ruhe lassen, wenn du dich ein bisschen mehr anstrengen würdest«, fauchte Jenna. »Aber du wirfst dein Talent einfach weg!«

»Ach, ja?« Matt starrte sie böse an.

»Also, ich finde, die Sache mit dem Wettbewerb klingt aufregend«, mischte Abbi sich ein. »Und außerdem könntest du Jenna doch trotzdem helfen, auch wenn du selber nicht nach New York willst.«

»Das würde Matt nie tun.« Jenna warf ihm einen feindseligen Blick zu. »Er weiß doch gar nicht, wie es ist, für etwas zu kämpfen, das man unbedingt erreichen will.«

»Hört, hört – unsere kriegerische Prinzessin!«, rief Matt. »Für dich ist das ganze Leben nur eine Schlacht, die du unbedingt gewinnen musst. Mir tut es übrigens genauso Leid wie dir, dass wir Partner sind. Komm, Dan, lass uns verschwinden!«

»Nicht nötig, ich geh ja schon.« Getroffen von Matts harten Worten, wandte Jenna sich ab.

»Hast du Lust, nach der Schule zu mir zu kommen?«, rief Abbi ihr hinterher. »Lauren und ich wollen Karamellbonbons machen und Soaps gucken.«

»Geht nicht«, sagte Jenna über die Schulter. »Ich muss trainieren.« Gerade aufgerichtet und mit hoch erhobenem Kopf marschierte sie in Richtung Tür.

»Na, das kann ja heiter werden!«, stöhnte Matt. »Diesen Gang kenne ich genau. Sie scheint ernsthaft sauer zu sein.«

Lauren bemerkte, dass ein ganz bestimmter Ausdruck über Matts Gesicht huschte, als er Jenna hinterhersah, die gerade durch die Tür verschwand. Sie hatte Stunden damit zugebracht, sein Gesicht zu studieren, und diesen Blick hatte sie schon häufiger bemerkt. Er tut so, als ob es ihm nichts ausmacht, aber das stimmt nicht, dachte sie traurig. Ist ja auch kein Wunder. Jenna sieht wirklich aus wie eine Prinzessin – groß, stolz und schön.

★ Kapitel 3 ★

Ärger zu Hause

Nach der Schule rannte Jenna leichtfüßig die Eingangstreppe der William-S.-Holly hinunter. Es war ein kühler, strahlender Oktobernachmittag. Die Sonne ging gerade unter und ihre schräg einfallenden Strahlen blendeten Jenna für einen Moment. Beinahe wäre sie mit einem jungen Mann in einer schwarzen Lederjacke zusammengestoßen, der am Fuß der Treppe stand.

Der Typ warf Jenna einen kurzen Blick zu und murmelte eine Entschuldigung. Er sieht auf eine merkwürdige Weise gut aus, schoss es Jenna durch den Kopf. Wahrscheinlich wartet er auf eine der älteren Schülerinnen. Doch auf der langen Busfahrt nach Hause vergaß sie den fremden jungen Mann.

Ihr kleines, zweistöckiges Backsteinhaus stand in einer von Bäumen gesäumten Straße in der Nähe der Universität. Obwohl es schon ziemlich alt war, liebte Jenna es sehr. Seitdem sie als Baby mit ihrer Familie aus Grenada eingewandert war, hatte sie immer hier gelebt. Als damals kurz nach ihrer Ankunft in Amerika Jennas Vater starb, war sie von ihrer Mut-

ter und ihrer älteren Schwester Joyce aufgezogen worden.
Als sie durch die Haustür trat, fiel ihr Blick auf Joyce, die am anderen Ende des Flurs in der Küche herumhantierte.
»In zehn Minuten gibt's Essen!«, rief sie und knallte Töpfe auf den Herd. Joyce war wie Jenna sehr groß, acht Jahre älter und studierte Ingenieurwissenschaften an der Universität. Ihr krauses schwarzes Haar war sehr kurz geschnitten und sie trug meistens goldene Ohrringe und farbenfrohe Hemden mit afrikanischen Motiven.
»Na, wie war's in der Schule?«, fragte Joyce, als Jenna im Türrahmen stehen blieb. Dort zeigten Bleistiftstriche auf dem Holz ihre jeweilige Größe an.
»Schrecklich! Ich habe Matt Caruso als Tanzpartner für den Wettbewerb zugeteilt bekommen. So werde ich das Stipendium nie gewinnen!« Jenna legte ihre Hand flach auf den Kopf und drehte sich dann um, damit sie sehen konnte, wo ihre Finger den Türrahmen berührten. Die Stelle schien ein wenig über der Markierung zu liegen, die sie letzten Monat gemacht hatte.
»Hilfe!«, stöhnte sie. »Ich wachse ja immer noch!«
»Natürlich wächst du noch. Schließlich bist du erst dreizehn.« Das Essen, das Joyce kochte, roch wunderbar.
»Wenn das so weitergeht, werde ich fast zwei Meter groß«, jammerte Jenna.

»Na, und?«
»Ballerinas dürfen nicht so groß sein.«
»Und wieso willst du dann ausgerechnet diesen verstaubten, alten Ballettkram tanzen? Mit all diesen niedlichen weißen Röckchen . . .«
»Hör auf!«, rief Jenna. »Ich möchte mal wissen, wie du dich fühlen würdest, wenn jemand behaupten würde, Technik sei nur was für Männer! Und außerdem sind Ballettkostüme gar nicht immer weiß – und die Tänzer auch nicht – falls du das damit sagen wolltest.«
»Okay, okay!« Joyce hob die Hand. »Ich wollte dir ja nur helfen. Lass uns vor dem Essen keinen Streit anfangen!«
Jenna lüftete einen Topfdeckel und sog den leckeren Duft ein. »Ich möchte aber nur ein bisschen davon«, sagte sie.
»Na, komm schon! Du musst anständig essen«, schimpfte Joyce. »Davon, dass du das Abendessen ausfallen lässt, wirst du auch nicht kleiner.«
»Nein, aber ich möchte nachher noch ein paar Stunden trainieren.« Jenna schüttelte den Kopf. »Und mit vollem Magen geht das nun mal nicht.«
Joyce warf ihr einen prüfenden Blick zu. »Du musst aufpassen, dass du nicht krank wirst«, meinte sie. »Ich kann mich nicht erinnern, wann du das letzte Mal eine vernünftige Mahlzeit verdrückt hast.«

★

Nachdem das Abendessen schon eine Weile vorbei war, klopfte es an der Tür. Als Jenna öffnete, fiel ihr Blick auf Lauren, die auf der Veranda vor dem Haus stand.

»Hi, Jenna«, sagte sie. »Tut mir Leid, dass ich nicht vorher angerufen habe, aber als ich von Abbi nach Hause kam, war mein Vater gerade auf dem Weg zur Oper. Ich hab ihm erzählt, ich wollte mit, aber dann bin ich hier an der Ampel rausgesprungen und habe ihm zugerufen, ich müsste mir noch ein Buch von dir leihen.«

»Na, da war dein Dad bestimmt schwer begeistert.« Jenna hasste es, ihr Tanztraining zu unterbrechen, aber sie hatte Mitleid mit Lauren, deren Eltern sich völlig darauf versteift hatten, dass sie Opernsängerin werden sollte.

»Er weiß genau, dass ich mir nichts aus Opern mache«, jammerte Lauren, »aber er gibt einfach nicht auf.«

Sie unterhielten sich über ihre Eltern, während Jenna ihrer Freundin etwas zu trinken und ein paar Kekse aus der Küche holte.

»Möchtest du denn gar nichts?«, fragte Lauren erstaunt, als sie die Treppe hinaufgingen.

»Oh, nein.« Jenna winkte mit ihrer schmalen Hand ab. »Ich lass lieber die Finger von dem Zeug.«

Lauren seufzte. »Du bist so konsequent«, meinte sie bewundernd. »Ich könnte für den Gesang nie das Naschen aufgeben.«

Nachdem sie es sich in Jennas Zimmer gemütlich gemacht hatten, blickte Lauren mit ernsten grauen Augen von ihrer Cola auf. »Ich würde gerne über Matt reden«, begann sie.
»Ich aber nicht.« Jenna saß im Schneidersitz am einen Ende ihres Bettes und hatte die Arme um ihr Lieblingskissen geschlungen.
»Hör mir doch erst mal zu. Nach eurem Streit in der Kantine sah Matt so aus, als hättest du ihn ganz schön verletzt.«
»Pah!« Jenna sprang auf und stieß sich dabei beinahe den Kopf an der Decke. »Es ist leicht, ein verletztes Gesicht zu machen, aber verdammt schwer, stundenlang zu trainieren. Du solltest Matt mal beim Tanzunterricht sehen. Er albert die ganze Zeit nur herum.« Jena sprang mit einem großen Satz auf den Boden.
»Ach, ja?«, fragte Lauren wehmütig. »Es ist bestimmt witzig, ihm dabei zuzusehen.«
»Es ist überhaupt nicht witzig!«, fauchte Jenna. »Er bringt sogar Miss Adaman zum Lachen. Dieser Clown zieht das Niveau der ganzen Klasse runter.«
Sie schaute hinüber zu Lauren, die sich gegen die Kissen am Fußende des Bettes gelehnt hatte und mit verträumtem Blick dasaß.
»Du bist immer noch in ihn verliebt, nicht wahr?«, sagte Jenna mit sanfter Stimme. »Ich dachte, du wärst inzwischen darüber hinweg.«

»Ich fürchte nicht«, seufzte Lauren. »Jedes Mal wenn ich ihn sehe, bekomme ich weiche Knie. Ich kann einfach nicht aufhören an ihn zu denken . . .«
»Dann tust du mir wirklich Leid.« Jenna überkreuzte ihre langen Beine und ließ sich im Schneidersitz auf dem runden Läufer vor dem Bett nieder. »Matt Caruso liebt nämlich nur sich selbst.«
»Ich werde noch mal mit ihm über den Tanzwettbewerb sprechen«, versprach Lauren. »Manchmal hört er auf mich.«

★

Jennas Mutter kam gerade von der Spätschicht in der Bücherei nach Hause, als Lauren aufbrach.
»Es freut mich, dass du dir auch mal Freunde einlädst.« Mrs James lächelte ihre Tochter an. »Ist Lauren in deiner Tanzklasse?«
Jenna schüttelte den Kopf. »Nein, sie gehört zur Musikabteilung. Ich war diesen Sommer während der Aufnahmeprüfung mit ihr in einer Gruppe.«
»Ich würde gerne noch mehr von deinen Freunden kennen lernen.« Jennas Mutter hängte ihren Mantel an der Garderobe im Flur auf.
»Was soll das denn heißen?« Jenna, die mit einem Fuß schon auf der Treppe stand, schaute ihre Mutter misstrauisch an.
»Das soll heißen, ich freue mich, dass du Freunde au-

ßerhalb deiner Tanzklasse gefunden hast und endlich anfängst ein normales Leben zu führen.«

Jenna schluckte die Worte hinunter, die ihr auf der Zunge lagen. Das war ein uralter Streit zwischen ihr und ihrer Mum. Genieße das Leben! Sei mehr wie andere Teenager! Verschwende nicht deine besten Jahre! Sie konnte es inzwischen wirklich nicht mehr hören.

Niemand versteht mich!, dachte Jenna voller Bitterkeit, während sie die Treppe hinauf und in ihr Zimmer flüchtete. Tanzen war nun mal alles, was sie wollte. Es war ihr großer Traum, die beste Tänzerin der Welt zu werden. Freunde, Jungen, Klamotten – all das war nicht so wichtig wie ihre Leidenschaft für das Ballett.

★

In ihrem kleinen Zimmer betrachtete Abbi glücklich die Bilder von Australien, die sie an die Wand gehängt hatte. Koalabären und Kängurus wechselten sich ab mit langen, goldenen Stränden und Papageien mit leuchtend buntem Gefieder.

»All das werde ich bald sehen! Nur noch zwei Monate . . .« Vor lauter Freude schlang Abbi ganz fest die Arme um sich.

In diesem Moment kam ihr neunjähriger Bruder Joe ins Zimmer gestürmt. »Stimmt es, dass du alleine zu

Dad fährst?«, platzte er heraus. »Warum kann ich nicht mitkommen?«

Joe hatte einen strubbeligen Schopf roter Haare, die nach allen Seiten vom Kopf abstanden. Im Moment war sein Gesicht allerdings noch röter als seine Haare.

»Dad hat nur Geld für ein Flugticket«, erklärte Abbi. »Du kannst ihn besuchen, wenn du etwas älter bist.«

Ihr Vater hatte die Familie verlassen, als sie zehn Jahre alt war, und Abbi vermisste ihn schrecklich. Er hatte viel mehr Verständnis für ihr ungezügeltes Temperament und ihre Sehnsucht nach Abenteuern als ihre vernünftige, praktisch denkende Mutter. Bis sie auf die William-S.-Holly gegangen war, hatte Abbi geglaubt, dass sie wegen ihres stürmischen Wesens in jeder Gruppe eine Außenseiterin bleiben würde.

Joe spielte mit einem alten Familienfoto herum, das auf Abbis Frisierkommode stand. »Manchmal kann ich mich kaum noch daran erinnern, wie Dad aussieht«, sagte er leise.

»Stell das sofort hin, du lässt es sonst bestimmt fallen!« Abbi riss ihm den Rahmen aus der Hand.

»Warum darf ich es nicht haben? Er ist schließlich auch mein Vater.«

»Vielleicht lässt Mom dir einen Abzug davon machen, dieses hier ist jedenfalls meins.« Abbi presste das vergilbte Foto in dem silbernen Rahmen an ihre Brust.

»Warum fängst du nicht an, Dad zu schreiben – so wie ich?« Sie hatte ihrem Vater bis jetzt beinahe jede Woche einen Brief geschickt, obwohl nur sehr selten eine Antwort kam. Abbi fand, dass sie diese Reise wirklich verdient hatte.
»Vergiss es, ich kann sowieso nicht besonders gut Briefe schreiben.« Joe zuckte mit den Achseln und rannte aus dem Zimmer. Kurz darauf drang der Lärm seines neuesten Videospiels aus seinem Zimmer.
Wenn ich in Australien bin, werde ich mit Dad über Joe reden, nahm Abbi sich vor. Ich werde ihn bitten ihm ein neues Foto zu schicken. Ihr kleiner Bruder war in letzter Zeit schlecht in der Schule und machte ständig Ärger. Die Videospiele benutzte er offenbar als Flucht vor der Realität.

★ Kapitel 4 ★

Eine glatte Bauchlandung

»Matt, versuch's noch einmal!« Miss Adamans Stimme hallte über die weite Fläche des Holzbodens im Tanzstudio.

Jenna und Matt hatten das Gefühl, schon seit mindestens einer Stunde Hebungen zu üben. Die anderen Schüler standen unruhig und gelangweilt am Rand der Tanzfläche und sahen zu.

Die Herbstsonne knallte durch die Fensterreihe auf der einen Seite des Raums herein und machte die Luft heiß und stickig.

Matt war inzwischen der Schweiß ausgebrochen.

»Es muss so aussehen, als ob Jenna in die Höhe schwebt und du sie ohne jegliche Anstrengung hältst«, rief Miss Adaman ihm zu. »Versuch's noch einmal!«

»Wenn du bloß nicht so eine Riesin wärst«, neckte Matt seine Partnerin, als er sie wieder in die Höhe stemmte.

»Ich dachte eigentlich, du hättest jede Menge Muskeln vom Kistenschleppen bei euch im Laden«, zischte sie leise zurück.

»Stopp!«, rief Miss Adaman. »Man kann die Anstrengung deutlich sehen«, kritisierte sie Matt. »Es verdirbt die ganze Wirkung, wenn du bei den Hebungen aussiehst wie ein Bodybuilder, der Hanteln stemmt.«
Aus der Gruppe der Tänzer war vereinzeltes Gelächter zu hören.

»Das war nicht als Witz gemeint«, sagte Miss Adaman in scharfem Ton. »Okay, also noch einmal . . .«

Die Musik setzte wieder ein. Jenna machte ein paar leichtfüßige Schritte und sprang. Sie spürte noch, wie sie durch Matts Arme rutschte, und landete dann unglücklich auf dem linken Knie.

»Oh, Mist! Ich hab die Hantel fallen lassen«, murmelte Matt.

Die anderen Schüler kicherten los. Normalerweise lachte niemand, wenn ein Tänzer stürzte, aber Matt war wirklich unwiderstehlich komisch.

Jenna rappelte sich gerade auf, als Miss Adaman zu ihr hinübergelaufen kam. »Ist alles in Ordnung?«, fragte sie besorgt.

»Wahrscheinlich nur eine Prellung am Knie.« Jenna zuckte vor Schmerz zusammen, als sie aufstand. »Nicht weiter schlimm.«

»Matt, das war überhaupt nicht witzig!«, wies Miss Adaman ihn mit strenger Stimme zurecht.

»Jetzt haben Sie selber gesehen, dass es mit uns als Partnern nicht funktionieren wird«, meinte Jenna. »Er hat einfach nicht genug Kraft . . .«

»Ich bin stark genug, einen normalen Menschen zu heben«, unterbrach Matt sie wütend. »Aber nicht eine Giraffe!«

»Ich will nachher mit euch beiden sprechen«, kündigte Miss Adaman an und machte der Pianistin ein Zeichen, weiterzuspielen.

Nach dem Unterricht trabten Matt und Jenna zu ihrer Lehrerin, die beim Klavier auf sie wartete.

»Ich hab gleich Bio.« Matt warf einen gehetzten Blick auf die Uhr.

»Lassen Sie mich doch bitte mit jemand anderem trainieren«, bat Jenna.

»Ihr bleibt jetzt hier und hört mir zu!«, herrschte Miss Adaman sie an. »Jenna, im Laufe deiner Karriere wirst du häufiger mit Partnern tanzen müssen, die du nicht leiden kannst. Und du wirst nur dann ein echter Profi werden, wenn du lernst, deine tänzerische Leistung nicht von deinen Gefühlen beeinflussen zu lassen.«

Jenna hielt den Mund und schluckte ihren Ärger hinunter.

»Matt«, fuhr die Lehrerin fort, »Hebungen haben nicht nur etwas mit Kraft zu tun. Sie erfordern ebenso ein gutes Gleichgewicht und ein Gefühl für das richtige Timing. Ich würde euch beide gerne die nächsten Samstage zu einem Workshop beim *Young People's Dance Theatre* schicken, den mein Freund Jared Wesker leitet. Er könnte euch helfen.«

»Das YPDT?«, stieß Jenna atemlos hervor. »Das ist doch total berühmt!«
»Samstags arbeite ich«, knurrte Matt.
Miss Adaman zog erstaunt die Augenbrauen hoch. »Bist du nicht noch ein bisschen jung für einen Job?«
»Es ist der Laden meiner Eltern. *Carusos Obst- und Gemüsehandel«,* erklärte Matt stolz. »Seitdem ich neun bin, helfe ich am Wochenende mit.«
»Ah«, meinte Miss Adaman. »Ich verstehe. Nun gut, sprich mit deinen Eltern darüber. Vielleicht können sie dich für ein paar Samstage entbehren. Wenn du möchtest, kann ich sie auch anrufen.«
»Nein, das ist schon okay. Ich werde sie fragen«, meinte Matt.
Miss Adaman griff nach ihrem Klemmbrett und ihren Papieren. »Bitte, sag mir so schnell wie möglich Bescheid«, bat sie. »Ich muss eure Teilnahme rechtzeitig mit Jared absprechen. Und jetzt machst du dich wohl besser auf den Weg zu deinem Biokurs.«
Jenna schnappte sich ihre Tanzsachen und Schulbücher und lief Matt über den glänzenden Holzboden des Studios hinterher.
»Matt, bitte!«, sagte sie flehentlich. *»Young People's Dance Theatre . . .«*
»Vergiss es!« Matt zuckte nur mit den Achseln.
»Du wirst deine Eltern gar nicht erst fragen, nicht wahr?«
Inzwischen führten sie ihre Auseinandersetzung auf

dem Flur weiter, der voller lärmender, drängelnder Schüler war. Jenna musste beinahe schreien, um sich verständlich zu machen.

»Könntest du nicht vielleicht aufhören, samstags zu arbeiten, bis ...«

Matt wirbelte herum. »Samstage sind dafür da, Geld zu verdienen und ein bisschen Spaß zu haben«, schnauzte er sie an und ging dann mit langen Schritten davon.

Jenna musste rennen, um ihn einzuholen. »Nur *einen* Samstag, okay? Lass es uns doch wenigstens mal mit dem Workshop probieren!«

Matt blieb wieder stehen. »Und wofür? Ich werde ja sowieso nie gut genug tanzen, um dich zufrieden zu stellen – also, was soll das Ganze?«

»Könntest du es dir nicht einfach mal ansehen?« Jenna spürte, wie ihr die Röte ins Gesicht stieg. Sie hasste es, Matt um etwas zu bitten, aber dieser Workshop war ihre letzte Chance. »Wofür brauchst du überhaupt das Geld?«

Matt fuhr herum und starrte sie provozierend an. »Um Spaß zu haben! Du hast das Wort doch schon mal gehört, oder? Es sich gut gehen lassen, rumhängen – na, kommt dir das irgendwie bekannt vor?«

Er zog sie schon wieder auf, aber Jenna ignorierte es einfach. »Bitte tu's für mich! Ich muss unbedingt dieses Stipendium gewinnen und dazu brauche ich deine Hilfe.« Als sie diese Worte aus ihrem Mund hörte, konnte Jenna es kaum glauben.

Matt schaute sie verblüfft an. »*Du* bittest mich – von Mensch zu Mensch sozusagen – mit dir zu diesem Workshop zu gehen?«
»Ja, ich bitte dich darum – diesen Samstag, ja?«, stammelte Jenna.
»Okay, ich werde darüber nachdenken«, versprach Matt. »Oh, hallo, Lauren«, sagte er über die Schulter.
Jenna wirbelte herum. Hinter ihr stand Lauren – ihre grauen Augen wirkten riesig in dem bleichen Gesicht. »Hallo«, sagte sie mit erstickter Stimme und drückte sich dann schnell an ihnen vorbei.
»Was hat sie denn?«, fragte Matt erstaunt und blickte Lauren durch die wimmelnde Menge hinterher.
Ich weiß, was mit ihr los ist, dachte Jenna. Sie glaubt, ich hätte mich mit Matt für Samstag verabredet. Nachdem sie mir anvertraut hat, was sie für ihn empfindet, ist sie jetzt sicher schrecklich verletzt. Ich muss ihr die Sache unbedingt erklären. Für mich geht es dabei nur ums Tanzen – und sonst nichts!

★ Kapitel 5 ★

Laurens Lied

Lauren rannte durch den Flur zum Musiksaal und ließ Jenna und Matt einfach stehen. Sie hatte das Gefühl, als würde ihr gleich das Herz brechen. »Was war ich doch für eine Idiotin!«, murmelte sie vor sich hin. »Da habe ich Jenna wegen Matt ins Gewissen geredet und ihr versprochen wegen des Wettbewerbs ein gutes Wort bei ihm einzulegen, und dann stellt sich heraus, dass ...«

Sie musste schlucken, weil sie plötzlich einen dicken Kloß in der Kehle hatte. »... dass die beiden ihre Angelegenheiten offenbar bestens selber regeln können.«

Was mache ich eigentlich noch hier an der Holly?, fragte sich Lauren wohl zum tausendsten Mal. Warum gehe ich nicht einfach ab?

Schließlich hatte sie nie vorgehabt eine Schauspielschule zu besuchen. Sie hatte nur an der Aufnahmeprüfung teilgenommen, um ihrer Freundin Martha zu helfen. Aber als Martha durchfiel und sie aufgenommen wurde, war es Matt gewesen, der sie überzeugt hatte zu bleiben.

»Hey, Lauren . . . warte auf mich!« Das war Matt. Er kam den Flur hinuntergestürmt und vertrat ihr den Weg. »Ich habe Mrs Schumacher versprochen ihr dabei zu helfen, den ganzen Krempel in den Musiksaal zu bringen.«

»Oh, äh . . . welchen Krempel denn?« Lauren spürte, wie sich ihr Ärger in Luft auflöste, als sie in Matts lächelndes Gesicht blickte. Sie war nach wie vor an der Schauspielschule, weil sie nur so in seiner Nähe sein konnte. Das war zwar nicht besonders toll, aber sie konnte nichts dagegen tun.

Matt schaute sie verwirrt an. »Habt ihr heute nicht so eine besondere Vorstellung? Mrs Schumacher hat zu mir gesagt, dass sie Hilfe beim Stühleschleppen bräuchte.«

»Jetzt fällt's mir wieder ein«, meinte Lauren. »Du meinst die keltische Musikgruppe.« Es hätte ihr auch nichts ausgemacht, wenn es irgendwelche Klänge aus dem Weltall gewesen wären – Hauptsache Matt war in ihrer Nähe.

Als die beiden den Musiksaal erreichten, stellten sie fest, dass einige andere Schüler bereits angefangen hatten, die Stühle zurückzuschieben, um die kleine Bühne vorne im Saal zu vergrößern. Ihr aufgeregtes Geschnatter wurde von der hervorragenden Akustik des Raums verstärkt.

Lauren beobachtete wie aus großer Distanz die kleine Show, die Matt beim Umräumen abzog. Zuerst balancierte er einen Stuhl auf einem Bein, dann stapelte er sechs davon übereinander und hob sie hoch, als würden sie nicht das Geringste wiegen.

Der durchdringende Klang einer Blechflöte und das Dröhnen von Trommeln brachten Lauren wieder in die Realität zurück. Die keltische Band kam gerade den Gang zwischen den Stuhlreihen hinunter. Sie versammelten die Musikstudenten um sich herum und forderten sie auf mitzusingen. Lauren bemerkte, dass Matt geblieben war, um zuzuhören.

Die Gruppe, die sich die *Lilith Singers* nannte, bestand aus drei jungen Männern und drei Frauen. Sie trugen mittelalterliche Kostüme und spielten altertümliche Instrumente wie die keltische Harfe.

»Wir werden euch jetzt ein sehr altes Lied beibringen«, kündigte der Flötenspieler an. Lauren fand, dass er wie eine ältere Ausgabe von Matt aussah. Er war groß, hatte dichte, lockige Haare und ein kleines Bärtchen. »Kennt vielleicht jemand von euch *Green Grow the Rushes-O?*«

Die Musik setzte ein und Lauren stellte fest, dass ihr das Singen riesigen Spaß machte. Das Stück hatte genau die richtige Stimmlage für sie und passte perfekt zu ihrem hellen Sopran. Der Flötenspieler machte ihr ein Zeichen, dass sie eine Strophe ganz alleine singen sollte.

In diesem Lied lag etwas Uraltes, Verzaubertes. Die Musik schien Lauren mit sich davonzutragen, sodass

sie für einen Moment Matt, ihre Schüchternheit und all ihre Probleme vergaß.
Überrascht von Laurens schöner Stimme, stand Matt im Hintergrund des Musikraums. Sie klang ja wie ein ganz anderer Mensch – überhaupt nicht wie die stille, kleine Lauren, die sie alle kannten. Er spürte ein kurzes Gefühl des Bedauerns, als der Chor wieder einsetzte.
Als das Lied zu Ende war, rannte er hinunter zur Bühne, um ihr zu gratulieren.
Der Flötenspieler der Gruppe, der William hieß, hatte Lauren bereits mit Beschlag belegt. »Du solltest nächsten Samstag unbedingt zum mittelalterlichen Markt im High Park kommen«, sagte er gerade. »Dort treten eine Menge Gruppen auf. Es wird dir bestimmt gefallen.«
»Danke.« Laurens graue Augen glänzten vor Begeisterung. »Ich würde schrecklich gerne kommen.«
»Du hast ziemlich gut gesungen«, meinte Matt bewundernd, als sie zusammen den Musiksaal verließen.
»Diese Lieder sind viel schöner und melodischer als einige dieser grässlichen Shownummern, die wir ›aus voller Kehle schmettern sollen‹, wie Mr O'Brien immer sagt«, lachte Lauren. »Ich schätze, ich eigne mich nicht besonders als Musicalmieze.«
»Nein.« Matt umarmte sie freundschaftlich. »Aber ich höre dir gerne beim Singen zu. Meinst du, du wirst zu diesem Markt gehen?«

»Warum nicht?« Laurens Herz fühlte sich an wie ein Jo-Jo. Im einen Moment sauste es bis zu ihren Schuhsohlen, im nächsten sirrte es irgendwo in Höhe ihrer Ohren umher. Matt gefiel ihr Gesang! Vielleicht würde er demnächst auch endlich die Person wahrnehmen, zu der diese Stimme gehörte.

»Ich würde auch gerne kommen, aber ich muss samstags immer arbeiten.«

Lauren blickte erstaunt auf. »Wolltest du nicht mit Jenna irgendwohin?«

»Oh, stimmt! Das hatte ich ja ganz vergessen!« Matt verzog das Gesicht. »Sie will unbedingt, dass ich mit ihr zu so 'nem Tanzworkshop beim YPDT gehe. Als Vorbereitung auf diesen verdammten Wettbewerb.«

Lauren hatte das Gefühl, vor Erleichterung und Freude beinahe zu platzen. »Du solltest auf jeden Fall hingehen«, riet sie Matt. »Der Tanzwettbewerb ist schließlich wichtiger als der Markt.«

»Findest du wirklich?«, fragte Matt. »Vielleicht hast du Recht. Aber ich tu's nur, weil du es gesagt hast und nicht wegen Jenna!«

★

»Ihr solltet unbedingt zu diesem mittelalterlichen Markt gehen und Lauren ein bisschen unterstützen«, sagte Matt zu Abbi und Dan. Sie saßen zusammen mit Jenna an ihrem üblichen Tisch in der Kantine.

»Ich habe sie eben singen gehört. Es war einfach unglaublich!«
Abbi blickte von dem Skript auf, das sie für ihren Schauspielkurs auswendig lernte. »Wann findet der denn statt?«, fragte sie. »Nach der Schule muss ich nämlich auf meinen Bruder aufpassen.«
»Am Samstag«, erklärte Matt. »Ich würde selber gerne hingehen, aber leider werde ich da schon zu einem Tanzkurs geschleppt.« Er warf Jenna einen düsteren Blick zu.
Jennas Herz machte vor Freude einen Luftsprung. Matt würde also zum YPDT mitkommen! Dort konnten sie gemeinsam an ihrem Stück für den Wettbewerb arbeiten. Sie war sicher, dass es Matt gefallen würde, von dem berühmten Jared Wesker unterrichtet zu werden.
»Ich finde, das mit dem Markt ist eine tolle Idee«, sagte Dan. »Abbi könnte ein langes Kleid tragen und ich würde mir eine Narrenkappe mit Schellen an den Zipfeln aufsetzen.« Er schnitt eine lustige Grimasse und warf Abbi einen hoffnungsvollen Blick zu. Es war deutlich zu merken, dass er überall hingegangen wäre, nur um einen Tag mit ihr verbringen zu können.
»Ich kann nicht«, seufzte Abbi. »Samstags hat meine Mutter immer am meisten zu tun und diese Woche will sie irgendein großes Immobiliengeschäft abschließen. Also muss ich mich mal wieder um den guten, alten Joe kümmern.«

»Du könntest ihn doch einfach mitbringen«, schlug Matt vor.
»Na, der wäre vielleicht begeistert«, prustete Abbi. »Joe, der Videofreak, auf einem mittelalterlichen Markt. Er würde sich spätestens nach fünf Minuten tödlich langweilen. Und wenn Joe sich langweilt, ist er gemeingefährlich.«
»Komm schon! Bring ihn einfach mit!«, drängte Dan. »Ich kann gut mit deinem kleinen Bruder umgehen.«
»Es wird wunderbar sein, nach Australien zu fliegen und ihn hier zu lassen«, seufzte Abbi sehnsüchtig. »Im Moment treibt er mich echt zum Wahnsinn.«
»Na los, Abbi, wir können Lauren doch nicht hängen lassen«, schaltete sich jetzt auch Matt wieder ein. »Vielleicht bringt William sie ja sogar dazu, in der Öffentlichkeit zu singen.«
Jenna betrachtete sein eifriges Gesicht. Lauren wäre überglücklich, wenn sie ihn so hören könnte, dachte sie. Anscheinend möchte er ihr lieber beim Singen zuhören als mit mir zu diesem Workshop zu gehen. Auf einmal überfiel Jenna ein merkwürdiges Gefühl – eine Art stechender Schmerz in ihrem Inneren. Unbehaglich rutschte sie auf ihrem Stuhl herum.
Das schmerzhafte Gefühl verschwand auch nicht, als sie ihre Sachen aus dem Spind holte und die Schule verließ, wo ein herrlicher Herbstnachmittag sie erwartete. Lauren war ihre beste Freundin. Sie müsste doch eigentlich glücklich sein, dass Matt sie endlich

bemerkt hatte ... aber warum war sie dann so niedergeschlagen?
Der Typ mit der schwarzen Lederjacke stand wieder in der Nähe der Eingangstür und betrachtete prüfend alle Leute, die die Treppen hinunterrannten. Es sah so aus, als würde er jemanden suchen. Ich muss mal die anderen fragen, ob er ihnen auch schon aufgefallen ist, dachte Jenna, während sie zur Straßenecke sprintete, um ihren Bus zu erwischen.

★ Kapitel 6 ★

Matt geht in die Luft

Am Samstag fuhren Matt und Jenna mit dem Bus zum *Young People's Dance Theatre.* Jennas Herz begann aufgeregt zu klopfen, als sie in die Gegend kamen, in der sich die meisten Theater der Stadt befanden. Hier traten all die berühmten Ballettcompanys auf!

Matt, der neben ihr saß, redete immer noch über Lauren. »Sie ist ganz anders als wir«, sagte er gerade. »Sie hat überhaupt nicht diese ›Ich bin die größte Sängerin der Welt‹-Masche drauf.«

»Stimmt, sie ist furchtbar bescheiden«, meinte Jenna zustimmend. Sie hätte sich eigentlich für ihre Freundin freuen müssen – Matt schien tatsächlich etwas an Lauren zu liegen. Doch stattdessen verspürte sie wieder dieses seltsame, schmerzhafte Gefühl in ihrem Inneren.

»Ich meine, ich habe in Lauren immer noch ein Kind gesehen – so eine Art kleine Schwester. Aber wenn sie singt, dann klingt es so . . .« Matt hob hilflos die Schultern. Ausnahmsweise war er einmal um Worte verlegen.

»Du hast gerade entdeckt, dass Lauren ein realer Mensch ist«, sagte Jenna ironisch. »Herzlichen Glückwunsch, Matt.«
»Mit dir kann man einfach nicht reden.« Matt lief vor Verlegenheit und Ärger rot an. Er schoss vom Sitz hoch und beugte sich nach unten, um aus dem Fenster zu sehen. »Mist! Ich glaube, wir sind gerade an unserer Haltestelle vorbeigefahren.«

★

Jared Wesker, der Leiter des *Young People's Dance Theatre,* war mittelgroß, schlank und hatte eine silbergraue Mähne, die in lange Koteletten auslief.
»Meine Freundin Mary Adaman hat mir gesagt, dass ihr kommt«, begrüßte er Matt und Jenna. »Setzt euch doch bitte noch einen Augenblick dort drüben hin, bis wir mit der Besprechung der letzten Aufführung fertig sind.« Er winkte sie zu einer Bank in der Nähe der Wand.
Die Mitglieder der Company waren alle um die zwanzig. Als Jenna zu ihnen hinübersah, vergaß sie Lauren und Matt und sog vor lauter Begeisterung tief den Atem ein. Diese Tänzer waren bereits in der ganzen Welt auf Tournee gewesen!
Als sich etwas später alle auf der Tanzfläche versammelt hatten, hob Jared Wesker die Hand und bat um Ruhe. »Wir haben heute Morgen zwei Schüler der

William-S.-Holly-Schauspielschule hier, die gemeinsam mit uns trainieren werden«, verkündete er. »Zwei ihrer besten Schüler, nehme ich an«, fügte er hinzu und nickte Jenna und Matt mit einem überheblichen Lächeln zu.
»Was für ein arroganter Kerl«, murmelte Matt leise vor sich hin.
Daraufhin versetzte Jenna ihm einen schmerzhaften Stoß in die Rippen.
»Autsch!«, schrie Matt auf. »Was soll denn das?«
Jared Weskers hochnäsiges Lächeln verwandelte sich in einen empörten Blick. »Ihr seid hier nicht an der Highschool«, wies er sie zurecht. »Bitte versucht euch wie Erwachsene zu benehmen.«
Jenna wäre vor Scham am liebsten im Boden versunken. Wie hatte sie nur so die Beherrschung verlieren können? Mr Wesker musste sie ja für die reinsten Kleinkinder halten! Sie starrte Matt finster an, aber der grinste nur unverschämt zurück. Dieser Workshop würde garantiert eine Katastrophe werden!
Aber dann riss Matt sich doch noch zusammen und beteiligte sich an den Aufwärmübungen der anderen Tänzer. Aus dem Augenwinkel bemerkte Jenna, dass Jared Wesker von seiner Energie und seinem Talent beeindruckt zu sein schien.
Dann teilte Jared die Paare ein, die zusammen Hebungen trainieren sollten. Die anderen Tänzer schwebten nur so durch ihre Übungen und verwan-

delten das Studio in einen Wirbel aus Licht und fließenden Bewegungen.
Schließlich waren sie an der Reihe. Matt nahm seine Position ein und Jenna flog in seine Arme ...
»Stopp!«, donnerte Jared Wesker. »Deine Partnerin ist doch kein Sack Kartoffeln! Wo hast du denn Heben gelernt? Etwa beim Gemüseschleppen auf dem Markt?«
Oh, nein! Jenna erstarrte innerlich vor Schreck. Warum hatte Jared Wesker auch ausgerechnet diesen Vergleich wählen müssen!
Matt lief vor Wut und Scham rot an und warf ihr einen vernichtenden Blick zu.
»Also, jetzt schau mal her«, seufzte Jared. »Jenna, du nimmst bitte deine Position ein.« Als die Musik wieder einsetzte, sprang Jenna in Jareds Arme und wurde ohne das kleinste Zittern emporgehoben. Es war ein wunderbares Gefühl.
»Sehr gut.« Er setzte sie in der Schlussposition ab. »Diese junge Dame weiß, was sie zu tun hat. Warum versuchst du's nicht noch mal?«, schlug er Matt vor.
Wieder erklang die Klavierbegleitung.
Wieder versuchte Matt eine korrekte Hebung.
»Sie ist auch keine Kiste voller Pflaumen«, leierte Jared mit müder Stimme. »Deine Arme müssen lockerer sein, lockerer!«
»Okay, das war's!« Matt setzte Jenna ab. »Ich verschwinde von hier!«

»Matt . . .«, bat Jenna.
»Ich muss . . . äh . . . mal ein bisschen frische Luft schnappen«, sagte Matt zu Mr Wesker. »Es ist so stickig hier drin.« Während er aus dem Studio rannte, warf er dem Lehrer einen finsteren Blick zu und knallte dann die Eingangstür hinter sich zu.
Jared Wesker entließ Matt mit einem hochmütigen Winken seiner Hand. »Wenn du dich besser im Griff hast, kannst du gerne wiederkommen.« Dann drehte er sich zu den Tänzern um, die auf sein Zeichen wie ein Schwarm bunter Vögel zu ihm hinflatterten. Von Matts Abgang schienen sie überhaupt keine Notiz zu nehmen.
Jenna lief Matt hinterher, der sich mit schnellen Schritten vom Gebäude des YPDT entfernte. Er ließ seine Jeansjacke durch die Luft sausen und seine ganze Körperhaltung drückte eine unbändige Wut aus. An der nächsten Ecke bog er in eine belebte Straße ein, in der es von Leuten, die ihre Samstagseinkäufe erledigten, nur so wimmelte.
»Warte doch, Matt!«, japste Jenna und holte ihn schließlich ein »Wie wär's, wenn ich dich erst mal zu einer Cola einlade?« Und bevor er protestieren konnte, zog sie ihn ins nächste Café und hielt ihn so lange am Ärmel fest, bis sie bestellt hatte. Jenna entdeckte einen Tisch am Fenster, an dem Matt sich widerstrebend niederließ.
Matt starrte mit finsterem Blick auf die Passanten, die draußen vorbeischlenderten.

»Es ... es tut mir so Leid!«, setzte Jenna an. Sie musste ihn irgendwie dazu bringen, mit ihr zurück zum Workshop zu gehen.
»Das Geschäft meiner Familie versorgt die Menschen in dieser Stadt seit drei Generationen mit Obst und Gemüse.« Matts braune Augen funkelten vor Wut. »Und dieser eingebildete Idiot macht sich über Leute lustig, die Kisten schleppen! Wahrscheinlich geht er nicht mal selber einkaufen, sondern lässt sich seinen ganzen Kram kommen. Ich passe einfach nicht in diese Welt, Jenna!«
»Doch, das tust du.« Jenna verspürte den plötzlichen Impuls, Matts Hand zu nehmen, aber sie traute sich nicht. »Du bist nicht der Einzige, der manchmal das Gefühl hat, nicht dazuzugehören. Nur weil ich aus der Karibik komme, denken die meisten, ich würde nur auf Reggae stehen ...«
»Für diesen Typen bin ich doch nur ein unfähiger Idiot«, schimpfte Matt weiter.
»Aber wer sagt denn, dass andere Tänzer auch so sind wie Jared Wesker?«, meinte Jenna. »Du strahlst jedenfalls etwas ...«, sie konnte kaum glauben, was sie da gerade sagte, »... etwas ganz Besonderes aus, wenn du tanzt.«
»Es hat keinen Sinn, mir Honig um den Bart zu schmieren.« Matt schüttelte ärgerlich den Kopf. »Ich gehe da auf keinen Fall wieder hin!«
Jenna spürte ein heißes Aufwallen von Wut. Sie hatte

ihre Worte ernst gemeint und Matt dachte, sie wollte ihm nur schmeicheln, um ihren Kopf durchzusetzen. Er war *tatsächlich* ein Dummkopf!

»Jared Wesker könnte dir immerhin noch etwas beibringen«, brauste sie auf.

»Nichts, was ich nicht auch selber lernen könnte«, feuerte Matt zurück, der genauso wütend war wie sie.

Es endet immer damit, dass wir uns streiten, dachte Jenna und starrte verzweifelt in ihre Cola.

In diesem Moment spürte sie, wie jemand ihr leicht auf die Schulter klopfte, und blickte auf.

★ Kapitel 7 ★

Die perfekte Größe

Jennas braune Augen weiteten sich vor Überraschung. Vor ihr stand der junge Mann, mit dem sie vor der Schule beinahe zusammengestoßen war – der Typ, der bei der Treppe herumgelungert und die Leute beobachtet hatte. Auch heute war er ganz in Schwarz gekleidet und hatte eine große Kameratasche dabei. Er streckte Jenna die Hand hin. »Mein Name ist Norman Mars. Ich bin von der Lara-Lake-Modelagentur«, stellte er sich vor.

Jenna starrte ihn ungläubig an.

»Darf ich mich setzen?«, fragte er.

Jenna warf Matt einen schnellen Blick zu. Er zuckte lässig mit den Schultern, aber Jenna spürte genau, dass er hinter seinem coolen Äußeren auf der Hut war.

»Warum nicht«, meinte Jena.

»Ich bin Talentsucher«, erklärte Norman. »Ich sehe mich nach Leuten um, die das Zeug zum Model haben.«

Jenna und Matt tauschten einen erstaunten Blick.

»Ich habe dich beobachtet, als du eben die Straße entlanggerannt bist.« Norman quetschte seine hoch gewachsene Gestalt auf einen Stuhl und stützte sich mit den Ellbogen auf den Tisch. »Du siehst toll aus ... und außerdem hast du genau die richtige Größe.«

Jenna schämte sich. Es musste total lächerlich gewirkt haben, wie sie Matt hinterhergerannt war. »Ich ... ich glaube, ich habe Sie schon mal vor unserer Schule gesehen«, stieß Jenna hervor. »Ich gehe auf die William-S.-Holly.«

»Die Schauspielschulen habe ich besonders im Auge«, nickte Norman. »Ich glaube, du bist mir dort auch schon aufgefallen.« Er zog eine auf Hochglanzpapier gedruckte Visitenkarte aus der Tasche. »Wie alt bist du eigentlich?«, fragte er beiläufig.

»Warum?«, wollte Jenna wissen. Ihr war nicht wohl dabei, einem Fremden eine persönliche Information zu geben.

»Ich versichere dir, dass die ganze Sache völlig legal ist.« Normans Lächeln enthüllte zwei Reihen blendend weißer Zähne. »Es ist mein Job, nach jungen Frauen Ausschau zu halten, die das richtige Alter, die richtige Größe und das richtige Aussehen haben. Du musst nur unter fünfzehn sein, alles andere bringst du mit. Meine Agentur wäre vielleicht daran interessiert, dir einen sehr guten Vertrag anzubieten. Du solltest mit ihnen Kontakt aufnehmen . . .« Er zeigte auf die Telefonnummer auf der Visitenkarte.

Jenna nahm die Karte. »Ich bin erst dreizehn«, murmelte sie.
»Das ist genau das richtige Alter, um in dieses Geschäft einzusteigen«, versicherte ihr Norman Mars lächelnd. »Manche Mädchen stellen wir bereits mit elf ein. Es ist alles völlig legal«, betonte er noch einmal. »Ich erkenne ein zukünftiges Top-Model, wenn ich eins sehe, glaub mir.«
»Ich bin kein Model, ich bin Tänzerin«, widersprach Jenna.
»Tänzerin? Na, wunderbar!« Norman strahlte sie wieder mit seinem Zahnpastalächeln an. »Ich würde gerne deine Eltern anrufen«, fuhr er fort. »Falls du mir deinen Namen und die Telefonnummer gibst.«
»Ich weiß nicht . . .« Jenna zögerte.
»Warum eigentlich nicht?«, warf Matt ein. »Es könnte doch ganz interessant sein.«
Zögernd griff sie nach einer weiteren Karte, die Norman ihr hinhielt. »Ich habe nur noch meine Mutter«, sagte sie und schrieb ihren Namen und ihre Telefonnummer auf die Rückseite.
»Jenna James – ein wunderbarer Name.« Noch einmal ließ Norman Mars sein strahlendes Lächeln aufblitzen. »Du wirst von uns hören«, versprach er, wandte sich um und verließ das Café. Durch das Fenster sahen sie ihm nach, wie er mit beschwingten Schritten die Straße überquerte.
»Wow!«, rief Matt. »Sieht fast so aus, als wärst du ent-

deckt worden. Ich bin ja mal gespannt, ob er wirklich deine Mutter anruft.« Er hatte offenbar seine gute Laune wieder gefunden.

»Das ist mir ziemlich egal.« Jenna blickte Matt fest in die Augen. »Ich möchte Tänzerin werden und nicht Model . . .«

Matt ging gar nicht auf ihre Bemerkung ein. »Wahrscheinlich sitze ich mit einer zukünftigen Berühmtheit am Tisch!«, rief er aus. »Ich meine, du hast doch gehört, was der Typ gesagt hat – tolles Aussehen, große Chancen! Du könntest ganz schnell an die Spitze kommen. Hey, du siehst umwerfend aus und du hast genau die richtige Größe für ein Model.« Seine Augen blitzten schalkhaft. »Na, komm, Jenna! Du kannst doch nicht einfach total cool hier sitzen und so tun, als ob nichts passiert wäre!«

Jenna stand auf. »Gehst du nun mit mir zum Tanzworkshop zurück oder nicht?«

»Zu dem Schnösel mit den affigen Koteletten? Niemals!«, verkündete Matt. »Da bringen mich keine zehn Pferde mehr hin!«

Enttäuscht wandte Jenna sich ab.

Matt sprang hastig auf und hielt sie am Arm fest. »Es tut mir Leid, Jen. Ich kann wirklich nicht zurückgehen. Aber bist du denn nicht wenigstens ein bisschen aufgeregt über die Begegnung mit diesem Knaben? Immerhin könntest du eine Menge Geld verdienen . . .«

»Nein.« Jenna zog ihren Arm weg. »Ich habe keine Lust, bei irgendwelchen idiotischen Modenschauen auf dem Laufsteg herumzustolzieren wie eine Anziehpuppe. Das Geld ist mir schnuppe – ich will einfach nur tanzen!«

»Du meinst es tatsächlich ernst, nicht wahr?« In Matts Stimme schwang eine Mischung aus Bewunderung und Erstaunen mit.

Als Jenna ihn anschaute, stellte sie fest, dass er nicht seine übliche Sunny-Boy-Miene aufgesetzt hatte. Für einen Moment erkannte sie ihn kaum wieder.

»Du bist genau wie Lauren«, meinte er. »Diese Schauspielschule bedeutet euch mehr als Geld und Berühmtheit, stimmt's?« Plötzlich blieb er stehen und warf einen Blick auf seine Uhr. »Hey, wir könnten es noch rechtzeitig zu diesem mittelalterlichen Markt im High Park schaffen. Vielleicht hören wir dann ja auch Lauren singen.«

Wieder verspürte Jenna diesen seltsamen Stich in ihrem Inneren. Sie hatte überhaupt nicht mehr an Laurens Auftritt gedacht, aber Matt hatte es nicht vergessen. Eigentlich wäre er von Anfang an viel lieber zu diesem Markt gegangen anstatt mit ihr an dem Workshop teilzunehmen.

Während sie nebeneinander die belebte Straße entlanggingen, betrachtete Jenna unauffällig Matts gut aussehendes Gesicht von der Seite. Ihre Gefühle ihm gegenüber waren total widersprüchlich.

»Hey!«, rief er ihr plötzlich zu. »Schau mal her!«
Er rannte ein Stück voraus, stützte sich mit beiden Händen auf einer Parkuhr ab und segelte mit einem hohen, eleganten Satz darüber hinweg.
In seinem Sprung lag eine solche Leichtigkeit und Lebensfreude, dass Jenna erstaunt nach Luft schnappte. Inzwischen war Matt schon halb die Straße hinunter und übersprang scheinbar mühelos eine Parkuhr nach der anderen. Die Passanten lächelten und klatschten, wenn er an ihnen vorbeikam.
»Möchtest du, dass ich dir zeige, wie es geht?« Mit stolzgeschwellter Brust und funkelnden braunen Augen kam Matt zu Jenna zurückstolziert. »Du hast genau die richtige Größe dafür.«
»Nein.« Jenna schüttelte den Kopf. »Es ist zu gefährlich. Ich könnte mir den Knöchel verstauchen oder eine Sehne zerren.«
»Du bist wirklich ein hoffnungsloser Fall«, lachte er. »Sei doch einmal ein bisschen locker!«
Warum muss Matt bloß immer solche Sachen sagen, dachte Jenna, während sie neben ihm dahinging. All das, was für sie immer so klar gewesen war, kam ihr auf einmal ganz verworren vor. Da war Matt, der sie zur einen Seite zog – fort von der Disziplin des Balletts. Hab Spaß!, schien er ihr zuzurufen. Na los, genieße das Leben!
Und jetzt war da auch noch dieser Typ von der Modelagentur aufgetaucht, der sie in eine ganz andere

Richtung zog. Werde berühmt, lass dich bewundern und mach jede Menge Geld!, so lautete seine Botschaft. Das war doch der Traum jeden Mädchens, oder etwa nicht?

Jenna warf ihren geflochtenen Pferdeschwanz zurück. »Matt«, sagte sie, »aus welchem Grund bist du eigentlich an die Schauspielschule gekommen? Und warum hast du dich für die Tanzklasse entschieden?«

Matt machte einen schnellen Hüpfer, sodass sie jetzt genau synchron gingen. Linker Fuß, rechter Fuß . . . »Zuerst habe ich das alles nur aus Spaß gemacht. Diesen Sommerkurs auf der Tanzakademie hatte ich nur belegt, weil ich mal was ganz anderes erleben wollte. Weißt du, die Typen bei uns in der Nachbarschaft interessieren sich für nichts anderes als Football – das fand ich ziemlich öde. Das Ganze war irgendwie so eine Art Mutprobe . . .«, versuchte er zu erklären. »Und dann, als ich bei diesem Kurs auftauchte – warst du da!«

»Ich?« Jenna war verblüfft. »Wie meinst du das?«

»Ich hatte noch nie jemanden wie dich gesehen. Du kamst mir vor wie so 'ne Art Märchengestalt.«

»Sagtest du nicht neulich ›wie eine kriegerische Prinzessin‹?«, warf Jenna lächelnd ein.

»Stimmt, manchmal jedenfalls. Aber meistens hast du total cool gewirkt – und deine Art, zu tanzen, hat mich echt umgehauen!« Matt machte einen Luftsprung, um seine Worte zu unterstreichen. »Und dann hat das Tanzen angefangen mir zu gefallen und ich bin dir zur Aufnahmeprüfung an der Holly gefolgt.«

»Du hast meinetwegen teilgenommen?«

»Eigentlich habe ich überhaupt nicht daran geglaubt, dass sie mich aufnehmen würden«, gab Matt zu. »Doch dann hast du so gedrängelt, dass ich mich mehr anstrengen sollte, und na ja – hier bin ich.«

Jenna schaute ihn fassungslos an. Matt erwiderte ihren Blick mit einem frechen Grinsen.

»Im Grunde genommen hat sich nichts geändert. Du drängelst mich nach wie vor – und ich versuche immer noch dich dazu zu bringen, dass du etwas lockerer wirst und dir mehr Spaß gönnst. Hey, was ist mit dem Zaunpfahl da drüben? Ich kann dir den Sprung zeigen. Es ist ganz einfach.«

»Nein, heute nicht. Beeilen wir uns lieber, sonst ist der Markt noch vorbei, bevor wir ankommen.« Und mit diesen Worten stürmte Jenna davon, als könnte sie so der Flut von Gefühlen entkommen, die sie überschwemmte.

★ Kapitel 8 ★

Kommt alle zum Markt!

Das Gras im High Park war noch grün vom Herbstregen. Die Bäume, die über die Fläche des großen Stadtparks verteilt waren, hatten bereits einige Blätter verloren. Sie bildeten einen leuchtenden Teppich aus Orange, Rot und Gelb, der unter Matts und Jennas Füßen raschelte.

Als sie durch den Park gingen, hörten sie die Töne des Flötenspielers und das tiefe Dröhnen der keltischen Trommel.

Man könnte tatsächlich denken, wir wären ins Mittelalter zurückversetzt worden, dachte Jenna. Mal abgesehen vom Verkehrslärm und dem Fernsehübertragungswagen dort drüben.

Dan, der sich wie angekündigt eine Narrenkappe aufgesetzt hatte, deren Zipfel in alle Richtungen abstanden, jonglierte mit mehreren Keulen in leuchtenden Farben.

Als er Matt und Jenna in der Menge entdeckte, die sich um ihn herum versammelt hatte, grinste er ihnen zu.

»Ich wusste ja gar nicht, dass Dan jonglieren kann«,

meinte Matt verwundert. »Er hat wirklich eine Menge Talente. Ich würde mir allerdings nie im Leben so eine alberne Kappe aufsetzen.«
In diesem Moment kam Abbi auf die beiden zugeeilt. Die roten Haare wehten ihr ins Gesicht und sie versuchte in ihrem langen mittelalterlichen Kostüm zu rennen.
»Ich habe Joe verloren«, japste sie. »Habt ihr ihn vielleicht gesehen?«
»Wir sind gerade erst gekommen«, erklärte Jenna. Arme Abbi! Ihr kleiner Bruder machte wirklich ständig Ärger.
»Wie lange ist er denn schon verschwunden?«, fragte Matt und sah sich in der Menge nach einem kleinen rothaarigen Jungen um.
»Ich weiß es nicht.« Abbi sah sehr besorgt aus. »Lauren und ich haben der Musik zugehört und ich dachte, er wäre direkt neben mir. Und dann war er auf einmal verschwunden.«
»Wir werden ihn schon finden«, versuchte Matt sie zu beruhigen. »Er kann ja nicht weit sein.«
»Da kennst du Joe aber schlecht«, stöhnte Abbi. »Ich hab Mum die ganze Zeit gesagt, dass sie ihn nicht immer in der Wohnung einsperren kann. Wenn er dann mal rauskommt, spielt er total verrückt!«
»Weiß deine Mutter eigentlich, dass ihr hier seid?«, erkundigte sich Jenna.
»Nein«, gab Abbi verlegen zu. »Sie hätte mich nie mit

Joe in die Stadt fahren lassen. Aber ich wollte Lauren doch unbedingt singen hören.«
»Wir werden Joe schon finden«, sagte Matt noch einmal. »Holen wir erst mal Dan.« Er sprang hoch, um über die Köpfe der Menge hinwegblicken zu können, und winkte Dan zu. Der bemerkte ihn sofort und fing seine Keulen auf. Nachdem er sich hastig vor seinem Publikum verbeugt hatte, kam er zu den anderen hinüber.
»Was gibt's denn?«
»Joe ist weggelaufen«, sprudelte Abbi los. »Ich muss ihn unbedingt finden . . .«
Ohne Zeit zu verlieren, verteilten sie sich über den ganzen Park. Jenna hatte sich mit Lauren zusammengetan. »Arme Abbi«, meinte Lauren. »Es ist eine ganz schöne Verantwortung, ständig auf einen Neunjährigen aufzupassen.«
Jenna nickte zustimmend. »Wir haben Glück, dass wir die Jüngsten in der Familie sind.«
Lauren blieb plötzlich stehen. »Warum seid ihr eigentlich hier – Matt und du? Was ist aus eurem Tanzworkshop geworden?«
»Das ist eine lange Geschichte.« Jenna verzog das Gesicht. »Aber wir müssen zuerst Joe finden, dann erzähl ich's dir.«
Sie sahen beim Wagen des Eisverkäufers nach, am Würstchenstand und an allen anderen Orten, wo ein Neunjähriger sich aufhalten könnte. Zehn Minuten

später hatten sie den ganzen Park abgesucht, ohne auch nur einen Schimmer seiner roten Haare entdeckt zu haben. Jenna und Lauren trafen die anderen vor der kleinen behelfsmäßigen Bühne der keltischen Musikanten, die gerade eine Pause machten und in einem Grüppchen zusammenstanden.

»Im Park ist er nicht«, stieß Abbi mit tränenerstickter Stimme hervor. »Wahrscheinlich hat er sich auf die Suche nach einem Laden mit Videospielen gemacht.«

»Wir helfen alle mit ihn zu suchen«, sagte William, der Leiter der Gruppe. »Am besten verteilen wir uns und durchkämmen die Straßen rund um den Park.«

Aber nachdem sie zwanzig Minuten später die Gegend rund um den High Park abgeklappert hatten, war die Suchmannschaft völlig entmutigt. »Als ob er sich in Luft aufgelöst hätte!« Abbi tigerte in ihrem langen mittelalterlichen Kleid unruhig auf und ab. »Vielleicht hat er sich total verlaufen!«

»Solltest du nicht besser deine Mutter anrufen?«, fragte Jenna.

Abbi nickte niedergeschlagen. »Arme Mum. Es ist ziemlich hart für sie, sich ohne Dads Hilfe um Joe zu kümmern. Er wird von Tag zu Tag unberechenbarer.«

Plötzlich hörten sie einen lauten Ruf. »Schnell, kommt alle her!«

William stand am hinteren Ende des Fernsehübertragungswagens. »Ich glaube, ich habe deinen Bruder gefunden«, rief er ihnen entgegen. »Völlig versunken in die Wunder der elektronischen Welt.«

Der große Lastwagen hatte breite Doppeltüren, von denen eine ein Stück offen stand. Abbi, Dan, Jenna und Matt warfen einen Blick ins Innere des Wagens. Joe, der ein Paar Kopfhörer auf den Ohren hatte, die ihm viel zu groß waren, saß gebannt vor einem tragbaren Monitor.

Abbi raffte ihren schweren Rock mit einer Hand zusammen und sprang hoch. »Was zum Teufel, machst du da drinnen?«, brüllte sie wütend. Joe kam augenblicklich heraus und hüpfte zu ihnen herunter. Er nahm die überdimensionalen Kopfhörer ab und grinste seine Retter fröhlich an.

Inzwischen hatten sich die Fernsehtechniker und eine gaffende Menge um sie herum versammelt.

»Die haben vielleicht irres Zeug da drinnen.« Joe schüttelte bewundernd den Kopf. »Videokameras, Aufnahmegeräte und all so'n Kram. Ich habe euch beobachtet, wie ihr durch den Park gelaufen seid. Es sah aus, als hättet ihr irgendwas verloren.«

»Ja, dich!« Abbi stampfte wütend mit dem Fuß auf. »Alle im Park haben nach dir gesucht.«

»Oh!« Joe zuckte mit den Achseln. »Aber ich war doch die ganze Zeit hier. Ich weiß gar nicht, warum du dich so aufregst.«

»Nächstes Mal sagst du aber jemandem Bescheid, bevor du einfach verschwindest, okay?« Matt wuschelte ihm durchs Haar.

»Es tut mir so Leid, dass ich auch noch die *Lilith Singers* mit reingezogen habe«, entschuldigte sich Abbi bei Lauren, als sich die Aufregung wieder gelegt hatte.

»Das ist schon in Ordnung«, lächelte Lauren. »Es war sowieso ihr letzter Auftritt für heute. William bringt mir übrigens ein paar neue Stücke bei und er möchte, dass ich übernächste Woche mit der Gruppe auftrete. Sie geben ein Konzert im Roxy.«

»Das ist ja toll!«, rief Abbi aus.

»Er hat Dan gefragt, ob er ihnen beim Aufbau helfen kann«, fuhr Lauren fort, »und vielleicht gibt es sogar noch mehr Jobs hinter der Bühne.«

Sie schlenderten alle zusammen durch den Park zur Bushaltestelle. Lauren und Matt gingen voraus, hinter ihnen kamen Jenna und Dan und den Schluss bildete Abbi, die Joes Hand fest umklammert hielt.

»Ich kann nicht kommen«, sagte Jenna. »Ich muss trainieren.«

»Das sagst du immer«, beschwerte sich Abbi. »Mir bleibt gar nichts anderes übrig, als auf Joe aufzupassen«, sie zerrte ärgerlich an seiner Hand, »aber dich zwingt doch niemand zu trainieren.«

»Lass mich los!«, protestierte er.

»Das könnte dir so passen! Erst, wenn wir wieder sicher zu Hause sind.«

»Leute, ihr versteht das einfach nicht«, meinte Jenna stirnrunzelnd. »Ich muss jeden Tag trainieren, weil ich sonst steif werde . . .«

»Hey, was ist eigentlich mit eurem Tanzworkshop?«, fragte Dan plötzlich. »Matt und du, ihr solltet euch doch heute bei dem berühmten Jared Wesker rumtreiben.«
Alle blieben stehen und schauten die beiden an.
»Wir waren ja auch da.« Jenna zuckte mit den Achseln. »Aber es lief nicht so gut.« Sie spürte genau, dass Matt, der ihr den Rücken zukehrte, angespannt zuhörte. Seine Ohren hatten sich zartrosa verfärbt.
»Was ist denn passiert?«, wollte Lauren wissen.
»Es war einfach nicht das . . . was wir erwartet hatten«, schloss Jenna lahm und bemerkte, wie Matts Schultern sich entspannten. Er schien erleichtert zu sein, dass sie nichts von seiner überstürzten Flucht aus dem Tanzstudio erzählt hatte. Ich werde es niemandem verraten, dachte Jenna. Das geht nur uns beide etwas an.

★ Kapitel 9 ★

Jede Menge Geld

Jennas Mutter kam ihr schon an der Haustür entgegen. Ihre dunklen Augen glänzten und ihr Gesicht strahlte vor Freude. »Da war eben ein unglaublicher Anruf . . .«, setzte sie an.

»Ich weiß, Mum. Jemand von der Lara-Lake-Modelagentur, nicht wahr?«

»Du klingst nicht besonders begeistert für ein Mädchen, dem gerade ein Vertrag in vierstelliger Höhe angeboten worden ist«, sagte Mrs James erstaunt.

»Vierstellig?« Jenna ließ sich entgeistert auf die Treppenstufen fallen.

»Ist das nicht aufregend?«, rief ihre Mutter lächelnd. »Sie möchten, dass du nächste Woche für Probeaufnahmen vorbeikommst.«

»Aber ich trainiere doch jeden Tag für den Tanzwettberb an unserer Schule«, wandte Jenna ein. »Damit ich das Stipendium gewinne.«

»Ich weiß«, winkte Mrs James ab. »Lass uns jetzt nicht darüber reden! Du siehst aus, als hättest du in letzter Zeit zu hart gearbeitet. Du wirkst erschöpft. Geh in dein Zimmer und ruh dich ein bisschen aus!

Joyce und ich werden etwas Leckeres für dich kochen.«
»Ich bin nicht müde.« Jenna polterte die Treppen hinauf. Sie hasste es, wenn ihre Mutter so tat, als wäre das viele Tanzen zu anstrengend für sie. Und jetzt würde sie sie auch noch wegen dieser Modelgeschichte unter Druck setzen. Diesen bestimmten Gesichtsausdruck ihrer Mutter kannte Jenna nur zu gut!

★

»Warum freust du dich denn überhaupt nicht, dass du die Chance bekommst, Model zu werden?«, fragte Joyce beim Abendessen kopfschüttelnd. »Wenigstens einmal bräuchtest du dir keine Gedanken über deine Größe zu machen. Diese Agenturen suchen große Mädchen. Je größer, desto besser!«
»Ich weiß«, murmelte Jenna, während sie lustlos die Bohnen auf ihrem Teller herumschob, ohne etwas zu essen.
»Und im Gegensatz zum Tanzen kann man mit Modeln 'ne Menge Geld machen«, fuhr Joyce fort. »Ich hab mal gelesen, dass Tänzer schlechter verdienen als Müllmänner.«
»Ich kann einfach nicht glauben, dass du mir rätst Model zu werden«, rief Jenna mit blitzenden Augen. »Du behauptest doch immer, Tanzen sei reine Ange-

berei. Was glaubst du eigentlich, worum es beim Modeln geht?«

»Wenigstens wirst du dafür anständig bezahlt«, schnaubte Joyce. »Und bei den fetten Gagen bräuchtest du dich nicht für irgendwelche Stipendien abstrampeln.«

»Ich finde, du solltest keine Entscheidung treffen, bevor du nicht noch einmal gründlich über alles nachgedacht hast«, schaltete sich Jennas Mutter ein. »Egal, was Joyce und ich dazu sagen – es ist ganz allein deine Entscheidung.«

Und trotzdem hat sie diesen hoffnungsvollen Ausdruck im Gesicht, dachte Jenna, als sie nach dem Abendessen nach oben ging. Bei ihnen zu Hause war das Geld ständig knapp. Das Dach musste dringend neu gedeckt werden, ihre Mutter brauchte ein neues Auto und sie waren schon seit Jahren nicht mehr auf Grenada gewesen, um ihre Großeltern zu besuchen. Ihre Mum hatte kein Wort darüber verloren, aber das war auch gar nicht nötig. Man konnte es deutlich in ihren Augen lesen.

Jenna ließ sich seufzend aufs Bett fallen. Sie hatte das Gefühl, als würde ihr ganzes Leben auseinander fallen. Matt und sie hatten noch nicht einmal ein Stück für den Tanzwettbewerb. Und selbst wenn sie es schaffen sollten, gemeinsam eins zu erarbeiten, konnten sie nicht zusammen tanzen. Die Chancen, dieses Stipendium zu gewinnen, waren gleich null!

Da klopfte es leise an ihre Tür.
»Ja?«, rief Jenna.
Ihre Mutter steckte den Kopf ins Zimmer. »Darf ich reinkommen?«
»Natürlich.« Jenna setzte sich auf und presste ihr Kissen an die Brust.
»Es tut mir Leid, wenn wir zu viel Wirbel gemacht haben.« Jennas Mutter stieß einen tiefen Seufzer aus. »Aber ich bin nun mal so stolz auf dich. Du bist zu einer schönen jungen Frau herangewachsen – manchmal erkenne ich mein kleines Mädchen kaum wieder.«
»Mum ...«, setzte Jenna an.
»Ich weiß, dass du dich selber kaum wieder erkennst, weil du so schnell gewachsen bist. Das verunsichert dich natürlich«, fuhr Mrs James fort. »Deswegen tut es dir bestimmt gut, wenn du anderen Leuten in der Menge auffällst und sie sagen: ›Hey, seht euch doch mal dieses hübsche Mädchen an!‹ Dein Dad wäre furchtbar stolz auf dich.«
Jenna schluckte. Ihre Mutter sprach sonst fast nie von ihrem Vater. Sie hätte gern mehr über ihn erfahren, aber ihre Mum wurde immer ganz traurig, wenn sie über ihn redete. So wie jetzt, wo Tränen in ihren Augen schimmerten.
Liebevoll nahm Jenna ihre Hand. »Weißt du, es ist so, Mum – ich mag es nicht, von wildfremden Leuten angestarrt zu werden.« Jenna atmete tief durch. »Ich

möchte tanzen. Ich möchte den Zuschauern dieses ganz besondere Gefühl vermitteln, das ich dabei empfinde – als ob auch sie fliegen würden ...«

Ihre Mutter nickte. »Ich weiß. Ich mache mir doch nur Sorgen ...«

»Worüber denn?« Jenna spürte Ärger in sich aufsteigen. Es war wirklich verdammt anstrengend, sich mit Mum zu unterhalten!

»Na ja, dass du trainierst und trainierst und ...« Mrs James suchte angestrengt nach Worten.

»Und nie eine große Tänzerin aus mir wird? Das meinst du doch, nicht wahr?«

»Nein, das meine ich nicht. Ich bin sicher, dass du das schaffst, was du dir vorgenommen hast«, seufzte ihre Mutter. »Schließlich hast du schon als Zweijährige genau gewusst, was du wolltest. Aber du bist noch so jung – ich möchte einfach nur, dass du dir alle Möglichkeiten offen hältst.«

Jenna schlang die Arme um ihren Körper. Sie wusste, dass ihre Mutter sich Mühe gab, sie zu verstehen, aber es gelang ihr nicht. Jenna wollte sich keine anderen Möglichkeiten offen halten. Ihre einzige Leidenschaft war das Tanzen.

Sie musste unbedingt sofort aus dem Haus. Hastig griff sie nach ihrer Jacke und stürzte aus dem Zimmer.

»Ist es okay, wenn ich mal eben rüber zu Lauren gehe?«, rief sie ihrer Mutter zu. »Ich bin auch vor acht wieder zu Hause.«

Mrs James folgte ihr in den Flur. »Du willst sicher mit deiner Freundin über diese große Entscheidung sprechen, nicht wahr?«, sagte sie lächelnd. »Na, dann lauf schon!«

★ Kapitel 10 ★

Eine dicke Lüge

Lauren wohnte in einem großen Haus in einer ruhigen, von Bäumen gesäumten Straße. Wär das irre, so viel Platz zu haben!, dachte Jenna und streckte ihre langen, schlanken Arme aus, während sie im Eingangsflur stand und auf Lauren wartete. Zu Hause hätte sie auf diese Weise problemlos beide Wände berühren können.

In diesem Moment kam Lauren die geschwungene, mit Teppich ausgelegte Treppe hinunter.

»Hallo, Jenna«, sagte sie schüchtern. »Komm doch mit rauf in mein Zimmer!«

Am Ende der Treppe befand sich wieder ein breiter Flur, von dem zu beiden Seiten Türen abgingen. Laurens Zimmer war riesengroß und hatte eine hohe Decke. Mitten im Raum stand ein großes Bett. Die breite Fensterbank des alten Fensters war zu einer gemütlichen Sitzbank umgebaut worden und direkt daneben stand noch ein bequemer Sessel.

Jenna blieb einen Augenblick sprachlos stehen und nahm all diesen Luxus in sich auf. Dicker, herrlich weicher Teppichboden, Vorhänge mit zartem Rosen-

muster, eine dazu passende Tagesdecke für das breite Bett und ein großes Regal voller Bücher.
»Dein Zimmer gefällt mir«, sagte Jenna aus ganzem Herzen und musste plötzlich an den Modelvertrag denken. Mit dem Geld könnte sie sich all das kaufen!
»Es ist der einzige Ort im Haus, wo ich meine Ruhe habe«, seufzte Lauren. »Sobald ich nach unten gehe, liegen mir meine Eltern oder mein Bruder in den Ohren, dass ich Klavier oder Gesang üben soll, oder sie fangen wieder mit der alten Leier an, dass ich mein Talent vergeude . . .« Ihre Stimme wurde immer leiser. »Aber lass uns lieber nicht darüber reden.«
»Okay«, stimmte Jenna zu. »Eigentlich bin ich auch gekommen, um mit dir über Matt zu sprechen.«
Bei der Erwähnung seines Namens überzog Laurens blasse Wangen eine heftige Röte. Sie ließ sich auf den Fenstersitz fallen und starrte nach draußen.
»Neulich . . . also, ich dachte, du würdest denken, dass ich . . . na ja, dass ich Matt mögen würde«, stotterte Jenna verlegen. »Aber ich hab nur versucht ihn dazu zu übereden, dass er mit mir zu diesem Workshop kommt.«
Lauren schaute immer noch aus dem Fenster. Irgendwie lief die ganze Sache schief.
»Dabei mag ich ihn gar nicht . . .« Jenna suchte verzweifelt nach den richtigen Worten. »Ich kann doch nichts dafür, dass Miss Adaman uns zu Partnern gemacht hat.«

»Ich weiß«, flüsterte Lauren.
»Wir kommen einfach nicht miteinander klar«, fügte Jenna hinzu. »Die ganze Zeit streiten wir uns nur. Er macht mich noch wahnsinnig!«
»Es ist schon okay.« Endlich sah Lauren sie an.
»Wirklich?« Jenna saß auf der Kante des Sessels und betrachtete aufmerksam das Gesicht ihrer Freundin.
»Ja, wirklich. Er hat mir von diesem Tanzworkshop erzählt und ich habe ihm gesagt, er sollte hingehen.« Lauren seufzte. »Es ist sowieso hoffnungslos. Für ihn bin ich nur die niedliche, kleine Lauren.«
Jenna schüttelte den Kopf. »Er redet die ganze Zeit von dir. Lauren hier und Lauren da. Und er ist völlig begeistert von deinem Gesang.«
Laurens Gesicht lief knallrot an. »Wie läuft es eigentlich mit eurem Tanz für den Wettbewerb?«, fragte sie hastig, um von sich abzulenken.
»Furchtbar«, gab Jenna zu. »Ich wünschte, ich könnte Matt dazu bringen, dass er mehr trainiert. Er könnte so gut sein, wenn er sich ein bisschen Mühe geben würde.«
»Es bedeutet dir sehr viel, dieses Stipendium zu gewinnen, nicht wahr?«, fragte Lauren.
»Es bedeutet mir alles!«, rief Jenna aus ganzem Herzen. »Dadurch hätte ich eine echte Chance, als Tänzerin Karriere zu machen. Sonst . . .« Sie brach ab.
»Sonst was?« Lauren betrachtete sie besorgt.
»Sonst könnte ich das Tanzen genauso gut an den

Nagel hängen und Model werden«, erwiderte Jenna gequält.

»Model?« Lauren schaute sie überrascht an. »Wie kommst du denn auf die Idee?«

Und auf einmal sprudelte alles aus Jenna heraus. Wie sie »entdeckt« worden war und das verlockende Angebot von der Modelagentur bekommen hatte. »Meine Mutter möchte unbedingt, dass ich zu diesem Fototermin gehe«, seufzte sie. »Das spüre ich genau.«

»Das kannst du doch nicht tun!«, rief Lauren atemlos. »Nachdem du so hart gearbeitet hast! Du bist eine Tänzerin, Jenna. Du musst tanzen! Hör zu, ich werde dir helfen! Ich werde Matt so lange nerven, bis er mir verspricht sich mehr anzustrengen.«

Jenna lächelte ihre Freundin dankbar an. »Danke«, sagte sie gerührt. »Auch wenn es nicht funktionieren sollte – es ist schön, dass du an mich glaubst.«

Nachdenklich blickte sie sich in dem großen Raum um, der jetzt in Schatten gehüllt war. »Ich wünschte, ich hätte ein Zimmer wie dieses. Hier könnte man wunderbar trainieren.«

»Es ist manchmal ganz schön einsam hier«, meinte Lauren. »Ich wünschte, du würdest mehr in meiner Nähe wohnen. Dann könntest du zum Proben zu mir kommen. Übrigens, ich habe ein paar tolle Bücher über Tänzer – möchtest du sie vielleicht mal sehen?«

Eine halbe Stunde später rannte Jenna mit einem Arm voll Bücher die Treppen zur Haustür hinunter.

Sie hatte sich die Biografien der beiden großen russischen Ballerinen Danilowa und Pavlowa ausgeliehen, einen Bildband über Nurejew und einen über berühmte amerikanische Tänzerinnen.
»Du brauchst dich mit dem Zurückgeben nicht zu beeilen«, rief Lauren ihr hinterher. »Ich brauche die Bücher nicht.«
Glücklich umklammerte Jenna ihre Schätze. »Danke, Lauren!«, rief sie über die Schulter zurück. Das seltsame stechende Gefühl in ihrem Inneren war verschwunden. Okay, sie hatte gelogen, als sie gesagt hatte, sie könne Matt nicht ausstehen. Aber Lauren bedeutete ihr mehr als Matt mit all seinem Charme und seinem guten Aussehen. Sie könnte ihre Freundin nie verletzen.
Also, vergiss ihn!, befahl sich Jenna ungefähr zum zehnten Mal an diesem Tag.

★

Nach dem Abendessen schlenderte Matt hinaus in den Garten ihres hohen, schmalen Reihenhauses mitten in der Stadt. Im Moment war er nur ein kleines Rechteck schwarzer Erde, aber im nächsten Frühjahr würden hier Tomatenpflanzen und Kletterbohnen wachsen und Wein an der Laube hochranken. Und auf jedem freien Zentimeter würden seine Eltern Gemüse pflanzen.

Matt schwang sich auf das Geländer der Veranda und baumelte mit den Beinen. Das Haus hatte sich kaum verändert, seit sein Großvater aus Italien eingewandert war und das Familienunternehmen gegründet hatte. Als sie in Amerika ankamen, war sein Vater noch ein kleiner Junge gewesen, aber es stand bereits fest, dass er den Laden einmal übernehmen würde.

Und bald bin ich an der Reihe, dachte Matt. Es sei denn, aus mir wird in der Zwischenzeit noch ein berühmter Tänzer. Er lächelte in sich hinein. Das würde niemals passieren! Seine Eltern störte es nicht, dass er tanzte, solange er sich darüber im Klaren war, dass er eines Tages der dritte Caruso sein würde, der den Obst- und Gemüsehandel führte.

Wenn sie dächten, dass er ernsthaft eine Karriere als Tänzer anstrebte ...

Matt sprang vom Geländer und landete in der weichen Erde. Er schritt den Garten ab, indem er sorgfältig einen Fuß vor den anderen setzte und mit den Armen balancierte. Er kam auf knapp zehn Meter Länge und sechs Meter Breite.

Das war seine ganze Welt. Plötzlich wurde Matt von einer merkwürdigen Unruhe gepackt. Was für eine kleine Welt! Er stürmte die Verandatreppe hoch und trat sich die Schuhe auf der Fußmatte ab.

»Was machst du denn da?«, rief ihm seine Mutter aus dem offenen Küchenfenster zu. »Zieh gefälligst die

Schuhe aus, bevor du mir den ganzen Dreck auf meinen sauberen Boden trägst!«

»Geht in Ordnung, Ma!«, rief Matt zurück und kickte die Schuhe von den Füßen. Er wollte gerade die Treppe zu seinem Zimmer im Keller hinuntergehen, als ihn seine kleine Schwester aufhielt, die gehört hatte, dass er hereingekommen war.

»Matt, spielst du jetzt mit uns?«, quengelte sie.

»Später!«, knurrte Matt. »Erst muss ich proben!« Er schob eine CD mit Tanzmusik in seinen tragbaren CD-Player und begann mit ein paar Aufwärmübungen.

Auf einmal überfiel ihn ein unwiderstehlicher Drang, Sprünge zu machen, Pirouetten zu drehen und durch die Luft zu schweben. Er sprang – und krachte mit dem Kopf gegen ein Rohr, das unter der Kellerdecke verlief. Zum Glück war es lose und schwang zur Seite, als er mit voller Wucht dagegenstieß, aber der harte Aufprall trieb ihm trotzdem die Tränen in die Augen.

Matt sank auf dem Boden zusammen. Das Haus war zu klein, zu niedrig, zu voll. Wenn er jetzt nach oben ginge, würden seine kleinen Geschwister mit ihm spielen wollen oder er müsste mal wieder irgendetwas für Dad erledigen.

Sein Vater war ständig beschäftigt. Arbeit war sein Leben. Wenn er ausnahmsweise mal nicht im Laden zu tun hatte, arbeitete er im Garten oder reparierte etwas am Haus. Deswegen sehnte sich Matt nach einem Leben, in dem auch Raum für andere Dinge war. In seinem Kopf begann ein Tanzstück Gestalt anzunehmen. Ein Stück, das davon handelte, in einer beengten Welt gefangen zu sein und sich nach mehr Freiheit zu sehnen. Er würde es zusammen mit Jenna tanzen – groß, wie sie beide waren, konnten sie bestimmt glaubhaft darstellen, dass plötzlich alles zu klein für sie geworden war.

Matt begann in dem winzigen Kellerraum zu tanzen. Wohin sie sich auch bewegten, würden sie gegen Wände und eine niedrige Decke stoßen ... und wenn er versuchte sie hochzuheben, wäre da nicht genug Platz über ihren Köpfen ...

Bei dem Gedanken an Jenna fiel Matt der Typ von der Modelagentur wieder ein. Wie konnte er den Mann in Schwarz in sein Stück einbauen? Genau! Norman würde Jenna einen Weg in die Freiheit anbieten, eine Tür nach draußen für sie öffnen.

Plötzlich überfiel Matt ein unheimliches Gefühl. Der Mann in Schwarz hatte ein unangenehmes Lächeln. Er war zu glatt, zu sehr von sich überzeugt. Auf irgendeine Weise schien er Jenna in Gefahr zu bringen.

Matt schüttelte sich und stellte die Musik ab. Seine Phantasie war mit ihm durchgegangen. Wahrscheinlich würde Jenna seine Idee sowieso nicht gefallen. Ihr gefiel ja nie etwas, das von ihm kam!

★ Kapitel 11 ★

Ich muss perfekt sein!

Als Jenna am nächsten Morgen aufwachte, war sie entschlossen Matt und den Modelvertrag endgültig aus ihrem Kopf zu verbannen und noch härter zu trainieren. Noch vor dem Frühstück probte sie eine Stunde in ihrem Zimmer. Und in der Schule war sie lange vor den anderen im Tanzstudio und paukte immer wieder die Grundpositionen.

Miss Adaman kam zu ihr hinüber an die Stange. »Es reicht jetzt, Jenna«, sagte sie mit strenger Stimme. »Du überanstrengst dich sonst völlig.« Eindringlich betrachtete sie Jennas Gesicht. »Du siehst blass aus. Isst du auch genug?«

»Natürlich!«, keuchte Jenna. »Und außerdem kann ich jetzt nicht aufhören. Ich bin mit diesem Jeté noch nicht zufrieden. Er muss absolut perfekt sein.«

»Du solltest dich ein bisschen mehr um dich selber kümmern. Ich kann gut verstehen, wie es dir geht, aber . . .«, setzte Miss Adaman an.

»Nein, das können Sie nicht!« Jenna funkelte ihre Lehrerin wütend an, riss sich dann aber zusammen. »Tut mir Leid, Miss Adaman. Ich weiß, dass Sie auch

Tänzerin sind.« Jenna hatte davon gehört, dass ihre Lehrerin nach einer schweren Knieverletzung operiert worden war. »Aber es ist alles so kompliziert.«

»Und das Tanzen ist so einfach . . .«, seufzte Miss Adaman. »Wenn man seinen Körper perfekt beherrscht, hat man das Gefühl, das ganze Universum kontrollieren zu können. Aber man kann nichts erzwingen, Jenna. Wenn du Tänzerin werden möchtest, musst du deinem Körper auch erlauben zu wachsen.«

»Ich bin schon groß genug.« Jenna lachte bitter auf. »Wenn ich noch weiterwachse, kann ich keine Ballerina mehr werden.« Sie blickte an ihren langen, schlanken Beinen hinunter. »Ich muss dieses Stipendium unbedingt gewinnen, Miss Adaman!«

In diesem Moment stürmte Matt herein und pfiff zufrieden vor sich hin. »Hi.« Er grinste Jenna zu. »Bereit für's Training?«

Jenna spürte die vertraute Mischung aus Ärger und unterdrücktem Lachen, die Matt jedes Mal bei ihr auslöste. Herausfordernd stemmte sie die Hände in die Hüften. »Die Frage ist ja wohl eher, ob du bereit bist.«

Während sie zusammen ihr Aufwärmtraining machten, bemerkte Jenna einen ernsten Ausdruck in Matts sonst so lustigen Augen. »Hat die Modelagentur eigentlich schon bei euch angerufen?«, fragte er, als sie sich Seite an Seite im Takt der Musik beugten und streckten.

Jenna nickte.
»Und?«, erkundigte sich Matt.
»Meine Mutter und meine Schwester sehen mich bereits die Laufstege in Paris und Mailand entlangstolzieren«, seufzte Jenna.
»Und du willst nach wie vor nicht zu diesem Fototermin gehen?«, hakte Matt nach.
»Das will ich!« Jenna streckte ein Bein kerzengerade über ihren Kopf.
»Dann lass uns tanzen! Mir sind da ein paar Sachen für unser Stück eingefallen. Mal sehen, ob es dir gefällt.«
Matt erläuterte ihr seine Ideen, indem er sie vortanzte.
Wie kommt es, dass er mich so gut versteht?, fragte sich Jenna verwundert. Genauso fühlte sie sich im Moment – als ob sie in einen Käfig gesperrt wäre und viel zu wenig Platz hätte.
Begeistert fügte sie ihre eigenen Ideen hinzu. »Wir könnten doch auch die Rollen tanzen, die die anderen uns aufzwingen wollen«, schlug sie vor. »Ich würde ein Model darstellen, das in knallengen, unbequemen Klamotten für diese gestellten Modefotografien posiert.« Sie machte Matt vor, was sie meinte.
»Und ich kicke Bälle durch die Gegend und schleppe dich herum wie eine Kiste Pflaumen.« Matt lachte. »So, wie Wesker es behauptet.«
»Er versteht dich eben nicht.« Ehe Jenna wusste, wie

ihr geschah, waren ihr die Worte herausgerutscht. Matt schaute sie erstaunt an.

»Aber Lauren versteht dich«, fügte Jenna hastig hinzu. »Sie findet dich wunderbar.«

Die beiden hatten aufgehört zu tanzen und standen jetzt ganz dicht voreinander.

»Sie würde sich bestimmt freuen, wenn du zu diesem keltischen Konzert am Sonntag kommen würdest«, fuhr Jenna fort.

»Ich finde, wir sollten alle hingehen«, meinte Matt. »Schließlich gehört sie zu unserer Clique.«

Jenna stieß erleichtert den Atem aus. Die merkwürdige Spannung, die für einen Moment zwischen ihnen geherrscht hatte, war verflogen. Sie gehörten alle zu einer Clique – mehr war da nicht.

★

Der Lärm in der Kantine war ohrenbetäubend. Jenna und Matt setzten sich zu den anderen an ihren Tisch, nachdem sie sich etwas zu essen und etwas Kaltes zu trinken geholt hatten. Dan hatte wie üblich eine braune Papiertüte dabei, aus der er zwei Käsesandwiches fischte.

»Isst du eigentlich niemals etwas anderes?«, fragte Matt.

»Warum sollte ich?« Dan grinste. »Es geht doch nichts über Brot und Käse. Ihr werdet euch mit diesem Zeug noch die Eingeweide verkleben, Leute.« Er zeigte auf die Pommes und Hamburger auf den Tellern der anderen. »Da bleib ich doch lieber bei meinen Sandwiches. Und – was gibt's Neues?«, fragte er, um das Thema zu wechseln.

»Joe treibt mich echt zum Wahnsinn«, stöhnte Abbi. »Er weiß genau, dass ich mich bei Mum nicht über ihn beschweren kann, weil ich ihr verschwiegen habe, dass wir auf dem mittelalterlichen Markt waren. Ich weiß einfach nicht, was ich mit ihm machen soll.«

»Bring ihn doch mit zu Laurens Konzert am Sonntag«, schlug Matt vor. »Wir können dir alle helfen auf ihn aufzupassen.«

»Am besten besorge ich mir eine Leine für das kleine Monster«, stöhnte Abbi und verbarg den Kopf in den Armen.

»Hey, Jenna – willst du den anderen denn gar nichts von deinen großen Neuigkeiten berichten?«, fragte Matt.

»Was?« Sofort richtete Abbi sich kerzengerade auf. »Was ist passiert, Jen?«

»Ach, nichts.« Jenna zuckte mit den Achseln.

»Sie ist mitten auf der Main Street entdeckt worden. Von einem umherstreifenden Talentsucher, dem sie in der Menge aufgefallen ist«, rief Matt lachend. »Und sie behauptet, das wäre nichts!«

»Erzähl schon!«, drängte Dan. »Nachdem Matt seine

große Klappe mal wieder nicht halten konnte, bleibt dir sowieso nichts anderes übrig.«

Also berichtete Jenna ihnen von Norman Mars und dem Fototermin bei der Lara-Lake-Agentur. Das Honorar erwähnte sie nicht, aber das war auch gar nicht nötig.

»Wow!«, rief Abbi mit leuchtenden Augen. »Weißt du eigentlich, was das heißt? Kohle, jede Menge Kohle! Dein Bild auf den Titelseiten der großen Magazine. Reisen, von einer aufregenden Stadt zur anderen jetten. Werbeverträge, Klamotten ... oh, Jenna!« Abbi wünschte sich nichts sehnlicher als berühmt zu werden.

»Aber Jenna will das alles gar nicht«, mischte Lauren sich ein.

»Sie ist verrückt.« Matt legte den Arm um Laurens Schulter. »Nur weil sie denkt, dass es sich nicht mit dem Tanzen vereinbaren lässt ...«

»Aber Jenna!«, rief Abbi fassungslos.

»Du könntest doch nebenbei immer noch tanzen«, fügte Dan hinzu.

Jenna fiel es schwer, ihnen zuzuhören. Ihre ganze Aufmerksamkeit war auf Matts Arm gerichtet, den er um Laurens Schulter gelegt hatte. Der bohrende Schmerz in ihrem Inneren meldete sich stärker als je zuvor. »Ich habe einfach keine Lust, Model zu werden«, sagte sie abweisend. »Außerdem müsste ich dann vielleicht die Schule verlassen.«

Die anderen verstummten für einen Augenblick.
»Aber warum sagst du denn gleich Nein?«, platzte Abbi heraus. »Du könntest es doch wenigstens mal versuchen und sehen, wie es läuft. Wenn du ein Top-Model werden willst, musst du früh anfangen ...«
»Als Tänzerin auch.« Jenna schüttelte entschieden den Kopf.
»Arme Jenna«, meinte Lauren. »Das muss eine ganz schön schwere Entscheidung sein.«
»Wenigstens kann man sich als Schauspieler bis zwanzig oder dreißig Zeit lassen, ehe man einsteigt«, sagte Dan.
»Beim Singen ist es genauso.« Lauren nickte zustimmend.
»Wo wir gerade vom Singen sprechen – wir gehen doch alle zum keltischen Konzert, nicht wahr?« Matt schaute die anderen der Reihe nach an und blickte dann lächelnd in Laurens große, graue Augen. »Ich möchte dich unbedingt noch einmal singen hören.«
Jenna stand plötzlich auf und murmelte: »Ich muss los. Wir sehen uns dann später.« Matt hatte immer noch seinen Arm um Lauren gelegt. Sie konnte diesen Anblick einfach nicht länger ertragen.
Die anderen sahen ihr nach, als sie durch die volle Kantine davonging.
»Wow!«, seufzte Abbi sehnsüchtig. »Ich wünschte, mir würde jemand die Chance geben, zu modeln. Dann könnte ich einen Babysitter für Joe engagieren.«

»Was ist denn nun mit Laurens Konzert?«, fragte Dan gespannt. »Kannst du Sonntag kommen?«
Abbi nickte. »Ich werde Mum bitten sich um jemanden zu kümmern, der auf Joe aufpasst«, versprach sie.
»Jenna kommt bestimmt auch.« Matt warf ihr noch einen Blick hinterher. Er hätte zu gerne gewusst, warum sie auf einmal so kratzbürstig geworden war. Vielleicht hätte er das mit dem Modelvertrag nicht erzählen sollen.
Lauren war wunschlos glücklich. Sie hätte bis in alle Ewigkeit an diesem Tisch sitzen können, neben Matt und mit seinem Arm um ihre Schulter.

⋆ Kapitel 12 ⋆

Das keltische Konzert

Als Jenna nach der Schule gerade auf dem Weg in ihr Zimmer war, klingelte das Telefon. Sie lief die Treppe wieder hinunter und nahm den Hörer ab.

»Könnte ich bitte mit Jenna James sprechen?« Sie erkannte die raue, leicht heisere Stimme sofort. Es war Norman Mars, der Typ von der Modelagentur.

»Hast du dich schon entschieden, ob du Interesse an meinem Angebot hast? Nächste Woche hätte ich noch einen freien Termin, wo ich das Fotoshooting mit dir einschieben könnte.«

Am liebsten hätte Jenna gesagt: »Nein danke, kein Interesse«, und aufgelegt. Ihre geregelte, perfekt kontrollierte Welt, in der sich alles ums Tanzen drehte, schien sich mehr und mehr aufzulösen. Zuerst Matt und nun Norman Mars versuchten sie zu zerstören. Doch plötzlich sah sie ganz deutlich ihre Freunde vor sich – die Mischung aus Bewunderung und Aufregung auf ihren Gesichtern, als sie die große Neuigkeit hörten.

»Ich . . . äh, weiß nicht«, murmelte sie.

»Wir könnten uns am Mittwoch um halb acht treffen, wenn es dir passt«, schlug Norman vor.

»Um halb acht morgens?«, fragte Jenna.
»Um Himmels willen, Kleine – nein!« Am anderen Ende der Leitung ertönte ein amüsiertes Lachen. »Abends natürlich. Ich stehe nie vor elf auf. Sprich es mit deiner Mutter ab und ruf mich wieder an, wenn dir der Termin passt.«
Offenbar weiß er ganz genau, dass Mum es mir erlauben wird, dachte Jenna, als sie auflegte. Er hat sich angehört, als hätte ich bereits beschlossen zu kommen. Langsam ging sie die Treppe wieder hinauf und dachte fieberhaft nach. Neun von zehn Mädchen in ihrem Alter würden vor Freude verrückt werden, wenn sie die Chance bekämen, reich und berühmt zu werden. Jenna hatte schon oft solche Aufnahmen in den bekannten Modemagazinen gesehen – mit Untertiteln wie *Fünf aufregende neue Gesichter.* Wahrscheinlich war es sogar der Traum jedes Mädchens. Aber ich habe doch schon einen Traum, dachte Jenna traurig. Was soll ich bloß tun?
Als das Telefon wieder klingelte, raste Jenna die Stufen hinunter, um Norman Mars zu sagen, dass er gefälligst aufhören sollte sie zu nerven.
Doch es war nicht der Talentsucher. Es war Matt.
»Hey, Jenna.« Seine Stimme klang warm und freundlich. »Kommst du eigentlich auch Sonntagabend?«
»Ich . . . ich weiß nicht«, stotterte Jenna.
»Ich habe angerufen, um dich zu überreden«, gab Matt zu. »Du brauchst dringend mal ein bisschen

Spaß in deinem trostlosen Leben. Wie wär's, wenn du etwas mehr Zeit mit deinen Freunden verbringen würdest?«

»Aber ich . . .«

»Kein Aber. Ich habe mich ja auch bemüht an meiner Disziplin zu arbeiten.«

»Ich weiß. Darüber bin ich sehr froh.«

»Und du«, fuhr Matt fort, »du solltest trainieren, es dir auch mal gut gehen zu lassen. Außerdem wäre Lauren bestimmt furchtbar enttäuscht, wenn wir nicht alle kommen.«

»Okay!« Jenna musste gegen ihren Willen lachen. »Ich bin dabei.«

★

Das Roxy Theatre, in dem die *Lilith Singers* auftraten, war ein altes Kino, das zu einer Konzerthalle umgebaut worden war. Die Bühne war klein und die Bestuhlung alt, aber sehr bequem.

Als Matt, Jenna, Dan und Abbi ankamen, waren die meisten Plätze im Parkett bereits besetzt.

»Ganz schön was los!«, meinte Dan und pfiff anerkennend.

»Setzen wir uns doch in den ersten Rang!«, rief Abbi und stürmte auch schon zum Aufgang. »Dort können wir nebeneinander sitzen und haben einen guten Blick auf die Bühne.«

Die vier trabten die Stufen hinauf und fanden noch Plätze in der ersten Reihe – direkt an der altmodischen, geschwungenen Brüstung.

»Ob Lauren uns hier oben überhaupt sehen kann?«, überlegte Matt laut.

»Das glaube ich nicht. Wahrscheinlich wird sie von den Scheinwerfern geblendet.« Dan reckte den Hals, um einen Blick auf die Beleuchtungsanlage hinter ihnen zu werfen.

Plötzlich gingen die Lichter aus und die sanften Klänge einer Harfe und eines Zymbals erklangen aus dem Hintergrund. Als die Scheinwerfer langsam wieder heller wurden, betraten die *Lilith Singers* im Gänsemarsch die Bühne. Sie waren gekleidet wie zu einer Pilgerfahrt und William, der Flötenspieler, führte ihre Prozession an.

Ganz am Ende der Reihe erschien eine schlanke Gestalt in einem weißen Kleid, das in weichen Falten bis zu ihren Füßen fiel und in der Taille von einer grünen Kordel zusammengehalten wurde.

»Seht euch doch nur mal Lauren an!«, stieß Matt atemlos hervor.

In dieser weißen Robe wirkte sie sehr klein und zerbrechlich – fast wie ein Wesen aus einer anderen Welt.

»Wow, so habe ich Lauren ja noch nie gesehen«, flüsterte Matt. »Sie sieht wunderschön aus!«

Die Sänger stimmten einen Kanon an, wobei eine

Gruppe begann und dann die zweite und dritte einsetzten. Als der Kanon endete, sang nur noch Laurens Gruppe.

»Ist ja irre!«, rief Matt begeistert. »Man kann ihre Stimme aus all den anderen heraushören.«

Abbi versetzte ihm einen kräftigen Rippenstoß. »Sei gefälligst leise!«, zischte sie ihm zu. »Wir haben selber Ohren und würden gerne was von der Musik mitkriegen!«

Aber Matt war viel zu aufgeregt, um still zu sitzen. Er stützte sich auf die Balkonbrüstung und lehnte sich weit nach vorne, um bloß keinen Ton zu verpassen. Als das Lied vorbei war, warf er sich schwungvoll in seinen Sitz zurück. »Mann, ich wünschte, sie würden Lauren ganz alleine singen lassen«, stieß er hervor.

Jenna fühlte sich wie gelähmt. Auf der einen Seite fand sie es aufregend, Lauren bei ihrem Auftritt zuzusehen, auf der anderen Seite spürte sie jedes Mal, wenn Matt sagte, wie schön Lauren aussah und wie gut sie sang, den vertrauten stechenden Schmerz.

Ich bin eifersüchtig!, gestand sie sich überrascht ein. Ich bin eifersüchtig auf Lauren, weil Matt sie mag. Was bin ich bloß für eine Freundin? Wenn sie gekonnt hätte, wäre sie weggelaufen, aber Jenna hatte das Gefühl, an ihrem Sitz festgeklebt zu sein.

Als die Vorstellung schließlich vorbei war, klatschten, pfiffen und johlten sie begeistert und schwärmten dann hinter die Bühne, um Lauren zu gratulieren.

»Hallo!«, begrüßte William sie mit einem breiten Grinsen. »Wo ist denn dein kleiner Bruder heute?«, fragte er Abbi.

»Ich habe ihn zu Hause gelassen«, antwortete sie. »Er hätte hier bestimmt nur wieder irgendwas angestellt. Seht euch das mal an – so sieht also ein richtiges Theater aus!«

Begeistert blickte Abbi sich hinter der Bühne um, wo es von Menschen nur so wimmelte. Sie studierte alles ganz genau – die Seilzüge, die alten Kulissen und die staubigen Requisiten. Die anderen kannten diesen faszinierten Gesichtsausdruck bereits. Abbi war völlig theaterbesessen.

»Das war eine tolle Vorstellung!« Matt schüttelte hingerissen Laurens Hand. »Hast du gehört, wie wir dir zugejubelt haben?«

»Meine Handflächen sind immer noch rot vom Klatschen.« Zum Beweis hielt Dan sie ihr hin.

Lauren lachte. »Ihr übertreibt wahrscheinlich maßlos – aber trotzdem vielen Dank!« Sie verbeugte sich anmutig in ihrem langen Kleid.

»Wir haben versucht Lauren zu überreden, uns auf unserer Weihnachtstour zu begleiten«, schaltete sich William ein. »Wir werden eine Reihe von Konzerten in Kirchen und Einkaufszentren geben.«

Laurens Gesicht glühte förmlich. »Jenna«, flüsterte

sie ihrer Freundin zu, als sie ihre Mäntel anzogen. »Danke, dass du Matt dazu gebracht hast, mitzukommen.«

»Matt hat *bei mir* angerufen und gesagt, ich müsste auch kommen.« Jenna stieß ein unsicheres Lachen aus. »*Er* wollte unbedingt hierher.«

»Ich glaube, er hat mich zum ersten Mal als Mädchen wahrgenommen.« Lauren sprudelte über vor Freude.

»Natürlich hat er das. Du siehst ja auch wunderschön aus«, sagte Jenna. Sie bemühte sich aufrichtig zu klingen, aber innerlich drehte sich ihr der Magen um.

»Wir sehen uns dann morgen.« Lauren drückte dankbar ihren Arm. »Danke, dass du so eine gute Freundin bist.«

Das Gefühl hatte Jenna überhaupt nicht. Sie versuchte sich für Lauren zu freuen, aber obwohl sich alles viel besser entwickelte, als sie gehofft hatte, spürte sie nur Traurigkeit und Schuldgefühle in sich. Am liebsten wäre sie aus dem Theater gerannt und hätte sich in die Welt des Tanzens zurückgezogen, wo alles geregelt und diszipliniert war und sie die absolute Kontrolle über alles hatte.

★

Jenna stürmte die Verandastufen hinauf und schloss die Haustür auf. Ihr Zimmer mit der selbst gebauten

Ballettstange wartete schon auf sie. Sie ließ die Tasche mit ihren Tanzsachen zu Boden fallen und ging auf die Treppe zu.

»Jenna, bist du das?«, rief ihre Mutter aus der Küche.

Was glaubst du denn? Etwa ein Fremder, der, ohne anzuklopfen, in dein Haus gerannt kommt?, hätte Jenna am liebsten gerufen, aber sie atmete tief durch und schaffte es, sich ihren Kommentar zu verkneifen.

»Was gibt's denn?«, fragte sie und gab sich Mühe, freundlich zu klingen.

»Ich habe von der Bibliothek aus diese Modelagentur überprüft.« Mrs James saß am Küchentisch und ging ihre Kontoauszüge durch. »Ich wollte mich vergewissern, ob mit der Agentur auch alles in Ordnung ist.«

»Und?« Jenna musste sich zwingen nicht ungeduldig zu klingen.

»Nun, es scheint alles bestens zu sein«, erwiderte ihre Mutter lächelnd. »Sie haben Filialen in mehreren Ländern, besitzen international einen guten Ruf und setzen hohe Maßstäbe in ihrer Arbeit.«

»Danke, Mum«, sagte Jenna mit verkniffenem Mund.

»Also, wenn du möchtest ... Ich meine, wenn du deine Meinung ändern solltest ...«

»Danke«, schnitt Jenna ihr das Wort ab. »Ich würde jetzt gerne in mein Zimmer gehen, wenn das okay ist.« Noch eine Sekunde länger und sie würde explodieren.

»Natürlich ist das okay«, sagte ihre Mutter lächelnd. »Mir ist klar, dass das für dein Alter eine schwierige Entscheidung ist. Da gibt es eine Menge zu bedenken.«

Sie sagt das so, als sei sie ganz sicher, dass ich die richtige Entscheidung treffen werde, dachte Jenna, als sie endlich in die Sicherheit ihres Zimmers flüchtete.

★ Kapitel 13 ★

Joe, der Ausbruchskünstler

Als Abbi nach dem Konzert nach Hause kam, fand sie Mrs Murgatroyd, den Babysitter, schluchzend vor dem Fernseher.
»Was ist denn los?«, rief Abbi erschrocken.
»Es ist wegen Lucy.« Mrs Murgatroyd wischte sich die Augen. »Sie hat sich gerade von Troy getrennt . . .«
»Ach, Sie haben eine ihrer Serien geguckt!«, rief Abbi erleichtert. »Wo ist Joe?«
Mrs Murgatroyd zeigte wortlos auf sein Zimmer. Sie bewegte sich nur, wenn es sich nicht vermeiden ließ, und war süchtig nach allen möglichen Fernsehserien. Leider war sie auch die Einzige, die sie dazu bewegen konnten, auf Joe aufzupassen.
»Wie lange ist er denn schon da drin?«, erkundigte sich Abbi.
»Oh, Schätzchen, das weiß ich nicht genau. Erst habe ich *General Hospital* geguckt und dann *Chicago Hope* und *Emergency Room.* Ich habe mir nämlich ein paar Videobänder mit meinen Lieblingssendungen von zu Hause mitgebracht.«
Abbi ging durch den Flur zu Joes Zimmer.

Das ohrenbetäubende *Pow-Kapow!* eines Videospiels drang durch die geschlossene Tür. Er würde ihr Klopfen bestimmt nicht hören.

Also öffnete Abbi kurz entschlossen die Tür. Das Zimmer war dunkel – abgesehen von den blitzenden und pulsierenden farbigen Lichtern auf dem Bildschirm.

»Joe?«, rief Abbi.

Keine Antwort. Sie sah sich gründlich um. »Na, du kleines Monster – wo hast du dich versteckt? Im Schrank? Unter dem Bett? Hinter den Vorhängen?«

Aber Joe war in keinem seiner Lieblingsverstecke. Das Zimmer war leer.

Abbi flitzte den Flur entlang. Auch im Bad oder in der Küche war er nicht. Die Türen zum Zimmer ihrer Mutter und zu ihrem eigenen standen offen – auch sie waren leer.

Abbi stand ratlos im Flur und die Gedanken wirbelten durch ihren Kopf. »Mrs Murgatroyd!«, brüllte sie den Babysitter an. »Haben Sie gesehen, dass Joe rausgegangen ist?«

»Nein, Schätzchen. Er ist in seinem Zimmer und beschäftigt sich mit diesen Videospielen«, wiederholte Mrs Murgatroyd, als wäre ihr Verstand auf Endloswiedergabe eingestellt.

Es muss für Joe ein Kinderspiel gewesen sein, aus der Wohnung zu schleichen, dachte Abbi. Mrs M. hätte es nie im Leben bemerkt, es sei denn, er wäre dabei über das Fernsehkabel gestolpert.

Leise schlüpfte Abbi aus der Tür. Sie hatte eine Idee, wo Joe sich vielleicht herumtreiben könnte. Den ganzen Weg die Treppe hinunter betete sie, dass sie ihn dort finden würde.

Sie rannte durch das große, hallende Foyer des Gebäudes und dann auf die Straße. An der Ecke war ein kleiner Laden, der im Hinterzimmer auch Videos verkaufte.

Als Abbi näher kam, sah sie, wie drei Teenager, die um einiges älter waren als sie, den Laden verließen. Einer der Jungen reichte dem anderen gerade ein kleines Päckchen. Drogen!, dachte Abbi alarmiert und wandte den Blick ab. Der Laden war ein Treffpunkt für Dealer!

Abbi stürmte durch die Tür. Im Hintergrund des Raums drängelten sich mehrere Jungen und inmitten dieses Knäuels entdeckte Abbi einen wuscheligen Schopf leuchtend roter Haare.

»Was machst du denn hier?«, brüllte sie Joe an und zog ihn am Kragen seiner Jacke von einem Videospiel mit finster aussehenden Aliens weg.

»Hey, warte! Ich hab gerade eine Glückssträhne! Na, super – das war der höchste Punktestand, den ich jemals bei *Space Tigers* erreicht habe, und da kommst du und machst alles kaputt.«

»Hey, Joe, ist das etwa deine große Schwester?«, fragte einer der Jungen lachend.

»Sieht so aus, als hättest du ein echtes Problem«, spottete ein anderer.

»Du solltest zu Hause bei Mrs M. sein. Was zum Teufel machst du hier?«, wiederholte Abbi.
»Mir war so langweilig!« Joe schaute Abbi mit seinen blauen Augen vorwurfsvoll an. »Ich hasse es, oben in der Wohnung mit der langweiligen alten Mrs M. eingesperrt zu sein.«
»Na, warte, wenn ich das Mum erzähle!« Abbi schleppte ihren widerstrebenden kleinen Bruder aus dem Laden. Das Gelächter der anderen Jungen verfolgte sie bis auf die Straße.
»Du solltest es ihr besser nicht verraten«, sagte Joe drohend. Er hatte sich aus Abbis Griff gewunden und versuchte ihr zu entwischen. »Sonst erzähle ich ihr auch mal einiges über dich.«
»Nur zu!«, fauchte Abbi wütend. »Das hier ist eine verdammt ernste Sache. Du solltest dich nicht in diesem Laden rumtreiben!«
»Und warum nicht? Alle meine Freunde treffen sich hier.«
Sie waren bei ihrem Wohnblock angekommen und Abbi schob Joe durch die Tür. »Diese Typen sind viel zu alt für dich und sie haben mit Drogen und solchen Sachen zu tun.« Abbi schüttelte den Kopf. »Ich habe sie dabei beobachtet . . .«
»Bitte sag's nicht Mum!« Jetzt sah Joe doch erschrocken aus. »Ich tu auch alles, was du willst. Und ich verspreche dir nicht wieder hinzugehen.«
Wieder schüttelte Abbi den Kopf. Sie wusste einfach

nicht, was sie mit ihm machen sollte. Joe wurde von Tag zu Tag schwieriger. Er hörte nicht auf ihre Mutter und hatte ständig Ärger in der Schule. Offenbar war sie der einzige Mensch, mit dem er redete.

Wenn ich ihn verpetze, dachte Abbi, hat er überhaupt keinen mehr, dem er vertrauen kann.

★ Kapitel 14 ★

Eine schwierige Entscheidung

Das Tanzstudio befand sich im obersten Stockwerk der William-S.-Holly. Während sie die letzten Treppen hinaufstürmte, dachte Jenna noch einmal an ihren Entschluss, dass weder ihre Gefühle für Matt noch das Angebot von Norman Mars ihr Tanzen beeinträchtigen durften. Es war nämlich nur noch eine Woche bis zum Wettbewerb.

Doch sobald sie Matt erblickte, löste sich ihre Entschlossenheit in Luft auf. Ihr Partner machte gerade an der Stange seine Aufwärmübungen und unterhielt sich gleichzeitig mit den anderen Schülern. Er war ein besserer Tänzer als jeder Einzelne von ihnen und trainierte nicht einmal halb so viel.

»Hi, Jen!« Er winkte ihr im Spiegel zu.

»Ich möchte heute sehen, wie weit ihr mit euren Stücken für den Wettbewerb seid«, rief Miss Adaman, die mitten auf der Tanzfläche stand. »Nach den Aufwärmübungen nehmt ihr euch euren Partner und wir gehen sie der Reihe nach durch.«

Jenna fand einen Platz an der Stange, der so weit wie möglich von Matt entfernt war. Während sie ihre ver-

trauten Aufwärmübungen machte, schnappte sie alle möglichen Gesprächsfetzen auf, die sich ums Tanzen drehten.
Sie war gerade mit voller Konzentration dabei, als plötzlich Matt hinter ihr auftauchte und seine Hände auf ihre Taille legte. Im Spiegel sah man ihre beiden Gesichter nebeneinander.
»Ist dir aufgefallen, dass ich schon ganz früh hier war?«, sagte er lächelnd zu ihrem Spiegelbild. »Sogar noch vor dir.«
Jenna spürte, dass sie am ganzen Körper zu zittern begann.
»Was ist los?«, fragte Matt beunruhigt.
»Ach, es ist nur wegen dieser Sache mit dem Modeln«, erwiderte Jenna. »Ich weiß nicht, was ich tun soll. Das ist alles.« Sie wünschte, er würde nicht so dicht bei ihr stehen und sie auf diese Weise anlächeln.
»Und? Bist du bereit, Miss Adaman mit unserer Supertanznummer umzuhauen?«, fragte Matt.
Unfähig zu antworten, nickte Jenna.
»Weißt du, was mir an unserem Tanz am besten gefällt?«, meinte Matt. »Keine Hebungen und nichts von diesem albernen ›Ich bin der starke Held und du die hilflose kleine Frau‹-Kram«.
Jenna brachte ein schwaches Grinsen zu Stande. Das war typisch Matt – die Tatsache, dass er Hebungen nicht besonders gut beherrschte, so zu drehen, dass

etwas Positives dabei herauskam. Hoffentlich würden die Schiedsrichter des Tanzwettbewerbs das auch so sehen.
Gespannt schauten sie den anderen Paaren zu, die ihre Stücke vortanzten. Manche waren gut, andere eher mittelmäßig, aber keines schien ihre Energie oder Phantasie zu besitzen.
»Jenna und Matt, seid ihr so weit?«
Sie sahen sich an. Die Musik setzte ein.
Irgendetwas stimmte nicht. Kaum standen Matt und sie sich gegenüber, stolperte Jenna ungeschickt. Sie fühlte sich wie gelähmt – als wäre ihr Körper nicht richtig mit ihrem Kopf verbunden.
»Jenna?« Miss Adaman hob die Hand, damit die Musik aufhörte. »Ist alles in Ordnung?«
Matt betrachtete sie mit besorgtem Gesicht.
»Ich bin okay«, erwiderte Jenna ärgerlich und nach einer kurzen Pause setzte die Musik erneut ein.
Wieder waren Jennas Schritte unbeholfen und wackelig. Sie hatte das Gefühl, als würde sich der ganze Raum um sie herumdrehen.
Miss Adaman gab der Pianistin ein Zeichen und lief zu Jenna hinüber. »Bist du krank, Liebes?«, fragte sie mit freundlicher Stimme.
»Nein, ich . . .« Jenna schluckte.
»Könntest du uns vielleicht eine Minute alleine lassen, Matt?«, bat die Lehrerin und Matt, das Gesicht in besorgte Falten gelegt, ging ein Stück beiseite.

Miss Adaman schaute Jenna ernst an. »Geht es um ihn?«
»Nein, ich . . . ich kann heute bloß nicht tanzen.«
»Ich finde, du solltest dir überlegen, ob du deine Teilnahme an dem Wettbewerb für das Stipendium absagst«, meinte Miss Adaman. »Du setzt dich viel zu sehr unter Druck, Jenna. So etwas musste ja passieren.«
Jenna atmete tief ein. »Mir geht's bestens«, erwiderte sie mit fester Stimme und sah ihrer Lehrerin direkt in die Augen.
Aber das stimmte nicht. Irgendetwas Schreckliches geschah mit ihr. Sie konnte sich einfach nicht konzentrieren. Es war die reinste Katastrophe! Die kleinste Berührung von Matts Hand oder ein Blick aus seinen dunklen Augen brachte sie völlig aus dem Gleichgewicht und verwandelte ihre Beine in Wackelpudding. Es kam ihr vor, als ob all die Jahre, die sie trainiert hatte, um perfekt zu werden, umsonst gewesen waren. Jetzt wusste sie, warum Matt sie die ganze Zeit so unsicher und nervös gemacht hatte – weil sie in ihn verliebt war! Und sie konnte nicht mit ihm tanzen, weil ihr ständig ihre Gefühle in die Quere kamen. Aus mir wird nie eine große Tänzerin werden, dachte Jenna. Ich habe mir die ganze Zeit etwas vorgemacht!
»Für heute ist Schluss mit dem Training. Leg jetzt erst mal eine Pause ein und denk ernsthaft über den Wett-

bewerb nach«, sagte Mary Adaman. »Du musst das Tanzen in der richtigen Perspektive sehen – es ist nicht dein ganzes Leben. Ich würde mich gerne etwas länger mit dir darüber unterhalten, aber ich muss jetzt mit dem Unterricht weitermachen. Komm doch bitte hinterher zu mir!«

Jenna nickte, aber sie wollte einfach nur noch raus hier. Ihre sichere, perfekte Welt des Tanzes brach in sich zusammen. Sie griff nach ihrer Tasche und schlüpfte unauffällig aus der Tür.

Heute war doch der Tag, den Norman Mars für das Fotoshooting vorgeschlagen hatte. Es war noch genug Zeit, um sich mit ihm zu verabreden. Wenn sie schon nicht das Zeug zur Tänzerin hatte, konnte sie wenigstens Model werden und ihre Mutter glücklich machen!

Jenna ging langam auf den Münzfernsprecher am Ende des Flurs zu.

Sie kramte die Visitenkarte aus ihrer Tasche und wählte mit zittrigen Fingern die Nummer.

»Ich würde gerne mit Norman Mars sprechen«, sagte sie zu der weiblichen Stimme, die sich am anderen Ende meldete.

»Und wer, soll ich ihm sagen, möchte ihn sprechen?«

»Jenna . . . Jennifer James.«

»Ich werde sehen, ob Mr Mars Zeit hat.« Während die Frau auf einer anderen Leitung mit ihm telefonierte, hörte Jenna im Hintergrund Jazzmusik.

Als sie aufblickte, entdeckte sie Matt, der sie verwundert anstarrte.
»Was tust du denn da?«, fragte er.
Jenna winkte ihn fort.
Norman Mars war am Telefon. »Jenna?«
»Wenn der Termin heute Abend noch frei ist, würde ich gerne kommen«, stieß sie hastig hervor. »Um halb acht . . . und wie ist die Adresse?« Sie klemmte sich den Hörer unters Kinn und schrieb auf die Rückseite der Karte, die sie gegen die Wand drückte. »Ich werde da sein.«
»Das ist ja phantastisch«, rief Norman erfreut. »Nächste Woche um diese Zeit bist du vielleicht schon auf dem Weg zu einem Fototermin in New York!«
»Äh, na ja . . . wir sehen uns dann heute Abend.«
Jenna legte auf.
Matts braune Augen standen voller Fragen.
»Ich werd's doch mal mit dem Modeln versuchen«, murmelte Jenna. Nachdem sie die Entscheidung getroffen hatte, war es ihr etwas leichter ums Herz. Jetzt musste sie nur noch ganz schnell von Matt und seinen fragenden Augen wegkommen.
»Das ist gut . . . glaube ich.«
»Heute Abend machen wir Probeaufnahmen, und wenn alles gut läuft, könnte ich nächste Woche anfangen zu arbeiten«, fuhr Jenna fort.
»Nächste Woche? Aber da findet doch der Tanzwettbewerb statt!«

»Ich tanze im Moment sowieso nicht besonders gut und Miss Adaman denkt, dass ich vielleicht lieber nicht teilnehmen und eine Pause einlegen sollte.« Jenna zuckte mit den Achseln. »Und dir macht es doch bestimmt nicht viel aus . . .«

In Matts Stimme lag eine Spur von Ärger, als er sagte: »Es geht mir nicht darum, den Wettbewerb zu gewinnen, aber die Arbeit an unserem Stück hat angefangen mir zu gefallen. Warum hast du deine Meinung geändert? Weil ich so lausig tanze? Dabei habe mir wirklich Mühe gegeben.«

Matts Augen, die normalerweise so spöttisch blickten, wirkten sehr ernst.

Jenna blickte zur Seite. »Ich weiß, dass du dir Mühe gegeben hast. Es liegt nur an mir. Aus mir wird sowieso nie eine Tänzerin – also kann ich auch genauso gut diese Chance ergreifen, solange sie sich mir bietet.«

»Was meinst du damit – aus dir wird sowieso nie eine Tänzerin? Du bist doch jetzt schon hervorragend!«

»Ich bin dem Druck nicht gewachsen . . .« Jenna schluckte. Das war ja nicht auszuhalten. Warum ging Matt nicht einfach?

Die Klingel zeigte das Ende des Unterrichts an. Türen knallten und der Flur füllte sich mit lauten Stimmen und trappelnden Füßen.

»Ich muss gehen«, sagte Jenna.

»Ich auch . . .«, erwiderte Matt mit Sorgenfalten auf

der Stirn. »Wir sehen uns dann später in der Kantine. Ich möchte mit dir reden . . .« Jenna sah ihm nach, wie er den Flur entlangrannte. Sein Kopf hüpfte auf und nieder, als er sich einen Weg durch das Gedränge der Schüler bahnte.
Wenn Jenna sich früher einmal verloren und ganz durcheinander gefühlt hatte, war immer das Tanzen ihre Zuflucht gewesen. Doch was blieb ihr jetzt noch?

★ Kapitel 15 ★

Jenna macht einen Rückzieher

»So habe ich Jenna noch nie gesehen.« Matt warf seine Tasche mit den Tanzsachen auf einen Stuhl und setzte sich neben Lauren an den Kantinentisch.
»Was ist denn los?«, fragte sie und spürte das vertraute Herzklopfen, das sie immer überkam, wenn Matt in ihrer Nähe war.
»Ach, weißt du. Normalerweise ist sie so stark und selbstsicher – wie eine Kriegerin. Aber heute hat sie einfach alles hingeschmissen, als es mit unserem Stück nicht auf Anhieb geklappt hat.« Matt schüttelte den Kopf. »Sie überlegt, ob sie überhaupt noch an dem Wettbewerb teilnimmt, und will es jetzt wohl doch mit Modeln probieren.«
Lauren riss ungläubig ihre großen, grauen Augen auf. »Oh, nein! Das ist nicht ihr Ernst!«
»Es kommt mir vor, als ob sie aufgegeben hat.« Matt schüttelte den Kopf. »Ich wünschte, ich wüsste, was mit ihr los ist.«
Laurens Gedanken wirbelten wild durcheinander. Matt hatte einen Augenblick lang seine wahren Gefühle für Jenna gezeigt. Trotz seiner ständigen Wit-

ze und Sticheleien schien er sie doch sehr zu mögen!
Lauren schluckte. »Und was willst du jetzt tun?«
»Ich weiß nicht.« Matt rutschte unglücklich auf seinem Stuhl herum. »Es gefällt mir nicht, dass sie allein zu diesem Fototermin geht. Dieser Knabe ist mir irgendwie unheimlich ...«
»Jenna kann ganz gut auf sich selber aufpassen ...«, setzte Lauren an.
»Ja, ich weiß – sie tut immer so cool und stark.« Matt sprang auf. »Aber heute ist sie irgendwie anders – als ob es ihr ganz egal ist, was passiert!«
In diesem Moment tauchten Dan und Abbi, deren rote Mähne zu einem festen Knoten geschlungen war, am Tisch auf. Dan sah ziemlich betreten aus.
»Abbi, es tut mir ja so Leid ...« Sein komisches Gesicht hatte einen traurigen Clownsmund.
»Es ist nicht deine Schuld. Warum habe ich es bloß nicht gemerkt? Warum? Warum?«
Abbis dramatische Auftritte waren an Theatralik nicht zu überbieten. Sie warf sich auf einen Stuhl und verströmte eine Atmosphäre abgrundtiefen Elends.
Lauren und Matt tauschten einen Blick. Einer von ihnen beiden musste es sagen. »Was hast du nicht gemerkt?«, fragte schließlich Lauren.
»Ich kann nicht darüber sprechen!« Abbi verbarg ihr gramgebeugtes Haupt in den Armen.
»Wir haben ein Rollenspiel gemacht«, erklärte Dan

mit einem tiefen Seufzer. »Abbi hat ihren Bruder Joe gespielt und ich war seine Mutter. Dabei ist es ganz schön zur Sache gegangen.«

»Ich war Joe, der sich mit Mum gestritten hat.« Als Abbi sich die Nadeln aus dem Knoten zog, fielen ihr die roten Haare in üppigen Wellen um das Gesicht. »Und plötzlich ist es alles nur so aus mir rausgesprudelt. Wie sehr ich meinen Vater brauche, dass ich ihn schrecklich vermisse, dass ich wünschte, er wäre hier . . . und dann hab ich geheult wie ein Schlosshund . . .«

»Und ich war Joes Mutter, die versprochen hat irgendwie das Geld aufzutreiben, damit Joe zusammen mit Abbi nach Australien fliegen kann«, berichtete Dan.

»Manchmal kommt man durch die Schauspielerei der Wahrheit auf die Spur«, sagte Abbi leise. »Ich werde meinem Dad schreiben und ihm irgendwie klarmachen, dass Joe genauso dringend nach Australien kommen muss wie ich. Wir müssen das Geld unbedingt zusammenbekommen.«

»Geld«, seufzte Dan mit einem betrübten Achselzucken. »Irgendwie geht es letzten Endes immer nur darum.«

Matt sah nachdenklich aus. »Vielleicht ist das ja Jennas Problem«, platzte er auf einmal heraus. »Vielleicht ist ihre Familie pleite und sie will nur wegen der Gage modeln!«

★

Ich erzähle Mum und Joyce lieber nicht, dass ich zu diesem Fototermin gehe, beschloss Jenna. Sonst machen sie sich noch übertriebene Hoffnungen.
Aber im Grunde genommen wollte sie ihnen nur nicht erklären, warum sie so plötzlich ihre Meinung geändert hatte. Es würde kein Problem sein, heute Abend aus dem Haus zu schlüpfen, zum Fototermin zu fahren und wieder zurück zu sein, bevor man sie vermisste. Mum hatte Spätdienst in der Bücherei und Joyce besuchte montagabends Kurse an der Uni. Keine von beiden würde vor elf wieder zu Hause sein.
Jenna war viel zu nervös, um etwas zu essen. Was soll ich bloß anziehen?, fragte sie sich. Models trugen doch immer so schräge Klamotten – und außerdem hohe Absätze und jede Menge Make-up. Sie wühlte zuerst ihren eigenen Kleiderschrank und dann den ihrer Schwester durch.
Joyce hatte schwarze Stiefel mit hohen Blockabsätzen – die würden gehen. Jenna fand außerdem ein Paar blickdichte schwarze Strumpfhosen und einen kurzen Rock und zog beides zu den Stiefeln an. Dann betrachtete sie sich im Spiegel.
Ihre schlabberigen alten Pullover und Sweatshirts würden wohl kaum zu diesem Outfit passen. Also lieh sie sich eine frisch gebügelte weiße Bluse ihrer Mutter. Na, bitte! Als Jenna wieder in den Spiegel blickte, fand sie, dass sie älter und irgendwie gepflegter wirkte.

Sie stopfte noch ein paar Oberteile von Joyce in ihre Tanztasche und zuletzt ein seidig schimmerndes lila Kleid, das ihre Schwester einmal zu einer Hochzeit getragen hatte.
Jenna warf einen Blick auf die Uhr im Flur, als sie die Treppe hinunterrannte. Schon fast sieben. Sie müsste es gerade noch schaffen, rechtzeitig in Norman Mars' Studio anzukommen. Es war wichtig, pünktlich zu sein!

★ Kapitel 16 ★

Überraschende Entdeckungen

Als sie an der Ecke Duncan Street aus dem Bus stieg, war Jenna schon beinahe zu spät dran. Die Fahrt hierher hatte länger gedauert, als sie gedacht hatte. Sie stand vor dem Gebäude einer umgebauten Möbelfabrik, das hohe, von Efeu überwucherte Backsteinmauern hatte.

Jenna ging in der beginnenden Dunkelheit ein Stück die Straße hinunter und blieb dann vor dem weitläufigen Gebäude stehen. Unter einem gewölbten Tor begann ein langer Durchgang, an dessen Ende sich offenbar der Eingang befand.

An den Wänden des Durchgangs türmten sich Müllhaufen – zerschlissene Matratzen, leere Farbeimer und Berge von Plastik- und Holzschutt.

Als Jenna zur Eingangstür kam und die Namen auf den verbeulten und aufgebrochenen Briefkästen las, fragte sie sich, ob sie wirklich im richtigen Gebäude war. Es gab hier ein Fitnessstudio für Männer, eine Firma für Geschenkartikel und einige Künstlerateliers. Hier können doch unmöglich die Büros der Lara-Lake-Agentur sein, dachte Jenna. Da muss ein Irrtum vorliegen!

Im schwachen Licht der Flurbeleuchtung studierte sie noch einmal die Adresse, die sie auf die Rückseite der Karte gekritzelt hatte. Es war die richtige Hausnummer. Vielleicht war ein Teil des Gebäudes renoviert worden oder es gab noch einen anderen Eingang.

Jenna blickte nervös auf ihre Uhr. Es war schon fast halb acht. Sie ging an den Müllbergen vorbei durch den finsteren Durchgang und trat auf die Straße. Das Gebäude war riesengroß. Wahrscheinlich nahm es die Fläche eines ganzen Häuserblocks ein.

Jenna rannte immer an der Mauer entlang die Straße hinunter und suchte nach einem Vordereingang.

★

Matt lief unruhig in seinem Zimmer im Keller auf und ab. Er wurde das Gefühl nicht los, dass irgendetwas nicht stimmte. Schließlich nahm er all seinen Mut zusammen und rief bei Jenna an.

Aber dort meldete sich niemand.

Matt legte den Hörer auf und tigerte weiter durch die Gegend.

Zehn Minuten später rief er die Auskunft an und ließ sich die Nummer der Lara Lake Modelagentur geben.

»Ich würde gerne Norman Mars sprechen«, sagte er zu dem Mann, der sich schließlich gemeldet hatte,

nachdem Matt sich zuerst eine endlos lange Ansage auf dem Band des Anrufbeantworters angehört hatte.
»Mr Mars arbeitet nicht hier«, sagte eine atemlose Stimme. »Und die Büros sind nicht mehr besetzt. Ich unterrichte einen Abendkurs – du hast mich während der Pause erwischt.«
Matt spürte, wie ein eiskaltes Kribbeln sein Rückgrat hinunterlief.
»Sie kennen also keinen Norman Mars?« Seine eigene Stimme kam ihm ganz fremd vor.
»Oh, doch, ich kenne ihn. Er ist Fotograf und arbeitet ab und zu freiberuflich für unsere Agentur.«
»Eine Freundin von mir hat heute Abend einen Fototermin bei ihm. Die Bilder sind also nicht für Lara Lake?«
»Das könnte sein.« Die Stimme klang zweifelnd. »Er reicht manchmal Mappen von möglichen Kandidatinnen ein. Du weißt schon . . . Fotos von Mädchen.«
»Aber er könnte niemandem einen Vertrag mit der Agentur anbieten?« Matt wollte ganz sichergehen.
»Nein. Er bringt nur ab und zu seine Mappen vorbei und manchmal bucht er unsere Mädchen für seine Aufträge.«
»Wissen Sie vielleicht, wo sein Studio ist?«, fragte Matt.
»Nein, ich fürchte nicht. Tut mir Leid, ich muss jetzt Schluss machen.« Am anderen Ende wurde aufgelegt.

Matt stand mit dem Telefonhörer in der Hand da. An Norman Mars' Geschichte war kaum etwas Wahres dran. Falls der Agentur Jennas Fotos gefielen, würden sie sie vielleicht einstellen. Aber das war keine sichere Sache.

Ich muss Jenna irgendwie erreichen, dachte Matt verzweifelt. Doch als er noch einmal bei ihr anrief, ging wieder niemand ans Telefon.

Matt fiel siedend heiß ein, dass er nicht einmal wusste, wo Jennas Mutter und Schwester arbeiteten oder wo er sie erreichen konnte.

Hastig griff er nach dem Telefonbuch und blätterte es durch, bis er zum Buchstaben M kam. Mars, Mars, Mars – da war er!

Matt hatte den Hörer schon in der Hand und wollte gerade wählen, als ihm auf einmal klar wurde, dass er gar nicht wusste, was er sagen sollte. Ich bin Ihnen auf die Schliche gekommen, Mister? Sie haben meine Freundin belogen? Das klang total bescheuert und nützen würde es auch nichts.

Matt warf einen Blick auf die Adresse im Telefonbuch. Duncan Avenue 18. Das war gar nicht so weit von hier.

Seine Eltern arbeiteten beide noch in ihrem Laden an der Ecke. *Carusos Obst- und Gemüsehandel* hatte eine leuchtend grün, rot und weiß gestreifte Markise und ein liebevoll mit Blumen und frischen Früchten dekoriertes Schaufenster.

»Ich bin fertig mit den Hausaufgaben und gehe jetzt noch mal rüber zu Jenna. Wir müssen noch an unserem Stück für den Wettbewerb arbeiten.«

»So, so – abends noch mit Mädchen arbeiten.« Sein Vater zwinkerte ihm zu. »Das ist mir vielleicht eine Schule, auf die du da gehst.«

»Ich bin in einer Stunde zurück.« Matt ignorierte die Anspielung seines Vaters, der ziemlich altmodische Ansichten über Schule und Mädchen hatte.

★ Kapitel 17 ★

Bitte recht freundlich!

Nachdem Jenna das ganze Gebäude umrundet hatte, war sie sicher, dass es keinen anderen Eingang gab. Sie war völlig außer Atem, verschwitzt und viel zu spät dran. Das hast du ja prima hingekriegt, sagte sie zu sich. Mars wird nur einen Blick auf dich werfen und den Vertrag sofort zerreißen!

Keuchend rannte Jenna den zugemüllten Durchgang entlang, durch eine schmutzige Glastür und eine breite Holztreppe hinauf. Sie würde irgendwo in diesem Gebäude schon jemanden finden, der wusste, wo Norman Mars' Studio war.

Die Treppenstufen quietschten fürchterlich und ihre Schritte hallten durch das staubige Treppenhaus. Im zweiten Stock stieß sie auf ein Schild, das ungeschickt mit roter Farbe auf die Wand gepinselt war – *Cole's Fitnessstudio* stand darauf.

Jenna stürmte durch den Flur. Auch hier wurde das Geräusch ihrer Schritte von den Wänden zurückgeworfen. Diese lächerlichen hochhackigen Stiefel, dachte Jenna genervt. Ich klinge ja wie ein Pferd!

Das Fitnessstudio schien schon geschlossen zu haben, doch dann entdeckte Jenna einen Lichtschimmer hinter der Milchglasscheibe. Sie hämmerte gegen die Tür.

Ein breiter, kräftig gebauter Mann in Shorts und T-Shirt öffnete. »Hallo, Schwester«, sagte er und musterte sie von oben bis unten. »Was kann ich für dich tun?«

»Ich suche Norman Mars«, keuchte Jenna und versuchte älter als dreizehn zu klingen.

»Norman?« Der Mann warf ihr ein schmieriges Grinsen zu. »Im fünften Stock – die rote Tür. Kann ich sonst noch irgendwas für dich tun, Süße?«

»Nein, danke«, sagte Jenna schnell.

Sie rannte durch den Flur zurück und stapfte drei weitere Treppen hoch. Als sie vor der roten Metalltür stand, legte sie eine kurze Pause ein, um wieder zu Atem zu kommen.

Dieses Gebäude war ihr nicht geheuer. Aber wo sie nun schon so weit gekommen war, konnte sie doch nicht einfach aufgeben.

★

Der Bus war entsetzlich langsam. Als er sechs Blocks von der Duncan Avenue entfernt endgültig im Verkehr stecken blieb, stieg Matt aus. Zu Fuß würde er wesentlich schneller vorankommen.

Es war ein kalter, dunkler Oktoberabend. Die Stra-

ßenbeleuchtung spiegelte sich auf dem feuchten Pflaster, als Matt die Straße entlangrannte und nach den Hausnummern schaute. Dieser Stadtteil war ihm völlig fremd.
Was sich Jenna bei diesem Anblick wohl gedacht hat, fragte er sich, als er schliddernd vor der Duncan Avenue 18 zum Stehen kam. Eine solche Bruchbude würde sie bestimmt nicht betreten. Das Haus war ja das reinste Loch!

★

Jenna hämmerte noch einmal gegen die rote Tür. Dieses Mal wurde sie augenblicklich aufgerissen. Vor ihr stand Norman Mars mit einer Kamera in der Hand.
»Hi«, sagte er knapp. »Schön, dass du da bist.«
»Tut mir Leid, dass ich zu spät komme«, keuchte Jenna. »Es war gar nicht so einfach, Sie zu finden. Ich meine, Ihre Wohnung . . .« Sie warf einen Blick durch die Tür. Dahinter erstreckte sich ein höhlenartiger, dunkler Raum.
»Meinen Loft«, verbesserte Norman sie. »Ja, ich weiß. Hier kommen ständig irgendwelche Chaoten vorbei und klauen die Namensschilder von den Briefkästen. Aber hast du denn nicht den Planeten Mars gesehen, den ich auf die Hauswand gemalt habe?«
Jenna schüttelte den Kopf.
»Na ja, egal. Komm rein! Der Friseur und die Visagis-

tin verspäten sich mal wieder, wir haben also noch ein bisschen Zeit, uns besser kennen zu lernen. Du siehst aus, als ob du gerannt wärst.«

»Stimmt«, meinte Jenna und strich sich das Haar zurück.

»Macht nichts, du siehst toll aus. Wirklich super Klamotten! Komm rein!«, sagte er noch einmal.

Sobald sie über die Schwelle getreten war, erkannte Jenna, dass dieser *Loft* ein riesiges Studio war, in dem Arbeitsbereich und Wohnraum ineinander übergingen. Überall an den Wänden hingen Porträtaufnahmen von Models.

»Na, wie findest du es?«, fragte Norman Mars.

»Es . . . es ist interessant«, stotterte Jenna. Sie fühlte sich wie in eine andere Welt versetzt. Unter der hohen Decke verlief ein Gewirr von Rohren und Leitungen und eine ganze Wand wurde von riesigen Fenstern eingenommen, die bis auf den Boden reichten.

»Setz dich und mach's dir bequem!«, forderte Norman sie auf.

Jenna ließ sich eingeschüchtert auf der Kante einer Ledercouch nieder, während Norman Mars einen Stapel Fotos durchblätterte.

»Im Sommer ist es in meinem Studio heiß und im Winter eiskalt«, sagte er. »Im Januar habe ich hier mit einem Mädchen Werbeaufnahmen für Damenunterwäsche gemacht – dabei ist die Ärmste beinahe erfroren.«

Er zog das Foto eines Mädchens in ziemlich knapper Unterwäsche hervor.
»Wir hatten alle unsere Mäntel übergezogen«, erzählte Norman lächelnd. »Der Friseur und die Visagistin trugen sogar Handschuhe, aber Karen hatte nur das hier an. Wir mussten ständig Pausen machen, damit sie sich wieder aufwärmen konnte. Das Shooting hat Stunden gedauert!«
Als sie das Foto betrachtete, überkam Jenna plötzlich das starke Gefühl, dass sie nicht hier sein sollte. Sie fühlte sich total verunsichert. Norman behandelte sie wie eine Achtzehnjährige, obwohl er genau wusste, wie alt sie wirklich war.
»Wie lange . . . wird das Shooting denn dauern?«, fragte sie und versuchte das Zittern in ihrer Stimme zu unterdrücken. »Ich habe meiner Mutter versprochen um halb zehn wieder zu Hause zu sein.«
»Aber, Schätzchen!« Norman Mars warf einen schnellen Blick auf seine Uhr. »Es ist doch schon fast acht! Es dauert mindestens eine Stunde, dich zu frisieren und zu schminken. Kannst du sie nicht anrufen und sagen, dass es länger dauern wird?«
Das konnte sie natürlich nicht, aber Jenna wollte nicht zugeben, dass ihre Mutter nicht zu Hause war.
»Ich . . . ich denke, das geht schon in Ordnung«, stammelte sie.
»Prima.« Norman lächelte sie an. »Weißt du, normalerweise kommen die Mädchen mit ihren Eltern hier-

her. Es ist schön, mal eine junge Frau zu treffen, die erwachsen genug ist, die Dinge selber in die Hand zu nehmen. Mütter können manchmal auch ganz schön lästig sein.« Er zwinkerte ihr verschwörerisch zu.
Ich habe einen Riesenfehler gemacht!, schoss es Jenna durch den Kopf. Ich muss sofort von hier verschwinden! Diese Erkenntnis traf sie wie ein Schwall eiskalten Wassers. Die Mädchen auf den Porträts starrten sie mit leeren, ausdruckslosen Augen an.
Jenna atmete tief durch. Irgendwie musste sie einen Weg finden, hier rauszukommen.
Norman lächelte ihr wieder zu. »Ich kann's kaum noch erwarten dich vor die Kamera zu kriegen. Vielleicht sollte ich für den Anfang schon mal ein paar Polaroids machen. Warte hier, ich bau nur schnell meine Ausrüstung auf.«
Er verschwand hinter einer Trennwand und Jenna konnte hören, wie er Scheinwerfer durch die Gegend schob.
Sie schoss von der Couch hoch. Das war die Gelegenheit! »Mr Mars?«, rief sie. »Ich muss jetzt gehen. Ich habe etwas Wichtiges vergessen.«
Dann hechtete sie mit einem Sprung zur Tür und betete, dass sie nicht abgeschlossen war. Mit einem kräftigen Ruck riss sie sie auf und floh, immer drei Stufen auf einmal nehmend, durch das hallende, staubige Treppenhaus. Als sie den ersten Treppenabsatz erreicht hatte, hörte sie eine Tür knallen und

dann Norman Mars' erstaunte Stimme: »Jenna, wo willst du denn hin?«
Kurz darauf erklangen seine hämmernden Schritte hinter ihr auf der Treppe. Jenna war froh, dass sie eine gute Kondition und lange Beine hatte. Wenn er sie einholte und sie ihm alles erklären müsste, würde sie vor Scham im Erdboden versinken.
Endlich hatte sie das Erdgeschoss erreicht und raste auf die Eingangstür zu. Oh, nein! Vor der Tür stand jemand! Durch die Mattglasscheibe konnte sie eine schemenhafte Gestalt erkennen.
Norman Mars war direkt hinter ihr. Jenna stand wie angewurzelt da, als plötzlich die Haustür aufgerissen wurde.
Es war Matt!
»Lauf!«, rief Jenna ihm zu und schubste ihn zurück. Matt griff nach ihrer Hand und die beiden flitzten zusammen durch den dunklen Durchgang auf die Straße.
»Jenna!«, hörten sie Norman Mars rufen.
»Nicht antworten!«, keuchte Jenna. »Lauf einfach!«

★ Kapitel 18 ★

Lass uns tanzen!

»Ich bin ja so froh dich zu sehen!«, stieß Jenna schwer atmend hervor, als sie schließlich unter einer Straßenlaterne stehen blieben und sie Matt ansehen konnte. Sie lachte, redete und schnappte gleichzeitig nach Luft. »Wahrscheinlich war das die kürzeste Model-Karriere aller Zeiten!«

»Was ist denn passiert?«, fragte Matt mit gerunzelter Stirn. »Er hat dir doch nichts getan, oder?«

»Oh, nein!«, rief Jenna. »Es war . . . die ganze Situation. Ich wollte auf einmal nur noch raus und ich konnte es nicht erklären . . . oh, Matt – es war alles so merkwürdig!« Sie lachte vor lauter Erleichterung. Die Herbstluft war kühl und frisch und sie und Matt schlenderten Hand in Hand die Straße entlang.

»Wann musst du wieder zu Hause sein?«, fragte Jenna.

»Ungefähr in einer Stunde«, antwortete Matt.

»Dann lass uns zu Fuß gehen«, schlug Jenna vor. »Der blöde Bus ist so langsam und vermieft.«

»Gute Idee«, meinte Matt. Es kam ihm wie die natürlichste Sache der Welt vor, einfach so durch die Gegend zu laufen und dabei Jennas Hand zu halten. Die Lichter der Wolkenkratzer in der Innenstadt blitzten zwischen den Ästen der Bäume auf.

»Nachts ist die Stadt wunderschön«, sagte Jenna leise.

»Sieh mal, Parkuhren!«, rief Matt. Er ließ ihre Hand los, nahm ein paar Schritte Anlauf und sprang über die erste Parkuhr hinweg. Im schwankenden Lichtkegel der Straßenlaterne sah es aus, als hätte er Flügel an den Absätzen.

»Soll ich dir zeigen, wie es geht?« Er kam zu ihr zurückgerannt.

»Na, klar«, lachte Jenna atemlos. Erstaunt stellte sie fest, dass sie überhaupt keine Angst hatte, sich einen Knöchel zu verstauchen oder eine Sehne zu zerren. Sie wollte fliegen wie Matt.

»Okay, das Timing ist das Wichtigste an der ganzen Sache: Schritt, Schritt, Schritt, Hände auf die Parkuhr – und *Sprung!*« Matt machte es ihr vor. »Du darfst vor allem keine Angst haben. Entspann dich einfach und stell dir vor, wie du ganz locker darüber hinwegsegelst.«

Jenna atmete tief durch. Schritt, Schritt, Schritt – *Sprung!*, sagte sie sich vor, während sie ihren Körper in die Luft katapultierte wie eine Turnerin, die über ein Pferd hinwegsetzt. »Ich hab's geschafft!«, rief sie lachend. »Ich hab's geschafft!«

Auf dem ganzen Rückweg sprangen sie über Pfähle

und Parkuhren, balancierten über Bänke und hüpften über Gullydeckel hinweg. Zwischendurch spielten sie *Spiegelbild,* wobei jeweils der eine die verrückten Bewegungen des anderen nachmachen musste.

Als sie bei Jennas Haus ankamen, nahm Matt wieder ihre Hand. »Das war auch eine Form von Tanz«, sagte er.

»Es war . . . wunderbar«, erwiderte Jenna. »Und danke, dass du gekommen bist, um mich zu retten, Matt.«

»Du brauchtest doch gar keinen Retter«, rief er lachend. »Du hattest einen Riesenvorsprung vor dem alten Norman Mars. Aber notfalls hätte ich ihm einen kräftigen Schlag auf die Nase verpasst.«

»Danke«, sagte Jenna noch einmal. »Aber wie hast du mich eigentlich gefunden?«

»Ich habe die Agentur angerufen«, berichtete Matt. »Wusstest du, dass dieser Widerling nicht mal bei denen angestellt ist? Er macht einfach nur Aufnahmen von hübschen Mädchen und versucht dann sie an Lara Lake zu verscheuern.«

»Oh!« Jenna starrte ihn an und nickte dann langsam. »Das kann gut sein. Als ich oben in seinem Loft war, habe ich gemerkt, dass irgendetwas nicht stimmte. Eigentlich hätte ich mir das schon denken können, als ich das Gebäude gesehen habe, aber ich hab mir solche Sorgen gemacht, weil ich so spät dran war.« Sie umarmte Matt für einen kurzen Moment. »Na ja, jetzt ist es jedenfalls vorbei. Ich bin froh, dass ich meiner Mutter nichts davon gesagt habe ... und bitte erzähl es auch nicht den anderen.«

Matt sah schuldbewusst zu Boden. »Ich hab ihnen leider schon verraten, dass du zu einem Fotoshooting gehst. Ich und meine große Klappe!«, seufzte er.

»Nicht so schlimm«, meinte Jenna großzügig. »Wir erzählen ihnen einfach, dass an der ganzen Sache nichts dran war. Und das stimmt ja auch.«

»Aber wir werden doch am Tanzwettbewerb teilnehmen, nicht wahr?«, fragte Matt.

»Ist dir das wirklich so wichtig?«, fragte Jenna. In dem schwachen Licht auf der Veranda konnte sie sein Gesicht nicht richtig erkennen. Sie spürte, wie sich der Druck seiner Hand verstärkte.

»Ja, das ist es. Und wenn wir das nächste Mal trainieren, würde ich gerne ein paar Elemente aus unserem *Spiegelbild-Spiel* in unser Stück einbauen.«

Jenna stand lächelnd in der Dunkelheit. Sie fühlte sich rundum wohl – in ihrem Körper, in ihrem Kopf und in ihrem Herzen. Am liebsten hätte sie die Zeit angehalten, damit dieses Glücksgefühl nie wieder verschwand. Sie hätte ewig hier stehen können und einfach nur Matts Hand halten – in einer frischen Oktobernacht, umgeben vom Duft der heruntergefallenen Blätter.

»Gute Idee, das machen wir«, sagte sie nach einer Weile. »Bis morgen dann.«

★

Matt betrat singend den Laden, als sein Vater gerade dabei war, für die Nacht die Markise hochzukurbeln.
»Na, wie ist es mit deinem Training gelaufen?«, fragte er.
»Super«, antwortete Matt. »Jenna und ich haben gute Chancen, ein Stipendium für einen Tanzkurs in New York zu gewinnen, der im Frühjahr stattfindet.«
Sein Vater hielt mitten in der Bewegung inne. »In New York City?«, meinte er langsam. »Dann wärst du ja eine ganze Weile weg.«
»Nur zwei Wochen.« Matt nahm seinem Vater die Stange aus der Hand und kurbelte weiter. »Falls wir gewinnen . . .«

★

Das Telefon klingelte wie verrückt, als Jenna das Haus betrat.
Schnell griff sie nach dem Hörer, bevor die Person am anderen Ende auflegte. Es konnte schließlich ihre Mutter sein.
»Jenna?« Es war Lauren. »Du klingst, als ob du gerannt wärst.«
Jennas Herz, das eben noch vor Freude gejubelt hatte, rutschte mit einem Mal bis zu den Sohlen ihrer hochhackigen Stiefel hinab. Lauren!
Was lief zwischen ihrer Freundin und Matt?

In welche von ihnen beiden war er wirklich verliebt? Es war nett von Matt, dass er mir helfen wollte, dachte Jenna, aber das hätte er bestimmt für jeden seiner Freunde getan. Sie hatte ihn völlig falsch eingeschätzt! Hinter seinem oberflächlichen Herumgealber verbarg sich auch eine aufmerksame und fürsorgliche Seite.

★ Kapitel 19 ★

Ein Traum wird wahr

Drei Tage später fand im großen Saal der William-S.-Holly der Tanzwettbewerb statt.

Lauren schlüpfte auf ihren Platz in der ersten Reihe zwischen Abbi und Dan. Auf ihren blassen Wangen zeichneten sich zwei hektische rote Kreise ab. Seit dem Konzert im Roxy hatte sie noch nicht wieder die Gelegenheit gehabt, mit Matt zu reden – er war zu beschäftigt gewesen, weil er ständig mit Jenna probte. Sie war fest entschlossen heute nach dem Auftritt unter vier Augen mit ihm zu sprechen.

»Das ist genauso wie damals bei der Aufnahmeprüfung . . .«, flüsterte Abbi so laut, dass man sie noch zwei Reihen weiter hinten gut verstehen konnte. »Weißt du noch, wie aufgeregt wir waren?«

»Ich werde immer ganz nervös, wenn irgendjemand aus unserer Gruppe auftritt«, fügte Dan hinzu. »Es ist, als ob ich an Stelle von Matt und Jenna dort oben stehen würde.«

»Oh, ich hoffe so sehr, dass sie gewinnen!« Abbi rutschte unruhig auf ihrem Sitz hin und her. »Jenna hat sich doch zuerst solche Sorgen gemacht, dass

Matt nicht ernsthaft genug trainieren würde, aber in letzter Zeit war er gar nicht wieder zu erkennen, findet ihr nicht auch?«

Lauren konnte nur nicken. Sie hatte Angst, dass ihr die Stimme versagen würde.

Außerdem fiel es gar nicht weiter auf, wenn sie schwieg. Die anderen waren schon daran gewöhnt, dass sie wenig sprach. Stille kleine Lauren. Scheue kleine Lauren. Lauren, die nie bekam, was sie wollte, weil sie nicht darum bat. Aber heute würde sie Matt endlich sagen, was sie für ihn empfand, um ein für alle Mal herauszufinden, ob es ihm genauso ging!

Zwei Minuten später begann der Tanzwettbewerb. Sie sahen ein Paar nach dem anderen auftreten und jedes schien besser zu sein als das vorherige.

»Jenna und Matt sind als Letzte dran«, flüsterte Abbi.

»Sie werden sich ganz schön anstrengen müssen, um das Paar vor ihnen zu schlagen.« Dan schüttelte besorgt den Kopf.

Als die Musik zu Matts und Jennas Stück einsetzte, verstummte das Publikum. Die Bühne wurde nur von schwachem Scheinwerferlicht erhellt und lag fast vollständig im Dunkeln. Jenna trat von der einen Seite aus den Kulissen, Matt von der anderen.

Laurens Augen waren gebannt auf ihn gerichtet.

Oben auf der abgedunkelten Bühne beobachtete Jenna, wie Matt auf sie zukam, und wartete auf ihren Einsatz. Als der Tanz begann, führte sie ihn durch die

erste Serie von Schritten, die sie für das Stück einstudiert hatten. Dies hier war etwas ganz anderes als ihr Traum von der glitzernden Welt des Balletts! Sie war kein hilfloser, flatternder Schwan, sondern Matts gleichberechtigte Partnerin, als sie versuchten, tanzend aus ihrem Gefängnis zu entkommen.
Das Zittern und das Lampenfieber waren verschwunden. Bei dieser Art des Tanzens konzentrierte man sich ganz auf seinen Partner und vergaß sich selbst. Es war einfach kein Platz für Sorgen um die eigene Perfektion. Jenna fühlte sich kraftvoll und stark.
Unten im Publikum zerquetschte Abbi beinahe Laurens Hand und flüsterte immer wieder: »Sehen sie nicht wunderschön zusammen aus?«
»Oh, Lauren, du weinst ja«, rief Abbi, nachdem der Tanz vorbei war, und reichte ihrer Freundin ein Taschentuch, das sie aus ihrem Rucksack hervorkramte. »Aber ich kann es dir nachfühlen«, sagte sie und schnüffelte selber. »Waren sie nicht großartig?«
»Wenn die beiden nicht gewinnen, haben die Schiedsrichter keine Augen im Kopf«, murmelte Dan. Nachdem der Applaus verklungen war, stürmten er und Abbi zusammen mit dem größten Teil des Publikums auf die Bühne, um ihren Freunden zu gratulieren.
Langsam stand Lauren von ihrem plüschbezogenen Sitz auf und schlängelte sich bis zum Gang durch. Von dort blickte sie zur beleuchteten Bühne auf, wo

sich die Gratulanten drängten und auf die Entscheidung der Schiedsrichter warteten. Nach ein paar Sekunden entdeckte sie Matt und Jenna, die von ihren Freunden umringt waren.

Lauren beschloss nicht länger zu warten. Sie würde tun, was sie sich vorgenommen hatte – jetzt sofort!

★

Mrs James schlang begeistert die Arme um Jenna und Joyce umarmte beide. »Ich kann einfach nicht glauben, was ich da oben auf der Bühne gesehen habe!«

Ihre Mutter schüttelte den Kopf. »Die ganze Zeit habe ich gedacht: ›Ist das wirklich meine Jenna? Dieses schöne, talentierte Mädchen?‹ Dein Dad wäre ja so stolz auf dich!«

»Und ich nehme alles zurück, was ich jemals über das Tanzen gesagt habe«, erklärte Joyce feierlich. »Du warst wirklich großartig, Kleine.«

Jenna legte gerührt den Kopf auf die Schulter ihrer Mutter. In diesem Moment waren Worte überflüssig.

Auf einmal entdeckte sie aus dem Augenwinkel Lauren, die etwas zu Matt sagte. Er beugte sich zu ihr hinunter, damit er sie über das Gelächter und die Glückwünsche hinweg verstehen konnte.

★ Kapitel 20 ★

Fragen und Antworten

»Matt, ich muss dir unbedingt etwas erzählen!«, sagte Lauren mit erhobener Stimme. »Ich weiß, es ist ein ungewöhnlicher Zeitpunkt, aber ich möchte, dass du mir zuhörst!«
»Natürlich.« Matt legte ihr die Hand auf die Schulter.
»Ich ... ich finde dich wunderbar ...«, setzte Lauren an.
»Oh«, Matts besorgtes Gesicht leuchtete vor Freude und Erleichterung auf. »Das ist alles? Danke, Lauren. Ich hoffe für Jenna, dass wir gewinnen, aber mir hat's auch einen Riesenspaß gemacht.«
»Nein, ich meine nicht dein Tanzen. Ich versuche dir zu sagen ...« Lauren straffte ihre schmalen Schultern. »Ich versuche dir zu sagen, dass ich dich sehr gerne habe. Schon seit dem ersten Tag, als ich dich bei der Aufnahmeprüfung gesehen habe. Und ich wüsste gerne, wie es dir geht.«
Der besorgte Ausdruck legte sich wieder über Matts Gesicht. Er zog Lauren ein Stück beiseite, in die Nähe des Vorhangs. »Ich ... es fällt mir schwer, das zu sagen, Lauren, weil ich dich wirklich mag, aber ... wir

sind doch noch viel zu jung. Ich fühle mich jedenfalls zu jung. Mir wäre es am liebsten, wenn wir alle Freunde sein könnten . . .«

»Aber vielleicht irgendwann in der Zukunft?« Lauren blickte ernst in seine braune Augen, die nicht wie sonst übermütig blitzten.

Matt schüttelte den Kopf. »Ich glaube nicht, Lauren.« Er blickte über die Schulter dorthin, wo Jenna mit ihrer Mutter und ihrer Schwester stand. »Sei nicht traurig. Ich weiß, wie du dich jetzt fühlst. So geht es mir mit Jenna schon die ganze Zeit. Ich meine, ihretwegen bin ich doch überhaupt hierher gekommen . . .«

Lauren schluckte. »Ach, so ist das.«

Matt drehte sich um. »Da kommt meine Familie«, sagte er mit einem unsicheren Lachen. »Sie werden gleich wie eine Flutwelle über uns hereinbrechen. Bitte bleib hier, Lauren! Du bist für mich wie eine Schwester.«

Doch Lauren verschwand in den Kulissen, während ihr die Tränen nur so über die Wangen strömten. Sie wollte nicht Matts Schwester sein.

★

Die Tänzer und das Publikum hatten alle wieder im Zuschauerraum Platz genommen. Als Mary Adaman anmutig zur Mitte der Bühne schritt, breitete sich eine gespannte Stille im Saal aus. Die Tanzlehrerin hielt

in der einen Hand einen Umschlag, in der anderen eine goldene Trophäe.
»Es geht los!« Matt drückte in der Dunkelheit aufgeregt Jennas Hand.
»Ich wünschte, unsere Sponsoren könnten Stipendien für alle unsere Schüler stiften«, begann Miss Adaman, »weil ich heute Abend sehr stolz auf alle Tänzer bin und weiß, wie hart sie gearbeitet haben. Leider gibt es jedoch nur ein einziges Stipendium für die Teilnahme an dem Workshop in New York im nächsten Frühjahr. Ich freue mich Ihnen die Gewinner des diesjährigen Tanzwettbewerbs ankündigen zu dürfen. Es sind . . .«, sie machte eine Pause, »Jenna James und Matt Caruso!«
Begleitet von donnerndem Applaus sprangen die beiden auf und rannten auf die Bühne.

★

Wenig später in der Kantine presste Jenna die Tanztrophäe an ihr Herz, während Matt unter dem lauten Jubel ihrer Freunde mit dem Umschlag in der Luft herumwedelte.
»Wir haben's geschafft!« Er strahlte Jenna glücklich an. »Ich hab's von Anfang an gewusst! New York, wir kommen!«
»Und deine Eltern haben dir tatsächlich erlaubt zu fahren?«, fragte Jenna.

»Meinem Dad wäre es zwar lieber, wenn es sich um ein Footballturnier handeln würde«, antwortete Matt lachend, »aber er hat nichts dagegen. Und Ma ist ganz aus aus dem Häuschen vor Begeisterung. Sie sieht mich schon als einen zweiten ›Lord of the Dance‹«. Matt legte einen kleinen irischen Freudentanz aufs Parkett.
»Und dies hier«, Jenna setzte die glänzende Trophäe vorsichtig auf dem Tisch ab, »wird meine Mutter und meine Schwester davon abhalten, mir in den Ohren zu liegen, ich sollte im Sommer auf eine Mannequinschule gehen und lernen, wie man sich auf dem Laufsteg bewegt.«
»Seht mal, da kommt Abbi«, rief Matt lachend. »Gleich werden wir von der nächsten Flutwelle überschwemmt!«
Abbi, die mit fliegenden Haaren auf sie zugestürmt kam, ergriff Jennas Hände und wirbelte sie herum. »Ihr habt gewonnen! Ich bin ja so glücklich!« Ihr Gesicht strahlte vor lauter Freude wie eine kleine Sonne.
Dan versetzte Matt einen kräftigen Schlag auf den Rücken. »Ihr wart großartig«, sagte er lächelnd. »Wenn ich eine Kritik schreiben müsste, würde ich es so formulieren: ›Jenna James und Matt Caruso haben heute Abend den Tanz zu neuen Höhen geführt‹.«
»Soll das etwa schon wieder ein lahmer Witz über meine Größe sein?«, fragte Jenna lachend.
»Sagen wir doch einfach, deinem Talent sind nach

oben keine Grenzen gesetzt«, erwiderte Dan grinsend. Man merkte ihm an, dass er sich genau wie die anderen schrecklich über den Erfolg der beiden freute.

»Wo ist eigentlich Lauren?«, fragte Abbi plötzlich. »Sie hat während des Wettbewerbs neben uns gesessen, und als ihr beiden getanzt habt, hat sie sich die Augen aus dem Kopf geheult.«

Jenna durchzuckte ein heftiges Schuldgefühl. Lauren! Wo war sie und wie ging es ihr jetzt wohl? Ich muss unbedingt mit ihr reden, dachte Jenna.

Matt war sehr still. »Sie muss hier irgendwo sein . . .«, murmelte er. Er und Jenna tauschten einen schnellen Blick.

Wie auf's Stichwort bahnte Lauren sich in diesem Moment einen Weg zu ihrem Tisch. Auf ihren Wangen lag eine aufgeregte Röte und sie hatte einen entschlossenen Blick.

Sie ist irgendwie anders als sonst, dachte Jenna leicht beunruhigt. Was ist passiert?

»Herzlichen Glückwunsch!« Lauren stellte sich auf die Zehenspitzen und küsste Jenna auf die Wange. »Ihr beiden wart einfach spitze!«

»Wohin bist du denn verschwunden?«, fragte Abbi. »Als ich mich umdrehte, warst du auf einmal weg.«

»Ich habe nur die *Lilith Singers* angerufen und ihnen gesagt, dass ich gerne über Weihnachten mit ihnen auf Tournee gehen würde«, antwortete Lauren.

»Das ist ja wunderbar!«
»Toll, Lauren!«
Jetzt prasselten die Glückwünsche auf Lauren nieder und Jenna stieß einen Seufzer der Erleichterung aus. Aber Lauren hatte noch mehr gute Nachrichten. »William hat mir erzählt, dass sie genug Geld zur Verfügung haben, um weitere Künstler einzustellen. Wenn also einer von euch noch einen Job über die Ferien braucht . . .«
Dan sprang auf. »Dan, der Jongleur, zu ihren Diensten!«, rief er. »Lauren, du bist ein Genie! Gib mir ihre Nummer – ich werde sofort anrufen, bevor sie jemand anders engagieren. Abbi? Wie ist es mit dir?«
»Ich würde ja gerne, aber ich kann nicht. Ich fliege doch nach Australien . . .«, begann Abbi und schüttelte den Kopf. Doch dann zogen plötzlich wie bei einem Frühlingssturm alle möglichen Gefühle über ihr Gesicht hinweg – zuerst die Wolken des Zweifels und schließlich mit Donner und Blitz die Erleuchtung.
»Ja!«, schrie sie. »Ja, ich bin dabei!«
»Und was ist mit den Ferien bei deinem Vater?«, fragte Jenna verblüfft.
»Aber verstehst du denn nicht?« Abbi ergriff aufgeregt ihren Arm. »Mein Bruder soll nach Australien fliegen! Für uns beide reicht das Geld sowieso nicht. Auf diese Weise kommen sich Joe und Dad vielleicht näher und ich muss nicht babysitten und kann mit euch zusammen sein und . . .«

». . . Und genauso aussehen, als seist du gerade einem Porträt aus dem Mittelalter entsprungen, um das Tamburin zu schlagen«, beendete Dan ihren Wortschwall.
»Aber was ist mit den Traumstränden?«, erkundigte sich Matt lachend. »Und den Kängurus?«
»Die hüpfen auch nächstes Jahr noch durch die Gegend.« Abbi winkte ungeduldig ab. »Komm, Dan, lass uns gehen und anrufen!«
Die beiden rannten zusammen los und zogen eine Schneise durch die Menschenmenge, die sich in der Cafeteria drängte. Kurz darauf tauchte Matts Familie auf, nahm ihn in die Mitte und verschwand mit ihm in Richtung Tür. Jenna und Lauren blieben allein zurück und blickten sich über den Tisch hinweg an.
»Ich nehme an, du wirst wohl nicht bei den *Lilith Singers* mitmachen können«, meinte Lauren. »Du und Matt, ihr müsst wahrscheinlich für New York trainieren.«
»Lauren, ich muss dir etwas sagen . . .«, begann Jenna.
»Mach dir keine Sorgen!« Lauren schüttelte energisch den Kopf. »Ich habe mit Matt alles geklärt. Er . . . er ist nicht . . . Ich weiß nicht, ob ich einfach aufhören kann, in ihn verliebt zu sein, aber ich weiß jetzt wenigstens, dass es ihm nicht so geht.«
Jenna blickte zu Boden. »Das tut mir Leid«, sagte sie leise.
»Braucht es nicht.« Lauren griff nach ihrer Hand.

»Matt hat Recht. Wir sind sowieso noch zu jung für solche großen Gefühle.« Sie brachte ein schwaches Lächeln zu Stande. »Und wer weiß, was in Zukunft noch alles passiert. Vielleicht sollte ich jetzt erst mal diese Sache mit den Folksongs machen und sehen, ob es mir liegt.«

Langsam verschwanden die dunklen Wolken aus Jennas Gesicht. An Laurens Worten war etwas dran. Man konnte nie wissen, was in der Zukunft passieren würde. Sie verspürte ein warmes Glücksgefühl. All ihre Träume schienen wahr zu werden. Zwar nicht so, wie sie es geplant hatte, aber irgendwie noch viel besser. Man muss seinen Träumen auch Raum zum Wachsen lassen, dachte sie. Es ist unmöglich, alles zu planen und unter Kontrolle zu haben.

»Du weißt ja, was ich für eine furchtbare Sängerin bin«, sagte sie zu Lauren, »aber ich könnte eurer Gruppe bei den Bühnenarbeiten helfen. Das macht bestimmt einen Riesenspaß!«

Christian Waluszek

Wie Kater Napoleon das schwarze Schaf rettete

Wo steckt Max? Das verrückte schwarze Schaf ist plötzlich verschwunden! Kater Napoleon stößt im Wald auf die Spuren einer Entführung. Die Hoftiere befürchten das Schlimmste. Mit Hilfe der alten fliegenden Windmühle machen sie sich auf die Suche nach Max…

Ein Plädoyer für schwarze Schafe, bunte Hunde und schräge Vögel.

160 Seiten. Gebunden. Ab 10.

Arena

Vanessa Walder

Luft & Liebe

Leslie – Vorher nachher

Leslie hat ganze Arbeit geleistet: Sie hat sich selbst neu erschaffen! Früher war sie unscheinbar, unsicher und hat ihre Fettröllchen unter Schlabber-T-Shirts versteckt. Jetzt hat sie eine Traumfigur, lange rote Haare und trägt enganliegende Kleider. Kurzum: Sie ist die Schöne und Selbstsichere die sie immer sein wollte. Selbstsicher? Naja, das muss sich jetzt zeigen. Denn nur aus einem Grund hat Leslie sich so verwandelt: Sie will sich an ihrer schönen Freundin Amanda rächen, sie ihr vor einem Jahr ihren Schwarm Viktor vor der Nase weggeschnappt hat. Aber dann wird die Wiederbegegnung mit Amanda und Viktor ganz anders, als sich Leslie das je hätte ausmalen können…

Arena

Gebunden. 192 Seiten. ab 11

Christian Tielmann

Luft & Liebe

Herz ist Prinz

Als Tochter eines Musikers ist Leoni ja einiges an Trubel gewohnt. Aber nach ihrem Umzug wird es Leoni dann doch zu bunt. Die neue Wohnung entpuppt sich als Schimmelbrutstätte, und so verfrachtet der Vater sie und ihren Bruder in eine Lagerhalle. Bei so viel Chaos ist es für Leoni ein Trost, dass die neue Schule eine tolle Schülerband hat. Das Schlagzeug ist Leonis Lieblingsintrument – bloß hat ihr Vater für solche Musik keinerlei Verständnis. »Offiziell« spielt Leoni nur Geige – aber heimlich haut sie auf die Pauke! Und dann lernt sie Camillo Prinz kennen, den coolsten Jungen weit und breit. Und der scheint irgendwie seelenverwandt mit ihr zu sein. Denn er spielt offiziel Schlagzeug und heimlich Geige…

Arena

Gebunden. 192 Seiten. Ab 11

Dieter Bongartz

Der zehnte Sommer

Kalli Spielplatz wird neun Jahre alt und erlebt einen Sommer voller Geheimnisse. Er gründet einen geheimen Zoo - mit einem echten Affen, von dem seine Eltern nichts wissen dürfen. Er glaubt das Geheimnis seines Vaters entdeckt zu haben - was macht der sonst bei der attraktiven Nachbarin? Und er erfährt das Geheimnis des ersten Verliebtseins - seinen ersten Kuss. Nach diesem Sommer, einer Zeit voller Abenteuer, voller Geheimnisse, voller Freundschaft und erster Liebe wird Kalli ein anderer sein. Und er lernt dazu: Ein Affe bringt neben Spaß auch Verantwortung, Erwachsene haben nicht immer Recht, und Mädchen können doch ganz nett sein.

Arena Taschenbuch – Band 2301
208 Seiten. Ab 10 Jahren

Arena

Rainer Hannemann

Moritz kriegt die Krise!

Alle nerven – die Mutter, die Mädels und dann noch der Mathelehrer. Da soll ein dreizehnjähriger cool bleiben. Wenigstens laufen die Geschäfte nicht schlecht: Moritz schreibt Liebesbriefe gegen Cash. Und alle Jungs aus seiner Klasse stehen bei ihm Schlange. Nur in den eigenen Liebesangelegenheiten läuft's nicht gerade rosig. Erst erfährt er eine schmerzhafte Abfuhr von Knutschexpertin Jenny und dann hat er gleich die ganze Sippe der heißblütigen Türkin Derya auf den Fersen. Und dabei liebt Moritz eigentlich nur die schöne Nadine.
Harte Zeiten für Romantiker.

Arena Klappenbroschur. 152 Seiten. Ab 11